www.tredition.de

Agnes Maxsein

ALTERAS

Die Spur des Torwächters

www.tredition.de

© 2021 Agnes Maxsein

Verlag und Druck:
tredition GmbH, Halenreie 40-44, 22359 Hamburg

ISBN
Paperback: 978-3-347-36235-2
Hardcover: 978-3-347-36236-9
e-Book: 978-3-347-36237-6

Das Werk, einschließlich seiner Teile, ist urheberrechtlich geschützt. Jede Verwertung ist ohne Zustimmung des Verlages und des Autors unzulässig. Dies gilt insbesondere für die elektronische oder sonstige Vervielfältigung, Übersetzung, Verbreitung und öffentliche Zugänglichmachung.

Agnes Maxsein

ALTERAS
Die Spur des Torwächters

Dieses Buch widme ich meiner

chaotischen

unzähmbaren

irrsinnigen

Klasse! Ihr wart genau richtig, denn so habe ich Alteras gefunden, dank euch, für euch, mit euch!

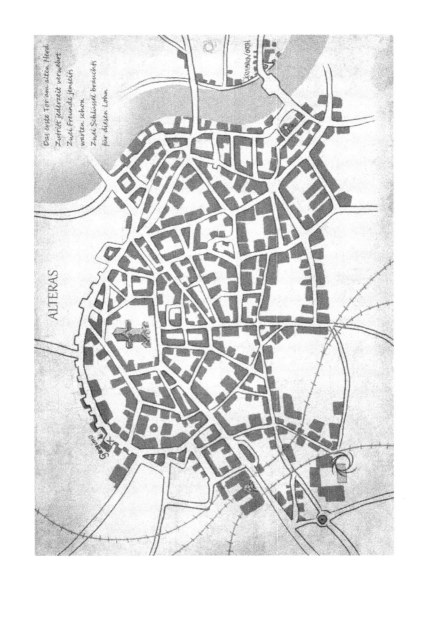

PROLOG

Das Licht einer Taschenlampe streifte das Fenster.

Der alte Mann duckte sich, wartete angespannt, bis das blaue Flackern weiterzog. Ihm blieben nur wenige Minuten. Gleich würde er sie im Flur hören. Wenn er sich nicht beeilte...

Aber noch war er nicht fertig. Er stopfte Pinsel und Farben in seinen schäbigen Lederrucksack. Bloß keine Spuren hinterlassen. Dann griff er wieder zum Bohrer. Er war nie ein großer Handwerker gewesen, aber hierfür würde es reichen. Er rieb sich die müden Augen. Die Arbeit im Dunkeln strengte ihn an, doch Licht einschalten kam nicht in Frage, zu riskant. Die Bohrmaschine schnurrte und die letzte Schraube saß. Ein wenig wackelig schien es schon, aber solange niemand hinaufkletterte, würde das Wandregal halten. Hanna würde lachen über seine Konstruktion, was in diesem Fall ein Vorteil war – so würde sie wenigstens sofort sehen, dass er es gebaut hatte. Es musste ja auch nicht lange stehen bleiben, nur so lange, wie Hanna brauchte, das Rätsel zu lösen und seinen Spuren zu folgen, sobald sie seinen Brief las.

Der Brief! Erschrocken tastete er alle seine Taschen ab. Wo war der Brief? Er wischte sich die Schweißperlen über den Augenbrauen ab, Folge seiner Angst und der körperlichen Anstrengung. Da, unter seinen anderen Papieren, ertastete er das Kuvert. Einen Moment hielt er den Umschlag in den zittrigen Fingern. Dann zuckte er so heftig zusammen, dass ihm der Brief beinahe entglitt. Im Stockwerk unter ihm schlug eine Tür zu. Sie waren da. Und er musste weg!

Eilig verstaute er den Bohrer in einem Schrank und warf sich den Rucksack über die Schultern. Er spähte links und rechts den Flur hinunter, bevor er die Klassentür sorgfältig abschloss und zur nächsten Treppe huschte. Es war seltsam gespenstisch in dem Schulgebäude, das sonst erfüllt war von Stimmen, Lärm und dem Gewusel von tausend Schülern. Jedes kleine Geräusch hallte ungewohnt durch das breite Treppenhaus. Im Dunkeln verfehlte er die erste Stufe, rutschte ab und krallte sich mit schweißnassen Händen ans Geländer. Schwer atmend spitzte er die Ohren. Unten hörte er jemanden. Wie viele Verfolger mochte Vikram geschickt haben? Unmöglich festzustellen, ohne entdeckt zu werden; sie schienen bedrohlich nah. Er kehrte um und lief den gelben Flur entlang, quälend langsam, wie es ihm vorkam. Aber er geriet schon jetzt außer Atem und lautes Rennen würde ihn sofort verraten.

Am anderen Ende des Flures führte wieder eine Treppe hinunter. Hier war alles still. Trotzdem trat er noch behutsamer auf. Alle paar Stufen blieb er stehen und lauschte angestrengt. Da, gedämpfte Stimmen! Sie kamen jetzt von oben, aus dem Flur, den er eben erst verlassen hatte. Er rannte los, nahm die letzten Stufen im Sprung und landete ungeschickt auf dem Knöchel. Einen Schmerzensschrei unterdrückte er so eben, doch dass sein Gepolter durchs Treppenhaus hallte, konnte er nicht verhindern. Oben wurde es still. Er hörte sein Herz heftig pochen. Dann erklangen schnelle Schritte und jemand rief etwas.

Er rappelte sich auf und humpelte zum Ausgang.

Der Schulhof lag verlassen da, eine Straßenlaterne flackerte an der Ecke. Er versuchte nicht länger, leise zu sein. Er wusste, dass sie ihn aus einem der vielen Fenster über den Hof rennen sahen. Er wusste, dass sie ihm dicht auf den Fersen waren. Jetzt kam es nur darauf an, das Versteck zu erreichen, den Brief zu übergeben, schneller zu sein...

Schneller – mit den steifen, alten Beinen! Er hätte gelacht, wenn ihn das Rennen nicht so anstrengte.

Er ließ den Schulhof hinter sich, hastete am Schwimmbad vorbei und überquerte die Bahngleise. Bahnhof und Straßen waren wie ausgestorben. Es musste schon weit nach Mitternacht sein. Er brauchte eine Pause, doch er durfte nicht anhalten, auf keinen Fall. Das Schmerzen in seinem

Knöchel und das Poltern seiner Herzschläge ignorierend, stolperte er weiter. Wenn er es rechtzeitig ins Versteck schaffte, wenn er nur den Brief weitergeben könnte...

Nein. Er hielt inne. Nicht aus Erschöpfung, sondern weil ihm klar wurde, dass er einen Fehler machte. Er würde sie nicht abhängen können. Sie würden ihm folgen und sie würden ihn einholen, sie würden den Brief entdecken und es wäre alles umsonst gewesen. Es gab nur einen Weg.

Er atmete tief durch. Dann lief er wieder los und hielt nur noch einmal an der Bushaltestelle kurz an. Neben einem der Wartehäuschen stand eine große Linde. Ein Bild aus längst vergangenen Tagen flackerte in ihm auf, als Hanna klein war und sie einen verletzten Vogel in dem hohlen Stamm des Baumes gefunden hatten. Es war gewagt, sich auf diese alte Geschichte zu verlassen, aber auf die Schnelle war es das Beste, das ihm blieb. Hanna war clever, sie würde darauf kommen! Kurzerhand stopfte er den Rucksack hinein und hoffte inständig, dass der Baum nicht allzu bald gefällt würde.

Und jetzt konnte er nur noch rennen, bis die alten Füße nicht mehr wollten. Er rannte am Kreisverkehr vorbei und über das holperige Kopfsteinpflaster in die Fußgängerzone. Schweiß rann ihm die Stirn und den Nacken hinunter. Seine Schritte wurden langsamer und schleppender. Er atmete keuchend und seine Hände zitterten schlimmer denn je.

An der alten Stadtmauer hatten sie ihn eingeholt. Fast war er froh, dass es vorbei war.

„Horkus!", rief einer der Verfolger. Er hatte eine Waffe auf ihn gerichtet.

„Warte, wir brauchen ihn lebend!", rief ein anderer.

Horkus kannte sie beide nicht. Aber den Dritten, der hinzutrat, den kannte er. Er richtete sich so grade auf, wie er konnte. „Vikram", krächzte er.

Vikram lächelte dünn. Wie gut Horkus sich an dieses Lächeln erinnerte. Es hatte ihn so lange verfolgt...

„Wo ist der Schlüssel?", fragte Vikram.

Horkus seufzte. Jetzt kam der wirklich anstrengende Teil. „Ich habe ihn nicht bei mir. Und ich werde euch auch nicht sagen, wo er ist."

„Nach all den Jahren...Es muss so nicht laufen, weißt du?", sagte Vikram und lächelte ein wenig breiter. Sollte das ermutigend sein?

„Doch", sagte Horkus müde. „Das muss es wohl."

Vikram winkte den andern knapp. „Mitnehmen."

Als Letztes sah Horkus, wie einer der beiden einen kleinen Gegenstand mit spitzer Nadel aus der Tasche zog. Ein kurzer Stich in den Hals – dann wurde alles schwarz.

KAPITEL 1

Die Einschulung

Morgensonne fiel auf die großen Fensterscheiben und hob unzählige Schlieren und fettige Fingerabdrücke hervor. Es war noch nicht einmal halb zehn und bereits jetzt war es hier unerträglich heiß.

Hier – das war die Mensa der Gesamtschule Schöneburg. Warum der kleine Ort am Rhein ausgerechnet Schöneburg hieß, wusste niemand. Es gab weit und breit keine Burgen, weder schöne noch hässliche. Was es gab, war ein großes Schulgelände mit vielen länglichen Betonklötzen. Und in dem neuesten Klotz befand sich eben jene heiße und verschmierte Mensa. Genau genommen war es allerdings eher ein Klötzchen: Für eine Schule von über tausend Schülern wäre der Raum nämlich nur dann annähernd groß genug, wenn sich alle Mensabesucher wie Stapelchips übereinanderlegten.

Irgendwie war es trotzdem gelungen, an die hundert Kinder mit ihren Eltern hinein zu quetschen. Manche Familien rutschten schwer atmend auf den verschwitzten Stühlen hin und her. Andere benutzten zerknitterte Liedzettel als Fächer. Aus der Küche heraus brummte ein Generator, mal leiser, dann wieder lauter und zwischendurch kreischend. Es klang nach einer überforderten Klimaanlage am Ende ihrer Kräfte. Ihr gequältes Arbeitslied vermischte sich mit den Begrüßungsworten des Schulleiters zu einem unverständlichen Geräuschmischmasch.

Herzlich willkommen an der Gesamtschule Schöneburg

...stand handgeschrieben auf einem Banner, das schief an der vorderen Wand pappte. Es war der einzige Farbklecks in dem ansonsten grauen Raum; selbst Tische und Stühle waren aus grauem Plastik.

Der Schulleiter hatte offenbar seine Rede beendet, denn er trat vom Rednerpult zurück. Er musste auf einem Podest gestanden haben, denn jetzt war der kleine, untersetzte Mann von den hinteren Reihen aus nicht mehr zu sehen. Stattdessen schlurften ältere Schüler nach vorn und hielten Schilder mit den Buchstaben A bis F in die Höhe.

Daniel streckte sich. Sitzen, warten, zuhören, warten, so war bislang der gesamte Morgen verlaufen, erst in der Kirche und jetzt hier. Er gähnte ungeniert. Rings herum begann ein allgemeines Stühlerücken und Übereinanderklettern. Jeder wollte so schnell wie möglich dem stickigen Treibhaus entkommen. An der Tür staute sich eine Traube von Menschen, die alle durcheinanderriefen, sich anrempelten und sämtliche Ordnungsversuche der anwesenden Lehrer übertönten. Großartig. Wenn die Schüler so ähnlich drauf waren wie ihre Eltern... Nur allmählich fanden sich die Gruppen, die zusammengehörten. Schließlich folgte die neue 5a ihrem Schild auf den Hof hinaus, während ihre Eltern sich zum Parkplatz aufmachten. Daniel legte den Kopf in den Nacken und starrte an die Decke. Ein paar Kabel ragten aus dem Metallgitter, durch das man die Lüftungsschächte und Rohre sehen konnte. Hässlicher gings nicht. Wie war er bloß hier gelandet?

Vorne sammelte sich inzwischen die neue 5b und verließ die Mensa ebenfalls. Daniel sah sich genauer um: Roher Beton wohin man schaute, und Fenster, an denen noch Fetzen der blauen Schutzfolie klebten. Niemand hatte sich die Mühe gemacht, sie sauber abzuziehen.

„Wie lange denn noch?!"

Neben Daniel saß Didi. Sie kannten sich aus der Grundschule und wohnten nur zwei Straßen auseinander. Didi war klein und ein wenig pummelig, und mit seinen blonden Locken sah er für Daniel immer ein bisschen aus wie ein Hobbit. Sein Gesicht war knallrot, und er hing völlig lustlos und etwas weinerlich auf seinem Stuhl. Seine Mutter zog ihn unzufrieden am Kragen. „Setz dich doch mal richtig hin."

Didi sackte ganz auf den Boden und stöhnte.

Die dritte Klasse marschierte im Gänsemarsch hinaus.

„Komm, wir sind dran", sagte Daniel mit einem Anflug von Aufregung. Didi rappelte sich vom Boden auf. Sie winkten ihren Eltern und folgten endlich dem Schüler mit dem Schild „5d" nach draußen.

Daniel atmete tief ein. Die frische Luft war eine Wohltat.

Der Schulhof war es nicht: Sie überquerten einen harten Acker, der nicht einmal mehr einen Gedanken an Grün zuließ. Dahinter sperrte ein Bauzaun einen ganzen Gebäudeteil ab. Sie hielten sich rechts davon und betraten eine Pausenhalle. Etliche gesplitterte Fensterscheiben sprangen Daniel ins Auge, Stockflecken wucherten auf den Wänden wie eine fortschreitende Krankheit. Die Mensa schien das einzig neue Stück auf dem gesamten Schulgelände zu sein. Vielleicht hatte man sie so roh und unfertig gelassen, damit sie äußerlich besser zum verfallenden Rest der Schule passte...

Daniel sah sich unter seinen neuen Mitschülern um. Besonders glücklich wirkte niemand. Vor allem von den Mädchen blickten einige eingeschüchtert auf ältere Schüler oder auf obszöne Graffitis voller Beleidigungen. Ich will hier nicht hin, dachte Daniel. Warum war es ein Naturgesetz, dass Schulen meist nicht viel ansprechender waren als der nächstbeste Knast? Der Militärstacheldraht auf dem Fahrradkäfig wirkte da schon wie die passende Deko. Auf dem Vordach der Pausenhalle ragten 15 Zentimeter lange Metallspitzen in die Höhe. Sollten damit Menschen oder Tiere abgehalten werden? So etwas gehörte doch nicht in eine Schule. Fehlte ja nur noch das Blut daran...

Daniel riss seinen Blick los. Immerhin hatte er eine neue Klasse, 26 potenzielle Freunde. Oder Feinde. Er unterschied beim ersten Scannen der Gesichter zwei Typen: Diejenigen, die enttäuscht waren, weil sie, wie Didi neben ihm, bis zuletzt gehofft hatten, doch einen Brief aus Hogwarts zu erhalten. Und dann all jene, die gleichgültig hinnahmen, was sie sahen, weil sie nie etwas anderes erwartet hatten.

Und er selbst? Daniel schob seine langen blonden Haarsträhnen hinters Ohr. Zwar hatte sein Bruder, der in die siebte Klasse ging, schon dafür gesorgt, dass er ohne große Erwartungen hier antrat. Aber abfinden konnte er sich nicht so einfach damit. Am liebsten hätte er an Ort und Stelle einen Vorschlaghammer genommen und die maroden Mauern eigenhändig eingerissen. Zu einem dramatischen Soundtrack wie „Duel of the Fates" aus Star Wars würde er durch die Türe treten und erst aufhören, auf die heruntergekommene Einrichtung einzudreschen, wenn kein Stein mehr auf dem anderen stand.

Er grinste in sich hinein.

„Was ist so lustig?", fragte Didi.

„Gar nichts."

Sie erreichten ihren Klassenraum und verteilten sich auf die Plätze. Daniel saß wieder neben Didi. Mit dem besten Freund an der Seite waren die vielen neuen Gesichter und die öde Umgebung etwas besser zu verkraften. Er war wirklich froh, nicht völlig allein zu sein. Viele seiner neuen Mitschüler liefen suchend durch die Klasse, stritten sich um Sitzplätze oder beäugten einander misstrauisch. Es dauerte eine ganze Weile, bis Ruhe einkehrte. Schließlich aber hatten alle einen Stuhl und sahen erwartungsvoll zur Lehrerin.

„Herzlich willkommen. Ich bin Frau Strick, eure neue Klassenlehrerin..."

Frau Strick war groß und trug die Haare seltsam asymmetrisch: links Dauerwelle, rechts modischer Kurzhaarschnitt. „Ich bin neu an der Schule, genau wie ihr, also gucken wir jetzt mal gemeinsam, was so auf uns zukommt. Ich freu mich jedenfalls, dass wir hier zusammen starten in unser, ähm, Abenteuer Lernen..."

Sie sprach nicht unfreundlich, aber mit einer hohen, nervigen Mädchenstimme. Und sie war irgendwie farblos; wenn er woanders hinschaute, hatte er sofort vergessen, wie sie aussah. Bis auf die Frisur, die schwebte dann in seiner Vorstellung auf einem gesichtslosen Kopf durch die Luft...

„Vielleicht fangen wir mit ein paar Spielen an, damit wir die Namen lernen..."

Daniel kannte außer Didi noch zwei Leute aus der Grundschule, ein Mädchen namens Jeanette und einen Jungen namens Rocko. Von beiden hatte er sehr gehofft, dass sich ihre Wege trennen würden. Jeanette hatte regelmäßig ihre Mitschüler beklaut und beschimpft, Rocko hatte am liebsten in der Pause die Erstklässler verprügelt.

„Hi, ich bin Didi", begann Didi die Vorstellungsrunde.

Frau Strick runzelte die Stirn und überflog eine Liste. „Du stehst hier gar nicht..."

„Versuchen Sie's mit Dietrich", sagte Didi, der sich immer nur mit seinem Spitznamen vorstellte und auf seinen vollständigen Namen so gut wie nicht reagierte.

„Ah ja..." Frau Strick winkte zum Zeichen, dass sie fortfahren sollten.

Ein blasser Junge mit braunen, ungekämmten Haaren war als Nächstes dran. „Hallo, ich bin Matte...", er verschluckte sich und setzte erneut an „Matteo...", doch es war bereits zu spät.

„Matte!", rief Rocko feixend. „Matte mit ner Matte auf dem Kopf!" Ein paar lachten. Daniel runzelte die Stirn. Der Junge sah schon ein wenig ungepflegt aus, und seine Haare waren auf ihre Weise sehr viel schlimmer als die von Frau Strick. Trotzdem...

Matteo lief knallrot an und öffnete den Mund, doch seine Erwiderung ging unter in dem kreischenden Alarm, der unversehens aus den Durchsagelautsprechern schepperte.

„Feuer!", grölte Jeanette, packte ihre Tasche und rannte nach draußen.

Der Rest der Klasse schaltete nicht so schnell wie sie. Daniel sah nur Didi an, der sich die Ohren zuhielt. Plötzlich, wie auf Befehl, sprangen sie alle gleichzeitig auf und folgten Jeanette in völligem Durcheinander. Frau Strick schrie gegen die lärmenden Schüler und die plärrende Alarmsirene an, aber niemand hörte auf sie. An den Ausgängen gab es einiges Gerangel, Kanten von Schultornistern wurden versehentlich in ängstliche Gesichter gerammt und mehrere Leute stolperten über fremde Füße. Irgendwie gelang es trotzdem, dass sie alle unter demselben vertrockneten Baum auf dem Hof ankamen.

Frau Strick hielt ihre Liste umklammert und versuchte immer wieder, die Klasse zu zählen.

„Zwölf, nein dreizehn, bleibt doch mal stehen, jetzt muss ich von vorne anfangen!"

„Wo brennt es denn jetzt?", fragten einige, während andere die Hälse reckten, um Rauch oder Flammen zu entdecken.

„Vermutlich hat jemand die Schule angezündet", sagte Daniel und konnte die Hoffnung in seiner Stimme nicht unterdrücken.

„Vielleicht ist auch die Klimaanlage in der Mensa durchgeschmort", vermutete Didi.

„Oder dieses komische Glasdach in der Aula ist zum Brennglas geworden. Ihr wisst schon, dieses gewölbte Dach, was aussieht wie ein Treibhaus", überlegte ein Junge, der neben ihnen am Baum lehnte. „Hi, ich bin übrigens Milan."

Milan hatte fast so lange Haare wie Daniel und einen durchdringenden Blick. Wie der Sohn eines genialen, aber irren Wissenschaftlers, dachte Daniel.

„Wenn alles abfackelt, müssen sie erstmal eine neue Schule bauen, und wir haben frei..."

„Quatsch, dann müssen wir monatelang in Turnhallen Unterricht machen und auf dem Boden sitzen."

„Ey, das ist so typisch, ich schwör, das war so klar..."

Daniel, Didi und Milan drehten sich um. Ein großes, blondes Mädchen hatte gesprochen. Sie verschränkte die Arme und funkelte wütend in Richtung Schulgebäude.

„...war so klar. Ey hundert pro sind das Terroristen, die haben hier letztens schon was angezündet und letztes Jahr sind hier Schüler verschwunden und so..."

Milan tippte dem Mädchen auf die Schulter. Sie sah ihn an, als sei er persönlich für alles verantwortlich und auf jeden Fall ein Terrorist.

„Was?!", fauchte sie.

„Wie heißt du?", wollte Milan wissen.

„Jule."

„Hi. Äh, redest du immer so einen Haufen Scheiße?"

Daniel fühlte eine plötzliche Sympathie für Milan in sich aufsteigen.

„Hä, was willst du?"

„Das stimmt wirklich", mischte sich ein dickes Mädchen mit Brille ein. „Das mit den Schülern. Hier sind letztes Jahr welche verschwunden."

Daniel erinnerte sich dunkel, dass sein Bruder etwas in der Richtung erzählt hatte, die Einzelheiten waren ihm aber entfallen. Außerdem verhinderte Jule, dass er richtig nachdenken konnte:

„Ich hab keinen Bock zu verbrennen oder explodiert zu werden, ich wollte eh nicht auf diese Scheißschule..." Jule sprach so laut, dass die gesamte Klasse mittlerweile zuhörte.

„Ooh, war da jemand nicht schlau genug fürs Gymnasium?", fragte Milan mit gespieltem Mitleid.

„Aber du!", schnappte Jule.

„Klar", sagte Milan und lehnte sich betont lässig gegen den Baum. „Aber wozu sich da anstrengen, wenn ich hier neben 'nem Haufen von Idioten alles ganz easy kriege?"

Daniels Sympathie für Milan schwand wieder. Das klang etwas zu arrogant, um lustig zu sein.

In diesem Moment verstummte der Feueralarm und die Pausenglocke setzte ein. Frau Strick atmete erleichtert auf und die Klassen bewegten sich zurück in ihre Räume.

„War bestimmt nur falscher Alarm..."

„Vielleicht auch ein Streich..."

Wieder in ihrem Klassenzimmer, setzten sie ihre begonnene Vorstellungsrunde fort. Es folgten unendlich viele Organisationshäppchen: Bücher, Hausaufgabenplaner, Regeln, Stundenplan, Dienste, und all das zog sich quälend in die Länge, weil bei jeder Gelegenheit irgendjemand dazwischenrief, aufstand, etwas fallen ließ, zerbrach oder einen Streit anfing.

Am Ende des Tages wusste Daniel zwei Dinge mit völliger Gewissheit: Seine Klasse war der absolute Inbegriff von Chaos. Und Frau Strick war nicht im Geringsten in der Lage, daran irgendetwas zu ändern.

Didi und er schoben ihre Räder auf dem Heimweg. Sie unterhielten sich wenig, beide hingen müden Gedanken nach. Vor Didis Haus wollte Daniel sich verabschieden.

„Ach warte mal", sagte Didi. „Ich wollte da noch was nachgucken. Komm mal mit."

In seinem Zimmer angekommen, zog Didi eine große Kiste aus dem Schrank hervor. Sie war vollgestopft mit Zeitungen.

„Machst du das immer noch?", fragte Daniel. Ihm hatte noch nie eingeleuchtet, weshalb Didi einen Haufen Altpapier in seinem Schrank aufbewahrte.

„Klar, meine Sammlung wächst."

„Aber warum? Ist doch alles online."

„Ja, aber so behalt ich den Überblick."

„Mhm", machte Daniel und beobachtete seinen Freund, wie er sich durch zerfledderte Zeitungsseiten wühlte. Didi war ein schlauer Kopf, wenn auch oft etwas träge und weinerlich, passend zu seiner näselnden Sprechweise. Egal wie unsinnig Didis Verhalten also wirken mochte, Daniel vertraute darauf, dass er einen guten Grund dafür hatte.

„Was suchst du überhaupt?", fragte er dennoch nach ein paar Minuten.

Didi antwortete nicht, sein Lockenkopf war halb in der Kiste verschwunden.

„Da, wusste ich doch", rief er und ließ sich auf den Rücken fallen, einen Artikel zwischen den Fingern.

Daniel schnappte ihn sich und las:

Mysteriöses Verschwinden an der Gesamtschule

Am Dienstagmorgen gegen 10:15 verschwanden drei Teenager bislang ohne jede Spur. Sie besuchten die Gesamtschule Schöneburg, in deren Räumlichkeiten sie sich zur genannten Zeit aufhielten. Mitschüler berichten, die drei Schüler der Oberstufe um kurz nach 10 Uhr noch gesehen zu haben. Eine Augenzeugin schildert ein helles Licht, das aus dem Raum gekommen sein soll. Die Spurensicherung konnte später allerdings keinerlei Hinweise auf einen besonderen Vorfall sicherstellen. Eine Lehrkraft meldete anschließend die Abwesenheit der Schüler. Mittlerweile liegt der Polizei eine Vermisstenmeldung vor. Die Beamten schließen sowohl einen Unfall als auch ein Verbrechen nicht aus. Denn nicht nur der Verbleib der Schüler, auch das Wie und Warum sind noch völlig unklar. Einzige Konsequenz der Schule ist die einstweilige Schließung des betroffenen Gebäudetrakts. Die Raumnot der baufälligen Schule wird dadurch noch vergrößert. (Siehe Reportage S. 12).

Daniel kamen der Bauzaun und der geschlossene Gebäudetrakt dahinter wieder in den Sinn. Sie waren heute Morgen daran vorbeigelaufen. Er hatte nichts Ungewöhnliches bemerkt. Was konnte dort geschehen sein? Ein helles Licht, das die Schülerin gesehen hatte...

„Denkst du, es war eine Art Explosion?", fragte er Didi.

„Keine Ahnung. Dann hätten die doch was gefunden. Die Spurensicherung, meine ich." Didi lag noch immer auf dem Rücken, alle Viere von sich gestreckt.

„Also was dann? Aliens, oder was?"

„Würde auf jeden Fall erklären, wieso die Schüler spurlos verschwunden sind."

Daniel las den Artikel erneut. Ein helles Licht, drei Teenager verschwinden und keiner konnte sagen, wie und wohin...

„Dann waren es vielleicht irgendwelche Geräte, die das Licht verursacht haben? Die Schüler haben sie benutzt und hinterher wurden sie gestohlen... oder so?"

Daniel fand seine eigenen Überlegungen nicht sehr wahrscheinlich. Das Rätsel gab aber auch zu wenig Anhaltspunkte. Vielleicht waren die Schüler bloß abgehauen und das Licht...das Licht hatte es womöglich nie gegeben? Die Schülerin hatte sich bestimmt nur etwas eingebildet oder ausgedacht. Das war doch meistens so, dass eine ganz einfache Erklärung hinter den Dingen steckte. Aber nicht IMMER, beharrte eine Stimme in ihm. Manchmal gab es seltsame Vorkommnisse, verrückte Geschichten, die nie geklärt werden konnten.

„Ich glaub nicht, dass in dieser Schule irgendwas rumstand, was irgendjemand stehlen würde", überlegte Didi und rollte sich auf die Seite. „Mein Opa sagt außerdem immer, wenn die Hälfte von dem stimmt, was in den Medien steht, dann ist das viel. Wahrscheinlich stimmt nur das mit den zu wenigen Räumen."

Daniel lachte. Damit hatte Didi vermutlich recht. Stacheldraht hin oder her, die ganze Schule machte nicht den Eindruck, als gäbe es auch nur ein einziges Teil, das irgendwie wertvoll war, geschweige denn eine lohnende Beute, egal für wen ...

Das Rätsel jedoch nagte weiter an ihm: Verbarg sich in seiner neuen Schule am Ende mehr, als der bröckelnde Putz und die obszönen Graffitis vermuten ließen?

KAPITEL 2

Heimweg mit Hindernissen

Milena stand mit überkreuzten Beinen an der Bushaltestelle. Sie kreuzte die Füße immer, wenn sie nervös war. Und mit jeder Minute wuchs ihre Nervosität. Sie hatte ihren ersten Schultag an der neuen Schule überstanden, und jetzt war ihre erste Busfahrt dran. In ihrem Dorf gab es genau eine Haltestelle und es fuhr auch nur ein Bus – zweimal am Tag. Entsprechend zuversichtlich hatte sie sich von der Schülermenge mittragen lassen und war am zentralen Busbahnhof gelandet: Nicht wissend, dass es zwei weitere große Haltestellen gab, nicht wissend, dass alle Linien unterschiedliche Routen fuhren, nicht wissend, wieso sich ab dem Schellen der Schulglocke die Schüler erbitterte Wettrennen in alle Richtungen lieferten.

Aber jetzt dämmerten ihr all diese Dinge. Ein Bus nach dem anderen war in die Bucht eingefahren und vollbesetzt wieder abgefahren. Ältere Schüler prügelten sich, wenn nötig, nach vorne, um die begehrten Sitzplätze zu belegen. Der Rest drängte sich im Gang und gegen die Türen gepresst.

Milenas Bus war nicht vorgefahren. Hatte sie ihn im Gewühle übersehen? Sie lief die einzelnen Wartehäuschen ab und kontrollierte die Fahrpläne. Nicht alle waren lesbar, manche waren beschmiert oder herausgerissen. Ihre Linie war nicht dabei.

Ob sie eine andere Haltestelle aufsuchen sollte? Aber welche? Und, stellte sie mit wachsender Panik fest, so gut kannte sie sich in der Stadt gar nicht aus. Und vermutlich war der Bus ohnehin längst weg. Sie spürte, wie ein Kloß ihr gegen die Kehle drückte, ein Kloß, der ihr außerdem ein Brennen in die Augen trieb. Sie schluckte ein paar Mal kräftig. Weinend an der Straße zu stehen, brachte ja auch nichts. Wie konnte es sein, dass alle anderen genau wussten, was sie machen mussten? Wieso stand sie als einzige verloren und vergessen auf dem heißen Bordstein? Das war ein fürchterlicher erster Schultag. Zuerst diese wüste Klasse und jetzt...

Wenn sie wenigstens nicht als einzige die Sache mit dem Bus falsch gemacht hätte. Wenn es noch andere Schüler gäbe, die suchend und ratlos hier umherirrten, dann hätten sie vielleicht gemeinsam eine Lösung gefunden.

Aber außer ihr war inzwischen kaum noch jemand da. Ein paar ältere Schüler saßen in einer Ecke und sahen überhaupt nicht aus, als warteten sie auf einen Bus. Dann war da noch ein Junge, der auf der Bordsteinkante hockte und mit einem Stein über das Pflaster ritzte. Milena erkannte ihn wieder. Es war der ungekämmte Junge aus ihrer neuen Klasse, den sie „Matte" getauft hatten.

Sie bewegte sich ein paar Schritte auf ihn zu.

„Du bist doch auch in meiner Klasse", sagte sie vorsichtig.

Matteo sah kurz auf, nickte und schaute wieder auf seinen Stein. Milena fand, dass er unglaublich traurige Augen hatte.

„Wartest du auch noch auf den Bus?"

Matteo schüttelte den Kopf, seine Haare sträubten sich noch mehr. Milena setzte sich neben ihn. Eine Weile sagte niemand etwas, nur das Kratzen von Stein auf Stein war zu hören. Milena versuchte zu lesen, was Matteo da ritzte, doch soweit sie sehen konnte, war es nur irgendwelches Gekritzel.

Vielleicht sollte sie ihre Mutter anrufen, überlegte Milena. Sie hatte Schicht im Krankenhaus bis abends, aber danach könnte sie sie abholen. Falls sie überhaupt erreichbar war. Wenn sie im OP gebraucht wurde, konnte es Stunden dauern, bevor sie wieder auf ihr Handy sah. Bis dahin sollte sie vielleicht besser in die Schule zurückgehen. Ob die so spät geöffnet blieb? Oder sie könnte laufen. Wie lange würde sie wohl brauchen? Und wenn sie den Weg nicht fand?

Sie verharrte stattdessen neben ihrem neuen Mitschüler und fragte: „Wo wohnst du?"

„Beekfeld", sagte Matteo. „Da bei den Baumärkten", fügte er hinzu.

Milena hatte nur eine ganz ungefähre Ahnung, wo das war, aber sie fragte nicht weiter. Wieder schwiegen sie eine Zeit lang. Matteo war nicht gerade eine aufmunternde Gesellschaft, aber besser als niemand. Er griff nach seiner Schultasche und kramte ein wenig darin herum. Milena sah einen zerfransten Collegeblock und die Bücher, die sie heute bekommen hatten. Doch Matteo suchte nicht nach Schulsachen, sondern zog eine Schachtel Zigaretten heraus.

„Die soll ich ein paar älteren geben", erklärte er. „Keine Ahnung, wo die bleiben..."

„Woher hast du die?", fragte Milena. Sie hatte noch nie Mitschüler mit Zigaretten getroffen.

„Von zu Hause."

„Von deinen Eltern?"

„Sind nicht meine richtigen Eltern", sagte Matteo, als sei damit alles erklärt.

„Merken sie nicht, wenn die weg sind?" Milena zeigte auf die Schachtel mit dem gruseligen Foto schwarzer und schleimiger Organe.

Matteo zuckte die Schultern. „Manchmal."

Die Schüler in der Ecke schulterten ihre Rucksäcke und verließen die Haltestelle. Milena sah ihnen nach, sie verschwanden auf der anderen Straßenseite in einem Pizza-Imbiss. Matteo und sie waren nun die Einzigen in der Haltebucht. Am liebsten wäre sie auch gegangen.

„Wenn die nicht kommen, soll ich die Schachtel in dem Baum da verstecken", sagte Matteo. Er zeigte auf eine alte Linde am Straßenrand. Unter einem dicken Ast, etwa auf Augenhöhe, hatte er ein großes Loch und war dahinter ausgehöhlt.

„Und wenn du das nicht machst?", schlug Milena vor.

„Wenn ich keine mitbringe, verprügeln sie mich." Er sagte es leichthin, als bedeutete es nichts. Dann nahm er den Stein wieder auf und kratzte dicke, weiße Linien.

Milena sah ihn lange an, doch Matteo starrte stur auf sein Gekritzel.

„Hast du es deinen Eltern gesagt?", fragte sie irgendwann. Sie fühlte sich zunehmend unwohl in seiner Gegenwart. Seine ganze Art bedrückte sie, und das mischte sich mit ihren eigenen Sorgen, nicht nach Hause zu kommen.

„Geht ja nicht", sagte Matteo und kratzte so fest über den Asphalt, dass es schrill knirschte. „Dann müsste ich ja meinen Pflegeeltern sagen, dass ich ihnen Kippen klaue..."

Die aufgeheizten Steine drückten Milena schmerzhaft durch ihre dünne Hose. Sie stand auf. Von der anderen Straßenseite näherte sich ein blondes Mädchen mit einem Hund. Es war eine riesige graue Dogge, die dem Mädchen bis zur Brust reichte. Milena erkannte das Mädchen wieder, sie war bei dem falschen Feueralarm heute als erste rausgestürmt. Aber sie hatte ihren Namen vergessen. Mädchen und Hund trotteten herüber und bauten sich vor ihnen auf.

„Ey, Matte!", sagte das Mädchen. Etwas Aufforderndes lag in ihrem Blick.

„Hey, Jeanette", erwiderte Matteo, ohne aufzusehen. Die Dogge schnüffelte an seinem Rucksack und sabberte ausgiebig darüber.

Jeanette schob die Tasche mit dem Fuß aus der Reichweite der Hundeschnauze. „Was ist mit den Kippen?", fragte sie fordernd. Sie hatte eine ungewöhnlich tiefe Stimme für ihr Alter, was sie selbstbewusster erscheinen ließ. Milena kreuzte wieder die Beine. Jeanette beachtete sie mit keinem Blick, aber Milena war nicht böse darum.

„Die geb' ich nachher Erik und so", nuschelte Matteo vor sich hin.

„Die sind am Sportplatz, ich bring die vorbei", sagte Jeanette und hielt die Hand auf.

„Nein, ich tu die gleich in den Baum", sagte Matteo trotzig und kratzte noch etwas rigoroser.

„Ich komm da eh vorbei..."

Die beiden fingen an, sich lautstark zu zanken. Die Dogge knurrte leise und Milena wich ein paar Schritte zurück. In diesem Moment fuhr ein großes blaues Auto in die Haltebucht und hielt ein Stück neben Milena. Alle Fenster auf ihrer Seite wurden heruntergekurbelt und drei Köpfe sahen heraus.

„Sollen wir dich mitnehmen?"

Zwei Köpfe gehörten Mädchen aus Milenas neuer Klasse. Aus dem vorderen Fenster schaute eine lächelnde Frau, vermutlich die Mutter von einem der Mädchen.

Milena kam zögerlich näher.

„Ihr seid doch in derselben Klasse, oder?", fragte die Frau. „Melina, richtig?"

„Milena", piepste Milena.

„Die Busse sind alle weg, wo musst du denn hin?"

Milena trat ganz ans Auto heran. „Nach Kleinfeld. Aber..."

„Das liegt am Weg, wir wohnen nur einen Ort weiter."

Milena sah sich zu Matteo um. Er war aufgestanden und beäugte die Dogge unsicher, während Jeanette wüst auf ihn einredete. Dann nahm sie ihm die Schachtel ab und steckte sie ein.

Milena traf ihre Entscheidung schnell: „Danke", sagte sie und setzte sich zu den anderen beiden auf die Rückbank. Eine gewaltige Erleichterung überkam sie – weg von Jeanette und ihrer Dogge, weg von Matte und seinen Zigaretten und vor allem weg von der heißen Bushaltestelle... Sie kramte in der Tasche nach ihrem Haustürschlüssel. Als sie ihn fand, steckte sie ihn tief in ihre Hosentasche.

„Ihr kennt euch ja schon, aber vermutlich nur flüchtig, was?" Die Frau sah sie über den Rückspiegel an.

„Annika..."

Das Mädchen neben Milena begrüßte sie.

„...und meine Tochter, Michelle..."

„Hi", sagte Michelle.

Milena hätte sie glatt für Geschwister gehalten. Beide hatten lange braune Haare, dunkler als Milenas. Annika war ein wenig kräftiger als Michelle, sie hatte runde Wangen und eine schon etwas weiblichere Figur als die meisten in ihrem Alter. Milena selbst war ebenfalls recht groß, aber dünn und drahtig.

„...auf jeden Fall waren die alle total laut und respektlos!", sagte Annika. Sie steckten offenbar mitten in einer lebhaften Beschreibung des Vormittags.

„Am schlimmsten war der Dicke", fand Michelle.

„Wie hieß der, Rocko?"

„Nee, dieser Mats war schlimmer..."

„Ja, der ist nur rumgerannt, einfach die ganze Zeit, wie so ein irres Eichhörnchen!"

Alle lachten. Milena lehnte den Kopf an die Scheibe. Der kühle Fahrtwind war angenehm. Sie fuhren jetzt aus der Stadt heraus und eine Landstraße entlang. Die Felder und Wiesen waren gelb und strohig, in einiger Entfernung funkelte das Flusswasser verlockend. Vielleicht würde die Klasse sich ja beruhigen, wenn erst einmal alle richtig angekommen waren, wenn sich Freunde gefunden hatten...

„Und diese Jule hat einfach nur alle angezickt und Jeanette hat rumgebrüllt und dann ihren Apfelsaft auf dem Teppichboden ausgekippt."

„Ist denn wenigstens eure Klassenlehrerin nett?"

Sofort stürzten sich die Mädchen wieder in ihre Erzählungen.

„Geht so, sie sieht aus wie eine halb rasierte Kuh."

„Sie ist irgendwie überfordert..."

„Außerdem hat sie...", begann Michelle, doch sie stoppte mitten im Satz. Einen Moment lang wunderte sich Milena nur, wieso sie nicht weitersprach, dann sah sie, dass Michelle die Augen nach innen verdrehte und unkontrolliert am ganzen Körper zuckte.

Das Auto kam mit knirschenden Bremsen zum Stehen, zwei Reifen auf dem trockenen Randstreifen. Michelles Mutter sprang vom Sitz, riss die hintere Tür auf und drückte ihrer Tochter den Kopf in den Nacken. Mit Annikas Hilfe legte sie Michelle ausgestreckt auf die Rückbank, während das Mädchen weiterhin wild zitterte und zuckte. Milena stand wie angewurzelt neben dem Auto und wusste nicht, was sie tun oder lassen sollte.

Nach einigen Minuten ließen die Zuckungen nach. Michelle hatte die Augen geschlossen, aber sie atmete ruhiger. Ihre Mutter seufzte.

„Zum Glück nur ein kurzer Anfall", sagte Annika. Sie schien weder erschrocken noch überrascht.

„Michelle hat Epilepsie", erklärte Michelles Mutter und tupfte ihr mit einem Taschentuch das Gesicht ab. „Sie bekommt manchmal solche Anfälle, ist eine Art Störung im Gehirn. Meistens gehen sie schnell wieder vorbei. Wenn sie mal länger dauern, müsst ihr einen Krankenwagen rufen..."

Milena nickte stumm. Sie war sich nicht sicher, ob sie überhaupt handeln könnte, wenn sich der Vorfall wiederholen sollte – wenn Michelle so mir nichts, dir nichts, mitten im Satz ...

„Deshalb möchte ich nicht, dass sie mit den überfüllten Bussen fährt", erklärte Michelles Mutter weiter. „Wenn du möchtest, können wir dich also öfters mitnehmen."

„Danke", sagte Milena leise. Sie hatte tausend Fragen, traute sich aber nicht recht, sie zu stellen. Michelle richtete sich langsam wieder auf. Sie drückte die Hand gegen die Stirn und sah erschöpft aus.

„Das nervt", sagte sie irgendwann. „Naja, besser jetzt als in *der* Klasse. Können wir weiterfahren?"

Bevor jemand antworten konnte, wurden sie abgelenkt: Ein schwarzes Auto kam die Straße herauf, der Lack blitzte in der Sonne. Alle vier beobachteten, wie der Wagen langsamer wurde und dann fast lautlos neben ihnen stehen blieb. Eine getönte Scheibe wurde heruntergelassen und ein blasser Mann mit spitzem Gesicht lehnte sich ein Stück heraus. Er war grauhaarig und trug einen dunklen Anzug.

Er lächelte sie an, doch irgendetwas an ihm gab Milena ein seltsames Unbehagen. Auch Annika und Michelle schienen so zu empfinden, wobei Michelles bleiche Farbe ihrem Anfall geschuldet sein mochte.

„Braucht ihr Hilfe?", fragte der Mann, konstant lächelnd. Michelle schüttelte stumm den Kopf. Fahr weiter, dachte Milena, fahr einfach weiter. Sein ununterbrochenes Lächeln irritierte sie, wer verhielt sich denn so?

„Ihr seid bestimmt von der Gesamtschule?", sagte er zu Annika.

Annika nickte kaum merklich.

„Wir müssen nach Hause", schaltete sich Michelles Mutter ein und schob sie alle zurück in den Wagen.

„Wir werden uns dann sicherlich bald sehen", sagte der Mann, lächelte noch ein wenig breiter und ließ die Scheibe wieder hochfahren. Milena war froh, als sein Gesicht hinter dem getönten Glas verschwand, doch hatte sie das sichere Gefühl, dass er sie weiter beobachtete, bevor er schließlich langsam davonfuhr.

„Komischer Kauz", murmelte Michelles Mutter, während sie ihrerseits die schwarze Limousine im Rückspiegel fixierte.

„Was meinte er damit, dass wir ihn dann bald sehen?", fragte Milena beunruhigt.

„Vielleicht ist er ein Lehrer…"

„Oh, bloß nicht", riefen die Mädchen gleichzeitig.

Nicht lange danach bogen sie in Milenas Straße ein. Erst als sie auf den Türstufen vor ihrem Haus stand und zum Abschied winkte, merkte sie, wie müde sie war. Sie konnte nur hoffen, dass, wenn schon die Klasse ein ungezähmter Haufen war, wenigstens die Heimwege in Zukunft ruhiger verlaufen würden.

KAPITEL 3

Wandbilder

„AAAUUUU!"

Ein schriller Schrei hallte durch die Sporthalle. Die Klasse hatte ihre erste Sportstunde. Mats stand am Eingang und stellte den anderen Beinchen. Ein kleiner blonder Junge war gestolpert und der Länge nach hingeschlagen. Er hielt sich das Knie und funkelte Mats wütend an. Frau Strick bahnte sich einen Weg zu ihnen, indem sie jedes Mal in ihre Trillerpfeife blies, wenn ein Schüler ihr in die Quere kam.

„Warum hast du das gemacht?"

Mats zuckte die Schultern, dass sein blaues Trikot an ihm herumschlackerte. Alle seine Kleider wirkten zu groß für ihn, er war schlaksig und besonders von der Seite extrem schmal.

„Ich will, dass du...", begann Frau Strick, doch Mats schien sie gar nicht zu hören. Er raste wie ein blauer Blitz im Zickzack durch die Halle und war im nächsten Moment auf der anderen Seite die Klettergerüste hinaufgehüpft. Wie ein dürres Äffchen schwang er sich von Stange zu Stange.

Frau Strick marschierte trillernd hinter ihm her. „Komm sofort runter", kreischte sie. „Und ihr- " sie zeigte auf den Rest der Klasse. „Ihr holt die Matten raus. Für jeden eine..."

„Matte!!", brüllte Rocko. „Legt Matte auf die Matte!" Er zeigte mit einem dicken Finger auf Matteo.

Ein paar kicherten. Matteo war knallrot. „So heiß ich nicht, du fettes Stück..."

Im nächsten Augenblick hatte Rocko ihn im Schwitzkasten. Er drückte Matteo, im Vergleich zu ihm eine halbe Portion, zu Boden und schnaufte heftig. Frau Strick trillerte, dass ihnen die Ohren klirrten.

Milena rettete sich mit Annika und Michelle auf den Mattenwagen und hielt sich die Ohren zu. Nach der aufregenden Heimfahrt am Vortag hatten sie nicht mehr davon gesprochen, aber heute Morgen beschlossen sie als Erstes, dass sie zusammen sitzen und überhaupt alles zusammen machen wollten. Milena war sehr froh darüber. Michelle und Annika waren die einzigen in der Klasse, bei denen sie sich richtig wohl fühlte, obwohl sie lauter und kecker waren als sie selbst.

Sie beobachteten, wie Frau Strick wüst pfeifend versuchte, die Streitenden zu trennen. Schließlich gelang es ihr und sie ließen keuchend voneinander ab. Beide hatten rote Flecken am Hals und auf den Armen. Milena fielen die Zigaretten ein, die Matteo stehlen und überbringen sollte. Nach allem, was er erzählt hatte, musste er öfters heftig einstecken...

Inzwischen hatte Mats die langen Seile gelöst und schaukelte wie ein dürrer Spargeltarzan durch die Halle.

„Mats!!", schrillte Frau Strick.

„Huuuiiiiiii!", quietschte Mats und sauste mit seinem Seil an ihr vorbei.

Sie rannte mit hochrotem Kopf hinterher, sah sich nun jedoch schon fünf Schülern gegenüber, die an den Seilen hin und her pendelten. Ein sechster kletterte senkrecht in die Höhe.

„Denkt ihr, wir machen heute noch Unterricht?", fragte Milena die anderen niedergeschlagen. Auf Sport hatte sie sich gefreut.

Annika schüttelte den Kopf. „Komplett überflüssig, das Umziehen."

Milena beobachtete Matteo, der allein in einer Ecke saß und düster auf den Boden starrte. Jeanette war nirgends zu sehen. Milena konnte sich nicht erinnern, sie heute überhaupt schon gesehen zu haben. Leise erzählte sie Annika und Michelle von ihrer Begegnung an der Bushaltestelle.

„Und seine Pflegeeltern wissen nichts davon?", fragte Michelle.

Milena schüttelte den Kopf. „Ich glaub, er hat ziemliche Angst, was passiert, wenn sie es rauskriegen."

„Was wohl mit seinen richtigen Eltern ist...", überlegte Annika.

„Keine Ahnung..." Milena hatte sich diese Frage auch gestellt. Waren seine Eltern vielleicht schwer krank oder sogar nicht mehr am Leben? Oder konnten sie sich aus anderen Gründen nicht um ihn kümmern?

„Ziemliches Pech, oder?", sagte Michelle. „Erst die eigenen Eltern verlieren und dann blöde Pflegeeltern kriegen..."

„Wir wissen ja nicht, ob sie blöd sind", wandte Annika ein.

„Wenn er sie beklaut..."

„Das macht er ja nur, weil die älteren Schüler ihn erpressen."

„Wenn dir das passieren würde, was würdet ihr als erstes tun?", widersprach Milena.

„Meiner Mama davon erzählen", räumte Michelle ein, und Annika nickte.

Alle drei sahen Matteo zu, wie er lustlos durch die Halle schlenderte, dem schaukelnden Mats auswich und sich vor einer wutschnaubenden Frau Strick wegduckte.

„Sollten wir es vielleicht jemandem erzählen...?", fragte Milena irgendwann.

„Ich glaub, damit machen wir es nur schlimmer", sagte Michelle und äußerte genau Milenas eigene Bedenken.

Keine von ihnen hatte darauf eine Antwort. Milena wusste nur, dass sie ein nagendes Gefühl nicht loswurde, nämlich, dass Matteo unbedingt Hilfe brauchte.

Eine Stunde später waren sie zurück im Klassenraum und diskutierten noch immer darüber. Die Sportstunde war so chaotisch zu Ende gegangen, wie sie begonnen hatte – mit blauen Flecken, einem tobenden Mats und Frau Stricks Trillerpfeife.

„Ob sie die auch im Geschichtsunterricht benutzt?", überlegte Annika düster.

„Dann krieg ich `nen Anfall", meinte Michelle. Die anderen sahen sie erschrocken an.

„Nicht so einen Anfall", beeilte sich Michelle zu sagen. „Ihr wisst schon – einfach, wenn man sich aufregt..."

„Schluss jetzt mit dem Gequatsche!" Frau Stricks Stimme klang ganz ähnlich wie die Trillerpfeife. „Wir fangen am Anfang an..." Sie knipste das Licht aus und projizierte das Bild einer Höhlenmalerei an die Wand. Es zeigte ein sehr dickes Pferd mit sehr dünnen Beinen und ein paar krakelige Striche ein wenig über dem Pferderücken.

„Wieso sagen Sie, dass das der Anfang ist?", rief Didi, der Junge mit den blonden Locken, in die Klasse. „Vorher gab`s schließlich die Dinosaurier, und eigentlich wäre der Urknall doch der Anfang."

„Vielleicht war vor dem Urknall ja auch noch was. Und davor, und davor...vielleicht gibt es gar keinen Anfang", meinte sein Banknachbar. Milena musste kurz überlege, wie er hieß – Daniel, fiel es ihr wieder ein. Er wirkte ein bisschen seltsam auf sie, vielleicht, weil er die langen blonden Haare immer ein wenig umständlich und mit vollem Oberkörpereinsatz nach hinten schwenkte.

„Alles Lüge", rief Milan in einem Tonfall, der vor Ironie nur so triefte. Er hatte sich einen Einzelplatz an die Rückwand des Raumes gestellt und musterte die Klasse von dort aus. „Die Erde ist doch erst 6000 Jahre alt, alles andere ist Ketzerei!"

„Hä, was ist mit Katzen?", rief Jule.

„Schluss jetzt mit dem Unfug!", schimpfte Frau Strick. Sie zeigte auf das Bild. „Wer kann mir sagen, warum die Menschen damals solche Bilder an die Höhlenwände gemalt haben? Ja, Mats?"

Milena wusste, dass es ein Fehler war, Mats dranzunehmen, bevor er den Mund aufmachte.

„Ich hab eine Frage", sagte er grinsend. „Warum ist das Pferd so fett?"

Die Klasse wieherte.

„Weil die das essen wollten!", rief Rocko.

„Die wollten dich essen", dröhnte Jeanette. Sie war nach der ersten großen Pause in die Klasse geschlendert, ohne irgendwem zu erklären, warum sie in der Sportstunde gefehlt hatte. Jetzt lagen ihre Füße auf dem Tisch und eine Dose Stapelchips auf ihrem Schoß.

Milena legte den Kopf auf den Tisch. Nur mit halbem Ohr hörte sie, wie Frau Strick Elterngespräche und Nacharbeiten androhte. Etwas sagte ihr, dass sich damit nicht viel ändern würde. Ihre Grundschulklasse war auch oft laut gewesen, doch jetzt wünschte sie sich dorthin zurück. Immerhin hatten sie sich in der Gruppe normal unterhalten können. Irgendwann hörte sie wieder Daniels Stimme, und sie bemühte sich zuzuhören.

„Vielleicht wollten die Menschen mit den Höhlenbildern anderen von sich erzählen und ihr Wissen weitergeben. Es könnte auch ihren Nachkommen beim Jagen geholfen haben. Außerdem glaubten die Leute früher, dass man das Tier beherrscht, wenn man es malt, also sozusagen wie Magie."

Milena hob den Kopf. Frau Strick sah völlig verdattert drein. „Das – das ist vollkommen richtig", sagte sie.

„Ey, Streber", rief Rocko und schnippte ein Papierkügelchen durch die Klasse. Er traf Jeanette im Gesicht. Jeanette pfefferte prompt die inzwischen leere Dose zurück. Sie verfehlte Rocko knapp und prallte scheppernd an der Pinnwand ab. Ein paar Notizzettel lösten sich und segelten zu Boden.

„Aufhören!", kreischte Frau Strick. „Ihr müsst..." Doch zum zweiten Mal in zwei Tagen ertönte die Kreissägen-artige Alarmsirene aus den Lautsprechern.

„Feuer!", grölte Jeanette wie schon beim ersten Mal und lief hinaus.

Der Rest der Klasse blieb sitzen.

„Schon wieder?" Milena sah fragend ihre neuen Freundinnen an.

„Als ob", sagte Annika.

„Fenster schließen, Zweierreihen bilden!" Frau Strick stand mit verschränkten Armen neben der Tür und beobachtete abwechselnd die Klasse und den Flur. Vermutlich suchte sie ihn nach Jeanette ab.

Bedeutend langsamer als am Vortag bewegte sich die Klasse nach draußen. Die meisten schienen genervt oder machten sich lustig.

„Schon komisch, meint ihr nicht?", fragte Michelle, als sie den Schulhof erreichten. „An zwei Tagen hintereinander, ungefähr zur selben Zeit..."

„Bestimmt Schüler, die einfach keinen Unterricht machen wollen", vermutete Annika.

„Ich weiß nicht", sagte Milena zögerlich. Ihr war unbehaglich zumute. „Es müssten ja alle in ihren Klassen sein. Selbst wenn man auf dem Weg zum Klo auf den Alarm haut, ist das doch auffällig. Da kommt doch jeder drauf, dass man das war..."

Daniel und Didi stellten sich zu ihnen. „Mein Vater hatte mal einen Rauchmelder, der ging immer an, wenn er sein Rasierwasser benutzt hat", meinte Didi. „Vielleicht geht der Alarm ja bloß an, wenn die in der Mensa anfangen zu kochen."

Sie sahen auf die Uhr. „Könnte hinkommen", nickte Michelle.

„Dein Vater hat aber auch ein Rasierwasser, um Länder zu entvölkern", sagte Daniel. Die anderen lachten. Aber Milena sah ihm an, dass er genauso wenig an einen Zufall glaubte wie sie.

Sie mussten heute sehr viel länger draußen warten. Mats kletterte auf den halb vertrockneten Baum, um besser sehen zu können. Wie er den glatten Stamm hinaufkommen konnte, war Milena ein Rätsel. Ein paar Minuten vergingen, dann hörten sie Martinshörner.

„Sie fahren auf den anderen Schulhof", rief Mats ihnen von seinem Ausguck zu.

„Brennt es da?"

„Jetzt sag schon?!"

Aber auch heute schien es kein großes Feuer zu geben. Nach etwa einer Viertelstunde verkündete Mats, dass die Feuerwehr wieder abzog. Leichtfüßig sprang er vom Baum herunter, zog Milena an den Haaren und hüpfte allen voran zurück zur Klasse. Frau Strick schob sich an ihnen vorbei und schloss den Raum auf.

„Ich will, dass ihr alle...", begann sie, doch sie verstummte. Und mit ihr die ganze Klasse. Zum ersten Mal war es tatsächlich fast still. Freilich nur kurz, dann brach ein gewaltiger Tumult aus.

Das Klassenzimmer sah aus, als wäre ein Orkan hindurch gefegt. Alle Tische standen kreuz und quer, etliche Stühle waren umgeworfen, alle Schubladen waren herausgerissen und die Schranktüren standen sperrangelweit auf. Die Schulbücher, Hefte und Ordner aus dem Wandregal lagen wild durcheinander auf dem Boden. Der Inhalt sämtlicher Kunstkisten war in alle Ecken verstreut. Ein Fenster stand offen und im schlaffen Windzug segelten lose Seiten durch die Luft.

Wie alle anderen machte Milena sich daran, ihre Habseligkeiten in der Unordnung wiederzufinden. Sie entdeckte ihr Mathebuch auf einem Haufen von Atlanten und ihren Farbkasten unter der Heizung. Auf ihrem Deutschheft war ein staubiger Fußabdruck und ihr Mäppchen lag unter einem Malkittel. Doch obwohl sie ihr Material aus allen Winkeln fischten, stellten sie erleichtert fest, dass offenbar nichts fehlte. Nicht ein einziger Cent war aus den Portemonnaies verschwunden, auch alle Handys waren noch an ihren Plätzen. Der erste Schrecken wich Verwunderung und Neugier. Wer hatte das getan? Die Frage tönte aus allen Ecken. War dies ein schlechter Schülerscherz?

Matteo bekam einen Wutanfall, weil sein Füller zerbrochen war und Tintenkleckse auf seinen Büchern prangten. Zwischen Jeanette, Jule und einem dritten Mädchen brach ein lauter Streit aus, weil sich alle drei gegenseitig beschuldigten, ihr Handy gestohlen zu haben. Milena sah Mats kichern und etwas in seiner Tasche verschwinden lassen.

„Ihr räumt fertig auf, ich muss die Schulleitung holen", rief Frau Strick.

Kaum war sie aus dem Raum, verdoppelte sich der Lärm. Matteo beleidigte Rocko, weil der über seine bekleckste Bücher lachte. Gleich darauf wälzten sich beide auf dem Boden zwischen verknickten Schreibblöcken und herrenlosen Buntstiften. Jeanette und die anderen beiden Mädchen schrien sich in den höchsten Tönen an; der Junge, der früher am Morgen wegen Mats hingefallen war, weinte, weil seine Trinkflasche eine Delle hatte, und ein Mädchen mit dicken Brillengläsern zerriss stapelweise Papier über dem Mülleimer.

„Wer macht sowas?", fragte Michelle, während sie ihre Sachen in ihre Schultaschen einsortierten.

„Keine Ahnung..." Milena überblickte den Raum, ihr Englischheft nachdenklich gegen das Kinn gedrückt. War dies wirklich ein Schülerstreich? Es sah so aus. Aber wer löste extra den Feueralarm aus, um dann einen Klassenraum zu verwüsten?

„Es ist ja nicht mal etwas gestohlen", meinte Annika.

„Na ja, bis auf deren Handy", erwiderte Michelle und zeigte auf die drei streitenden Mädchen.

„Nein, das hat Mats", sagte Milena.

Jeanette hörte sie. Mit einem Wutschrei stürzte sie sich auf Mats, stolperte aber über den am Boden liegenden Matteo. Immerhin trennte sie so die beiden Kämpfer. Mats hüpfte wie ein grinsender Flummi um die verschobenen Tische und hielt Jules stibitztes Handy in die Luft.

„Gib es her!", schrie Jule zornfunkelnd.

„Nein, nein, nein, das ist mein kleines Handylein", sang Mats und kletterte das Wandregal hinauf, um seine Beute dort oben abzulegen.

Doch jetzt geschahen mehrere Dinge sehr schnell und sehr unerwartet: Mats griff eben nach dem oberen Regalbrett, als sich die ganze Konstruktion mit einem heftigen Ruck von der Wand löste. Einen Moment schienen Mats und Regal in der Luft zu schweben – dann knackte es laut und das Regal krachte in sich zusammen. Mats rettete sich mit einem Hechtsprung vor den herabfallenden Brettern.

„Mein Handy!", kreischte Jule und stürzte sich auf Mats. Auf beide regnete es Staub, Späne und Gips. Das Regal lag als ein Haufen von zersplittertem Holz neben Mats, der selbst nach diesem Missgeschick noch immer begeistert grinste. Milena hatte den Eindruck, er war fast ein bisschen stolz, dass er ganz allein so ein Desaster angerichtet hatte. Dann fiel ihr Blick auf die Wand.

Wo das Regal gehangen hatte, war nun die verputzte Mauer zu sehen. Jemand hatte sie bemalt. In brauner, schwarzer und goldener Farbe war eine Art Karte aufgezeichnet. Daneben standen ein paar merkwürdige Sätze, die Milena nichts sagten. Über der Karte leuchtete in geschwungenen Buchstaben ein einziges Wort:

Alteras

KAPITEL 4

Die Karte

„Was ist das?", fragte Didi.

„Sieht aus wie eine Straßenkarte", meinte Daniel langsam. Sie standen in einer Traube um Mats und sein Werk der Zerstörung. Bis auf Jule, die nur Augen für ihr Handy hatte, starrten alle auf die ungeahnte Wandmalerei. *Alteras* ... das Wort kam ihm seltsam bekannt vor, und doch sagte es ihm nichts.

„Vielleicht ein missglücktes Kunstprojekt", schlug ein Junge mit dunklem Teint und glänzend schwarzen Haaren vor.

„Warum missglückt?", fragte Milan.

„Warum sonst sollten sie ein Regal darüber bauen?" Er schnalzte jedes ‚R' auffällig, sprach sehr langsam und in einem Tonfall düsterer Endgültigkeit.

Die Klassentür wurde aufgerissen.

„Die Tür sollte aufbl..." Frau Strick verstummte mitten im Wort. Daniel hatte völlig vergessen, dass Frau Strick die Schulleitung holen wollte. Den Gesichtern seiner Mitschüler nach zu urteilen, war er da nicht der Einzige.

Frau Strick sah mit einem Ausdruck brodelnder Fassungslosigkeit auf den staubbedeckten Mats, auf den Trümmerhaufen neben ihm, der vorhin noch ein Regal gewesen war, und schließlich auf die Wandmalerei. Daniel sah ihre Lippen stumm das Wort „Alteras" formen.

Der Schulleiter betrat den Raum. Hinter Frau Strick hatte Daniel den kleinen Mann nicht gesehen. Jetzt näherte er sich dem Bretterhaufen und untersuchte ihn. Das Bild an der Wand beachtete er gar nicht.

„Wie ist das passiert?", wollte er wissen. „Du"! Er zeigte auf Daniel, der ihm am nächsten stand. Daniel spürte die Blicke seiner Mitschüler auf sich. Er holte tief Luft und wählte seine Worte sehr bedächtig.

„Es gab ein paar Streitereien nach dem Feueralarm, weil hier alles durcheinander war. Ein paar Leute" – er vermied es, Namen zu nennen – „dachten, ihnen wäre etwas gestohlen worden und haben sich gestritten. Das hat sich aber aufgeklärt, als Mats den Gegenstand auf das Regal legen wollte, und da ist es zusammengebrochen."

Daniel fragte sich nervös, ob seine sehr geschönte Schilderung der Ereignisse wohl durchgehen würde. Zumindest schienen alle in der Klasse wenigstens so viel Verstand zu besitzen, dass niemand widersprach.

Der Schulleiter untersuchte noch einmal die Regaltrümmer und musterte Mats und Jule eingehend. Dann zuckte er die Schultern. „Tja dann... Hauptsache alle sind gesund. Frau Strick, Sie sollten vielleicht den Raum wechseln, wir lassen das reparieren."

Er machte kehrt und marschierte davon. Frau Strick atmete ein paar Mal tief durch. „OK... holt eure Sachen..." Sie betrachtete stirnrunzelnd die Wand und schüttelte schließlich den Kopf. „Na los, bevor ihr die nächste Katastrophe anzettelt."

„Sie tut so, als wäre das alles unsere Schuld", beklagte sich Didi auf dem Heimweg. „Für den Alarm und das Durcheinander konnten wir ja nichts."

„Für Mats können wir auch nichts", sagte Daniel. Sie schoben wieder ihre Räder die Straße entlang.

„Ey!", rief jemand hinter ihnen.

Es war Mats. Er holte sie auf seinem Mountainbike ein und fuhr langsam neben ihnen her.

„Hey, danke, dass du mich beim Schulleiter nicht verpetzt hast", sagte er grinsend.

Daniel nickte. Er hatte nichts gegen Mats, auch wenn der in seiner Wildheit durchaus nerven konnte. Zumindest hatte er das Regal nicht mit Absicht kaputt gemacht. Es war bloß *typisch*, dass es Mats passierte. Aber dafür, fand Daniel, konnte man ihn doch schlecht bestrafen.

„Warum baust du überhaupt immer so viel Scheiße?", näselte Didi.

Mats grinste. „Keine Ahnung", quietschte er. „Passiert irgendwie immer..." Er zog sein Handy aus der Tasche. „Was heißt das eigentlich alles, was da so auf der Karte stand?" Er hielt Daniel das Handy hin.

„Du hast ein Foto von der Wand gemacht?", fragte Didi. Daniel blieb stehen, nahm das Handy und zoomte in das Bild hinein. Es zeigte eindeutig eine Stadtkarte. Etwa in der Mitte war ein kleines x und daneben stand der Name *Geronimo*. Ein bisschen weiter unten gab es ein Kästchen mit etwas, das aussah wie ein Schuh mit hohem Absatz. Am rechten Rand stand in vier Zeilen:

Das große Tor am alten Herd,

Zutritt jederzeit verwehrt.

Zwei Freunde jenseits warten schon,

zwei Schlüssel brauchts für diesen Lohn.

Daniel las die beiden Sätze mehrmals, doch auch nach dem vierten Mal ergaben sie für ihn keinen Sinn.

„Es ist doch eine Karte von hier, oder?", sagte Mats.

Alle drei beugten sich über das Handy, was zur Folge hatte, dass niemand mehr etwas sehen konnte. Didi mit dem dicksten Kopf gewann.

„Du könntest recht haben", sagte er zögerlich. „Ja, da oben das Wasser, das ist der Rhein. Und da ist die Kirche."

Daniel kniff die Augen zusammen. Mats' Foto war ein wenig unscharf und dunkel. „Es ist ähnlich", sagte er langsam. „Aber guck mal, das hier stimmt alles nicht, die Straßen sind ganz anders..."

Er suchte die Karte ab. Neben dem Wort Geronimo entdeckte er etwas, das aussah wie eine Katze. Auch das half nicht gerade weiter. Aber da links, kurz vor der Straße mit dem Kreisverkehr... Daniel drehte die Karte hin und her, mal auf den Kopf und dann wieder zurück, bis er ganz sicher war.

„Das hier ist unsere Schule." Er zeigte den anderen beiden die rechteckigen Kästchen. „Hier, das ist der Schulhof, hier ist unsere Klasse, das ist die Mensa und das..." Er brach ab. „Das ist seltsam."

Ein Rechteck war mit Gold hervorgehoben. Es war der gesperrte Teil hinter dem Bauzaun. Darüber war eine Art ausgefranster schwarzer Kreis gemalt.

„Die ganze Karte ergibt überhaupt keinen Sinn", sagte Didi.

„Ich glaube, doch", sagte Daniel. „Ich glaube, sie hat mit den verschwundenen Jugendlichen zu tun."

Didi sah ihn groß an.

„Was für verschwundene Jugendliche?", wollte Mats wissen. Daniel ignorierte ihn. Was war in diesem Gebäude? Noch einmal las er die Verse an der Seite. Tor, Herd, Freunde, Schlüssel? Er konnte sich keinen Reim darauf machen.

„Hey, was für verschwundene Jugendliche?", beharrte Mats.

„Vor einem Jahr sind wohl zwei Jugendliche von der Schule verschwunden und nie wieder aufgetaucht", erklärte Didi.

„Ja und?"

„Angeblich verschwanden sie genau da", sagte Daniel und deutete mit dem Finger auf den schwarzen Kreis über dem goldenen Rechteck.

„Oh, verstehe..." Mats' Grinsen flackerte. Stattdessen stand ihm der Mund ein Stück offen, was ihn aussehen ließ, als verstünde er überhaupt nichts. „Und was heißt das jetzt?"

„Keine Ahnung", gab Daniel zu und reichte Mats sein Handy zurück. „Aber irgendjemand wusste was darüber und hat es an die Wand gemalt."

Daniel bog in die Einfahrt ein. Aus der Werkstatt hörte er lautes Hämmern. Sein Bruder war also schon zu Hause. Er stellte sein Rad ab und ging hinein. Lasse war zwei Jahre älter als er und für ihn wie ein Spiegel, der ihm die Zukunft zeigte. Er trug seine Haare ebenfalls lang, allerdings waren sie von dunkelbrauner Farbe.

Lasse bearbeitete ein Stück Metall. Hinter ihm war der alte Camaro aufgebockt. Abgesehen vom Lack, der knallrot glänzte, war an dem Auto so ziemlich alles hinüber. Es stammte noch von ihrem Großvater, und der hatte schon immer gerne daran herumgeschraubt. Jetzt steckte es wie eine Fischgräte im Hals in dem zur Werkstatt umgebauten Hühnerstall. Ihr ganzes Haus verriet, dass hier Bastler lebten: Das meiste war selbstgemacht oder sah aus, als hätte es jemand vom Sperrmüll gerettet. Jeder Winkel war vollgestopft mit Werkzeug, Altmetall, Holz, kaputten Antiquitäten und anderem Kram, den man vielleicht nochmal gebrauchen konnte. Das zumindest sagte ihr Vater immer, wenn er mit einem „neuen" Teil nach Hause kam.

„Papa bleibt noch zwei Tage länger", sagte Lasse. Er durchwühlte ein paar Schubladen. „Siehst du irgendwo einen Inbusschlüssel? Ich weiß, ich hab tausende..."

Daniel zog ein Kästchen mit den Schraubwerkzeugen aus dem Schrank und reichte es Lasse.

„Wusste ich doch... er sagt, er hat vielleicht noch einen Kunden."

Daniel nickte mechanisch. Ihr Vater reiste geschäftlich durchs ganze Land und musste oft tagelang wegbleiben. In den Ferien waren sie eine großartige Woche lang Zeltwandern gewesen. Seitdem hatten sie sich nur zweimal gesehen.

„Ach, und Mama hat per Skype angerufen. Dennis sagt, die neue Schule ist kacke."

„Warum soll er's in Frankreich besser haben als wir hier", meinte Daniel. Ihre Mutter lebte zeitweise mit ihrem jüngsten Bruder in Frankreich. Sie arbeitete bei einer internationalen Firma und hatte dort eine Leitungsstelle bekommen. Erst hatten die Eltern davon gesprochen, dass sie alle nach Frankreich umsiedeln sollten. Daniel erinnerte sich mit Schaudern an die zwei Monate, in denen jeden Tag ein anderer Plan diskutiert worden war. Am Ende war ihre Mutter mit Dennis nach Concarneau an der Atlantikküste gezogen, während Lasse und Daniel daheim blieben. Seitdem war es noch dreimal so unordentlich.

„Wir haben noch vegetarische Tiefkühlpizza, wenn du Hunger hast", sagte Lasse. Daniel hatte keinen großen Hunger und kletterte eine gewendelte Holztreppe nach oben. Sein Zimmer war genauso voll mit unfertigem Kram wie der Rest des Hauses. Eine Hängematte hing quer hindurch. Es gab außerdem eine Art Erker, von dem aus man auf einen Dachvorsprung klettern konnte. Im Sommer saß Daniel gerne da oben und blickte über die Siedlung.

Eine wilde Kiwipflanze tastete sich bis hier oben und erwürgte mit ihren Schlingtrieben Regenrinnen und Terrassenbalken. Sie schnitten sie aber nicht ab, weil sie alle fürchteten, dass dann die ganze Fassade mit abbräche.

Daniel setzte sich an seinen PC und öffnete Google Maps. Er rief eine Karte von Schöneburg auf. Mats hatte schon recht, oben der Rhein, in der Mitte die Kirche und links die Schule, soweit stimmten die Karten überein. Aber die Straßen hatten alle anders ausgesehen. War es vielleicht eine historische Ansicht der Stadt gewesen? Nein, das ergab keinen Sinn, die Schule war schließlich neu...

Er tippte „Alteras" in die Suchmaschine ein.

Alteras: Eine Metalband aus Ohio

Alterras: Ein esoterischer Buchladen

Altera: lateinisch für „der andere von beiden"

Alteration: Veränderung in der Musik

Daniel löschte seine Suche und tippte stattdessen „Geronimo" ein und fand einen Wikipedia-Eintrag:

Geronimo *steht für:*

- *eine Namensvariante von Hieronymus*
- *Geronimo, Kriegshäuptling und Schamane in Nordamerika*
- *Geronimo (Lied), Popsong von Aura Dione*
- *Apache Geronimo, eine freie Serversoftware*

Er seufzte, klickte das Browserfenster zu und kletterte aufs Dach. Nichts von all dem schien zusammen zu passen. Warum malte jemand Hinweise auf die Wand einer Schulklasse und baute dann ein Regal davor? Offenbar wollte derjenige doch sein Wissen weitergeben, warum aber in Form eines Rätsels? Es sei denn, es war für jemand Bestimmtes gedacht, für den sich das Rätsel erschloss. So wie die Höhlenmalereien der Steinzeit. Noch immer diskutierten Forscher über die wahre Bedeutung der Bilder. Für die Menschen damals war das sicher keine Frage gewesen...

Daniel schnippte ein bisschen trockenes Moos von den Dachziegeln. Morgen würde er sich die Wand genauer anschauen, vielleicht hatte er auf Mats' unscharfem Foto etwas Wichtiges übersehen.

Am nächsten Morgen besagte ihr Vertretungsplan jedoch, dass der Unterricht in einen anderen Raum verlegt wurde. Daniel sprintete vor Stundenbeginn zu seiner Klasse. Die Tür war offen. Die Tische waren zur Seite geschoben, ein nagelneues Regal stand halb fertig aufgebaut in der Mitte. Eine junge Frau in grünem Overall kletterte gerade von einer kleinen

Treppenleiter herunter. Sie trug ein schwarzes Käppi und hielt eine Farbrolle in der Hand.

Die Wand war weiß übermalt.

Daniel starrte sie an. Die Farbe schimmerte noch feucht. Wäre er doch nur früher gekommen... Ob man sie noch abwaschen konnte? Er machte einen Schritt auf die Leiter zu. Die Frau bemerkte ihn und lächelte ihn an. „Keine Sorge", sagte sie, seine entsetzte Miene falsch deutend, „morgen habt ihr euren Raum schon wieder und sogar ein bisschen schöner als vorher."

KAPITEL 5

Schülervertretung

Zwei Wochen waren vergangen, seit Mats das Regal zerstört hatte. Nichts erinnerte mehr an den Vorfall. Die Wand war sauber gestrichen und ein neues Regal davorgestellt worden. Es war die siebte Stunde; sie saßen in einem Stuhlkreis und besprachen Konflikte in der Klasse.

„Wieso muss der nicht im Kreis sitzen?", fragte Jule und zeigte auf Milan.

In der Tat hatte Milan sich als Einziger geweigert, seinen Platz zu verlassen und saß nach wie vor an seinem Einzeltisch an der hinteren Wand.

„Weil das alles nichts bringt", antwortete er. „Hier versprecht ihr alle irgendwas und nachher machen alle genauso weiter wie vorher."

Milena musste Milan im Stillen recht geben. Sie fand es auch ungerecht, dass er sich herausnehmen konnte, ihren Klassenrat zu boykottieren, aber was er sagte, war nur allzu wahr. Die Streitereien zwischen den Mädchen wurden immer wüster und es verging kein Tag, ohne dass Rocko sich mit jemandem prügelte. Meistens traf es Matteo, der leicht zu reizen war. Bei der kleinsten Bemerkung lief er knallrot an und explodierte vor Wut. Milena glaubte, dass viele genau das lustig fanden und ihn nur deshalb provozierten.

„Na ja, man muss eben daran arbeiten, das geht nicht von heute auf morgen", erwiderte ihm Frau Strick.

Milan hob abwehrend die Hände. „Ich glaub eher, die meisten hier sind einfach asozial."

Jule zeigte ihm den Mittelfinger.

„Davon rede ich", sagte Milan.

„Und was bist du, wenn du nicht mal an unserer Gesprächsrunde teilnimmst?", fragte Arif völlig emotionslos.

Milena war der ruhige Junge am Anfang gar nicht aufgefallen. Meistens machten Daniel und Milan die Beiträge im Unterricht zwischen sich aus. Doch Arif wusste mindestens so viel wie die beiden. Seine leise Stimme ging nur oft im Lärm der Klasse unter. Er rollte das ‚R' immer ein wenig stärker, sprach aber sonst völlig akzentfrei.

„Ich bin bloß realistisch", sagte Milan.

„Du bist bloß dumm", rief Rocko.

„Und das sagst ausgerechnet du?"

„Ich bin der Boss!"

Milena tauschte vielsagende Blicke mit Annika und Michelle. So oder so ähnlich endete es immer. Selbst wenn es Frau Strick gelingen sollte, die Klasse in den Griff zu kriegen – spätestens auf dem Schulhof würde sich Jule mit Jeanette streiten, Matteo in Rockos Schwitzkasten landen und Mats vermutlich jemandem Beinchen stellen, irgendwen kneifen, zwicken, erschrecken oder zur Abwechslung etwas kaputt machen.

„Ihr kennt euch ja jetzt ein bisschen...", versuchte Frau Strick das Gespräch wieder an sich zu reißen.

„Ja, leider", sagte Didi.

„...und daher könnt ihr jetzt eure Klassensprecher wählen. Vielleicht einen Jungen und ein Mädchen?"

„Ich bin der Boss!", rief Rocko wieder.

Didi meldete sich. „Ich schlage Daniel vor."

„Nein, der ist ein Hund", rief Rocko.

Milena seufzte. Das würde ewig dauern. Sie überlegte, wem sie ihre Stimme geben würde. Mats hüpfte auf seinem Stuhl auf und ab. Sie hatte ihn noch nicht eine Sekunde lang stillhalten sehen. Mats als Klassensprecher, fast hätte sie laut losgelacht. Aber genau genommen fiel ihr niemand ein, der wirklich ihr Vertrauen besaß, von Michelle und Annika einmal abgesehen. Doch beide blieben, wie sie selbst auch, lieber unter sich, somit waren sie keine typischen Klassensprecherinnen.

„Vielleicht kann ja jeder sagen, wofür er oder sie sich hier an der Schule einsetzen würde?", schlug Frau Strick vor. Sie sah Daniel auffordernd an.

„Besseres vegetarisches Angebot in der Mensa", sagte Daniel prompt.

„Du bist Vegetarier?", kreischte Jule.

„Deshalb sitz ich hier hinten", sagte Milan. „Sonst steck ich mich noch mit Vegetaritis an."

„Du bist echt so ein Idiot", sagte Daniel.

„Oder wir hören erst noch ein paar Vorschläge", unterbrach Frau Strick hastig.

„Jeanette"

„Arif"

„Mats"

„Annika"

„Leona"

Alles brüllte durcheinander, nach kürzester Zeit waren sämtliche Namen mindestens einmal genannt und genauso oft beschimpft worden.

Frau Strick teilte Zettel aus. „Hier", sagte sie knapp. „Jeder hat zwei Stimmen. Die beiden mit den meisten Stimmen gewinnen. Fertig."

Milena starrte lange ihren leeren Zettel an. Schließlich schrieb sie Michelle und Arif auf. Die Zettel wurden in einem Kästchen gesammelt und nach vorne gereicht. Jule und Jeanette zählten aus. Dabei standen sie Arm in Arm neben dem Pult. Milena hatte selten Menschen erlebt, die sich in so kurzen Abschnitten ewige Freundschaft und Feindschaft bis in den Tod schworen. Mats hüpfte vor der Tafel auf und ab und schrieb Namen an. Das heißt, er kritzelte irgendwelche Zeichen, die man mit viel Fantasie als menschliche Schrift erkennen konnte. Milena tippte auf ägyptische Hieroglyphen. Sie zuckte zusammen, als ihr Name fiel.

Mats kritzelte etwas, das Milena nicht wirklich als ihren Namen identifizierte. Immerhin, das M am Anfang war irgendwie vorhanden.

„Milena, noch mal Milena...", diktierte Jeanette. Mats machte Striche hinter die Namen und quietschte jedes Mal fürchterlich über die Tafel.

„Arif, Daniel, Benni, Milena..."

Michelle stupste sie an und grinste. Milena saß einigermaßen geplättet auf ihrem Stuhl und mied den Blick der anderen. Auf der Tafel stand ein sehr eindeutiges Ergebnis.

„Arif, Milena, nehmt ihr die Wahl an?", fragte Frau Strick, offensichtlich erleichtert.

„Ja", sagte Milena leise und ein wenig heiser. Sie lächelte nervös. Arif nickte dankend in die Runde. Er lächelte nicht.

„Ihr seid also die Ansprechpartner, wenn es zum Beispiel Schwierigkeiten mit Lehrern gibt, außerdem geht ihr zu den SV-Sitzungen und berichtet dann eurer Klasse davon; die nächste ist schon am kommenden Montag..."

„Wieso haben die mich gewählt?", fragte Milena zum x-ten Mal auf dem Weg zum Parkplatz.

„Weil du nicht so eine Zicke bist", sagte Michelle.

„Ihr seid auch keine Zicken."

„Dooooch, manchmal schon", sagte Annika.

„Ich wette, Matte hat für dich gestimmt", überlegte Michelle.

„Nennt ihn doch nicht so", sagte Milena leise.

„Guck, wegen sowas haben die für dich gestimmt."

Sie erreichten den Parkplatz. In zweiter und dritter Reihe warteten Eltern in ihren Autos. Kaum jemand konnte noch rein oder raus, manche rangierten auf der Stelle, andere hupten wütend.

„Meine Mutter wartet vorne an der Ecke", sagte Michelle. Sie schoben sich zwischen heißen Motorhauben und Abgasen hindurch.

„Warum muss *der* abgeholt werden, der wohnt nur zwei Straßen von hier", schimpfte Annika über einen dicken Jungen, der eine Musikbox dabeihatte.

„Guckt mal da", sagte Michelle plötzlich. Sie zeigte ans andere Ende der wartenden Autos. Hinter zwei rot-weißen Pollern parkte eine schwarze Limousine. Ein Mann stieg aus.

„Das ist der Typ wieder", sagte Annika.

„Lasst uns gehen", bat Milena. Sie hatte keine Lust, dem Mann erneut zu begegnen. Mit einigem Unmut sah sie, dass er zum Hintereingang lief. Von dort aus gelangte man direkt ins Lehrerzimmer. Vielleicht holte er ja auch jemanden ab. Sie wusste nicht genau, was sie gegen den Herrn hatte. Er war ja nicht unfreundlich gewesen und hatte ihnen nichts getan. Im Gegenteil, er hatte seine Hilfe angeboten. Es war bloß seine Art, dieses komische Lächeln, das irgendwie nicht echt wirkte, was ihr ein Unbehagen verschaffte, das sie sich nicht weiter erklären konnte. Es war jetzt nicht mehr so stark wie auf der Heimfahrt am ersten Schultag. Vielleicht war sie da auch besonders empfindlich gewesen. Erst der verpasste Bus, dann die Begegnung mit Matteo und schließlich Michelles Anfall. Für all das konnte der Mann ja nichts und verdiente ihre Abneigung womöglich gar nicht. Allerdings hatte Michelles Mutter ihn auch nicht ganz geheuer gefunden. Jedenfalls hoffte Milena sehr, ihn nicht so bald wiederzusehen.

Ihre Hoffnung wurde jedoch enttäuscht, als sie am darauffolgenden Montag mit Arif in die SV-Sitzung kam. Sie waren ein bisschen zu spät, weil Frau Strick vergessen hatte ihnen zu sagen, wo die Versammlung stattfand. Erst der dritte Lehrer, den sie fragten, gab ihnen die richtige Auskunft. Sie schlüpften hinein und setzten sich verstohlen in die hinterste Reihe. Vor ihnen saßen ein paar ältere Schüler. Sie wirkten auf Milena wie Riesen. Vorne stand ein Lehrer, den sie nicht kannte. Er war groß und schlank und hatte ein fröhliches Gesicht. Auf der spitzen Nase trug er eine winzige Brille.

„Guten Morgen zusammen, ich bin Herr Jovius, für alle Neulinge." Beim Sprechen wippte er locker auf den Fußballen und fuhr sich durch die schnippische Kurzhaarfrisur. „Ihr wählt heute eure Schulsprecher, die Kandidaten haben auch gleich Gelegenheit sich vorzustellen. Vorher möchte ich euch aber noch mit unserem großzügigen Sponsor Herrn de Vries bekannt machen." Er deutete auf einen besetzten Stuhl neben sich.

Ein paar Schüler klatschten schlapp. Milena lugte zwischen den älteren Schülern hindurch und zog den Kopf schnell wieder zurück.

„Nicht der", murmelte sie, als sie den Mann aus der Limousine erkannte.

Arif sah sie fragend an, aber Herr de Vries erhob sich bereits und ergriff das Wort. Auch jetzt hatte er dieses stete, irritierende Lächeln aufgesetzt, das einfach nicht zu seiner gebügelten Erscheinung passte.

„Guten Tag", sagte er und musterte die Schüler eindringlich. In seinem perfekt sitzenden grauen Anzug bildete er einen bizarren Kontrast zu Herrn Jovius, der höflich einen Schritt zur Seite getreten war. Keiner der Lehrer, nicht einmal der Schulleiter, kam je in Anzug und Krawatte.

„Ihr alle wisst, dass zurzeit nicht das gesamte Schulgelände genutzt werden kann. Der rote Trakt ist noch immer gesperrt und euch fehlen somit wichtige Lernräume." Er machte eine kurze Pause, um dem letzten Teil mehr Gewicht zu verleihen. „Das soll sich nun schleunigst ändern. Die Bildung junger Menschen ist unsere wertvollste Ressource. Daher möchte ich in eure Schule investieren. Wir werden den gesamten Trakt abreißen und neu bauen – nach euren Vorstellungen. Sportcenter, Werkstätten, Labore, alles ist möglich."

Herr Jovius nickte. „Das ist eine großartige Chance für uns. Leider wird es noch etwas dauern, weil die, äh, Untersuchungen noch nicht abgeschlossen sind. Sobald das Gutachten da ist, geht es aber los und in der Zeit können wir uns als Schule überlegen, was wir gerne hätten."

Arif hob die Hand. „Mir ist aufgefallen, dass die Informatikräume sehr veraltet sind", sagte er auf seine ausdruckslose Art. „Die Rechner sind zum Teil über zehn Jahre alt und die Software auch. Vielleicht könnte man da was machen."

Milena bewunderte, dass er selbst in dieser Situation völlig unaufgeregt, beinahe gleichgültig sprach. Sie selbst hätte sich vor lauter fremden und älteren Schülern gar nicht getraut aufzuzeigen und dann vermutlich auch keinen Ton herausgebracht.

Herr Jovius nickte fröhlich. „Ein guter Vorschlag, wir möchten aber, dass ihr die Ideen in allen euren Klassen sammelt. Wir legen sie dann der Lehrerkonferenz vor."

„Ok, danke schön", sagte Arif und machte sich eine Notiz. Milena hatte nicht einmal daran gedacht, etwas mitzuschreiben.

Herr de Vries wechselte ein paar leise Worte mit Herrn Jovius und verabschiedete sich.

„Ja...", rief Jovius. „...Schülersprecher..."

Sie wählten einen Neuntklässler namens Hannes. Er hatte ein paar flotte Sprüche auf den Lippen und wirkte wie jemand, der sich nicht herumschubsen ließ. Jovius gratulierte ihm und schaute dabei drein, als wollte er niemanden merken lassen, was er von der Wahl hielt.

Milena und Arif machten sich auf den Weg zurück in ihre Klasse. Sie hörten sie schon von weitem.

„Ich glaube, klopfen ist überflüssig", sagte Arif.

Milena nickte und trat ein. Es bot sich das übliche Bild – Mats tobte über die Tische, Rocko trampelte auf Matteos Sachen herum und Frau

Strick versuchte, zwischen Jeanette und Jule zu vermitteln. Offenbar hatten sie sich gegenseitig Kaugummi in die Haare geklebt. Milan dagegen schien zu schlafen.

„Wir möchten euch gerne von der SV-Sitzung erzählen", begann Arif. Er wartete, bis es ein bisschen leiser wurde. „So", fuhr er fort und unterbrach gleich wieder.

„Haltet doch mal die Klappe!", schrie Didi. Aber von einem kleinen blondgelockten Hobbit klang das nicht besonders beeindruckend. Milena stand mit überkreuzten Beinen neben Arif und fühlte sich sehr fehl am Platz.

„So", sagte Arif wieder und klang, als wollte er eigentlich sagen: Hat sowieso alles keinen Zweck. Er wischte sich eine dicke Haarsträhne zur Seite. Im Neonlicht schimmerten seine pechschwarzen Haare fast bläulich. „Schülersprecher ist Hannes aus der neun..."

„Das ist ein Hurensohn!", rief Rocko.

„Du kennst den doch nicht mal", rief Milan, ohne die Augen zu öffnen.

„Rocko, solche Wörter will ich hier nicht hören!", schimpfte Frau Strick.

„Ich bin der Boss!", rief Rocko.

Didi sah aus, als würde er gleich anfangen zu weinen. Er rutschte unter den Tisch und blieb da liegen.

„Außerdem soll das abgesperrte Gebäude abgerissen und neu gebaut werden", sagte Arif. Milena sah, wie Daniel die Augen zusammenkniff und Didi unterm Tisch anstupste. Die blonden Locken tauchten wieder über der Tischplatte auf. „Es gibt einen Sponsor, Herr de Vries, glaube ich, und wir sollen alle überlegen, was wir da rein haben wollen. Also Informatikräume oder..."

Der Rest seines Satzes ging im allgemeinen Gebrüll unter.

„Nagelstudio!", grölte Jeanette.

„Döner!", röhrte Rocko.

„Hab ich was vergessen?", fragte Arif Milena. Sie schüttelte den Kopf. Beide setzten sich und Milena erzählte Annika und Michelle, wer sich hinter dem Namen *de Vries* verbarg.

KAPITEL 6

Auf dem Krähenhof

Regen klatschte gegen das Fenster. Didi sah missmutig nach draußen.

„War ja klar, dass das Wetter genau dann scheiße wird, wenn wir auf Klassenfahrt sind", maulte er.

„Ist nur ein Schauer", sagte Daniel. „Morgen ist es wieder schön." Er stand mit zwei Paar Socken vor seiner Sporttasche und überlegte, was er noch brauchte. Eine Regenjacke auf jeden Fall, egal was er Didi erzählte. Didi schaukelte in der Hängematte und raschelte mit seiner Zeitung. Seit ein paar Tagen brachte er morgens immer eine Zeitung mit zur Schule – eine Angewohnheit, die ihm viel Häme bescherte, vor allem von Jule, aber auch Milan hielt sich nicht zurück, ihn aufzuziehen. Vor zwei Tagen hatte Didi aber dann tatsächlich mal etwas Interessantes gefunden:

Startschuss für Neubau an der Gesamtschule verzögert sich weiter

Noch immer kann das marode und zurzeit ungenutzte Gebäude auf dem Gelände der Gesamtschule Schöneburg nicht zum Abriss freigegeben werden. „Wir arbeiten auf Hochtouren an der Erstellung eines Gefahrengutachtens", teilte ein Sprecher der Stadt mit. „Aber diese Dinge brauchen ihre Zeit, Sicherheit geht vor." Vermutungen, die noch immer offenen Ermittlungen im Fall der vermissten Jugendlichen könnten der Grund für die Verzögerung sein, blieben vom Schulträger unkommentiert. Kritiker werfen dem Stadtrat Planungsfehler vor...

Hin und her hatten sie überlegt, wer die Wandkarte gemalt haben könnte, an wen sie gerichtet war, wer den Abriss bremste und warum. Vielleicht glaubte jemand, dass dann alle Hoffnung, die verschwundenen Teenager wiederzufinden, endgültig verloren ginge. Oder war es andersherum? Dass jemand fürchtete, es könnten Dinge ans Licht kommen, die geheim bleiben sollten?

„Das wird furchtbar", heulte Didi.

„Was?", fragte Daniel zerstreut.

„Zwei Tage lang. Mit Rocko. Und Jule. Und allen anderen. Von morgens. Bis abends." Didi krabbelte ein Stück aus der Hängematte und sah Daniel kopfüber beim Packen zu.

„Vergiss die Strick nicht", sagte Daniel. Frau Strick hatte eine neue Methode entdeckt, um mit dem Chaos in der Klasse umzugehen. Sie beauftragte jetzt die ruhigeren Schüler damit, ihre Klassenkameraden zur Ordnung zu rufen. Mit diesem Ansinnen hatte sie sich höchst unbeliebt gemacht. Entweder man brüllte sich aus vollem Halse an, endlich leise zu sein – oder man ignorierte den ohrenbetäubenden Krach, wenn es ein Freund war, der ihn verursachte. Arif war als Klassensprecher der Einzige, der sich pflichtschuldig darum bemühte, ihre Anweisungen umzusetzen. Erfolgreich war er allerdings auch nicht. Dafür schaute er noch verkniffener drein als ohnehin schon.

Für die Busfahrt zum *Krähenhof*, dem Ziel ihres zweitägigen Klassenausflugs, hatte Frau Strick eine bessere Idee:

„Auf der Homepage vom Krähenhof ist ein Quiz, das macht ihr jetzt mal bitte alle."

26 Handys wurden gezückt. Niemand machte das Quiz, nicht einmal Arif. Aber alle waren plötzlich leise. Auch Daniel hielt sein Handy in der Hand, doch er stierte aus dem Fenster. Ein fahler Frühnebel zog über die Wiesen. Vereinzelt tauchten Spuren von Gelb und Orange an Büschen und Bäumen auf. In den Herbstferien wollte seine Mutter mit Dennis kommen. Dennis' Zimmer war allerdings unbewohnbar. Ihr Vater hatte ein Holzlager daraus gemacht, weil er im Holzlager eine Pilzzucht angelegt hatte. Lasse und Daniel waren sich einig, dass die Pilze genauso eingehen würden wie die Kakteen vor ihnen. Vielleicht könnte Dennis bei Daniel im Zimmer schlafen, wie früher, als die Brüder sich zu dritt ein Zimmer geteilt hatten…

Sie fuhren durch ein Waldstück einen flachen Hügel hinauf. Dann bog der Bus in einen Schotterweg voller Schlaglöcher ein. Daniel rumste mit dem Kopf gegen die Scheibe. Er setzte sich aufrecht hin und versuchte zu erkennen, was am Ende des Waldweges zwischen den Bäumen lag.

„Wir sind voll am Arsch der Welt", lästerte Jule, als sie einen hölzernen Torbogen mit einem geschnitzten Schild passierten.

illkommen au dem Krähenhof

...stand darauf. Der Bus rumpelte durch ein letztes tiefes Schlagloch und kam abrupt zum Stehen. Ein paar Schüler waren schon zu früh aufgestanden und wurden im Gang nach vorne geworfen. Daniel sah zu, wie der kleine Benni an ihnen vorbeiflog und gegen Rocko prallte. Rocko schien das kaum zu bemerken. Es gab einiges Gedränge und Geschubse, dann würgte sich die Klasse aus dem Bus heraus.

Es roch nach feuchtem Wald und Pferdestall. Ein großes weißes Gebäude mit roten Ziegeln stand auf einem weitläufigen Platz mit Kopfsteinpflaster. Rechts davon sah Daniel Scheunen und Ställe, auf der anderen Seite die Ausläufer eines Geheges. Außerdem wurde Daniel klar, wieso es der „Krähenhof" hieß. In den Bäumen rings um den Hof saßen ganze Kolonien von Krähen und krakeelten wie eine randalierende Meute Straßenräuber.

Eine ziemlich quadratische Frau kam aus dem Haus auf sie zu. Ihre Gummistiefel schlappten bei jedem Schritt. Über ihrem Sweatshirt trug sie einen grauen Kittel. Etwas klebte daran, das wie ein Stück Kuhfladen aussah.

„Tach zusammen", sagte sie. „Schön dassa da seid. Ich bin die Jutta. Also die Mädchen ham die Schlafzimmer links, die Jungens rechts." Sie fuchtelte wild mit den Armen. „Essen gibbet immer um acht, um eins und um sieben. Dazwischen machen wa Ponyreiten und Schnitzeljachd. Und um zehn Uhr is Ruhe. Da hinter mir habta ne Strohscheune und Hüpfburg und dat ganze Gedöns. Ach ja und da links isset Wildgehege, da auf keinen Fall rein gehen, dat wär schlecht für euch." Sie lachte tief und bellend. „Joar, dat wärs. Viel Spaß aufm Krähenhof."

Sie machte kehrt und marschierte zurück zum Haus. Etwas zögerlich folgte ihr die Klasse. Die Zimmer waren klein, es passten so gerade immer zwei Stockbetten und ein schmaler Schrank hinein. Daniel bezog die obere Etage, Didi hievte sein Gepäck auf das untere Bett. Sie teilten sich das Zimmer mit Milan und Mats. Insgesamt nicht allzu schlecht, dachte Daniel. Wobei – mit Mats als Mitbewohner würden ihre Betten vermutlich vor Einbruch der Nacht als Trümmerhaufen enden.

Sie verstauten ihr Gepäck und schwärmten dann aus, das Gelände zu erkunden. Didi und Daniel kamen als erstes am Wildgehege vorbei. Sie folgten einem Trampelpfad den Zaun entlang. Das Gehege war riesig und scheinbar leer. Einmal glaubte Didi etwas gesehen zu haben, aber Daniel bemerkte nichts. Sie umrundeten es einmal und kehrten zurück zum Hof. Aus der Strohscheune drang lautes Kreischen. Daniel und Didi sahen sich kurz an, schüttelten den Kopf und machten einen weiten Bogen darum. Sie landeten beim Pferdestall. Ein gewaltiges Kaltblutpferd stand angebunden vor seiner Box. Es war braun und weiß gescheckt, und mit seinen dichten, langen Behängen um die Hufe sah es aus, als trüge es Schlaghosen. Sein Kopf allein war fast so groß wie Didi vom Scheitel bis zur Sohle. Es blähte die Nüstern auf und beschnupperte sie vorsichtig. Dann versuchte es, sein Maul in ihre Taschen zu stecken. Didi fiel um und suchte schleunigst das Weite.

Sie liefen einmal um das gesamte Gelände herum und entdeckten neben weiteren Pferden auch Gänse, Ziegen, eine einäugige Katze („bestimmt ein Krähenopfer", vermutete Didi), Esel und noch viel mehr Krähen. Wieder am Wildgehege angekommen lehnten sie sich gegen den Zaun und spähten in den Wald.

„Weißt du, was ich überlegt habe", begann Daniel. „Wegen der vermissten Jugendlichen..."

Didi sah ihn erwartungsvoll an, aber Daniel warf die Stirn in Falten und redete nicht weiter. Er hatte da einen Gedanken, nur war der ein bisschen gewagt.

„Ich möchte wirklich wissen...", fuhr er irgendwann fort, doch er wurde unterbrochen.

Mats kam den Pfad entlang gesprintet und stoppte schlitternd vor ihnen.

„Ey, Wahnsinn, geht bloß nicht in das Gehege", keuchte er.

„Das hat die Frau doch vorhin gesagt", meinte Didi augenrollend.

„Im Ernst, geht da nicht rein..."

„Wieso, was ist da...?", Daniel verstummte wieder. Etwas kam den Pfad entlanggaloppiert. Etwas Großes und Lautes, dessen Klauen auf den Boden trommelten.

„Du hast die Tür aufgemacht?!?!"

„Lauft weg!", quietschte Mats und sauste Armrudernd davon.

„Ahhhhh!", schrie Didi.

„WILDSCHWEINE!", brüllte Daniel. Er raste hinter Mats her.

Drei wütende Wildschweine preschten um die Ecke und auf die Jungen zu. Sie waren fast einen Meter groß und noch weitaus länger, ihre gewaltigen Hauer schimmerten weiß. Daniel hatte keine Lust, mit ihnen Bekanntschaft zu machen. Er rannte um einen Haselstrauch und in einen Waldbereich voller Eichen hinein. Mats schlug Haken um die Baumstämme wie ein aufgescheuchtes Wiesel, doch Didi kam nicht so schnell hinterher.

„Auf die Bäume", kommandierte Daniel. Er packte einen Ast und schwang sich hinauf. Unter ihm bretterte ein 200-Kilo-Schwein vorbei. Er reichte Didi eine Hand und zog ihn zu sich herauf. Mats beschrieb einen fast eleganten Bogen und rannte den Baum hoch, als hätte er Saugnäpfe an den Händen. Die Wildschweine trampelten weiter und verschwanden im Dickicht.

Eine Weile sagte niemand etwas. Sie saßen auf ihren Ästen, an den Stamm geklammert, und versuchten wieder zu Atem zu kommen. Über ihnen machten die Krähen einen Mordslärm. Offenbar passten ihnen die Eindringlinge auf ihrem Baum nicht.

„Wieso lässt du denn die Türe auf?", fragte Daniel über das Gekrächze hinweg.

„Wir sind zwei Minuten hier", heulte Didi. „Zwei Minuten. Und...und...", er machte eine hilflose Geste in Richtung Mats.

„Was denn", rief der. „Woher soll ich denn wissen..."

„Weil die Frau das extra noch gesagt hat", riefen Didi und Daniel beide.

„Ach, als ob", sagte Mats, aber er blickte ein klein wenig schuldbewusst drein.

Im Gebüsch raschelte es. Das größte der Wildschweine brach durch die Zweige und umkreiste ihren Baum. Es wühlte und scharrte in den alten Laubschichten vom vergangenen Jahr und äugte immer wieder zu ihnen herauf. Eigentlich guckte es ganz niedlich, dachte Daniel. Die flauschigen Teddyohren und die dunklen Knopfaugen sahen sogar richtig freundlich aus. Nur die geschwungenen Hauer passten nicht ins Bild.

„Na toll", sagte Didi. „Wir kommen hier nicht mehr runter."

„Der sucht nur nach Eicheln", sagte Daniel und sah die vollbehangenen Zweige prüfend an. „Aber die hängen alle noch oben..."

„Dann reiß welche ab!", sagte Didi.

Daniel pflückte ein paar Früchte ab und warf sie nach unten. Das Wildschwein interessierte sich aber nur mäßig dafür und Daniel gab es bald wieder auf.

Eine Weile saßen sie still auf dem Baum. Das heißt, Didi und Daniel saßen ruhig da, Mats schaukelte auf seinem Ast hin und her und versuchte, mit Eicheln zu jonglieren.

„Was wolltest du vorhin eigentlich sagen?", erinnerte Didi Daniel an seinen angefangenen Satz.

„Ach ja..." Daniel überlegte kurz, ob er vor Mats darüber sprechen wollte. Doch Mats steckte ständig in so vielen Schwierigkeiten, er war der Letzte, der sie verpetzen würde.

„Ich will einfach wissen, was in diesem Gebäude ist", sagte Daniel. „Ich meine, was, wenn es da noch Spuren oder Beweise gibt? Und die sperren es ab und verhindern den Abriss, damit niemand das rauskriegt." Er hatte keinerlei Vorstellung, wen genau er mit „die" meinte, aber Didi ging nicht darauf ein. Er sagte stattdessen das Offensichtlichere:

„Was willst du machen? Einbrechen?"

Daniel antwortete nicht. Das war genau sein Gedanke gewesen. Laut ausgesprochen klang es allerdings viel krasser, als er erwartet hatte.

„Naja", druckste er herum. „Es ist ja unsere Schule. Und wenn da was Gefährliches ist, ist es doch sozusagen unser Recht, das zu wissen..."

„Ich komm mit", sagte Mats. Er hing an den Kniekehlen von seinem Ast herab. „Ich will das auch wissen."

Das Wildschwein unter ihnen hob den Kopf. Daniel hatte es auch gehört. Ein Glockenklingeln und das Rappeln von Futternäpfen hallten durch den Wald. Das Wildschwein setzte sich in Bewegung und trabte fröhlich davon. Sie warteten noch einen Moment, um sicherzugehen, dass die Luft rein war, dann kletterten sie hinunter.

Daniels Fußspitze berührte kaum den Boden, als –

„SOFORT RUNTERKOMMEN!!"

Frau Strick stand wutschäumend vor ihnen.

Was machen wir denn gerade, dachte Daniel, traute sich aber nichts zu sagen.

„Was habt ihr euch dabei gedacht?!", fuhr sie die Drei an. „Seid ihr völlig übergeschnappt?!"

„Eigentlich war das...", begann Didi leise, aber Frau Strick ließ ihn nicht zu Wort kommen.

„Keine Sekunde kann man euch aus den Augen lassen! Reiten ist gestrichen für euch! Mats! Du gehst die Ställe ausmisten. Ihr zwei! Küche! Sofort!"

„Aber Frau Strick", begann Didi noch einmal.

„JETZT!", schrie Frau Strick.

Mats trollte sich. Didi und Daniel trotteten zur Küche, wo sie ein Berg von dreckigem Geschirr erwartete.

„Ich find's nicht gut, Mats mitzunehmen", sagte Didi. „Der macht immer irgendwas Dummes und wir werden erwischt." Er nahm sich ein Handtuch. „Das ist so unfair..."

Didi hatte nicht unrecht. In der Nähe von Mats war es sehr wahrscheinlich, in irgendein Schlamassel hineingezogen zu werden. Seufzend nahm er sich einen Spüllappen. Andererseits war Mats so jemand, der Dinge einfach *machte*. Vielleicht wäre es gut, ihn dabei zu haben. Daniel hatte noch keine Ahnung, wann und wie er in das gesperrte Gebäude hineingelangen sollte. Und irgendetwas sagte ihm, dass Mats nicht lange darüber nachgrübeln würde.

KAPITEL 7

Die Nachtwanderung

„Mats hat was?!"

„Ja, wirklich. Die Wildschweine haben sie auf die Bäume gejagt. Und jetzt müssen sie die Klos putzen oder so."

„Uäh, voll abartig", rief Jule.

„Nur wenn du vorher drauf warst", entgegnete Milan.

Die Klasse stand vor dem Reitplatz und wartete darauf, dass die zweite Gruppe ihre Pferde hineinführen durfte. Jule warf Milan einen verächtlichen Blick zu und streichelte demonstrativ den Hals ihres Pferdes. Jule hatte sich auf die weiße Stute gestürzt, bevor die anderen überhaupt den Stall vollständig betreten hatten. Schnell wurde klar, wieso: *Mirabella* hatte das perfekte Aussehen und Verhalten eines ferngesteuerten Barbie-Pferdes. Milans kleines graues Pony hingegen stampfte ungeduldig mit den Hufen und schubste ihn ständig in den Rücken.

Milena führte ein gewaltiges Kaltblut am Zügel, von dessen tellergroßen Hufen sogar Rocko respektvollen Abstand hielt. Bei ihrem Onkel auf dem Hof hatte sie schon ein paar Mal reiten dürfen. Als Jutta fragte, wer sich auf *Goliath* traute, hob sie als Einzige die Hand.

„Mein Onkel sagt, die großen sind meistens gutmütig", erklärte sie mit roten Flecken auf den Wangen. „Je kleiner, desto frecher."

„Kann ich bestätigen", meinte Milan. Er versuchte, sein Pony zurück zu schubsen, es stampfte mit dem Huf nach ihm. „Siehe Mats, der ist auch klein. Na ja, dünn eher. Und gemein von der Strick, dass sie – WAS IST KAPUTT MIT DIR?"

Sein Pony hatte ihn so heftig geschubst, dass er zwei Meter nach vorne stolperte. Jule lachte hämisch. Milena presste die Lippen zusammen, um nicht auch loszuprusten. Milan massierte sich die Rippen und baute sich vor dem Pony auf. Es sah aus, als lieferten sie sich ein Wettstarren.

„Soa, dann wolln wa mal."

Jutta war wieder da. Begleitet wurde sie von ihrem Mann, der sich als Uwe vorstellte.

„Schön der Reihe nach", ordnete sie an. „Der Uwe hilft euch beim Aufsteigen. Und Vorsicht mit Brutus", sagte sie zu Milan. „Der ist `n Biest."

„Nee, echt?", rief Milan sarkastisch. Brutus drehte ihm jedes Mal den Hintern zu, wenn er versuchte aufzusteigen.

Milena bekam von Uwe eine kleine Treppenleiter. Selbst damit war es noch schwierig, auf Goliath zu klettern. Doch im Gegensatz zu Brutus, der jetzt auf der Stelle tänzelte, hielt Goliath perfekt still. Als Milena oben saß, drehte er kurz den Kopf, wie um zu sehen, ob sie sicher im Sattel angekommen war. Milan sah ein wenig neidisch herüber. Mit Uwes Hilfe schaffte aber auch er es schließlich hinauf.

Jutta zeigte ihnen, wie sie sitzen mussten, um das Gleichgewicht zu halten. Die ausladenden, gemächlichen Schritte von Goliath machten das nicht allzu schwer, Milena fühlte sich wie auf einem schaukelnden Sofa. Jule saß offenbar nicht zum ersten Mal im Sattel, sie blickte von ihrem Barbie-Pferd herab, als gehörte ihr die Welt. Milan hingegen wurde auf seinem kurzbeinigen Pony ordentlich durchgeschüttelt. Doch abgesehen davon war Milena erstaunt, wie ruhig alles verlief. Vielleicht lag es an der Ausstrahlung der Tiere, oder daran, dass Mats nicht da war, oder der Mischung von allem, aber weder gab es Zank und Streit, noch herrschte die übliche Lautstärke. Sie konnte nicht anders, als sie auf Goliath hoch über allen dahinschwebte, strahlte sie über das ganze Gesicht.

„Gut so, wir können jetzt...", begann Jutta, die in der Mitte stand. In diesem Moment beschloss Brutus jedoch, dass er genug davon hatte, im Kreis zu laufen. Er macht abrupt kehrt, trippelte kreuz und quer zwischen den anderen Pferden hindurch und bemühte sich dabei nach Kräften, Milan irgendwo abzustreifen.

„Willst du mich eigentlich verarschen?", rief Milan, der zu Brutus' Ärger immer noch auf dessen Rücken klebte und offenbar wild entschlossen war, diesen Machtkampf nicht zu verlieren. Für Brutus schien daraufhin der Zeitpunkt für drastischere Maßnahmen gekommen: Er biss Jules Stute in den Hintern. Die Stute keilte aus, Jule kreischte, das Pferd neben ihr sprang zur Seite und sein Reiter landete unsanft auf dem Boden. Der überwiegende Rest der Schüler brach in Panik aus und Sekunden später war aus der geordneten Formation ein wuselnder Ball aus Beinen und Fell geworden – eingehüllt von einer dichter werdenden Staubwolke.

Milena versuchte, aus dem Pulk von durcheinanderlaufenden Pferden zu entkommen, aber Goliath übernahm die Führung. Ungerührt von allem, was um ihn, oder besser: unter ihm, stattfand, schaukelte er Milena an den Rand des Platzes, drehte sich so, dass sie einen guten Blick auf das Geschehen hatte und stand still wie sein eigenes Denkmal.

Uwe lachte. „Der kann auch lesen und schreiben", sagte er. Dann eilte er seiner Frau zur Hilfe und entwirrte das Durcheinander auf dem Platz.

„Für unsere Klasse gar nicht so schlecht", meinte Annika später beim Abendessen. „Ich meine, es war bestimmt eine halbe Stunde lang mal alles ruhig..."

„Ich mag keine Pferde", murmelte Milan und stocherte in seinem Essen herum.

„Was war denn los mit dem Vieh?", fragte Mats.

„Das war kein Pferd, das war der Teufel", sagte Milan und rieb sich den Ellenbogen. Brutus hatte zum Abschied seinen Dickschädel dagegen gewummert.

„Tja, jedem das Passende", rief Jule gehässig. Sie war erst abgestiegen, nachdem ihre Freundinnen drei Dutzend Posen von ihr auf dem Pferd fotografiert hatten.

Milena hatte keine Lust, sich ihre Bilder anzusehen. Sie wandte sich wieder Annika und Michelle zu.

„Denkt ihr, wir machen die Nachtwanderung noch? Ich meine, erst Wildschweinjagd, dann diese Reitstunde... bestimmt sagt Frau Strick das ab..."

Aber Frau Strick überraschte sie. Vielleicht hoffte sie auch nur, dass die Klasse nach einer anstrengenden und aufregenden Nachtwanderung ohne großen Widerstand ins Bett ginge. Jedenfalls verkündete sie beim Essen, dass sie gemeinsam mit Uwe eine Spukwanderung durch den Krähenwald machen würden.

Es war nicht vollständig dunkel, eher dämmerig, als sie aufbrachen. Zwischen den dicht belaubten Bäumen kam nur wenig vom restlichen Tageslicht an und sie konnten nicht weit sehen. Eine Weile folgten sie dem Weg am Wildgehege entlang. Milena fiel auf, dass an der Tür ein Vorhängeschloss angebracht war. Ein kleines Andenken an Mats ... Dann führte Uwe sie auf einen Trampelpfad durchs Unterholz. Hier standen die Büsche und Farne so dicht, dass sie im schwindenden Licht über Baumwurzeln stolperten. Brombeerranken wucherten wie Tentakel auf den Sträuchern und verhakten sich in ihren Haaren und Kleidern.

Mats tobte überall, um die Bäume und unter den Brombeeren her, nur nicht auf dem Weg. Die Gruppe um Jule klebte an Uwes Fersen, als fürchteten sie einen Räuberangriff. Milena, Annika und Michelle ließen sich ans Ende fallen. Frau Strick lief hinter ihnen und scheuchte sie ab und an, damit sie nicht den Anschluss verloren.

Es war jetzt vollständig dunkel. Uwe erzählte Gruselgeschichten und das Kichern wich einer angespannten Stille. Es raschelte im Farn und ein brüllendes Tier sprang heraus. Jule und ihre Freundin Tanja kreischten und stolperten seitwärts in die Brombeeren. Das vermeintliche Tier lachte laut und raste den Weg entlang.

„Dieser Mats", stöhnte Frau Strick und eilte nach vorne, um Jule zu beruhigen. Sie zeterte in den höchsten Tönen, weil in ihrem T-Shirt Dornen steckten und ihre Arme zerkratzt waren. Milena und ihre Freundinnen ließen den Abstand zur Gruppe weiter wachsen, bis sie Jules Stimme nur noch aus der Ferne hörten.

„Wisst ihr, wo es zum Hof zurück geht?", fragte Annika, als die Stimmen der anderen ganz erstarben.

„Einfach den Weg zurück", meinte Michelle. Sie hatte die Taschenlampe an ihrem Handy eingeschaltet. Der Lichtschein flatterte über den Boden und die dornigen Ranken wie ein verlorenes Irrlicht. Milena, die hinten ging, stolperte trotzdem alle paar Schritte.

„Wünschte, ich hätte mein Handy auch mit", sagte sie. „Das ist..."

„Schht", machte Michelle und blieb stehen. Sie horchten in den Wald hinein. Vor ihnen hörten sie eine Stimme.

„Das ist nur Frau Strick", sagte Annika leise.

„Ja, und wir kriegen bestimmt Ärger, dass wir nicht beim Rest sind", flüsterte Michelle und schaltete die Taschenlampe aus. Sie schlichen noch ein paar Schritte weiter, dann hockten sie sich neben dem Weg unter die Farnblätter.

„Mit wem redet die da?", raunte Milena. Inzwischen war der Mond aufgegangen und die Silhouette von Frau Strick war nur so eben zu erahnen.

„Ich glaub, sie telefoniert..."

Sie strengten ihre Ohren an. Frau Strick sprach anscheinend mit jemandem am Telefon, denn ihre Sätze wurden abgelöst von kurzen Momenten absoluter Stille, die Milena seltsam irritierten. Ein paar Gesprächsfetzen wehten zu ihnen herüber.

„...kann mich nicht darum kümmern, weil ich bis morgen Abend noch in diesem Krähennest festhänge..."

Das war es, dachte Milena: Nachdem sie den ganzen Tag vom Lärmen der Krähen begleitet worden waren, fehlte ihr Gekrächze in der nächtlichen Stille.

„...de Vries muss sich eben gedulden, die Schule läuft ja nicht weg..."

„Au!" Annika hackte Milena ihren Ellenbogen in die Seite, als der Name *de Vries* fiel.

„Psst", zischte Michelle.

Frau Strick hatte aufgehört zu sprechen. Hatte sie aufgelegt, oder die Mädchen im Gebüsch bemerkt? Doch dann hörten sie ihre Lehrerin erneut.

„...weiß nicht, was die Hektik soll, selbst wenn das Gutachten morgen käme, könnten wir unmöglich schon starten. Schließen wir unsere Vorbereitungen gründlich ab, die Freigabe wird schon rechtzeitig kommen...nein, Verschwörungstheorien interessieren mich nicht, mich interessiert nur, dass jeder seinen Job anständig erledigt..."

Sie legte auf. Milena meinte zu hören, wie Frau Strick verächtlich „Wichtigtuer!" sagte. Zweige knackten und die Lehrerin folgte dem Rest der Klasse den Weg entlang.

Etwa zwei Minuten saßen sie noch still da und horchten, ob Frau Strick zurückkäme. Dann standen sie auf. Milenas Fuß war eingeschlafen. Sie schüttelte ihn und humpelte ein paar Schritte auf einem Bein.

„Worum ging es da?", fragte Annika.

„Irgendwas wegen dieser Neubau-Sache", sagte Milena. „Das Gebäude, was noch abgerissen werden soll, muss ja irgendwie noch untersucht werden..."

„Ich wusste nur nicht, dass Frau Strick daran mitarbeitet", sagte Michelle nachdenklich. „Davon hat sie gar nichts gesagt, als du und Arif das aus der SV erzählt haben."

„Ach darum hat der Typ, dieser Herr de Vries uns auch so komisch aus seinem Auto raus angequatscht", sagte Annika. „Wenn Frau Strick mit dem zusammenarbeitet."

„So ein Quatsch", widersprach Michelle. „Das war an unserem ersten Tag, woher sollte er wissen, dass wir in ihrer Klasse sind?"

„Ich frag mich nur", sagte Milena langsam, „warum die das mitten in der Nacht im Wald bespricht – so als sollte das keiner mitkriegen. Ich meine, es geht doch nur um ein paar neue Computerräume und so, oder?"

Annika zuckte die Schultern. „Vielleicht wollte sie einfach in Ruhe telefonieren, also nicht in der Nähe von Mats und so."

Michelle schnaubte. „Klang überhaupt nicht gerade so, als hätte sie große Lust auf den Ausflug, oder? Krähennest..."

„Und was war das mit Verschwörungstheorien?", sagte Annika.

„Keine Ahnung..."

Sie standen eine Weile auf dem Waldweg, jede in Gedanken versunken.

„Kommt, sonst gibt es doch noch Ärger", sagte Michelle. „Nach den Herbstferien fangen die bestimmt endlich diesen Neubau an, dann erfahren wir es eh."

Gemeinsam trabten sie den Pfad entlang, ihrer Klasse hinterher.

KAPITEL 8

Krabben Orth

Die Herbstferien hatten begonnen. Didi besuchte mit seinen Eltern Verwandte in Bayern und Mats war zum Mountainbiking in Winterberg. So mussten alle Pläne, das gesperrte Gebäude genauer in Augenschein zu nehmen, bis nach den Ferien warten.

Daniel lag mit einem Blatt Papier in der Hand in seiner Hängematte. Auf dem Papier hatte er das Foto von der Wandkarte ausgedruckt. Wieder und wieder hatte er die Straßen mit denen aus Schöneburg verglichen – stets mit demselben Ergebnis: Der linke Bereich, in dem die Schule lag, stimmte haargenau mit Schöneburg, so wie er es kannte, überein. Rechts davon jedoch waren nur Einzelheiten korrekt. Zum Beispiel war die Lage der Kirche stimmig und teilweise der Flusslauf im Nordosten.

Daniel fuhr die Straßen mit dem Finger ab. Rechts von der Schule wichen sie von der Realität ab; rechts von diesem seltsamen schwarzen Kreis, der keinem ihm bekannten Kartensymbol glich. Außerdem waren da der Schuh und die Katze und der Name *Geronimo*. Nichts davon ergab für Daniel auch nur ein bisschen mehr Sinn als am Tag der Entdeckung.

Sein Finger hielt inmitten der Suchbewegung inne. Da, in der oberen rechten Ecke, über den gereimten Versen, war ein zweiter schwarzer Kreis. Daniel setzte sich auf. Dieser Kreis war etwas blasser und dünner, deshalb hatte er ihn bislang übersehen.

Er schwang die Beine über den Hängemattenrand, sprang hinunter und startete seinen Computer. Seine Finger trommelten ungeduldig auf der Schreibtischplatte. Immer wieder vergewisserte er sich – ja, es war ganz sicher ein identischer Kreis, wenn auch weniger kräftig gemalt. Er hatte dieselben komischen ausgefransten Linien an den Rändern, ein bisschen wie die spiralförmigen Arme einer Galaxie.

Daniel öffnete *Google Maps* und rief *Schöneburg* auf. Dann legte er die gedruckte Karte auf den Bildschirm und zoomte so lange in die Online-

Ansicht, bis die Gesamtschule auf dem Papier genau deckend auf der Schule im Browserfeld lag. Einzelheiten waren selbst bei der höchsten Helligkeitsstufe des Monitors nicht durch das Blatt hindurch zu erkennen, aber grobe Umrisse konnte Daniel unterscheiden. Zum Beispiel war die Kirche an der richtigen Stelle; das kreuzförmige Gebäude stimmte in seiner Lage auf beiden Karten überein. Doch die meisten Straßen deckten sich nicht, selbst der Rhein nahm auf der mysteriösen Karte einen anderen Verlauf. Daniel suchte nach den eigentümlichen Markierungen und verglich ihre Position mit Google. Das Wort *Geronimo* stand über der alten Stadtmauer, der Schuh lag irgendwo in der Altstadt und der zweite schwarze Kreis...

Daniel hob die Ecke des Papiers vom Bildschirm hoch, um besser sehen zu können. Der Kreis lag eindeutig auf der Friedrichs-Insel.

Er lehnte sich zurück und versuchte, sich an seinen letzten Besuch auf der Friedrichs-Insel zu erinnern. Eigentlich, darauf hatte sein Vater schon immer hingewiesen, müsste es *die* Friedrichs-Inse*ln* heißen. Es handelte sich dabei um das Naturschutzgebiet, das von den alten Rheinarmen umschlossen wurde. Irgendwann einmal hatte man den ganzen Rhein begradigt, weil er bei Schöneburg eine lästige Kurve floss. Übrig geblieben war eine weitläufige Auenlandschaft, in der es, je nach Hochwasserstand, eine schwankende Vielzahl von Inseln gab.

Daniel kontrollierte noch einmal die Position des Kreises. Er lag ziemlich mittig, auf der größten der vielen Inseln. Und die, das wusste Daniel vollkommen sicher, war, egal bei welchem Wetter, nur mit einem Boot zu erreichen.

Beim Abendessen drifteten Daniels Gedanken immer wieder hinüber zum Altrhein und der Insel. Wenn er schon im Moment in die Schule nicht hineinkam, so könnte er sich wenigstens diese Insel einmal anschauen. Eine nagende Stimme sagte ihm zwar, dass er vermutlich nichts finden würde, außer Gänsenestern und Kaninchenhöhlen. Aber er wollte sich zumindest selbst überzeugen. Es musste einen Grund für die seltsamen Markierungen geben.

„Daniel, was ist los mit dir?"

Daniel sah seine Mutter glasig an. Der Rest der Familie lachte. Offenbar hatte er die letzten Minuten mit der Gabel vor dem Mund erstarrt ins Leere geschaut.

„Ich hab gefragt, ob du und Lasse morgen mit wollt. Ich gehe mit Dennis einkaufen."

Daniel schüttelte gedankenlos den Kopf. Seine Mutter schürzte die Lippen, sagte aber nichts. Sie blieb mit Dennis nur eine Woche und erwartete sicher von Daniel etwas mehr Begeisterung für gemeinsame Unternehmungen. Doch er driftete innerlich schon wieder ab.

„Ist unser altes Schlauchboot noch da?", fragte er seinen Vater.

„Das musst du Lasse fragen, er hat die Werkstatt umgeräumt..."

Lasse kaute und nickte. „Hinter den Gartengeräten in der alten Truhe."

„Meine alte Truhe?", rief Dennis.

Lasse nickte wieder.

„Was soll das überhaupt", schnitt ihre Mutter dazwischen. „Dennis Zimmer auszuräumen? Als hätte er hier kein Zuhause mehr..."

„Jetzt übertreib aber nicht, natürlich hat er hier ein Zuhause..."

„Ich kann bei Daniel in der Hängematte schlafen", schlug Dennis vor. Ihre Mutter seufzte und sah ihn mitleidig an.

„Darum geht's nicht. Sondern darum, dass der ganze Ramsch hier immer mehr wird. Als wäre unser Haus das Lager für den Welttrödelmarkt!"

„Was heißt Ramsch?", empörte sich jetzt ihr Vater. „Wir recyceln. Keine Wegwerfgesellschaft. Dir war auch immer daran gelegen, nachhaltig zu leben!"

„Das hat doch nichts mit Nachhaltigkeit zu tun, der viele Schrott, das ist einfach nur zermürbend..."

Daniel rutschte lautlos vom Stuhl herunter und stahl sich aus der Küche. Er hatte keine Lust, dieselbe Diskussion zum dritten Mal in zwei Tagen zu hören. Lasse folgte ihm. Sie betraten die Werkstatt und Daniel kämpfte sich durch Spitzhacken und Spaten bis zu der Truhe mit dem abgeblätterten Lack vor. Es gab eine stumme Übereinkunft zwischen ihnen, dass sie die Streitereien ihrer Eltern nicht besprachen. Soweit es ging, blendeten sie die lauten Stimmen und die gegenseitigen Anschuldigungen aus. Es war immer so, wenn ihre Mutter lange weggewesen war. In ein paar Tagen würden sie sich beruhigen. Manchmal fragte sich Daniel, ob seine Mutter den Job in Frankreich auch deshalb angenommen hatte, um nicht immer in diesem Chaos wohnen zu müssen...

„Was willst du mit dem Schlauchboot?", wollte sein Bruder wissen.

„Ich will auf die Friedrichs-Insel", sagte Daniel und zerrte den schlecht gefalteten Klumpen PVC heraus. „Wo sind die Paddel?"

„Auf irgendeinem Regal. Was willst du auf der Insel?"

Daniel kletterte auf eine Leiter und suchte die Regale ab. „Was nachgucken", nuschelte er. Er hatte keine Lust, seinem Bruder alles über die Karte in der Klasse zu erklären. Lasse schien das aber gar nicht weiter zu interessieren. Stattdessen sagte er:

„Kann ich mitkommen? Ich will auch nicht mit Mama einkaufen..."

„Sie wird nicht begeistert sein", meinte Daniel.

„Dann soll sie nicht in Frankreich wohnen", sagte Lasse nur. Er klang nicht wütend, nicht einmal vorwurfsvoll. Es war eine bloße Feststellung, dachte Daniel, und er bewunderte seinen Bruder ein wenig dafür.

„Also?"

Daniel zuckte die Schultern. Solange Lasse ihn nicht löcherte, war es ihm recht gleichgültig.

„Von mir aus..." Er entdeckte die Paddel zwischen zwei ausrangierten Sonnenschirmen. Triumphierend reichte er sie Lasse herunter.

„Wir sollten aber früh morgens los", meinte er. „Das ist Naturschutzgebiet. Wenn uns jemand da beim Herumpaddeln erwischt..."

Sie stellten sich einen Wecker und brachen auf, als es eben dämmerte. Der Weg zum alten Rheinufer war nicht weit, keine fünfzehn Minuten mit dem Fahrrad. Sie hatten das Schlauchboot, Paddel und eine Luftpumpe in einem Anhänger verstaut und radelten die Straße aus der Stadt hinaus. Das letzte Stück zum Fluss ging steil bergab. Kurz vor Ende gab es eine Kreuzung mit einer Ampel. Wenn man im richtigen Moment oben losfuhr, erwischte man unten genau das Fußgängergrün. Passte das Timing nicht, musste man eine Vollbremsung hinlegen. Daniel und Lasse waren beide klug genug, ihren Eltern nichts von diesem Spiel zu erzählen. Heute mit ihrem Gepäck im Anhänger verzichteten sie jedoch darauf.

Über dem stillen Wasser waberte eine dünne Nebelschicht. Außer ein paar Gänsen regte sich weit und breit nichts. Sie liefen einige hundert Meter am Ufer entlang, bis sie eine geschützte Stelle fanden. Von der Straße aus waren sie hier nicht zu sehen. Lasse schloss ihre Räder zusammen und half dann Daniel, das Boot auseinanderzufalten. Eingetrockneter schwarzer Schlamm klebte daran. Es war spröde und erinnerte Daniel an die abgeschüttelte Haut eines riesigen Reptils. Das Aufpumpen dauerte eine halbe Ewigkeit. Die Sonne ging auf, während sie mit der Luftpumpe zugange waren. Die Strahlen färbten das Wasser erst blassrosa, dann golden.

Schließlich ließen sie das Boot zu Wasser und paddelten los. Eine Zeit lang hörten sie nichts außer Wildvögeln und dem leisen Plätschern, wenn sie ihre Paddel ins Wasser tauchten. Da vom ursprünglichen Rhein nur kleine Zuflüsse übrig waren, gab es so gut wie keine Strömung. Sie erreichten das andere Ufer und suchten einen Platz, an dem sie wieder an Land gehen konnten. Die Böschung war sumpfig, die großen Pappeln standen mit ihren Stämmen direkt am Fluss, ihre Wurzeln unter Wasser. Eine Schar Wildgänse flatterte auf und kreiste eine Weile über ihnen, bis sie sich am anderen Ufer wieder niederließen.

„Hier stand früher das Dorf Krabben Orth", sagte Lasse, als sie das Boot hinter sich durchs Röhricht zogen.

„Krabben?", fragte Daniel.

Lasse nickte. „Da war das hier alles noch ganz normales Landgebiet. Wobei, so nah am Rhein, ohne Deich – bei Hochwasser ist der Ort bestimmt auch abgesoffen."

Daniel sah sich um. Es gab nicht die geringsten Spuren, dass hier einmal Menschen gewohnt hatten, keine Mauerreste, keine Wege oder Zäune.

„Friedrich der Große hat dann die Flussschleife umgraben lassen, damit die Schiffe sich den Umweg sparen. Krabben Orth wurde komplett aufgegeben, stattdessen haben die hier auch alles ausgebaggert und das Ganze wurde überflutet. Sollen wir das Boot hierlassen?"

Daniel nickte. „Woher weißt du das alles?"

„Hat uns Herr Schoofs erzählt. Er läuft eigentlich immer mit uns in der Stadt herum und zeigt uns, was da früher war, wo die Römer gelebt haben, wo Schöneburg angegriffen wurde..."

„Wünschte, ich hätte den auch und nicht Frau Strick", seufzte Daniel. „Bei der kriegen wir immer nur irgendwelche Arbeitsblätter..."

Sie stapften durch eine morastige Wiese an krummen Kopfweiden vorbei. Ein Reiher hob den Kopf und beobachtete sie misstrauisch. Es war nicht einfach, trockene Pfade zwischen den Wasserflächen zu finden. Die ganze Friedrichs-Insel war ein einziges Labyrinth aus Seen, überschwemmten Wiesen und verwilderten Wäldchen. Umgestürzte Bäume ragten wie Skelette aus dem Wasser und moderten vor sich hin. Von Zeit zu Zeit prüfte Daniel ihren Standort auf dem Handy. Sie hatten sich in einem weiten Bogen bewegen müssen, aber jetzt waren sie im Zentrum der Inseln angelangt.

„Was suchst du überhaupt?", wollte Lasse wissen.

Daniel antwortete nicht. Er wusste nicht, wonach er Ausschau hielt. Er war sich bloß sicher, dass er es erkennen würde, wenn er es sah. Was auch immer „es" war. Hatte es vielleicht mit dem aufgegebenen Dorf zu tun? Aber davon war ja nichts übrig. Bezogen sich möglicherweise Teile der Karte auf die Vergangenheit? Er kletterte unschlüssig über ein paar abgeknickte Baumstämme und dann eine Weide hinauf. Auch von hier oben ging ihm kein Licht auf.

Ein Storch landete in der Nähe und stocherte ungerührt im Schlamm. Wenigstens der fand, was er suchte, dachte Daniel. Noch einmal lief er bis zum nächsten Ufer, spähte auf den dunklen Grund und störte dabei ein paar Wasserhühnchen auf. Doch nach einer weiteren halben Stunde ziellosen Umherwanderns musste er sich eingestehen, dass es außer einer reichen Artenvielfalt nichts zu entdecken gab. Was immer der schwarze Kreis auf der Karte bedeuten mochte, es war nicht hier.

„Was hast du denn gehofft zu finden?", fragte Lasse, als sie ihren Weg zurück suchten. Der Boden unter ihnen quatschte und schmatzte, wenn sie ihre Schuhe herauszogen.

„Weiß ich nicht genau..." Daniel kämpfte mit sich. Dann sagte er: „Erinnerst du dich daran, dass in der Schule drei Jungen verschwunden sind?"

Lasse nickte. „Klar, hab ich dir doch erzählt. In dem Gebäude, was seitdem gesperrt ist..."

„Genau." Daniel zog die Karte hervor. „Und das haben wir in der Schule an der Wand entdeckt. Siehst du die beiden Kreise? Der eine ist über dem Gebäude, der andere..."

„...hier", vollendete Lasse den Satz.

„Und ich dachte, dass hier vielleicht ein Hinweis ist..."

„Ich glaub, du bist nicht der einzige, der das denkt", sagte Lasse alarmiert.

„Warum, was...?"

Lasse zog Daniel am Ärmel hinter einen Baum. „Guck mal da."

Von der anderen Seite der Insel näherten sich Gestalten; ein Mann und eine Frau, soweit sie sehen konnten. Sie trugen zwei Kästen und ein langes Gestänge mit sich. Wenige Meter neben der Stelle, an der Daniel ins Wasser geschaut hatte, blieben sie stehen. Daniel und sein Bruder beobachteten sie gebannt. Die Frau machte sich an den Koffern zu schaffen, der Mann stellte die Stangen zu einem Stativ auf und steckte ein rechteckiges Gerät darauf. Daniel hatte solche Apparaturen schon oft bei Baustellen und an Straßen gesehen – immer, wenn Flächen vermessen wurden.

Ein zweites Stativ wurde errichtet und knapp hundert Metern Entfernung aufgestellt. Dann zückte die Frau ein Klemmbrett und notierte eifrig ihre Messdaten.

„Was machen zwei Landvermesser in einem Naturschutzgebiet?", flüsterte Daniel.

Lasse hatte die Stirn gerunzelt. „An einem Samstag..."

Sie waren zu weit entfernt, um verstehen zu können, was die beiden besprachen, und es gab keine Büsche oder andere Deckung, um sich näher heranzuschleichen. Nach einer Weile richteten sie ihre Messinstrumente neu aus. Die Frau nahm das erste Stativ und marschierte zielstrebig auf den Baum zu, hinter dem Daniel und Lasse sich versteckt hielten.

„Lass uns abhauen", murmelte Lasse.

Widerwillig folgte Daniel seinem Bruder. Ungesehen huschten sie auf ihren eigenen Spuren zurück zu ihrem Boot.

Daniel hatte noch nie an Zufälle geglaubt. Zufälle sind Dinge, die einem zufallen, pflegte ihr Vater zu sagen. Das heißt, sie müssen von irgendwoher fallen, sie haben einen Ursprung und passieren nicht einfach so. Landvermesser, Karte, Gebäude, verschwundene Schüler – all das hing zusammen, irgendwie. Und obwohl Daniel keinen Schritt weitergekommen war, herauszufinden, was der Ursprung für diese Dinge war, die ihm da zufielen, so fühlte er sich zumindest bestätigt, dass er mit der Karte nicht falschgelegen hatte. Ob die beiden Landvermesser etwas fanden? Kannten sie am Ende auch die Karte aus dem Klassenzimmer, oder gab es noch andere Quellen, die sie auf die Friedrichs-Insel geführt hatten? Mehr denn je war Daniel entschlossen, den gesperrten roten Trakt in der Schule zu durchsuchen. Zum ersten Mal in seinem Leben konnte er es nicht erwarten, dass die Ferien endeten.

KAPITEL 9

Das Versteck

Michelle behielt nicht recht mit ihrer Prophezeiung. Nach den Herbstferien stand der Bauzaun um den roten Trakt genauso da wie eh und je. Es gab keine weitere SV-Sitzung, worüber Milena froh war. Weder legte sie Wert auf Begegnungen mit Herrn de Vries, noch hatte sie große Lust, vor der Klasse zu stehen und aus den Treffen zu berichten. Vielleicht lag es an den zwei Wochen Pause von Mats, Rocko und Co – aber als Milena in die Schule zurückkehrte, hatte sie den Eindruck, dass ihre Klasse einen neuen Level an Wahnsinn erklommen hatte. Auch der Letzte war nun vollständig an der Schule angekommen, sie kannten einander und ihre Lehrer. Die Unsicherheit des Neuen, die bisher vielleicht noch als Dämpfer gewirkt hatte, war endgültig verschwunden.

Frau Strick schrieb in ihrer ersten Stunde etwas an die Tafel und forderte die Klasse auf, den Text ins Heft abzuschreiben.

„Kann ich nicht ein Foto davon machen?", rief Jeanette.

„Nein, ihr schreibt das ab!"

„Boah nee!"

„Voll viel!", rief Jule.

„Ich mach das nicht!", verkündete Rocko. Sein Tisch war völlig leer und er rammte ihn in unrhythmischen Abständen gegen die Wand.

Mats saß schon seit Beginn der Stunde hinter dem Vorhang auf der Fensterbank. Milena war sich nicht sicher, ob Frau Strick die Ausbeulung der Gardine wirklich nicht bemerkte oder einfach nicht sehen wollte. Was sie nicht übersehen konnte, war, dass sich Jule und ihre Freundinnen in der letzten Reihe gegenseitig schminkten und Fotos voneinander machten. Nur unter lautem Protest überreichten sie Frau Strick ihre Handys. Als die Lehrerin dann aber auch noch Jeanettes knallroten Lippenstift einforderte, hatte sie offenbar eine Grenze überschritten.

"Nee, keinen Bock mehr!", brüllte Jeanette, grapschte nach ihrem Schminktäschchen und rannte Türen schlagend aus der Klasse.

Frau Strick raufte sich ihre asymmetrischen Haare.

"Milena, gehst du ihr bitte nach und sagst im Sekretariat Bescheid."

Milena stand auf. Michelle warf ihr einen Da-kann-man-nichts-machen-Blick zu. Hinter ihr brach ein neuer Tumult aus, weil Jule versuchte, mit Tanjas Kajal den Text abzuschreiben. Milena beeilte sich, den Raum zu verlassen. Auf dem Flur fand sie nur einen Schüler aus der Nachbarklasse, der offenbar aus dem Unterricht verbannt worden war. Er drückte sich gelangweilt an der Wand herum. Sie schloss die Tür hinter sich. In mehreren Klassen herrschte eine hohe Lautstärke, doch aus keiner drang ein derartig dröhnender Endzeitkrach wie aus der 5d. Es war eine Wohltat, für einen Moment hinaus zu können.

Sie hatte keine Idee, wo Jeanette hingegangen sein könnte, also steuerte sie zuerst das Sekretariat an. Auf der Bank vor dem Eingang saßen ein paar Schüler mit Abmeldungszetteln. Ein Mädchen sah aus, als hätte es sich gerade übergeben. An ihrem Kinn klebte etwas Braunes. Milena sah schnell weg. Der Junge daneben hatte die Hose hochgekrempelt und zeigte ein blutiges Knie. Der Rest klagte über Kopfschmerzen, Schwindel oder Bauchkrämpfe.

"Und welches Leiden ist es bei dir?", fragte die Sekretärin sichtlich entnervt, als Milena eintrat.

"Ähm, keins", sagte Milena ein wenig eingeschüchtert. Die Sekretärin, Frau Lommen, hatte ein Gesicht wie ein Raubvogel und war meistens harsch und kurz angebunden. "Es geht nur um Jeanette. Sie ist aus dem Unterricht weggelaufen."

"Klasse?", fragte Frau Lommen knapp und schlug ein schwarzes Buch auf.

"Ähm, 5d", sagte Milena.

„Ach, natürlich", sagte Frau Lommen, nicht im Mindesten überrascht. „Jeanette Anderstieg", murmelte sie und machte eine Eintragung in ihr Buch. Milena wartete mit überkreuzten Beinen.

„Der nächste!", rief Frau Lommen und Milena huschte aus dem Sekretariat.

Sie glaubte nicht, dass Jeanette weit weggelaufen war. Meistens kehrte sie nach ein paar Minuten in den Unterricht zurück. Aber Milena war dankbar für die kleine Auszeit, also konnte sie ihre Mitschülerin ebenso gut suchen gehen. Sie versuchte ihr Glück zunächst bei den Spielgeräten. Doch Jeanette schien auch in den Pausen wenig für Klettergerüste und Karussells übrig zu haben und Milena hatte nicht wirklich erwartet, sie dort anzutreffen. Sie ging einmal um den gelben Trakt herum und dann auf den vorderen Schulhof. Auch hier fehlte von Jeanette jede Spur. Auf dem anliegenden Parkplatz fuhr in diesem Moment eine ihr nur allzu bekannte schwarze Limousine vor. Milena machte abrupt kehrt und beschloss, es bei den Außentoiletten zu versuchen.

Die meisten Schüler, die sie kannte, mieden diese Toiletten, wenn es ging. Sie waren zwar nicht mehr oder weniger beschmiert als die anderen auch – grundsätzlich sahen alle Kloschüsseln aus, als grassierte ein explosiver Darmvirus in der Schule. Aber die Außentoiletten waren zudem Umschlagplatz für alles, was gegen Regeln verstieß. Von Ersatzhandys über Lösungen für Klassenarbeiten bis hin zu Zigaretten und vermutlich auch noch anderen Drogen wurde hier alles getauscht.

Vom hinteren Ende der Kabinenreihe hörte sie Stimmen. Milena schloss sich in einer Kabine in der Mitte ein. Es roch nach Tabak und schlecht verdautem Döner. Auf dem Boden lagen Verpackungen von Tampons und Kaugummis. An den Wänden standen mit Edding die üblichen Sprüche – Beleidigungen gegen Mitschüler und Lehrer, Namen von angeblichen Liebespärchen, durchgestrichene Namen von Liebespärchen; außerdem jede Menge unförmige Genitalien und ein Hakenkreuz.

„Ich hab dein scheiß Geld nicht", hörte sie jemanden sagen. Die Stimme klang vertraut, wenn auch hallend verzerrt in dem gefliesten Toilettenraum. Es war Jeanette.

Eine Jungenstimme antwortete. Sie kam Milena ebenfalls bekannt vor. Sie brauchte etwas länger, um sie zuzuordnen. Dann fiel es ihr ein: Matteo. Er war heute noch gar nicht im Unterricht gewesen.

„Du wolltest ihm das doch geben", sagte Matteo. Er klang wütend.

„Hab ich auch!" Jeanette schien genervt.

„Er sagt, er hat es nicht gekriegt."

„Ist nicht mein Problem."

Ihr Streiten wurde lauter.

„Ich hab richtig Ärger mit denen wegen dir!", rief Matteo.

„Ich krieg auch Stress, dass ich aus`m Unterricht rausgerannt bin. Was schreibst du mich auch mitten in der Stunde an."

„Hilfst du mir jetzt, oder nicht?"

„Nein, lass mich in Ruhe damit."

Eine Tür knallte gegen die Wand und schnelle Schritte entfernten sich.

Milena öffnete ihre Kabine, sehr darauf bedacht, die Klinke nur mit ihrem Ärmel zu berühren.

Matteo stand auf das hinterste Waschbecken gestützt und starrte auf seine Hände, die den Beckenrand umklammerten. Die Knöchel ragten weiß hervor. Milena glaubte, sie ein wenig zittern zu sehen. Sie versuchte leise aus der Kabine zu huschen, aber Matteo hörte sie. Er fuhr herum.

Milena blieb erschrocken stehen. Noch erschrockener war sie, als sie sein Gesicht sah. Sein linkes Auge war geschwollen und darunter hatte er mehrere blutige Schrammen. Sein Ausdruck verhärtete sich.

„Hast du uns belauscht?"

Milena wurde rot. „Ich wollte nicht... ich hab Jeanette gesucht..."

Matteo funkelte sie an, schwer atmend, den Unterkiefer vorgeschoben.

„Was ist passiert?", fragte Milena vorsichtig und deutete zaghaft auf ihre eigene, unversehrte Wange.

Matteo zuckte die Schultern und presste die Lippen fester aufeinander. Dann packte er plötzlich den Stapel Papiertücher auf der Ablage und schleuderte ihn mit aller Wucht gegen die beschmierten Spiegel. Im nächsten Moment fing er an wie ein Berserker gegen die nächste Kabinentür zu treten. Seine Tritte wummerten hallend durch die Toilettenanlage. Milena war sicher, dass die ganze Schule sie hören musste.

„Hey...hey...", sie machte einen unsicheren Schritt auf Matteo zu. „So hört dich doch der Hausmeister oder ein Lehrer..."

„Ja und?!", brüllte Matteo und rammte seinen Fuß wieder gegen die Tür. „Und?! Ist doch egal! Ist doch eh scheiß egal!" Und mit einem letzten Tritt rannte er an Milena vorbei aus der Toilette hinaus.

Milena stand einen Moment wie angewachsen. Dann beeilte sie sich, in die Klasse zurückzukommen. Matteo war nicht da. Jeanette saß wieder an ihrem Platz und beobachtete sie aus zusammengekniffenen Augen. Flüsternd erzählte Milena Annika und Michelle, was sie erlebt hatte.

Matteo tauchte den ganzen Morgen nicht mehr auf. Sie diskutierten die Ereignisse noch immer, als sie wie jeden Tag auf Michelles Mutter warteten.

„Wir müssen jemandem davon erzählen", beharrte Michelle. „Einem Lehrer oder seinen Eltern."

„Er wird wissen, dass wir ihn verpetzt haben", sagte Annika.

„Das ist kein Petzen!", widersprach Michelle. „Wir würden ihm helfen."

„Er wird das nicht so sehen..."

„Ich glaube, Michelle hat recht", sagte Milena leise. Das Bild von Matteos Gesicht ging ihr nicht aus dem Kopf, ebenso wenig wie der Ausdruck in seinen Augen...

Annika verschränkte die Arme, sagte aber nichts mehr.

Michelles Mutter fuhr vor und die Mädchen kletterten ins Auto.

„Na, guten ersten Tag gehabt?", fragte Michelles Mutter fröhlich, als sie um den Kreisverkehr vor der Schule fuhren.

Die drei sahen sich an, keine wusste so recht, was sie antworten sollten.

„Was war denn los? Es kann doch unmöglich schon wieder Ärger gegeben haben?"

Annika schnaubte.

„Haha, Mama", sagte Michelle sarkastisch und erzählte ihr vom Verlauf der ersten Stunde bei Frau Strick.

Sie fuhren an der Bushaltestelle vorbei. Milena sah suchend aus dem Fenster, aber die Haltestelle lag verlassen da, weder Matteo noch Jeanette noch sonst jemand hielt sich dort auf.

„Können wir eben anhalten?", rief sie plötzlich.

Michelles Mutter setzte den Blinker und bremste. „Was ist denn?"

„Ich will nur was überprüfen", sagte Milena, schon halb aus dem Auto. Annika rief ihr etwas hinterher, das sie in ihrem Eifer gar nicht hörte. Sie hatte eine jähe Eingebung gehabt.

Vor dem Baum mit dem hohlen Stamm blieb sie stehen. Sie musste sich auf die Zehen stellen, um hineingreifen zu können. Hoffentlich sind da keine Spinnen oder Würmer, dachte sie, während ihre Finger umher tasteten. Erst fühlte sie nur morsches, bröselndes Holz. Aber da war noch etwas anderes. Sie streckte sich noch ein wenig mehr. Schließlich bekam sie eine Art Schlaufe zu fassen und packte zu. Mit einiger Anstrengung zog sie etwas aus dem Baum heraus.

Milena hatte Zigaretten erwartet, vielleicht auch Drogen oder Ähnliches. Stattdessen hielt sie einen alten, abgewetzten Lederrucksack in der Hand. Bevor sie mit ihrem Fund zum Auto zurücklief, warf sie einen flüchtigen Blick hinein. Abgesehen von zwei Pinseln mit eingetrockneter Farbe war der ganze Rucksack voll mit Papier. Und obenauf lag ein Brief.

KAPITEL 10

Der rote Trakt

„Tun wir es heute Nacht!"

Mats und Didi saßen beide auf dem Vorsprung unter Daniels Dach. Er hatte ihnen eben von seinen Erlebnissen auf der Friedrichs-Insel erzählt. Didi war überzeugt, dass es sich um eine Verschwörung der Regierung handelte, die ihre Spione geschickt hatte. Daniel war zu abgelenkt, ihm darauf zu antworten. Er beobachtete Mats mit wachsender Besorgnis, weil der an der Halterung der rostigen Regenrinne knibbelte. Daniel befürchtete, dass die Zerstörung, die Mats umgab wie ein abstruses Karma, auch vor dem Haus eines Freundes nicht Halt machen würde.

„Brechen wir heute Nacht da ein", drängelte Mats. „Bevor diese Gutachter das Gebäude abreißen."

Die Regenrinne knirschte leicht. Daniel nickte. Es war ein freundlicher Herbsttag Ende Oktober. Zu dieser Zeit wurde es schon früh dunkel, was ihnen entgegenkam. Trotzdem hätte er gerne länger geplant, sich während der Schulzeit umgesehen...

„Wir könnten Skimasken aufziehen", schlug Didi vor. „Wie die Einbrecher in den Filmen..."

Er hatte wie üblich eine Zeitung bei sich und blätterte umständlich darin. Seit Wochen waren keine Neuigkeiten zur Schule erschienen – weder zu den Neubauplänen noch zu dem ungeklärten Vermisstenfall.

„Oder wir..." Er nieste laut und durchdringend. „Wir..." Er nieste wieder. Mats rückte von ihm ab.

„Gesundheit", sagte Daniel.

„Dan..." Didi nieste. Und nieste. Daniel zählte insgesamt neun Nieser. Der letzte war so heftig, dass Didi seine Zeitung in zwei Stücke riss. Mats fiel vor Lachen beinahe vom Dach. Didi betrachtete bedröppelt seine Zeitungsfetzen.

„Stand sowieso nichts drin", sagte er und knüllte das Papier zusammen.

„Also, wir gehen dahin, wenn's dunkel ist, oder was?", fragte Mats, als er sich wieder gefangen hatte.

„Ja..." Daniel zermarterte sich den Kopf, was sie mitnehmen sollten. Kamera und Taschenlampe hatten sie in ihren Handys. Vielleicht eine Kneifzange für den Bauzaun? Die einzelnen Elemente waren mit Kabelbindern verbunden. Außerdem natürlich etwas, um die Tür zu öffnen. Lasse hatte bei seinem Werkzeug dünne Metallpinne, mit denen er schon einmal ein Vorhängeschloss geknackt hatte. Und wenn das nicht genügte? Einen Moment lang erwog er, einen Vorschlaghammer einzupacken. Etwas erschrocken über seine eigene kriminelle Energie verwarf er den Gedanken schnell wieder.

„Was los mit dir?", fragte Didi. „Du guckst so komisch..."

Bei Einbruch der Dämmerung brachen sie auf. Sie nahmen ihre Fahrräder, falls sie, wie Didi prophezeite, eine halsbrecherische Flucht hinlegen mussten. Als sie auf dem Schulhof ankamen, flackerten die ersten Straßenlaternen auf. Sie stellten ihre Räder an einer Wand voller frischer Graffitis ab – jemand hatte versucht „THC" zu schreiben, die Buchstaben waren aber so verunglückt, dass es eher nach „IH2" aussah. Zu anderer Gelegenheit hätten Daniel und Didi sicherlich ausgiebig darüber gespottet, dass die Leute hier nicht mal den Vandalismus richtig hinbekamen. Aber jetzt hatten sie nur ihr Vorhaben im Sinn.

„Siehst du jemanden?", flüsterte Daniel.

„Nein, alles...Mats!"

Mats war einfach losgesaust. Wie ein zuckender Schatten überquerte er den Schulhof und war in zwei, drei mühelosen Sprüngen über den Bauzaun, der den roten Trakt absperrte.

Didi und Daniel sahen sich an, zuckten mit den Schultern und folgten ihm. Sie fanden eine Stelle, an der die Kabelbinder um die Zaunelemente fehlten. Daniel hob ein Ende aus der Halterung und sie zwängten sich hindurch.

Der Haupteingang war wie erwartet verschlossen. Didi spähte durch ein Fenster hinein.

„Kann nix erkennen", meinte er.

„Vielleicht gibt es noch einen Hintereingang", meinte Daniel. Er wollte erst alles von außen sehen, bevor er sich an dem Schloss versuchte. Sie bogen um die Ecke. Hier gab es lediglich einen schmalen Streifen zwischen der Hauswand und einer zweiten Mauer, die den hinteren Schulhof abtrennte. Außenkorridore wie dieser waren meistens bei Rauchern beliebt. Vor der Sperrung war er offenbar auch viel genutzt worden – Kippenstummel lagen dutzendweise herum. Insgesamt sah alles noch heruntergekommener aus, als sie es von der Schule gewöhnt waren. Daniel betrachtete die Risse in den Scheiben, den Müll, der im Unkraut faulte, und die gesprayten Schimpfworte. Ein Stück weiter lag ein Haufen von Beton- und Mauerresten, so als hätte jemand seinen Bauschutt hier hinten abgekippt.

„Kennt ihr die Broken-Window Theorie?", fragte er.

„Kaputtes Fenster?", fragte Didi.

„Ja. Es heißt, dass, wenn etwas bereits kaputt ist, die Wahrscheinlichkeit wächst, dass die Leute noch mehr kaputt machen..."

Mats nickte, hob einen Betonklumpen auf und schmetterte ihn gegen die nächste Scheibe. Sie zerbarst in tausend Stücke und der Beton rumste innen auf den Boden.

„MATS!" riefen Didi und Daniel gleichzeitig.

„Ihr habt gesagt kaputtes Fenster."

„Ja, ich sagte aber auch Theorie..."

„Na und?" Mats zuckte die Schultern. „Jetzt ist es Praxis." Mit einer geschickten Hockwende sprang er durch das Fenster und landete neben seinem Wurfgeschoss. Er sah sich um.

„Was ist jetzt?", rief er Daniel zu. „Ihr wolltet doch hier rein."

Daniel kletterte umsichtig hinterher. Aus dem Rahmen staken überall scharfkantige Glassplitter hervor. Didi als der Kleinste brauchte Hilfe von beiden. Schließlich standen sie alle in einem Raum, der offenbar einmal für Physik oder Chemie genutzt worden war.

An der Decke verliefen ein paar breite Rohre; Steckdosen und Schläuche hingen in dicken Bündeln über den verstaubten Arbeitsplätzen. An den Wänden reihten sich Schränke mit Glastüren: Daniel sah Bunsenbrenner, Reagenzgläser, Kolben, Messinstrumente, Kabel und eine Menge anderer Bauteile in Kästchen sortiert.

Eine angelehnte Tür führte auf den Flur. Die Wände waren mit Streifen markiert, so wie der Rest der Schule. Jedem Gebäude war eine eigene Farbe zugeordnet. Selbst im kalten Licht ihrer Taschenlampen leuchteten die Streifen dunkelrot.

Sie inspizierten die anderen Räume, die von dem Flur abzweigten. Es gab ein paar gewöhnliche Klassenräume. Tische und Stühle standen kreuz und quer, Hefte und Stifte lagen zum Teil herum, an einer Tafel stand noch eine ungelöste Matheaufgabe. Insgesamt sah es hier aus, als hätten die Klassen sehr überstürzt den roten Trakt verlassen. Unter einem Tisch entdeckte Daniel sogar ein angebissenes Pausenbrot. Etwas, das aussah wie ein haariger Krake, wucherte darüber.

„Guckt mal hier", rief Mats.

Sie fanden ihn im hintersten Klassenzimmer. Es war ebenfalls ein Fachraum für Physik, allerdings bei Weitem interessanter als alle, die Daniel bislang gesehen hatte. Auch hier standen jede Menge Schränke, vollgestopft mit den verschiedensten Utensilien. Lasse und er hätten alles gefunden, was sie sich je für ihre Werkstatt gewünscht hatten. Tische gab es keine, dafür ein paar Stühle, auf denen vereinzelte Klemmbretter lagen.

Alles war so eingerichtet, um in der Mitte des Raumes möglichst viel Platz zu schaffen, denn dort standen zwei dicke, hohe Säulen. Sie waren mit Kupferdraht umwickelt und reichten bis fast unter die Decke. Obenauf war etwas befestigt, das am ehesten an einen großen metallenen Schwimmreifen erinnerte.

„Was sind diese Doughnut-Dinger?", fragte Mats, der sie gerade umrundete.

„Teslaspulen", sagte Daniel ehrfürchtig.

„Gesundheit", erwiderte Mats.

„Mein Vater hat mal eine gebaut", sagte Daniel. „Aber nur eine ganz kleine. Sie machen krasse Blitze. Aber die sind nicht gefährlich, zumindest nicht sehr. Du kannst eine Glühbirne in die Hand nehmen und wenn du nah genug ran gehst, fängt die an zu leuchten..."

„Magic?", fragte Didi.

„Quatsch", sagte Daniel. „Draht, Alufolie, ne Fliegenklatsche..."

„Fliegenklatsche?"

„Eine elektrische...wir brauchten einen Kondensator..."

„Ey...was labert ihr da?", fragte Mats fassungslos.

Daniel antwortete nicht. Er betrachtete die gewaltigen Spulen. Ihr kleines Modell zu Hause hatte nur winzige Funken erzeugt, doch diese Monolithen schleuderten sicher gigantische blaue Plasmablitze in die Luft. War es das gewesen, was die Schülerin hier als helles Licht gesehen hatte? Aber Teslaspulen ließen niemanden verschwinden, sie waren eigentlich nicht mehr als Dekoration... Oder waren sie Teil eines größeren Experiments gewesen? Ein Experiment, das schief ging?

„Was ist das da?", fragte Didi plötzlich. Er leuchtete mit seiner Handytaschenlampe über die Wand hinter den Spulen. Die Wand war leer, bis auf ein Wort. In großen Buchstaben stand da ein wenig schräg:

Geronimo

Daniel näherte sich der Wand und berührte gedankenversunken die Schrift. Erschrocken zog er die Hand zurück.

„Kennt ihr das?", fragte er, „wenn man manchmal Sachen aus Metall anfasst und eine gewischt bekommt?"

„Ja", riefen Didi und Mats gleichzeitig.

Daniel streckte seinen Zeigefinger aus und legte ihn auf das große G. Wieder versetzte es ihm einen leichten Schlag und er zuckte zusammen. Es tat nicht besonders weh, es war bloß unangenehm. Mats tastete die ganze Wand ab und hüpfte bei jeder Berührung einen halben Meter hoch.

„Aber die Wand ist doch gar nicht aus Metall", sagte Didi.

„Ich weiß...", sagte Daniel.

„Die hier ist normal", sagte Mats, der jetzt die anderen Wände betatschte.

Daniel griff sich die Klemmbretter. Die meisten waren leer, nur auf einem steckte noch ein halb abgerissener Zettel.

Projekt Geronimo

...stand darauf.

Daniel leuchtete mit seinem Handy auf die Notizen. Sie waren schwer zu entziffern, krakelig und dem Aussehen nach sehr eilig hingeschrieben.

Tag 17:
Teslaspulen repariert, Windungen verdoppelt.
Spannungsquelle 230V
Erreichen Hochspannung an der Spule von 1 Mio. Volt.
Tor lässt sich öffnen und schließen.
Wand ver

Das letzte Wort war nicht mehr zu lesen, denn hier hatte jemand das Blatt unsauber abgerissen. Daniel runzelte die Stirn. Was hatte das zu bedeuten, Tor lässt sich öffnen und schließen? Hier war nirgends ein Tor, bloß die gewöhnliche Klassentür. War ein Bauteil gemeint, das nicht länger hier war? Er versuchte sich zu erinnern, was sein Vater ihm beim Bau der Spule erzählt hatte. Tesla wollte damals Energie in der ganzen Welt übertragen, ohne Drähte verwenden zu müssen. Und er hatte Spulen so groß wie Wolkenkratzer gebaut. Aber seine Technik war zu unhandlich, zu wenig effektiv, andere Wege hatten sich durchgesetzt... Daniel schüttelte den Kopf. Das half nicht weiter. Und was war mit der Wand? Wand ver – ver was? Verwanzt, verdrahtet, verkabelt, unter Strom gesetzt?

„He, Leute", sagte Didi plötzlich alarmiert. Er zeigte aus dem Fenster. Eine Taschenlampe huschte über den Schulhof.

„Mist!" Daniel schaltete sein Handy aus. „Raus hier!", zischte er. Das Klemmbrett stopfte er in den Rucksack und rannte hinter Mats her. Am eingeschlagenen Fenster schnitt er sich in den Finger. Er unterdrückte ein Fluchen und half Didi hinaus. Wenn sie erwischt wurden... Einbruch in einen gesicherten Bereich, womöglich einen Tatort. Und die eingeworfene Scheibe nicht zu vergessen. Daniel mochte sich den Schlamassel gar nicht ausmalen, in dem sie dann steckten. Der Bauzaun rappelte beunruhigend laut, als sie zwischen den Elementen hindurchkletterten.

„Hier entlang!" sagte Mats und sie rannten um eine Ecke hinter den gelben Trakt, in dem auch ihre eigene Klasse lag.

„Sind sie weg?", fragte Didi kaum hörbar.

„Denkt ihr, die haben uns gesehen?"

„Weiß nicht..."

Sie schlichen geduckt an der Mauer entlang und erreichten schließlich die Stelle, an der sie ihre Räder abgestellt hatten. Daniel schwang sich in den Sattel wie ein Cowboy auf ein Wildpferd und raste hinter Mats vom Schulhof Sie bremsten nicht einmal auf ihrem Weg, erst vor Daniels Werkstatt hielten sie keuchend an. Didi hing röchelnd über dem Lenker. Mats erholte sich als erster.

„Ich muss nach Hause", sagte er und fuhr los. Bevor Daniel und Didi von ihren Rädern gestiegen waren, kam Mats in einer Volte zurück. „Machen wir das morgen wieder?", rief er begeistert. „Ich will die Blitze von diesen Doughnuts sehen."

Winkend radelte er davon.

KAPITEL 11

Erleuchtungen

Daniel konnte nicht schlafen. Er wälzte sich von einer Seite auf die andere, versuchte ruhig und gleichmäßig zu atmen, und doch starrte er mit weit offenen Augen die dunkle Zimmerwand an. Ab und an glitt ein blasser Lichtschein hinüber, wenn draußen ein Auto vorbeifuhr. Die leichte Vibration genügte, damit er wieder hellwach war. Außerdem war die Decke verknautscht, zu warm und roch komisch, nach Wäsche, die zu langsam getrocknet ist.

Wie viele Stunden war es her, dass er mit Mats und Didi von ihrem Einbruch zurück war? Er versuchte lieber nicht darüber nachzudenken. Auch nicht darüber, wie viele Stunden er noch hatte, bis er wieder aufstehen musste. Selbst wenn er jetzt sofort einschlief, würde er morgen trotzdem todmüde sein. Er versuchte diesen ungemütlichen Gedanken beiseite zu schieben, aber von der Anstrengung wurde er nur noch wacher.

Schließlich gab er es auf. Er musste sowieso über ihre Funde nachgrübeln, da konnte er es auch gleich richtig machen. Er setzte sich auf und schaltete das Licht ein. Vor seinem Bett lag sein Rucksack. Das Klemmbrett schaute heraus. Daniel griff danach. Erneut las er die Notizen auf dem halben Zettel. *Tor lässt sich öffnen und schließen.* Er strich sich die blonden Haarsträhnen hinters Ohr. Was für ein Tor...? Und was zum Teufel war mit der Wand los?

Daniel fuhr seinen Computer hoch und gab „Teslaspule" ein. Er las alles darüber, wie der seltsame Forscher schon als kleiner Junge Erfinder werden wollte, wie er einige der größten Ideen hatte und trotzdem selbst mit seinen Plasmablitzen immer im Schatten von Edison und dessen funzeliger Glühbirne blieb. Wenn die gewusst hätten, dass die EU 130 Jahre später die Glühbirne verbietet, dachte Daniel.

Nikola Tesla war dieser Typ genialer Wissenschaftler, der mit anderen Menschen nichts anfangen konnte. Manche sagten damals, er käme von der Venus. Das hielt Daniel dann doch für übertrieben. Aber Fakt war, dass Tesla schon damals Ideen gehabt hatte, die Welt gratis mit Energie zu versorgen, die auch noch für alle Lebewesen unschädlich sein sollte. Fakt war aber auch, dass seine großen Pläne nie Wirklichkeit geworden waren. Heute kannte kaum jemand mehr seinen Namen.

Auf YouTube fand Daniel das Video wieder, das sie damals zum Bau der Spule als Anleitung geschaut hatten. Da war Dennis noch bei ihnen gewesen und hatte fürchterliche Angst vor den Blitzen gehabt. Und ihre Mutter hatte sich gefreut und gesagt, aus ihnen würden mal große Erfinder werden...

Der Cursor blinkte erwartungsvoll im weißen Feld. Daniel löschte die Tesla-Suche und gab stattdessen erneut „Geronimo" ein. Erst las er einen Artikel über den gleichnamigen Server, doch er konnte einfach keine Verbindung zu den Rätseln an der Schule herstellen. Dann las er alles über den Apachen- Häuptling Geronimo. Daniel erfuhr, dass dieser zuletzt als einzig verbliebener gegen die Weißen gekämpft hatte und ihnen noch so lange widerstand, bis sein Name zu einem gefürchteten Schlachtruf geworden war. Dabei war Geronimo eigentlich gar kein Krieger, sondern Medizinmann gewesen. Achttausend Soldaten hatten ihn am Ende gejagt, ihn und fünfzehn Kämpfer seines Stammes...

Daniel massierte sich die Schläfen. Er konnte auch hier nicht sehen, wie all dies zusammenhängen sollte. Vielleicht war Geronimo ja bloß ein Deckname – so wie in James Bond- Filmen. Wenn dort ein Todessatellit „Golden Eye" hieß, warum nicht ein Wissenschaftsprojekt nach einem unbesiegbaren Indianer benennen... wenn *er* einen Codenamen für ein geheimes Projekt wählen müsste, schien ihm der berühmte Apachen-Häuptling keine schlechte Wahl zu sein.

Aus seinem Schreibtisch zog Daniel ein großes, leeres Blatt hervor. Er nahm einen kräftigen Stift und schrieb *Alteras* in die Mitte. Dann notierte er alles außen herum, was bislang seinen Weg gekreuzt hatte und verband alle diese Ungereimtheiten mit Pfeilen und Verbindungen. Er begann rechts oben mit dem ersten Ereignis. Das war der Feueralarm gewesen.

Moment, der hatte zweimal stattgefunden. Und in der Klasse hatte man vermutlich nach der Karte gesucht. Oder nach anderen Hinweisen. Hinweise auf die verschwundenen Schüler? Oder auf eine Erklärung, was es mit der Wand im roten Trakt auf sich hatte, die so seltsam aufgeladen war? So tastete er sich Stück für Stück voran.

Am Ende stand da:

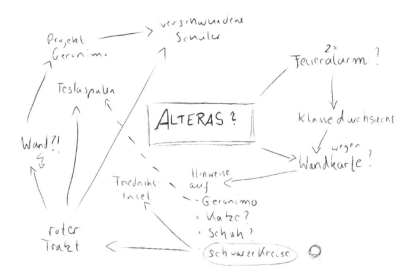

Daniel besah sich sein Pfeile-Wirrwarr. Es war, als fehlte ihm ein entscheidendes Verbindungsstück, um all die Teile sinnvoll zusammenzusetzen. Aber er hatte keine Ahnung, was das sein konnte. Sein Handy vibrierte. Es schaute auf das Display.

Noch wach? schrieb Didi.

Kann nicht schlafen, tippte er zurück.

Auch nicht. Was stand auf dem Klemmbrett? wollte Didi wissen.

Daniel setzte sich wieder auf sein Bett und schickte Didi ein Foto von dem zerrissenen Blatt.

Didi brauchte ewig für seine Antwort. Vielleicht war er doch eingeschlafen. Ob sie jemand gesehen und gar erkannt hatte bei ihrer Einbruchsaktion? Didis Status stand noch immer auf „schreibt...". Was würde passieren, wenn man das eingeworfene Fenster mit ihnen in Verbindung bringen konnte? Andererseits sollte der ganze Trakt ohnehin abgerissen werden. Er starrte auf seine Mindmap. Die einzige Gemeinsamkeit der Ereignisse schien bislang, dass Tesla und Geronimo ihre Höhepunkte Ende des 19. Jahrhunderts vollbrachten und beide später scheiterten... Didi antwortete immer noch nicht...

Als der Wecker klingelte, kam es Daniel vor, als wäre er vor kaum fünf Minuten eingeschlafen. Draußen war es dunkel, seine Lampe war noch immer an. Das Licht brannte sich grell unter seine Stirn. Er kniff die Augen schmerzvoll zusammen. Er hatte irgendwie verdreht und nur halb unter der Decke gelegen. Gähnend quälte er sich aus dem Bett. Etwas fiel zu Boden. Das Klemmbrett. Es landete falsch herum. Beim Aufheben entdeckte Daniel auf der Rückseite ein kleines Namensschild. In derselben krakeligen Schrift wie die Notizen stand da: Thomas Kulschewski.

Daniel kam der Name vage bekannt vor, aber er war viel zu müde, um sich daran zu erinnern. Er brauchte dreimal so lange wie sonst, um sich fertig zu machen. Am Frühstückstisch nickte er beinahe über seinem Toast wieder ein. Sein Bruder zog ihn hinter sich her zum Fahrradschuppen. Er fror trotz seiner dicken Jacke.

„Kennst du einen Thomas Kulschewski?", fragte er Lasse unterwegs und nuschelte dabei so in seinen Jackenkragen, dass er die Frage wiederholen musste.

„Ist das der Bruder von Timo Kulschewski?", fragte Lasse. „Timo ist bei mir in der Klasse."

„Kannst du uns vorstellen?", gähnte Daniel. Lasse sah ihn irritiert an, zuckte aber mit den Schultern. „Was auch immer...bis später." Er bog ab, um seine Freunde zu begrüßen.

Daniel fuhr allein weiter. Auf dem Schulhof traf er Didi. Didi hatte verquollene Augen und gähnte herzzerreißend.

„Was war los gestern Abend?", fragte Daniel, als er sein Rad abschloss.

„Meine Mama kam rein", sagte Didi und unterdrückte ein weiteres Gähnen. „Hat mir das Handy abgenommen."

Daniel seufzte mitfühlend.

In der ersten Stunde hatten sie Mathe. Herr Monom, ihr Mathelehrer, war ein großer sportlicher Typ mit ordentlich getrimmtem Bart und einer Ausstrahlung, die besagte: Ihr könnt mir alle gar nichts. Für den Unterricht hieß das, dass er regelmäßig den Klassenraum verließ, nämlich immer, wenn zwischen den Schülern apokalyptische Zustände eintraten. Herr Monom winkte dann und sagte mit einem entspannten Grinsen:

„Gebt mir Bescheid, wenn ihr euch entschieden habt, dass wir Unterricht machen sollen."

Für gewöhnlich musste (oder durfte?) er dann sehr lange draußen bleiben, weil die meisten etwa so viel Interesse an Mathe hatten wie Daniel an einer Miss-Wahl. Daniel fiel Mathe leicht, er konnte mühelos gute Noten schreiben, ohne vorher viel Unterricht gehabt zu haben. Sein Problem war dabei vielmehr die Langeweile.

Heute erreichten sie den Punkt, an dem Herr Monom sie verließ, bereits nach zwanzig Minuten. Übermüdet wie er war, dröhnte die Lautstärke der Klasse in Daniels Kopf. Daher folgte er kurzentschlossen Arif auf den Flur, um mit Herrn Monom zu sprechen. Der Lehrer lehnte grinsend an der Wand und überprüfte seine Home-Security auf seinem Handy.

„Könnten Sie uns das Thema erklären?", fragte Arif. „Ich möchte gerne meine Noten verbessern."

„Man kann da drin nichts erklären", sagte Herr Monom gelassen.

Zu wahr, in diesem Moment eruptierte eine Front aus Lärm, bestehend aus Gebrüll, Gehämmer, Gestampfe und einem Poltern, das sehr danach klang, als wäre ein deckenhoher Turm aus Tischen und Stühlen zusammengebrochen.

Herr Monom warf einen kurzen Blick in die Klasse.

„Niemand verletzt", sagte er und es klang eine Spur Bedauern mit.

„Wir haben auch ein Recht auf Unterricht", sagte Arif steif. Daniel fragte sich, ob er den Satz von seinen Eltern hatte.

Herr Monom lachte laut. „Ja, aber ich habe auch ein Recht auf meine Gesundheit."

Arif stand unschlüssig in der Tür, dann trottete er zurück in die Klasse.

„Von mir aus setz dich auf den Flur, ich erklär dir hier draußen alles."

Arif nickte emotionslos. Er und Daniel suchten einen Tisch, der nicht beschmiert war oder, wie die meisten gerade, als fortgeschrittener Mikado-Haufen diente. Didi schien unter seinem Stuhl eingeschlafen zu sein. Er wachte auf, als Daniel ihn anstupste und folgte den beiden mit roten Augen nach draußen. Sie saßen kaum, da entdeckte der Rest der Klasse die Erweiterung ihres Lebensraums. Rocko war der erste, der grölend auf die Tür zu rannte. Herr Monom stellte sich in den Rahmen.

„Der will Prügel!", rief Rocko, ließ dann aber doch Jeanette den Vortritt.

„Wie viele Liegestützen schaffen Sie?", rief Jeanette, während Matteo unter Monoms ausgestrecktem Arm hindurchkrabbelte.

„Alle", sagte Monom und zog Matte am Kragen zurück.

„Haha..."

Arif indessen hatte sich Schallschutzkopfhörer aus dem Schrank geholt und war vertieft in sein Mathebuch. So bekamen Didi und Daniel als Einzige die Lautsprecherdurchsage zu hören.

Es gongte durch die Anlage und der Schulleiter meldete sich:

„An alle Schülerinnen und Schüler! Gestern Nacht wurde im gesperrten roten Trakt mutwillig eine Scheibe zerstört. Das Gebäude ist aus Sicherheitsgründen abgesperrt und auf keinen Fall hat sich irgendjemand hinter der Absperrung aufzuhalten."

Daniel und Didi hatten sich bei den ersten Worten erschrocken angesehen. Jetzt starrten sie beide angestrengt auf ihre Hefte und konzentrierten sich auf eine Unschuldsmiene, während die Stimme ihres Schulleiters über den Flur schepperte.

„...Weiterhin haben die Täter die hintere Wand des mittleren Schulhofs mit einem abscheulichen Graffiti verunstaltet. Wir dulden hier weder Vandalismus noch Gewalt. Sollten die Täter hier zur Schule gehen, fordere ich sie auf, sich freiwillig zu melden. Ich rufe aber auch alle Schüler auf, die eventuell Hinweise auf die Täter haben, sich bei der Schulleitung zu melden. Ende der Durchsage."

In der Klasse kollabierte ein zweiter Tische-Turm.

In der nächsten Pause versammelte sich natürlich die gesamte Schule auf dem benannten Schulhof. Zwar versuchten einzelne Lehrer, sie vom Tatort zu vertreiben, jedoch mit mäßigem Erfolg. Auch Didi und Daniel schlugen den Weg dorthin ein. Mats hatte die Durchsage nicht gehört und musste ohnehin die Tische wieder richtig hinstellen.

„Echt widerlich, sowas", sagte ein älteres Mädchen vor ihnen und wandte sich angeekelt ab.

„Einfach nur krank..."

„Total gestört..."

Die Sicht auf die Wand wurde kurz frei und Daniel erhaschte einen Blick auf eine unbeholfene Comiczeichnung. Sie zeigte einen Jungen, dem ein riesiges Messer in der Brust steckte. Unter ihm sammelte sich eine Blutlache, die an den Rändern in Flammen stand.

Wir kriegen euch

war quer darüber gesprayt.

„Was hat das zu bedeuten?", fragte Didi.

„Nur irgendwelche Idioten, glaube ich", sagte Daniel nachdenklich. Also waren sie gestern gar nicht vor Polizei, Lehrern oder Regierungsspionen (wie Didi immer noch behauptete) weggerannt. Ihr Einbruch war von ein paar üblen Sprayern gestört worden. Und jetzt glaubte die Schulleitung, dass die auch das Fenster eingeworfen hatten...

Daniel löste den Blick von dem Bild des blutenden Jungen. Wer auch immer das gesprayt hatte, Daniel fühlte keinerlei Gewissensbisse, ihnen seinen Einbruch in die Schuhe zu schieben.

KAPITEL 12

Aufträge

Die ersten beiden Tage nach den Herbstferien hatten kein Ende nehmen wollen. Als Milena sich am Dienstagnachmittag endlich auf ein Kissen vor der Heizung in ihrem Zimmer kuschelte, hatte sie Kopfschmerzen. Und die Woche war noch nicht einmal zur Hälfte um. Vielleicht sollte sie anfangen Kopfhörer zu tragen, so wie Arif. Mit den Schallschutzmuscheln auf seinen bläulich schimmernden Haaren sah er immer ein bisschen wie ein Alien aus. Womöglich war das ja die Erklärung für seinen unerschütterlichen Gleichmut, dachte Milena, dass er ein Außerirdischer war. Andererseits könnte sie mit Gehörschutz nicht mehr so gut mit Michelle und Annika quatschen.

Heute hatten sie den größten Teil der Mathestunde damit verbracht, Matteo zu beobachten. Wenn er nicht gerade von Rocko drangsaliert wurde, saß er apathisch an seinem Platz und starrte aus dem Fenster. Seine zerschrammte Wange hatte ein schmutziges Rot angenommen, die Haut um sein Auge dagegen zeigte ein Spektrum von Grün bis Violett. Noch immer hatten sie niemandem erzählt, was sie wussten, nicht einmal ihren eigenen Eltern. Milena hatte ihrer Mutter auch die Sache mit dem bedrohlichen Graffiti verschwiegen. Ihre Mutter verbrachte schon ohne Anlass die meiste Zeit ihres Lebens damit, sich Sorgen zu machen. Vielleicht lag das an ihrer Arbeit im Krankenhaus. Wenn sie alles erfuhr, was in der Schule so täglich passierte, würde sie sich am Ende noch zu Milena in den Unterricht setzen.

Es klopfte. Ihre Mutter kam herein mit einem Berg gebügelter Wäsche.

„Hier, räumst du die bitte ein...Schatz, ist dir kalt?"

Milena rutschte ein bisschen von der Heizung ab. „Das ist gemütlich..."

„Wenn du meinst..." Sie lud die Wäsche auf Milenas Bett ab. „Ich muss gleich zur Spätschicht, aber Abendessen ist im Kühlschrank. Ich möchte, dass du schon schläfst, wenn ich zurückkomme. Was ist das da für ein Rucksack?"

Sie zeigte auf den schmutzigen Lederrucksack, der in der Ecke neben Milenas Schreibtisch lag.

„Ach ja..." Matteos Probleme, dann das Graffiti und die Spekulationen, die sich darum rankten, all das hatte Milena ihren unerwarteten Fund vorübergehend vergessen lassen! „Den haben wir an der Bushaltestelle gefunden..." Sie verschwieg die Details vorsichtshalber.

„Gehört der einem Mitschüler?", fragte ihre Mutter.

„Dachten wir. Aber ich glaub nicht..."

„Nicht? Dann sollten wir ihn zum Fundbüro bringen. Soll ich da gleich noch vorbeifahren?" Sie sah auf die Uhr. „Mist, ich bin so schon spät dran..."

„Ist ok Mama", sagte Milena. „Ich glaub, der lag schon länger da..."

„Na gut, dann mach du das morgen..." Ihre Mutter winkte und hastete los. Milena hörte sie die Treppe hinunter trippeln und wenig später die Haustür ins Schloss fallen.

Sie griff nach dem Rucksack. Er roch muffig, Krümel von bröseligem Holz und ein Spinnenkokon klebten noch daran. Milena klopfte ihn auf dem Balkon notdürftig ab. Zurück in ihrem Zimmer öffnete sie ihn.

Obenauf lag der Brief, den sie schon bei ihrem ersten flüchtigen Blick in den Rucksack gesehen hatte. Sie zog ihn heraus. Er war dick, enthielt sicher mehrere Seiten. Vorne drauf stand *für Hanna*. Kein Nachname, keine Adresse, auch keine Briefmarke. Die Rückseite war komplett leer, es gab keinen Absender. Sie legte den Brief beiseite und widmete sich dem restlichen Inhalt. Drei Pinsel mit hart verklumpter Farbe steckten zwischen Stapeln von Papieren und Notizbüchern. Milena legte die nutzlosen Pinsel zu dem Brief und zog wahllos einige der Zettel heraus. Die meisten von ihnen enthielten Formeln und Zeichnungen, die nach physikalischen Berechnungen aussahen. Die Inhalte der Notizbücher waren ähnlich, bloß dass hier noch Texte neben den Formeln und Grafiken standen. Es wirkte alles sehr kompliziert, voller Fachausdrücke und Fremdworte. Milena verstand nichts davon, sie konnte nicht einmal erkennen, worum es da überhaupt ging.

Als Dekohärenzkräfte bezeichnen wir im Folgenden die freigesetzte Energie, welche die Alterierung bewirkt

...stand da zum Beispiel. Oder auch:

Die unkontrollierbaren Schwingungen synchronisieren sich ab dem ursprünglichen Springpunkt.

Ein Buch war dabei, das sich ein wenig von den anderen unterschied. Es schien sich um eine Art Tagebuch zu handeln. Allerdings beschrieb es nicht, was sein Schreiber alles erlebt hatte, so wie „heute Oma Hilde besucht. Sie hat eine neue Hüfte..." Stattdessen dokumentierte es offenbar eine Reihe von Experimenten. Auch hier war nicht zu verstehen, woran da geforscht wurde. Aber immerhin erkannte Milena, dass ein anfängliches Problem wohl gelöst worden war.

Tor erfolgreich geschlossen. Zwei-Komponenten-Schlüssel fertig gestellt.

So lautete ein Eintrag aus dem vergangenen Jahr. Milena blätterte zum letzten Eintrag. Er war vom 6. August dieses Jahres.

Schlüssel versteckt. Karte für Hanna hinterlassen. Kann sie nicht mehr persönlich treffen. Schreibe ihr einen Brief. Vikram kommt.

Milena kratzte sich am Kopf. Das war alles mehr als rätselhaft. Wer war Vikram und was hieß das, er „kommt"? Klang so, als wäre der Tagebuchschreiber vor ihm auf der Flucht gewesen. War Hanna seine Frau? Oder Tochter? Sie hatte jedenfalls den Brief nicht erhalten. Ob der Baum ein Versteck gewesen war, das sie ausgemacht hatten? Aber wenn der letzte Eintrag vom 6. August war, warum hatte Hanna den Rucksack nie abgeholt? Und was für eine Karte hatte er hinterlassen? Eine Abschiedskarte? Ob sie mit in dem Brief steckte?

Milena überlegte einen Moment, den Brief zu öffnen. Sie wog ihn eine Weile in der Hand. Dann legte sie ihn zu den Pinseln zurück. Auch seltsam, diese Pinsel zwischen all den Aufzeichnungen. Sie hatte keine gemalten Bilder in den Notizen gefunden. Schon gar nicht in Goldfarbe, wie sie in dicken Klumpen an dem längsten Pinsel klebte.

Und plötzlich ging ihr ein Licht auf. Sie schlug sich die Hand vor die Stirn. Dass sie dafür so lange gebraucht hatte!

In ihrer eigenen Klasse war eine Karte gewesen. Hinter dem Regal, das Mats zerstört hatte, war sie aufgetaucht, gemalt in Schwarz, Braun und Gold!

Milena versuchte sich daran zu erinnern, was darauf zu sehen gewesen war. Aber das Bild war nur verschwommen in ihrem Kopf; sie waren alle mehr mit Mats und dem kaputten Regal beschäftigt gewesen. Und jetzt war es zu spät. Die Schulleitung hatte die Wand übermalen lassen! Was auch immer der Schreiber an Hanna weitergeben wollte, es war verloren...

„Warum hast du den Brief nicht aufgemacht?"

„Du kannst doch nicht einfach fremde Briefe aufmachen!"

„Aber fremde Rucksäcke, oder was?"

Michelle und Annika diskutierten gedämpft, was Milena ihnen eben über den Rucksack und dessen Inhalt erzählt hatte.

„Wir müssen eben rausfinden, wer Hanna ist", sagte Annika.

„Wie soll das denn gehen, es gibt bestimmt ne Million Hannas auf der Welt."

„Ja, aber sie muss doch irgendwas mit der Schule zu tun haben, sonst macht es keinen Sinn, die Karte hier in diese Klasse zu malen."

„Diese Klasse!", rief Milena und haute Michelle vor Aufregung auf den Oberschenkel. „Wie heißt Frau Strick mit Vornamen?"

Michelle antwortete nicht, sie rieb sich ihr Bein und funkelte Milena wütend an.

„Und was waren das für Experimente, um die es da ging?", fragte Annika. Sie zerfriemelte geistesabwesend den Randstreifen von ihrem Collegeblock und verteilte die Papierfransen auf dem Boden.

„Hab ich doch schon gesagt, keine Ahnung, das war alles so wissenschaftlich geschriebenes Zeug..."

„Und du denkst, Hanna könnte Frau Strick sein?", fragte Annika skeptisch.

„Es ergibt Sinn", sagte Michelle langsam. Sie kritzelte mit einem Kuli auf ihrem Arbeitsblatt herum, ohne wirklich zu sehen, was sie da machte. Der Teil mit den Aufgabenstellungen war kaum noch zu lesen. „Es ist immerhin ihr Klassenraum..."

„Ja und erinnert ihr euch an die Einschulung?", sagte Milena. „Sie hat da erst angefangen. Und die Karte wurde in den Sommerferien gemalt – das passt!"

„Hey, ihr Mädels, habt ihr eine Frage?!"

Frau Strick stand plötzlich vor ihnen. Annika fegte ihre Schnipsel vom Tisch, nicht zu Frau Stricks Vergnügen. „Das verhakt sich in dem Teppichboden!", schimpfte sie. „Als ob es nicht schon dreckig genug hier wäre. Und was ist das?!" Sie deutete auf Michelles unbrauchbares Arbeitsblatt.

„Wenigstens von euch hätte ich mehr erwartet. Was gibt es überhaupt die ganze Zeit zu quatschen?!"

„Wie heißen Sie mit Vornamen?", platzte Annika heraus.

„Was tut das denn jetzt zur Sache?" Frau Strick hatte nie so gute Nerven wie zum Beispiel Herr Monom. Und heute war keine Ausnahme. Ihre hohe Stimme wurde noch schriller. „Ihr müsst mit der Aufgabe anfangen!"

„Sagen Sie schon", bettelte Milena.

Frau Strick seufzte ungehalten. „Wenn ihr dann arbeitet...Ich heiße Sandra, zufrieden? Jetzt aber los. Oh, und Milena, dich möchte ich nach der Stunde sprechen. Nichts Schlimmes", fügte sie bei Milenas entsetzter Reaktion hinzu.

„Sandra", murmelte Michelle, als Frau Strick wieder hinterm Pult saß. „Wär' ja auch zu einfach gewesen."

Nach der Stunde blieb Milena mit wie üblich gekreuzten Beinen vor dem Pult stehen, während Michelle und Annika draußen warteten.

„Also, Milena, du bist ja Klassensprecherin und außerdem ja, ähm, recht sozial", begann Frau Strick.

Milena sagte nichts dazu, sondern wartete ab, worauf das hinauslaufen würde.

„Also eure Klassengemeinschaft ist ja jetzt noch nicht so gut."

Das war maßlos untertrieben, dachte Milena, nickte aber mit gequältem Lächeln.

„Und mir ist aufgefallen, dass einige ziemlich ausgegrenzt werden."

Die meisten in der Klasse hatten zwei oder drei Freunde. Und über diese Vertrauten hinaus konnte eigentlich niemand irgendwen leiden. Und ja, dann gab es ein paar Leute, so wie Matteo, die offenbar niemanden hatten... Aber Milena behielt das für sich.

„Ich rede da vor allem von Enida", fuhr Frau Strick fort.

Enida war ein stilles Mädchen mit dicken Brillengläsern, durch die ihre Augen groß wie bei einer Comicfigur aussahen. Meistens war sie in ein Buch vertieft. Milena hatte noch nicht einen Satz mit ihr gewechselt.

„Ich möchte, dass du, gerne mit Michelle und Annika zusammen, Enida hilfst, sich zu integrieren. Bindet sie in Gespräche oder Spiele und Gruppenarbeiten ein. Zeigt ihr, dass sie auch dazu gehört."

Wozu gehört?, dachte Milena. Zu einer Klasse, die täglich in Lärm, Streit und Müll versank? Sie glaubte nicht, dass Enida da ihre Hilfe brauchte...

„Können wir machen", sagte sie.

„Gut, dann geh jetzt auch in die Pause."

Milena nickte und setzte sich in Bewegung. Unter der Tür drehte sie sich noch einmal um.

„Frau Strick, wissen Sie noch den Tag, als Mats das Regal geschrottet hat?"

Frau Strick rollte die Augen. „Sicherlich..."

„Sie wissen nicht zufällig mehr, was die Karte an der Wand dargestellt hat?"

Frau Strick sah sie ausdruckslos an, Milena konnte nicht erraten, was in ihr vorging. „Ach das Geschmiere hinter dem Regal?", sagte sie schließlich. „Das war eine Karte? Keine Ahnung, ich war mit Mats beschäftigt, wie jeden Tag!" Sie knallte die Schublade am Pult zu. Milena huschte hinaus.

KAPITEL 13

Der Vorgänger

Ein paar Tage waren vergangen seit der Durchsage des Schulleiters. Inzwischen war es November, und obwohl es nach wie vor trocken und der Himmel stahlblau und wolkenlos war, fror Daniel frühmorgens auf seinem Rad beträchtlich. Das Erste, was er jeden Morgen sah, war die eilig überstrichene Wand auf dem Schulhof. Aber auch wenn das originale Graffiti nicht mehr sichtbar war, Fotos davon kursierten nach wie vor in allen möglichen Chats. Offenbar war die Schule der Ergreifung der Täter keinen Schritt nähergekommen. Immer wieder brachen besorgte Diskussionen aus, wer die Drohung gemalt hatte und, wichtiger noch, wem sie galt.

Daniel, Didi und Mats waren sich schnell einig gewesen, dass sie nicht als Zeugen aussagen konnten. Das hätte schließlich bedeutet, ihren Einbruch zu beichten. Außerdem, so argumentierte Didi zu Daniels Erleichterung, hatten sie ja niemanden erkennen können. Ihre Beobachtungen wären also keinerlei Hilfe. Nur eine Sache beunruhigte Daniel ein wenig. Didi brachte ihn in einer Pause darauf. Sie wanderten bereits zum dritten Mal in Folge über den Schulhof und suchten unter den anderen Graffitis nach Hinweisen.

Es war ein frostiger, klarer Tag. Auf dem Rasen lag erster Raureif. Die Spuren von unzähligen Fahrradreifen zogen sich hindurch, wie das Wegenetz eines seltsamen Tiers. Mats wollte sie eigentlich begleiten, aber er hatte das Dreifache ihres Tempos, umrundete den Schulhof und kam alle paar Minuten wieder bei ihnen aus.

„Da stand ja „wir kriegen euch"", sagte Didi gedämpft. Er stammelte bei seinen nächsten Worten. „Was, wenn die damit meinen…also, wenn die *uns* meinen. Wenn nicht nur wir die bemerkt haben, sondern die uns auch…"

Daniel runzelte die Stirn. „Aber warum haben sie uns dann nicht einfach verpetzt?"

Didi nickte eifrig, als habe er auf die Frage schon gewartet. „Wahrscheinlich haben sie uns auch nicht erkannt. Aber sie wissen, dass wir *der Sache*", er betonte Letzteres und machte eine kurze Pause, „auf der Spur sind."

„Ich weiß nicht..." Daniel schien die Idee weit hergeholt. Ein wenig beunruhigend war die Vorstellung dennoch.

„Jemand will nicht, dass die Sache ans Licht kommt", bekräftigte Didi. „Darum drohen sie jedem, der es versucht." Er zog seine Zeitung aus der Tasche und blätterte im Gehen. Er war so klein, dass über den Seiten bloß ein paar Locken herausragten. Von Weitem sah man nur eine wackelnde Zeitung auf zwei kurzen Beinen. „Die haben übrigens darüber berichtet", sagte er hinter seiner Lektüre hervor. „Also nur, dass es Vandalismus gab."

Daniel sah sich auf dem Schulhof um. Ob die Täter mitten unter ihnen waren?

Mats kam wieder einmal von hinten angerannt. „Was hast du gesagt, müssen wir diesen Kutschlewski fragen?", rief er Daniel ins Ohr.

„Kulschewski", verbesserte Didi.

„Ja, Dings, Kusch, wie auch immer?"

„Was sie im roten Trakt geforscht haben", erklärte Daniel zum dritten Mal. „Was mit der Wand los ist, was für ein Tor gemeint ist..."

„Ja, genau, Tor!", rief Mats.

„Psst", machte Didi hinter seiner Zeitung, denn ein paar ältere Schüler sahen sich zu ihnen um.

„Das stand doch auch auf der Karte, das mit dem Tor."

„Was meinst du?"

„Auf der Karte in der Klasse", rief Mats und hüpfte ungeduldig auf einem Bein. „Da stand was über ein Tor."

Daniel zog das mittlerweile arg verknitterte Foto aus der Tasche. Die Verse am Rand hatte er fast vergessen. Aber Mats hatte recht. *„Das große Tor am alten Herd"*, las er leise vor.

„Was für'n Herd?", platzte Mats dazwischen.

„Keine Ahnung... *Zutritt jederzeit verwehrt...* Aber wenn es sich öffnen und schließen lässt, warum ist der Zutritt dann verwehrt?" Er las weiter. „Ach so... *Zwei Freunde jenseits warten schon, zwei Schlüssel brauchts für diesen Lohn...*das Tor ist anscheinend abgeschlossen."

„Ziemlich gut, was?", rief Mats stolz.

„Naja, ist jetzt nicht wirklich eine neue Information", nuschelte die Zeitung.

„Ey", rief Mats empört und pikste blitzschnell drei Löcher in die Titelseite. Didi versuchte vergeblich den Schaden zu aufzuhalten. In der Zeit schnappte sich Mats Didis Schokobrötchen und hüpfte davon.

„Gib das wieder her", rief Didi, offensichtlich zu faul, Mats hinterherzulaufen. Er hätte ihn sowieso nicht erwischt.

„Nein, nein, nein, das ist mein kleines Schokilein"; hörten sie ihn mit vollem Mund singen.

Es klingelte und sie machten sich auf den Weg zurück in ihre Klasse. Statt, wie erwartet, Frau Strick anzutreffen, saß ein älterer Lehrer hinter dem Pult, den Daniel nur vom Sehen kannte. Es war Herr Schoofs, der die Klasse seines Bruders in Geschichte unterrichtete. Herr Schoofs war groß und beleibt, hatte ein freundliches Gesicht und trug auf dem Hof meistens einen großen schwarzen Hut. Dieser lag jetzt neben seiner Tasche auf dem Pult. Erwartungsvoll blickte Herr Schoofs in die Runde; offenbar ging er davon aus, dass die Klasse irgendwann leise werden würde, damit er seine Stunde beginnen konnte.

Daniel und Didi tauschten Blicke. War der Ruf der 5d etwa noch nicht bis zu ihm vorgedrungen? Für gewöhnlich begannen Vertretungslehrer den Unterricht mit Sätzen wie: Ich habe ja schon einiges von euch gehört... Vielleicht wollte er sich ja erst selbst ein Bild machen. Nachdem er fünf Minuten vor der Tafel gestanden und abgewartet hatte, schien er zu merken, dass er eine andere Taktik brauchte. Die meisten liefen umher, wie es ihnen in den Sinn kam, oder unterhielten sich quer durch den Raum. Alle Augenblicke kam jemand verspätet herein, knallte die Tür und krakeelte laut eine Begrüßung.

Herr Schoofs nahm sein Handy und rief das Klassenbuch auf. Dann begann er sich Namen auf einen Zettel zu notieren. Erst nach einer geraumen Weile bemerkte er, dass Arif sich meldete. Arif war der Einzige, der niemals einfach hineinrief. Auch bei 140 Dezibel, also der Durchschnittslautstärke eines Kampfflugzeugs – oder eben eines Unterrichtsgesprächs in der 5d – hob er stoisch die Hand in die Höhe und wartete, bis ihm ein Lehrer das Wort erteilte. Didi fand das absurd, aber Daniel empfand einen stillen Respekt vor dieser Entschlossenheit, sich selbst am Ende der Zivilisation noch an Umgangsformen zu halten.

„Ja bitte?", sagte Herr Schoofs.

„Wir haben auch so ein Murmelglas", sagte Arif, als hörte er Rocko nicht, der gerade mit Mats einen Stuhlkampf begann. Mats hatte einen Holzstuhl, Rocko einen mit Metallgestell. Beide holten aus und ließen die Stühle mit Schwung gegeneinander krachen. Die Sitzplatte von Mats' Stuhl flog davon. Ein paar Mitschüler applaudierten.

„Immer wenn wir gut gearbeitet haben, kommt eine Murmel in das Glas. Wenn das Glas voll ist, bekommen wir eine Belohnung."

Herr Schoofs sah sich um und entdeckte das Glas auf der Fensterbank.

„Euer Glas ist leer", stellte er fest.

„Das ist korrekt", sagte Arif beflissen und ohne jede Gefühlsregung. „Sie können auch Murmeln abziehen", fügte er ganz unnötig hinzu. „Aber wir haben kein Minusglas. Noch nicht."

„Danke", sagte Herr Schoofs. „Aber ich denke, wir werden das anders lösen. Du!", wandte er sich plötzlich an Rocko. „Pack dein Material, du arbeitest nebenan bei den Zehnern."

Daniel glaubte nicht, dass Rocko jemals irgendwelches Arbeitsmaterial dabeihatte.

„Nein, das sind Pisser", sagte Rocko.

„Du gehst jetzt sofort rüber!", brüllte Schoofs. „Und du klopfst bei der 9a gegenüber!", blaffte er Mats an.

Mats flitzte über den Flur. Sie hörten ihn gegen die andere Türe poltern. Rocko dagegen hatte sich noch keinen Zentimeter bewegt. Jule und Jeanette nutzten die Gelegenheit, um von hinten Brötchenkrümel in Enidas Haare zu schnipsen. Daniel sah, wie Milena sich zu den Mädchen umdrehte und etwas sagte. Er hörte die Unterhaltung nicht, beobachtete nur, wie Milena sich mit rotem Kopf wieder zu Michelle und Annika setzte.

„Ihh, Enida hat Schuppen", grölte Jeanette.

Frau Stiffman, ihre Englischlehrerin, kehrte mit Mats zurück. „Ehrlich, jeden, aber nicht den", sagte sie zu Herrn Schoofs. Mats nickte und grinste, als habe er gerade eine Medaille verliehen bekommen.

„Gut, dann ihn", sagte Schoofs und deutete auf Rocko.

Der geballten Kraft von zwei Lehrern gegenüber gab Rocko seinen Widerstand auf und folgte Frau Stiffman - freilich ohne auch nur einen Stift mitzunehmen.

„Auch eine Art, die Stunde rumzukriegen", meinte Didi.

Daniel nickte. Wenn Herr Schoofs mit allen Störern so verfahren wollte, säßen er, Didi, Arif und Milena vermutlich am Ende allein hier. Dann wäre immerhin mal richtiger Unterricht möglich. Allerdings - er sah auf die Uhr - wäre dann die Stunde auch schon zu Ende.

Herr Schoofs musste denselben Gedanken gehabt haben, denn er tat, was sie am Ende alle taten: Er schrieb eine Aufgabe an die Tafel und brüllte: „Wer das nicht macht, muss am Freitag zum Nacharbeiten kommen!" Dann setzte er sich kopfschüttelnd an seinen Platz und vertiefte sich wieder in seine Notizen.

Daniel schlug sein Buch auf der angegebenen Seite auf.

Frühe Hochkulturen: Das antike Griechenland

Er klappte das Buch wieder zu. Die Aufgaben hatten er und Didi schon in der vergangenen Stunde fertig gehabt. Ebenso Arif, trotzdem sahen sie ihn konzentriert lesen und sich dann seine Kopfhörer holen.

Stattdessen nahm Daniel seine Mind-Map wieder zur Hand und legte das Foto der Karte daneben. Didi beugte sich ebenfalls darüber. Daniel pustete ein paar Locken aus seinem Gesichtsfeld. „Deine Zotteln sind auch im Weg", maulte Didi.

Daniel ignorierte das.

„Was habt ihr da?", fragte Milan, der offenbar auch keine Lust auf Texte über die alten Griechen verspürte.

Daniel zögerte etwas. Einerseits wollte er das Geheimnis um Alteras lieber selber lösen und nicht zu viele Leute einweihen. Andererseits hatten alle in der Klasse die Karte gesehen und Milan war clever. Vielleicht hatte er eine gute Idee. Einen Moment noch verdeckte er seine Notizen mit der Hand, dann gab er sich einen inneren Ruck und ließ Milan seine Aufzeichnungen studieren. Milan las sie aufmerksam und stutzte, als er zu dem Teil über den roten Trakt vorgedrungen war.

„Was sind Teslaspulen?", fragte er.

„Google mal", sagte Didi.

Milan zückte sein Handy und ging auf Bildersuche. „Cool", sagte er anerkennend und scrollte durch diverse Bilder mit zuckenden Plasmablitzen.

„Komischer Zufall, oder?", sagte er dann. „Das alles, meine ich. Ausgerechnet in dieser Klasse. Wenn Mats nicht so eine Abrissbirne wäre, hätte keiner eine Ahnung von der Karte...tja, jetzt ist sie eh weg." Mit einem Blick auf Herrn Schoofs zog er sich auf seinen Einzelplatz ganz hinten zurück. Aber er hatte Daniel auf eine Idee gebracht.

„Herr Schoofs", rief er und nahm vorsichtshalber dabei den Arm nach oben.

Herr Schoofs sah auf und zog die Augenbrauen hoch. „Frage?"

„Nein, also ja..." Daniel wusste nicht recht, wie er die Frage stellen sollte, ohne dass sie merkwürdig wirkte. „Wir haben uns gefragt, wie wird eigentlich ausgewählt, wer in welchen Klassenraum kommt?"

Herr Schoofs räusperte sich dezent. „Das ist ganz unterschiedlich. Gruppengröße, Nachbarschaften von Klassen... In eurem Fall gab es einfach einen Wechsel, der Kollege, der immer in diesem Raum unterrichtet hat, ist gegangen und Frau Strick hat neu angefangen. Das ergab sich also einfach so..."

Daniel widerstand der Versuchung, einen Blick mit Didi zu wechseln. „Wer hat denn hier vorher unterrichtet?", fragte er.

„Herr von Holstein", antwortete Herr Schoofs und geriet ins Plaudern, jetzt, da ihm endlich jemand zuhörte. „Doktor von Holstein, müsste ich sagen, aber damit war er nicht so streng. Ein ganz feiner, alter Herr, hat immer tolle Projekte mit den Schülern gemacht. Wieso er bei seinen Fähigkeiten überhaupt unterrichtet hat, ist bewundernswert. Wollte was weitergeben, von seinem Wissen. Und die Schüler haben ihn geliebt. Schade, dass er gekündigt hat, aber er hat sich den Ruhestand verdient. Vor allem nach den Ereignissen letztes Jahr... Eigentlich hätte ich gedacht, dass er hier in der Klasse Spuren hinterlassen hat. Er hatte so eine Art, die Räume nach seinen Ideen zu gestalten. Deshalb wollte er auch immer im selben Klassenraum bleiben... "

„Was hat er unterrichtet?", mischte sich jetzt auch Didi ein. Daniel kannte die Antwort, bevor Herr Schoofs sie gab.

„Physik, hauptsächlich. Manchmal auch Mathematik. Er hat die ehemaligen Küchenräume im roten Trakt zu richtigen Laboren umgebaut, wirklich ein Jammer...oh, entschuldigt mich."

Didi holte Luft, um etwas zu sagen, aber Daniel trat ihm auf den Fuß. Herr Schoofs ging rüber zu Jeanette, um irgendeine neue Streiterei zu schlichten. Daniel nahm sein Handy und suchte Doktor von Holstein. Er fand einen kleinen Artikel im Archiv der Schülerzeitung.

Wer kennt ihn nicht, unseren Doktor? Horkus von Holstein, der Daniel Düsentrieb der Schule. Aber unser genialer Physiklehrer kann noch viel mehr, als verrückte Maschinen bauen und Mathe so erklären, dass selbst der letzte Kevin es versteht. Wusstet ihr zum Beispiel, dass er auch am Klavier eine richtig gute Figur macht? Außerdem bietet er im nächsten Jahr einen Vertiefungskurs für all die Physiknerds unter euch an. Wir wetten darauf, dass der Kurs mindestens ein Raumschiff bauen wird.

Daniel las Didi den Text leise vor.

„Horkus von Holstein...", murmelte Didi. „Komischer Name, oder?"

„Egal, Hauptsache wir haben endlich einen Namen", sagte Daniel.

Jemand tippte ihn von hinten an. Er drehte sich um. Es war Milena. Ihre Augen waren weit aufgerissen.

„Ich glaub...", sie räusperte sich. „Ich glaub, ich hab sein Tagebuch."

KAPITEL 14

Gefunden und verloren

Daniel und Didi starrten sie an.

„WAS?!", fragte Daniel schließlich.

Milena wurde rot. Didi sah sie immer noch an, als käme sie vom Mars.

„Wieso hast du das Tagebuch von diesem Horkus van...", er schaute kurz auf sein Handy. „Horkus von Holstein?"

„Ich hab`s gefunden, mit den Pinseln."

„Welche Pinsel?"

„Von der Karte. War alles in dem Rucksack."

„Was für ein Rucksack?"

„Der von dem Horkus. Aber da war kein Name bei. Also außer Hanna..."

„Wer ist Hanna?"

„Das stand auf dem Brief..."

„Welcher Brief?"

„Der war bei den ganzen Zetteln zu diesen Experimenten..."

„Experimente? Die mit den Teslaspulen?"

„Den was? Keine Ahnung..."

Milena sah hilfesuchend zu Michelle und Annika. Das war das komplizierteste Gespräch, das sie je geführt hatte. „Noch mal von vorne." Sie holte tief Luft. „Also, ich hab in diesem Baum an der Bushaltestelle nachgeguckt, weil ich dachte, dass Mat – dass jemand da was Bestimmtes versteckt hat. Aber dann war da dieser Rucksack drin. Und in dem Rucksack war dieser ganze Papierkram, irgendwas Wissenschaftliches. Außerdem ein Brief an irgendeine Hanna und Pinsel. Und an den Pinseln war dieselbe Farbe wie auf der Karte in der Klasse. Und in dem Tagebuch, oder was das war, stand..." Milena strengte sich an, den Eintrag zu memorieren. „Genau: Dass das Tor zu ist und irgendwas von einem Schlüssel. Dann, dass er an eine Hanna schreibt und ...und...ach ja, Vikram kommt."

„Was kommt?", fragte Didi, der auch endlich seine Sprache wiedergefunden hatte.

„Vikram, oder so..."

„Klingt wie so Vitaminpillen", meinte er.

Daniel legte Milena das Foto von der Karte hin. „Hier, das Gedicht am Rand", sagte er. „Das große Tor am alten Herd – Herr Schoofs hat gesagt, dieser von Holstein hätte im roten Trakt die alte Küche zum Labor umgebaut, das passt alles! Horkus hat mit seinem Sonderkurs irgendwas erfunden oder gebaut. Und das ist im roten Trakt. Aber um das Tor zu öffnen, braucht man einen Schlüssel. Nein, zwei Schlüssel. Und dieser Hanna wollte er die Anleitung schicken, da wette ich drauf. Wir brauchen also nur den Rucksack!"

Milena las die Verse mehrmals. „Was für ein Tor denn?", fragte sie dann.

„Wissen wir noch nicht, aber das steht sicher in dem Tagebuch." Daniel klang so aufgeregt, als hätte er gerade einen Haufen Geschenke bekommen.

„Kannst du den Rucksack morgen mitbringen?", fragte Didi.

„Ja", sagte Milena. „Aber man versteht davon nichts...also wirklich gar nichts."

„Dann gehen wir damit zu dem Thomas Kulschewski", sagte Daniel atemlos.

Milena hakte nicht nach, wer das nun wieder war. Ihr brummte der Kopf von dem Hinweispuzzle. Vielleicht lag es aber auch an der Klasse, die gerade mit dem Gong in die Pause tobte. Die ganze Euphorie der Jungs irritierte sie ein wenig. Es klang, als hätten sie seit Wochen an diesem Rätsel geknackt.

Auf der Heimfahrt war Milena still und in Gedanken versunken. Michelle schubste sie mehrmals an, weil sie eine Frage nicht mitbekommen hatte.

„Meinst du, dass Matteo irgendwas darüber weiß?", wiederholte sie. „Immerhin war der Rucksack in demselben Versteck..."

Milena hatte das auch schon überlegt. Aber in all dem Wirrwarr fand sie es schwer, überhaupt den Überblick zu behalten. Annika ging es ähnlich.

„Ich blick überhaupt nicht mehr durch", sagte sie.

„Eigentlich ist es gar nicht so kompliziert", meinte Michelle.

Milena sah sie skeptisch an und Annika lachte.

„Der Vorgänger von Frau Strick macht irgendwelche Versuche und malt ne Karte mit Hinweisen in seine Klasse. Dann schreibt er einen Brief an Hanna, wer auch immer das ist, und stopft seinen ganzen Kram in einen Baum. Ist doch nicht kompliziert – aber mega schräg!"

Michelles Worte hallten Milena noch im Kopf, als sie die Treppe zu ihrem Zimmer hoch ging. Schräg war es wirklich. Aber anscheinend konnten sich Daniel und Didi einen besseren Reim auf alles machen. Vielleicht konnten sie tatsächlich mithilfe des Rucksacks das Rätsel lösen. Sie warf ihre Schultasche in die Ecke und wollte den Rucksack hervorziehen.

Er war nicht da.

Milena starrte auf die leere Stelle. Sie hatte ihn genau da gestern Abend noch liegen sehen. Panisch durchwühlte sie alle Schränke, sah unterm Bett nach und auf dem Regal. Außer Staub und einem alten Kuscheltier fand sie nichts.

Sie rannte runter in die Küche. Ihre Mutter saß mit geschlossenen Augen vor einer Tasse Kakao. Ihre Haare bildeten einen unordentlichen Pferdeschwanz. Sie sah auf, als Milena hereinstürmte.

„Hallo Schatz, ich hatte eine Doppelschicht", gähnte ihre Mutter. „Hast du gegessen?"

„Mama, wo ist der Rucksack?"

„Welcher Rucksack?", fragte ihre Mutter und rieb sich die Augen mit den Handballen.

„Der Lederrucksack, den wir gefunden haben. Er war gestern noch da!"

„Ach der", sagte ihre Mutter müde. „Alles in Ordnung, den hab ich auf dem Rückweg noch beim Fundbüro vorbeigebracht."

„Was?!"

„Schon ok, lag am Weg", sagte sie, Milenas entsetzten Aufschrei fehldeutend. „Ich leg mich hin, ich falle sonst um."

Milena blieb allein in der kleinen Küche stehen, ihre Gedanken rasten. Sie wollte sich gar nicht erst ausmalen, was Daniel und Didi dazu sagen würden. Sie wartete, bis sie die Schlafzimmertür ihrer Mutter hörte. Dann zog sie leise Schuhe und Jacke über und schlich sich hinaus. Im Gehen schrieb sie Michelle und Annika: *Treffen am Fundbüro in 30 Minuten? Mama hat den Rucksack abgegeben!*

Sie holte ihr Fahrrad aus dem Hinterhof. Es war ein bisschen platt, aber sie hatte keine Luftpumpe. Es würde schon gehen.

Der Weg in die Stadt dauerte mit dem Fahrrad höchstens 15 Minuten, aber sie wusste nicht, wie schnell die anderen beiden loskämen. Sie bog aus dem Dorf auf den Radweg an der Landstraße. Hier hatten sie zum ersten Mal den Herrn de Vries getroffen. Ein böiger Wind schlug ihr auf dem freien Stück entgegen. Sie wünschte, sie hätte an Handschuhe gedacht. Ihre Finger waren rot und klamm, als sie schließlich vor dem Rathaus ankam. Von den anderen war nichts zu sehen, aber dafür hätten sie sie ja auch überholen müssen.

Milena schloss ihr Fahrrad ab und wartete. Obwohl sie die Hände tief in den Jackentaschen vergraben und eine riesige Kapuze übergestülpt hatte, kroch ihr die Kälte trotzdem die Beine und Arme hinauf. Das Glockenspiel an der weißen Rathausfassade bimmelte eine schiefe Melodie. Ihr Handy vibrierte.

Bin gleich da, schrieb Annika.

Annika kam mit dem Bus und sah aus, als wäre ihr wunderbar warm. Warum musste Milena auch in einem Dorf wohnen, in dem nur zweimal am Tag überhaupt ein Bus hielt?

„Michelle hatte wieder einen Anfall und darf nicht raus", erklärte Annika.

„Oh..." Milena war sich immer noch nicht ganz sicher, wie sie sich bei Michelles Epilepsie verhalten sollte. Einerseits behandelte Michelle selbst es so, als wäre es nichts als eine nervige Nebensache. Lästig, so wie Müll rausbringen, Aufräumen oder Staubsaugen. Andererseits fand Milena ihre Anfälle sehr erschreckend mit anzusehen.

„Glaubst du, sie geben uns den Rucksack wieder?", fragte Annika, als sie das Rathaus betraten. Das Foyer war hell und geräumig. Der Eingangstür gegenüber gab es eine lange Theke, hinter der eine gelangweilt aussehende ältere Dame saß.

„Ich hab ihn schließlich gefunden", sagte Milena leise. Auf die Idee, dass sie ihn nicht bekommen könnten, war sie gar nicht gekommen. Sie sahen sich um in der Hoffnung, einen Hinweis auf das Fundbüro zu entdecken.

„Kann ich euch helfen?", fragte die Thekenfrau ebenso gelangweilt, wie sie aussah.

„Ähm, wir suchen das Fundbüro", sagte Milena und versuchte Annikas Kichern zu ignorieren.

„Erster Stock, zweite Tür links", antwortete die Dame und verschwand hinter ihrem PC-Bildschirm.

Milena und Annika liefen zur Treppe am Ende des Foyers. Ein Mann mit einem Aktenkoffer schob sich ungeduldig an ihnen vorbei. Sie warteten vorsichtshalber, bis er die Treppe hinaufgesprintet war, bevor sie ihm folgten.

„Ja, aber der Finder darf die Sachen doch nicht behalten, oder?", gab Annika zu bedenken.

„Was soll ich sagen, dass es mein Rucksack ist?", fragte Milena.

Annika zuckte die Schultern. Sie blieben vor einer Tür mit der kleinen Aufschrift „Fundstücke" stehen. Milena klopfte zaghaft. Als keine Reaktion kam, klopfte Annika noch einmal kräftiger. Schließlich drückte sie vorsichtig die Klinke hinunter. Sie war verschlossen.

„Und jetzt?"

Annika schüttelte ratlos den Kopf. „Vielleicht nebenan?"

Sie klopften an der nächsten Tür.

„Ja bitte!", rief eine strenge Stimme. Milena öffnete die Tür und lugte hinein. Eine Frau mit einer auffälligen Brille an einer Kette mit bunten Steinchen musterte sie. „Ja bitte?", sagte sie wieder.

„Ähm, wir wollten zum Fundbüro", sagte Milena.

„Ja, ist richtig hier. Kommt erstmal ganz rein", kommandierte die Frau.

Milena schob sich durch den Türspalt und blieb zwei Meter vor dem Schreibtisch stehen. Neben ihr wippte Annika auf den Zehen.

„Um was geht es?"

„Um einen Rucksack", sagte Milena und versuchte eine möglichst allgemeine Formulierung. „Ich glaube, der wurde heute hier abgegeben?"

„Ach, du bist die kleine Mosters, stimmt ja", sagte die Frau etwas freundlicher. „Deine Mutter hat gesagt, du hättest ihn gefunden."

So viel zu ihrem Plan, dachte Milena ernüchtert. Vermutlich hätte sie ihr ohnehin nicht geglaubt. Milena war keine gute Lügnerin, weil sie sich immer verhaspelte.

„Ich wollte fragen...also...könnte ich ihn vielleicht wiederhaben?"

Die Frau sah sie über ihre Brille hinweg an. „Nein, tut mir leid. Ich kann ihn nur dem Besitzer aushändigen. Wenn sich in sechs Monaten niemand gemeldet hat, kannst du nochmal wiederkommen."

Sechs Monate... Milena schluckte. „Aber ich weiß jetzt, wem er gehört", versuchte sie die Frau zu überzeugen. „Ich könnte ihn der Person bringen."

Die Frau zog die Augenbrauen hoch. „Sehr nett von dir", sagte sie, doch es klang nicht, als meinte sie es auch. „Aber der Besitzer muss sich persönlich melden und Details zum Gegenstand nennen, außerdem Verlustort und -Datum..." Wie zur Bekräftigung haute sie einen dicken Stempel auf ein Papier und sah die Mädchen dann wieder scharf an. „Sonst noch etwas?"

Milena fiel nichts ein, was sie noch sagen konnte. Sie verabschiedeten sich und gingen hinaus. Michelle hatte ihnen bereits geschrieben. *Habt ihr ihn schon?* Annika übernahm die unerfreuliche Antwort.

„Meinst du, Michelle könnte die Tage herkommen und sagen, es wäre ihrer? Wenn du ihr genau sagst, wie alles drin aussah?"

Milena schüttelte den Kopf. „Das merkt die Frau. Ich meine, es ist total offensichtlich, dass der Rucksack keinem Kind gehört. Höchstens deine Eltern könnten das versuchen."

Annika seufzte. „Vergiss es, das machen die nicht. Schon gar nicht, ohne zu fragen, warum wir den wollen und was der ganze Kram ist..."

Milena schloss ihr Fahrrad auf. Annika winkte und ging zur nächsten Bushaltestelle. Milena fuhr trotz der Kälte nur langsam. Sie fühlte sich schlapp und lustlos. Hätte sie den Rucksack doch bloß gestern schon mitgebracht. Einziger Lichtblick war, dass diese geheimnisvolle Hanna den Rucksack all die Monate seit August nicht aus dem Versteck abgeholt hatte. Da schien es unwahrscheinlich, dass sie plötzlich in Schöneburgs Rathaus danach suchen würde. In sechs Monaten hätten sie den Rucksack wieder. Bis dahin...

KAPITEL 15

Thomas Kulschewski

„Kannst du unser Pech glauben?", heulte Didi zum gefühlt dreizehnten Mal. Annika war eben bei ihnen gewesen und hatte von dem gestrigen Fiasko berichtet. Milena war nicht in der Schule, anscheinend hatte sie sich erkältet.

„Wir hatten es", rief Didi dramatisch. „So knapp..." Er hielt Daumen und Zeigefinger aneinander und rutschte dann jammernd unter seinen Tisch.

Frau Strick war wieder da, mit roter Nase und mehr Schal als sonst irgendwas.

„Gute Nachrichten", sagte sie nach dem halbherzigen Versuch einer Begrüßung. „Der Neubau des roten Trakts wird wohl Anfang des nächsten Jahres beginnen, das heißt, ihr könnt euch auf neue Ausstattungen freuen."

Daniel sah Arif zweimal kräftig nicken, was laut Didi die heftigste Gefühlsäußerung war, die man je von ihm gesehen hatte. Didi war bei Frau Stricks Worten wieder aufgetaucht und tauschte vielsagende Blicke mit Daniel. Was würde passieren, wenn man die Wand, auf der „Geronimo" geschrieben stand, einriss? Aber sicherlich würde jemand vorher bemerken, dass es damit etwas Ungewöhnliches auf sich hatte. Ob sie sich verdächtig machten, wenn sie Frau Strick nach dem Gutachten fragten, das über das Gebäude erstellt werden sollte? Aber ob Frau Strick überhaupt über die Einzelheiten Bescheid wusste? Wie viele Lehrer gingen schon hin und befühlten die Wände in einem gesperrten, baufälligen Schultrakt?

„Also, wenn ihr noch Wünsche und Vorschläge habt...", Frau Strick brach ab, um in ihren Schal zu husten.

„Kennen Sie lost places?", rief Michelle.

„Bitte was?", fragte Frau Strick heiser.

„Lost places. Das sind so gruselige, verfallene Orte. Also manchmal alte Kirchen oder Psychia...Psychiatrien." Michelle brauchte zwei Anläufe, um das Wort richtig auszusprechen. „Das würde hier auch voll gut passen."

„Ist doch eh schon ne Klapse hier!", rief Jeanette.

„Ja, seit du hier bist, auf jeden Fall", sagte Milan von hinten.

„Ich habe nicht ganz verstanden, was der Sinn dahinter ist?", fragte Frau Strick.

Michelle zuckte die Schultern. „Ist einfach cool."

„Das ist voll lahm", sagte Jule von oben herab.

„Hast du einen besseren Vorschlag?", schnappte Michelle.

„Beauty-Salon", sagte Jule triumphierend.

„Schulisch relevante Vorschläge", unterbrach Frau Strick.

Jule gab einen genervten Seufzer von sich. Daniel wandte sich wieder Didi zu. Didi hatte den Kopf auf den Tisch gelegt, sodass man oberhalb des Kragens nichts als Locken von ihm sah.

„Lass uns heute diesen Thomas Kulschewski besuchen", sagte Daniel.

„Der von dem Klemmbrett?", fragten die Locken.

„Aus Holsteins Kurs, genau. Lasse hat mir gesagt, wo er wohnt. Also sein Bruder, genauer gesagt."

„Aber ohne den Kram von dem Herrn Holstein...", quengelte Didi.

„Mit ein bisschen Glück kann der Thomas uns das alles so erklären. Oder er hat selber noch die Notizen. Sah schließlich aus, als hätten die Leute aus dem Kurs das alles mitgenommen. Oder, noch besser, er hat vielleicht sogar noch Kontakt zu Horkus von Holstein. Dann kann der auch seinen Rucksack abholen..." Daniels Euphorie flaute so schnell ab, wie sie gekommen war. Das war ja Blödsinn. Schließlich hatte Horkus' Rucksack monatelang unabgeholt in einem Baum gegammelt.

Didi wies ihn genau darauf hin.

„Ja, schon gut, ich weiß. Trotzdem. Wir fragen Thomas, was er weiß und dann gucken wir weiter."

Daniel ließ sich seinen Optimismus nicht nehmen. Mit diesem Plan in Aussicht konnte der Tag nicht schnell genug umgehen. Aber typisch, die Stunden zogen sich noch länger als ohnehin schon. Nach Frau Strick hatten sie Frau Stiffman in Englisch. Es war eindeutig, dass die blonde Frau die Klasse abgrundtief verabscheute. Frau Stiffman war etwa in Frau Stricks Alter und beide verstanden sich offenbar blendend. Daniel vermutete, dass sie sich über das gemeinsame Leid, die 5d zu unterrichten, angefreundet hatten.

Sie ließ keine Gelegenheit aus, sie alle wissen zu lassen, dass aus ihnen höchstens Müllmänner werden würden.

„Wollen sie hier deren Job schlecht machen?", rief Milan aus seiner Schlafecke. Er hatte seinen Tisch ganz an den Klassenschrank geschoben, um in der Ecke verschwinden zu können. Es fehlte nur noch, dass er ein Kissen mitbrachte.

„Die werden außerdem gut bezahlt!", rief Tanja.

„Aber nur, wenn sie erscheinen und ihren Job tatsächlich machen. Nichts davon kann man euch zutrauen."

Einzige Ausnahme schien für sie Arif darzustellen, den sie gut leiden konnte. „Wie hältst du das bloß aus?", fragte sie ihn regelmäßig.

Arif antwortete nie darauf, aber er hatte etwas an sich, dass er dabei nicht unhöflich wirkte. Vielleicht lag es daran, dass er nie überflüssige Worte machte. Daniel fühlte sich von Frau Stiffmans Ausbrüchen selbst nie direkt angesprochen, aber explizit ausgenommen war immer nur Arif. Diese Bevorzugung für Arif erstreckte sich nicht nur auf Frau Stiffman. Auch ihr Deutschlehrer, ein glatzköpfiger Mann Ende fünfzig namens Wiesenhoff, machte keinen Hehl daraus, wem er in der Klasse gewogen war.

„Arif ist der Einzige in dieser Klasse, der einen fehlerlosen, geraden Satz schreiben kann. Die meisten von euch schaffen es ja, die Wörter so zu verstümmeln, dass man einen Dolmetscher braucht."

„Dann sollten Sie sich als Deutschlehrer mal Gedanken darüber machen", kommentierte Milan. Herr Wiesenhoff hörte ihn nicht. Er war abgelenkt, denn Rocko stand auf und watschelte und zu seinem Fach in der Regalwand. Dort zog er die Materialkiste von Matteo heraus und kippte sie auf dem Boden aus.

Matteo sprang auf und begann Rocko mit knallrotem Kopf und geballten Fäusten zu beschimpfen.

„Ich box dich weg", rief Rocko und baute sich vor Matteo auf.

Daniel fragte sich, welche unnützen Konsequenzen es diesmal für Rocko geben würde. Er wusste, dass Rocko bereits Pausenverbote, Nacharbeiten und Hofdienste aufgebrummt bekommen hatte. Obendrein wurden regelmäßig Elterngespräche angedroht. So auch heute. Unter dem Gebrüll von Herrn Wiesenhoff ließ Rocko von Matteo ab und musste eine Nachricht an seine Eltern einstecken. Daniel bezweifelte, dass die je zu Hause ankäme.

„Warum kann er Matte nicht einfach in Ruhe lassen?", sagte Didi, als sie nach der letzten Stunde vom Hof radelten.

„Die meisten finden es eben lustig, wie schnell er immer explodiert."

„Das ist ja auch krass", gab Didi zu. „Aber trotzdem, das *nervt* einfach."

„Was nervt denn nicht in der Klasse?", gab Daniel zurück. „Wir müssen hier entlang."

Die Adresse, die ihm sein Bruder gegeben hatte, lag in einer Siedlung am Stadtrand. Es war eine Straße mit einer Reihe identischer Bungalows und gepflegter Vorgärten. Daniel checkte die Hausnummern.

„Hier, 52."

Sie hielten an und schoben ihre Räder auf den Bordstein. Daniel ging vor. Ein handgetöpfertes Klingelschild hing am Eingang. Hier wohnen Timo, Thomas, Britta und Emil Kulschewski, las Daniel. Er klingelte. Didi stand etwas hinter ihm, eine Haarsträhne im Mund.

Es dauerte eine ganze Weile, dann hörten sie jemanden den Flur entlangschlurfen und einen Schlüssel umdrehen. Die Haustür schwang auf. Ein Teenager von mindestens 17 oder 18 Jahren sah sie missmutig an. Er trug ein ausgewaschenes Sweatshirt, Jogginghose und kaputte Schlappen. Das musste Thomas sein. Irgendwie passte er nicht so recht in die ordentliche Siedlung, dachte Daniel.

„Ja?", fragte er ungeduldig.

„Wir sind Freunde von Timo", begann Daniel.

„Der's nicht da", sagte Thomas knapp und machte Anstalten, die Tür zu schließen.

„Wir wollen ja auch zu dir", beeilte sich Daniel zu sagen.

Thomas stutzte und öffnete die Tür wieder ein wenig weiter, die Hand noch immer an der Klinke.

„Wir wollten dich was fragen", sagte Didi.

„Ja, und was?" Thomas schien keine große Lust zu haben, irgendwelche Fragen zu beantworten.

„Es geht um den Physikkurs bei Horkus von Holstein", sagte Daniel. „Da warst du doch dabei, oder?"

Thomas knallte ihnen so schnell die Tür vor der Nase zu, dass Daniel einen Moment brauchte, um zu verstehen, was passiert war. Er sah Didi an. Didi schien genauso überrascht.

„Du hast wohl das Falsche gesagt", meinte Didi mit großen Augen.

Daniel schüttelte den Kopf und klingelte erneut. Die Tür wurde fast sofort aufgerissen, als hätte Thomas nur darauf gewartet. Bevor Daniel etwas sagen konnte, blaffte er sie an:

„Ich weiß nicht, wer ihr kleinen Pisser seid, oder warum euch das interessiert. Aber ich will mit der ganzen kranken Scheiße nichts mehr zu tun haben! Die waren alle gestört oder keine Ahnung wie geschädigt. Ich weiß nichts darüber und ich will auch nichts darüber wissen. Jetzt verpisst euch. Und wenn ihr nochmal klingelt, hetz ich die Bullen auf euch!"

Er pfefferte die Tür mit dem Fuß wieder zu. Daniel blinzelte völlig überrumpelt. Er sah Didi an. Didi hatte den Mund aufgeklappt, seine angelutschte Haarsträhne klebte an seinem Kinn. Sie klingelten nicht noch einmal, sondern nahmen ihre Räder und trollten sich.

„Das ging ja voll daneben", sagte Didi. „Kannst du unser Pech glauben?"

Daniel sagte nichts. Wieso wollte Thomas mit all dem nichts mehr zu tun haben? Was war passiert, dass er bei dem Thema so ausrastete? Warum hatte er die anderen Teilnehmer „krank" genannt?

„Keiner hat so ein Pech wie wir", jaulte Didi. „Wir waren so nah dran. Wir..."

„Didi", unterbrach ihn Daniel. „Ganz ehrlich – hör auf zu heulen. Du machst mich irre!"

Didi verstummte und sah bedröppelt drein. Schmollend radelte er neben Daniel her. Daniel bereute seinen Anranzer schon wieder. Er hatte nicht gemein zu Didi sein wollen. Aber sein Gejammere störte ihn schon den ganzen Tag. Das Schlimme war ja, dass Didi irgendwo recht hatte. Die Sache mit dem Rucksack war wirklich Pech gewesen. Und Kulschewski... mit so einer Reaktion hätte er nicht gerechnet. Aber sie schien endgültig zu sein. Ob er es riskieren konnte, es an einem anderen Tag nochmal zu versuchen? Die fehlenden Seiten vom Klemmbrett waren die einzige Spur, der sie noch nachgehen konnten. Er war sicher gewesen, mit einer umfassenden Erklärung nach Hause zu kommen. Stattdessen klangen die Beschimpfungen von Thomas Kulschewski in seinen Ohren nach, als würde er sie immer noch anschreien.

Wo er auch hinsah, dachte er bitter, alles endete in einer Sackgasse.

KAPITEL 16

In bester Absicht

Es war bereits Mitte November, als Milena endlich ihre Erkältung loswurde. Der sonnige Spätherbst war einem kalten Nieselregen gewichen. In der Klasse roch es nach feuchten Jacken und Haaren. Die Heizung funktionierte nur sehr unregelmäßig und Milena hatte das Gefühl, dass klamme Kälte durch die Ritzen unter der Tür und zwischen den gammeligen Fensterrahmen hereinkroch. Als sie wieder gesund war, erwischte es Michelle und danach Annika. Generell verging kein Tag mehr, an dem nicht mindestens drei Schüler krank fehlten. Didi erschütterte sie eines Morgens mit rekordverdächtigen 16 aufeinanderfolgenden Niesern.

Ihre Lehrer bemühten sich nach Kräften, weihnachtliche Themen in ihren Unterricht einzubauen. Vielleicht hofften sie, den Monat bis zu den Ferien ein wenig aufzuhellen und doch noch den ein oder anderen Schüler der 5d von der Teilnahme am Unterrichtsgeschehen zu überzeugen. Sie waren dabei sehr unterschiedlich erfolgreich. Während Frau Stiffman mit Vokabeln aus verschiedenen Weihnachtsliedern noch auf eine recht große Aufmerksamkeit stieß (*christmas tree*, *rudolph the reindeer* und *jingle bells* waren leicht verdiente Punkte), so fand Frau Strick mit der Geschichte von Weihnachten in Europa schon weniger Zuhörer. Auch Herr Wiesenhoff verschätzte sich mit seinem Ansinnen, einen Text über ein typisches Weihnachten zu Hause zu schreiben. Nachdem Milan verkündet hatte, die Aufgabe widerspräche seiner nicht religiösen Überzeugung, beschloss der Rest der Klasse, auf diesen Zug aufzuspringen.

„Aber Geschenke wollt ihr alle haben, ihr verwöhnten Konsumheinis?", brüllte Herr Wiesenhoff, als auch der letzte seinen Stift hingelegt hatte (Arif war erkältet und kam nicht in die Verlegenheit dieser Entscheidung).

Im völligen Desaster endete der Versuch von Frau Schott, im Kunstunterricht Weihnachtssterne zu basteln. Sie brachte jede Menge buntes Papier mit und schlug vor, den Klassenraum in ein „Winterwunderland" zu verwandeln. Sie hatte allerdings auch 30 Scheren und ebenso viele Tuben Kleber mitgebracht und es wurde schnell deutlich, dass die Klasse lieber die Trümmerhaufen eines Bürgerkriegslandes gestalten wollte. Entsprechend war es diese Stunde, die der Lehrerin endgültig den Spitznamen Frau „Schrott" einbrachte.

Es war erstaunlich, selbst für 5d-Standard, wie schnell Fetzen des Bastelpapiers an allen möglichen und unmöglichen Stellen klebten, sodass es aussah, als sei eine Deko-Fabrik explodiert. Sobald das Papier seinen Reiz verloren hatte, beziehungsweise größtenteils an den Wänden, Vorhängen und Fenstern pappte, gingen vor allem einige der Jungs dazu über, zu testen, wie viel der Kleber aushielt. Es dauerte nicht lange und es gab keine Oberfläche, die man berühren konnte, ohne daran kleben zu bleiben. Auch vor Rucksäcken, Ärmeln, Büchern und Heften wurde nicht haltgemacht. Didi und Daniel versuchten gemeinsam mit Milan und Benni eine Art Weihnachtsbaum aus Schulsachen zusammenzukleben, dessen grandiose Spitze Didis eigener, kaputter Turnschuh war. Währenddessen lief Mats mit einer Schere in jeder Hand umher und suchte lohnende Objekte, die er zerschnippeln konnte. Ein paar Mal kam er Milenas Haaren bedrohlich nahe.

Milena hätte gerne einen Stern mit nach Hause genommen, aber als sie es endlich geschafft hatte, Papier, Schere und Kleber zu ergattern und zu ihrem Platz zurückkehrte, wurde sie durch etwas anderes abgelenkt. Matteo war der Einzige, der sich nicht auf das Material gestürzt hatte. Er saß stumm auf seinem Platz am Fenster und sah durch die regennasse Scheibe. Er rührte sich nicht, nur sein kleiner Finger trommelte unruhig gegen sein Knie. Hin und wieder aber schüttelte er kurz und heftig den Kopf, so als wollte er etwas abschütteln. Seine ungekämmten Haare sträubten sich in alle Richtungen.

Eine Weile überlegte Milena, ob sie zu ihm gehen sollte. Doch was sollte sie sagen? Ihr letzter Versuch, mit ihm zu reden, war nicht unbedingt gut ausgegangen. Sie rang noch mit sich selbst, es trotzdem zu probieren, als Jeanette ihr zuvorkam. Einen eher eierförmigen Stern in der Hand, setzte sie sich neben Matteo.

„Uhhh, Jeanette und Matte!", trötete Jule.

Jeanette zeigte ihr den Mittelfinger, ohne sich umzusehen. Jule warf ihren Kleber nach Jeanette, verfehlte sie knapp und traf stattdessen den Turm der Jungen, der einen Moment lang wie in Zeitlupe schwankte und dann immer schneller zur Seite kippte. Bücher, Taschen, Kartons, Stifte und allem voran Didis Schuh flogen durch die Klasse wie Granatsplitter. Frau Schott sprang auf und versuchte – viel zu spät – einen ausgewachsenen Grabenkrieg zu verhindern. Denn Jule, Tanja und alle, die im Einschlagsgebiet saßen, schleuderten die Sachen zurück auf Daniel und die anderen, die hinter ihrem Tisch in Deckung gingen. In all dem Durcheinander sah Milena gerade noch, wie Matteo aus dem Klassenraum lief, dicht gefolgte von Jeanette.

Milena tauschte einen kurzen Blick mit Michelle. Die zuckte mit den Schultern und faltete ihren tadellosen Stern auseinander. Mit einem Blick auf ihr eigenes verschnittenes Gebilde schrieb Milena die Aufgabe endgültig ab und folgte Jeanette aus der Klasse, solange Frau Schott abgelenkt war. Sie fragte sich schon, ob die beiden wieder die Außentoilette angesteuert hatten, doch dann hörte sie Jeanettes Stimme aus einer Nische vor dem Durchgang zum Treppenhaus.

„...du sollst es doch nur abgeben."

Milena drückte sich in einen Türrahmen und lauschte angestrengt.

„Ich will nicht wieder Stress mit denen", murmelte Matteo kaum hörbar.

„Dann verballer das nicht wieder", sagte Jeanette ungeduldig. „Was ist so schwierig daran?"

„Ich hab nicht...ich würd nicht...was weißt du schon?!" Matteo war kurz laut geworden, fing sich aber wieder.

„Wir holen das ab am Bahnhof und übergeben das hier. Verticken tun die anderen", spulte Jeanette ab.

Matteo sagte etwas, das Milena nicht verstand. Sie lehnte sich ein bisschen vor, zog den Kopf aber sofort wieder zurück, denn Matteo und Jeanette kamen den Flur entlang. Gleich würden sie sie entdecken und Matteo würde ihr diesmal erst recht nicht glauben, dass sie nicht gelauscht hatte. Milena trat den einzigen Fluchtweg an, den sie hatte: durch die Tür hinter sich in die fremde Klasse hinein.

Sie fand sich einer Gruppe Siebtklässler gegenüber. Direkt neben der Tür saß ein Junge, der aussah wie ein dunkelhaariger Daniel. Sie sah ihn irritiert an, bis ihr einfiel, dass Daniel mal von seinem Bruder erzählt hatte. Das musste er sein.

„Ja, Milena?", sagte Frau Strick, die vor der Tafel stand, ein Stück Kreide in der Hand.

Milena wurde rot. Einen Moment überlegte sie zu sagen, dass sie sich in der Klasse geirrt hätte. Aber der ältere Daniel sah sie neugierig an und sie wollte nicht, dass die ganze siebte Klasse sie auslachte.

„Ich, ähm, kann ich...mit Ihnen reden?" Sie entschied sich im Bruchteil einer Sekunde.

Frau Strick zog die Augenbrauen hoch. „Einen Moment." Sie schrieb die Aufgabe an der Tafel fertig („Was ist eine Revolution? Recherchiert Beispiele für Revolutionen in Europa") und ging dann mit Milena vor die Tür. Jeanette und Matteo waren nicht mehr zu sehen, vermutlich waren sie in ihre Klasse zurückgekehrt.

Milena holte tief Luft. „Es geht um Matteo", sagte sie. „Und Jeanette. Ich glaube, dass sie...irgendwie in so einer Sache drinstecken." Frau Strick sah sie mit schief gelegtem Kopf an, was ihre Frisur noch schräger aussehen ließ. Milena kreuzte ihre Beine. Mit Michelle und Annika darüber zu sprechen war so viel einfacher. „Ein paar ältere Schüler haben Matteo verprügelt. Er soll für sie irgendwas besorgen oder weitergeben. Auf jeden Fall Zigaretten. Aber ich glaube auch noch andere Sachen. Und...", sie überlegte, wie sie diesen letzten Teil gut rüberbringen konnte. „und ich glaube, er will das alles gar nicht, aber hat Angst, was dann passiert..."

Frau Strick schwieg einen Moment, in dem sich Milena sehr unwohl fühlte. Annika hatte recht gehabt: Matteo würde denken, sie hätte ihn verpetzt...

„Das sind ja ziemlich heftige Anschuldigungen", sagte Frau Strick schließlich. „Wir müssen dem erstmal nachgehen. Ich vermute, dass du keine Beweise dafür hast?"

Milena schüttelte den Kopf.

„Tja, es ist gut, so etwas einem Erwachsenen zu melden. Ich möchte nicht, dass du dich da weiter einmischst." Sie schob einen Ärmel hoch und sah kurz auf ihre Armbanduhr. „Ich muss wieder rein. Aber mich würde noch interessieren, ob ihr Enida ein bisschen unterstützen konntet?"

„Ähm..." Milena dachte an ihre eher kläglichen Versuche, Enida gegen Jule zu verteidigen. „Also Jule und Jeanette und die anderen Mädchen beleidigen sehr viel... und wir haben Enida gefragt, ob sie mit uns was unternehmen möchte. Aber sie bleibt meistens lieber allein."

Frau Strick schürzte die Lippen. „Das dauert eben, bis sie Vertrauen fasst. Ich möchte, dass ihr euch weiter um sie kümmert. Zeigt ihr, dass ihr euch für sie interessiert, sie hat auch keine leichte Vergangenheit. Vielleicht zeigt ihr in der Sache einfach mal euer Interesse...so, jetzt müssen wir beide zurück in den Unterricht."

Sie kehrte zurück in die siebte Klasse und Milena schlenderte in Richtung der 5d. Wirklich interessiert hatte Frau Strick an der Sache mit Matteo nicht gewirkt. Oder wollte sie nur vor Milena kein Aufhebens davon machen? Wenigstens einen Tipp hätte sie geben können, was Milena für ihn tun sollte. Stattdessen nur wieder Enida – sie stellte es ja so dar, als sei es Milenas, Annikas und Michelles Schuld, wenn Enida keinen Anschluss fand. Das war doch ungerecht, oder hatte Milena diese Aufgabe, nur weil sie Klassensprecherin war? Sobald Arif wieder gesund war, würde sie ihn fragen, ob er auch solche Aufträge erhielte...

Zwei Tage lang beobachteten Milena und Michelle verstohlen, ob bei Matteo irgendwelche Anzeichen erkennbar waren, dass Frau Strick mit ihm oder seinen Eltern gesprochen hatte. Sie konnten jedoch keinerlei Veränderung bemerken. Er saß nach wie vor zurückgezogen auf seinem Platz, sprach mit kaum jemandem. Auch Jeanette sahen sie nicht mehr mit ihm zusammen.

Der Zustand ihrer Klasse nach der desaströsen Kunststunde brachte ihnen die bislang größte Standpauke von Frau Strick ein. Ihre Augen ruhten auffallend oft auf Milena, als hätte sie das irgendwie verhindern müssen. Dabei wäre das doch, dachte diese ärgerlich, die Aufgabe von Frau Schott gewesen, aber niemand konnte ein Naturereignis wie Mats aufhalten. Schließlich drohte Frau Strick, ihnen die Weihnachtsfeier zu streichen und verkündete, sie dürften erst nach Hause gehen, wenn alles perfekt aufgeräumt und geputzt wäre.

Milena und Michelle meldeten sich freiwillig, Putzmittel beim Hausmeister zu besorgen. Sie dachten sogar daran, Enida zu fragen, ob sie ihnen helfen wolle. Sie schüttelte jedoch ihren Kopf und hielt dabei ihre großen Brillengläser fest. Sie schaute keine von beiden an. Leider bekam Frau Strick von all dem nichts mit, denn sie versuchte Mats gerade zu erklären, dass sein Auftrag „aufräumen" lautete und nicht etwa die Produktion von weiterem Chaos.

Sie hätten nicht geglaubt, dass es möglich wäre, aber mit dem Klingeln zum Schulschluss sah die Klasse wieder akzeptabel aus und sie durften gehen. Michelle packte den Scheibenreiniger und die Putzlappen in den Eimer.

„Bringt ihr die Sachen eben noch zurück?", rief Frau Strick, die ein letztes Kehrblech voll in den Mülleimer entleerte und diesen dann Leona in die Hand drückte.

Milena und Michelle bahnten sich mühsam einen Weg durch die Menge von Schülern, die alle aus den Klassen nach draußen strömten. Beim Hausmeister mussten sie lange warten, bis jemand kam und ihnen aufmachte. Noch schwieriger war dann der Rückweg gegen den Strom.

Aber beide hatten ihre Taschen in der Klasse und ein Teil ihrer Sachen lag verstreut auf ihrem Platz. Die Klassentür war zu. Matteo wartete davor. Er hatte die Arme verschränkt und starrte eisern auf den Boden. Erst als sie direkt vor ihm standen, sah er auf.

„Toll, danke!", blaffte er Milena an.

„Was..."

„Musst du dich immer einmischen?!"

Michelle öffnete die Klassentür einen Spaltbreit.

„Wartet ihr bitte einen Moment", hörte Milena Frau Stricks Stimme von drinnen.

„Aber wir brauchen noch unsere Sachen", piepste Michelle.

„Gleich!", rief Frau Strick barsch. Michelle schloss die Tür.

„Ist das dein Vater da drin?", fragte sie Matteo.

„Ja, dank euch!" Matteo trat gegen die einstmals gelbe Flurwand, die von unzähligen Fußabdrücken fleckig geworden war. „Frau Strick hat bei uns angerufen. Adam sollte herkommen. Er ist scheiße sauer..."

Milena brauchte einen Moment, um zu begreifen, weshalb Matteo seinen Vater „Adam" nannte. Dann fiel ihr ein, dass er seinen Pflegevater wohl mit dessen Vornamen anredete... „Ich hab's gut gemeint", sagte sie vorsichtig. „Ehrlich, ich wollte nicht, dass du Ärger kriegst..."

„Gut gemacht!", fuhr Matteo sie an. Er riss die Arme aus der Verschränkung. „Was verstehst du schon davon? Du hast doch von nix ne Ahnung!" Er machte zwei Schritte auf sie zu und schubste sie hart gegen die Schultern. Milena stolperte rückwärts. Sie hatte noch nie jemanden geschubst, nicht einmal, wenn derjenige anfing. Sie hatte ja befürchtet, dass Matteo wütend sein würde, aber doch nicht, dass er gleich auf sie losging.

„Ey!" Michelle versuchte, sich zwischen sie zu stellen. „Wir wollen dir nur helfen!"

„Lasst mich in Ruhe!", brüllte Matteo. „Ihr macht alles nur schlimmer. Lasst mich einfach in Ruhe, kapiert?!"

Sein Geschrei war bis in die Klasse gedrungen. Frau Strick stand am Pult, als die Tür aufgerissen wurde und ein vierschrötiger Mann erschien. Adam. Er musterte seinen Pflegesohn, wie man etwas Unappetitliches ansieht. „Los jetzt!", kommandierte er. „Geh schon!"

Matteo mied ihre Blicke und hoppelte davon wie ein getretener Hund. Sein Pflegevater scheuchte ihn den Gang entlang und dann zur Treppe. Hilflos sahen Milena und Michelle ihnen hinterher. Es schien, als hätte Matteo recht mit seiner Wut – sie hatten alles schlimmer gemacht. Und das, wie Milena sich immer wieder verzweifelt sagte, obwohl sie doch in bester Absicht für ihn gehandelt hatte.

KAPITEL 17

Die Weihnachtsfeier

November ging in Dezember über, ohne dass sich irgendeine Veränderung bemerkbar machte. Das Wetter war grau und nass, in der Klasse niesten und husteten alle um die Wette und der rote Trakt blieb gesperrt und unbeachtet von den meisten. Didi und Daniel schlenderten in den Pausen regelmäßig am Bauzaun entlang. Sie wussten selbst nicht, was das bringen sollte – hineinsehen konnten sie von hier aus nicht und äußerlich war das Betongebäude nicht besonders interessant. Daniel hatte bloß das Gefühl, dass sie nicht aufhören durften, nach Hinweisen zu suchen. Als würde die seltsame Geschichte sonst ohne sie weiter gehen.

Am Montag nach dem zweiten Advent stellte Frau Strick eine Kerze auf ihr Pult und zündete sie mit einem Streichholz an. Daniel fand zwar, dass es so gleich viel gemütlicher war als mit dem flackernden Neonlicht, aber Milan murmelte aus seiner Ecke genau das, was Daniel im Stillen dachte:

„Ist sie extrem mutig – oder extrem dumm?"

Auch Arifs Blick wanderte von der Kerze zum Rauchmelder und dann zur Tür.

„Ich möchte am letzten Tag vor den Ferien mit euch eine Weihnachtsfeier machen", verkündete Frau Strick. „Wir könnten Waffeln backen und vielleicht wichteln..."

Mats meldete sich. „Ich bring ein Waffeleisen mit!"

„Oh, ja, das...das ist nett, Mats", sagte Frau Strick und klang ein wenig besorgt. „Vielleicht noch ähm, jemand anders? Ja, danke Michelle."

„Glaubst du, Mats kann Waffeln machen, ohne dass die Schule abfackelt?", fragte Didi so leise, dass Mats sie nicht hören konnte.

Daniel grinste. „Vielleicht ist das sein Plan..." vor seinem geistigen Auge sah er Mats vor einer brennenden Schule herumtanzen – wie ein übermütiges Rumpelstilzchen. Und natürlich würde er singen: Nein, nein, nein, das ist mein kleines Feuerlein...

„Was ist so lustig, Daniel?", fragte Frau Strick misstrauisch. Sie ging durch die Reihen und verteilte kleine bunte Zettel. „Schreibt euren Namen drauf und gebt die Zettel zusammengefaltet nach vorne. Deinen richtigen Namen, Rocko. Keiner kauft ein Geschenk für *Boss Supreme*."

Rocko machte hinter ihrem Rücken eine drohende Geste.

„Frau Strick!", rief Jule. „Rocko hat gerade..."

„Scheiß Petze!", fuhr Rocko dazwischen.

Daniel ignorierte das Gezeter der beiden, schrieb seinen Namen auf und warf den zusammengeknüllten Zettel zurück in das Kästchen, das Frau Strick herumreichte.

„Ich kann euch auch beide vom Wichteln ausschließen!", schrie Frau Strick.

„Hä, warum ich jetzt?!", kreischte Jule und saß für den Rest der Stunde mit verschränkten Armen und beleidigter Miene auf ihrem Platz. Insgesamt eine Verbesserung, dachte Daniel. Er zog einen Zettel in einer anderen Farbe aus dem Kästchen und entfaltete ihn. *Leona* stand darauf. Daniel sah zu Leona rüber. Er wusste nichts über das blonde Mädchen, außer dass sie gut in Sport war. Jetzt gerade war sie damit beschäftigt, Mats abzuwehren, der versuchte, ihr die Schuhe zu klauen.

„Wen hast du?", fragte Didi.

„Leona", murmelte Daniel. „Du?"

„Mats...Was soll ich denn Mats schenken?", jammerte Didi.

„Handschellen", schlug Daniel vor, als Mats Leonas Schuh wie eine Trophäe in die Höhe reckte. Wer ihn wohl gezogen hatte? Daniel hatte nicht lange Zeit, sich darüber Gedanken zu machen.

„Boah nee, ich hab die Schlampe gezogen, keinen Bock für die was zu kaufen", sagte Jeanette für alle gut hörbar und warf einen pinken Zettel nach Enida.

„Jeanette!", rief Frau Strick empört.

„Ja nee", sagte Jeanette unbeeindruckt. „Die ist doch gruselig mit diesen Clowns-Augen..."

Es passierte so schnell, dass Daniel kaum mitkam: Den einen Moment saß Enida an ihrem Platz, die Hände um die Tischplatte geklammert. Im nächsten Moment stürzte sie sich auf Jeanette und beide verschwanden seitlich hinter dem Tisch. Frau Strick schrie sich heiser.

Mit Hilfe von Milena, Jule und Leona schaffte sie es, die beiden Mädchen voneinander zu trennen. „Ey, die Schlampe gehört in die Klapse!", schrie Jeanette.

Enida schien sich mit Mühe wieder zu fangen. „Es reicht einfach! Es reicht!" Ihre Stimme zitterte und ihre Wangen glitzerten feucht. „Schlampe, Hure, du kannst immer nur beleidigen. Fühlst du dich dann stark? Immer nur..."

„Schluss jetzt! Alle beide!" Frau Stricks Stimme überschlug sich mittlerweile. „Gewalt! Beschimpfungen! Zerstörungen! Ich warte auf den Tag, an dem von euch einmal etwas anderes kommt!"

„Kann sie lange warten", nuschelte Didi. Aber Daniel dachte, dass Enida nach ihrem Ausbruch immerhin versucht hatte, wieder vernünftig zu sprechen.

„Ich will, dass ihr..."

Etwas flog von hinten in Richtung Pult. Es traf die Kerze. Diese kippte um und innerhalb von Sekundenbruchteilen gingen die übrig gebliebenen Zettel in Flammen auf.

Einige schrien auf, Frau Strick am lautesten. Sie hechtete nach vorne, packte den nassen Tafelschwamm und klatschte ihn auf den Brandherd.

Es zischte wild und das Feuer erlosch. Ein paar Ascheflöckchen segelten durch die Luft.

Frau Strick legte den Schwamm ins Waschbecken und wusch sich die Hände. Dann hob sie einen Schuh auf und gab ihn kommentarlos seiner Besitzerin zurück. Schwer atmend baute sie sich vor der Klasse auf. Sie raufte sich die Haare und musterte sie einen Moment mit verkniffenen Augen.

„Wir machen diese Weihnachtsfeier", sagte sie durch zusammengebissene Zähne. „Und ihr werdet euch benehmen. Wir werden eine schöne Weihnachtsfeier haben, sonst Gnade euch Gott."

Ob es die Ansage von Frau Strick war oder doch der Schock über die Beinahe-Brandkatastrophe, aber die nächsten anderthalb Wochen verliefen außergewöhnlich ruhig. Enida und Jeanette gingen sich aus dem Weg, Mats ließ Schuhe an den zugehörigen Füßen und selbst Rocko geriet höchstens einmal täglich in eine Schlägerei.

Daniel und Didi hatten einige Zeit mit der Beschaffung passender Wichtelgeschenke verbracht. Didi schlug vor, Daniel solle Leona eine Kerze schenken, da es ja ihr Schuh gewesen war, der fast den Zimmerbrand verursacht hätte. Daniel war nicht sicher, ob Leona das genauso lustig finden würde wie Didi und entschied sich für ein Päckchen mit verschiedenen Schokoladensorten. Didi nahm sich ein Beispiel und besorgte Mats eine riesige Überraschungstüte mit klebrigen Süßigkeiten.

Auch der Morgen der Feier begann erstaunlich ereignislos. Mats und Michelle bedienten die Waffeleisen ohne nennenswerte Vorkommnisse. Sicher, ein beträchtlicher Teil des Teiges landete neben dem Eisen auf dem Tisch oder wurde von Mats roh gelöffelt, aber die erste Waffel, die Daniel bekam, schmeckte ziemlich gut.

Didi hatte seine übliche Zeitung ausgebreitet und pustete beim Essen Puderzucker über die Seiten. Daniel war erleichtert, dass Leona mit ihrer Schokolade recht zufrieden aussah. Zumindest schien sie glücklicher als

Tanja, die an ihrem frisch ausgepackten Parfüm roch und das Gesicht verzog. Mats versuchte freilich, seine Süßigkeiten in die Waffeln einzubacken. Neben dem Duft nach Waffelteig und Vanille breitete sich also bald ein Geruch nach verschmortem Weingummi und anderen Bonbons aus. Das Ganze mischte sich ungünstig mit Tanjas Parfümproben, die sie an ihren Freundinnen durchführte. Frau Strick riss die Fenster auf. Ein kalter Sprühregen wurde hereingeweht. Daniel packte sein Geschenk, eine Tasse mit seinem Namen darauf, in seine Schultasche.

„Was hast du eigentlich bekommen?", fragte er Didi. Didi zeigte wortlos auf seine Tasche. Obenauf lag ein Comicheft im Taschenbuchformat. Es war so ramponiert, fleckig und voller Eselsohren, als wäre es schon durch viele Hände gegangen. Auch das Erscheinungsdatum lag über ein Jahr zurück.

„Wer hat denn kein Geld für ein Wichtelgeschenk?", fragte Daniel nachdenklich und ein wenig lauter als beabsichtigt. Er sah sich um. Bildete er sich das ein, oder hatte Matteo rote Ohren bekommen?

„Hast du kein Geschenk bekommen?", fragte Arif, der ihn gehört hatte.

„Doch", sagte Daniel, „es geht um Didis Geschenk."

„Was ist damit?"

„Es ist schon etwas gebraucht" sagte Didi, die Augen fest auf der Zeitung.

„Leute schenken gebrauchte Sachen?", rief Milan. „Wie arm ist das denn..."

„Sei einfach mal ruhig, Milan", antwortete Milena.

„Wieso, ist doch voll arm..."

„Guck mal da", sagte Didi leise zu Daniel und zeigte auf einen kleinen Artikel in einer Randspalte. Daniel zog die Zeitung heran und las die Überschrift:

Schöneburgs Stadtrat legt Gesamtschulneubau auf Eis

Daniel runzelte die Stirn. „Hat Frau Strick nicht letztens noch gesagt, dass es im neuen Jahr losgehen soll?"

Didi kaute auf einer Locke und sah sehnsüchtig zu den dampfenden Waffeleisen. „Glaube ich auch. Sie hat gesagt..."

Aber Didi brach ab. Michelle war ohne Vorwarnung neben dem Waffeltisch auf den Boden gesackt und zuckte heftig am ganzen Körper. Mats sprang vor Schreck aus dem Stand auf den Tisch und schlug dabei die Schale mit dem letzten Teigrest herunter.

„Ich war das nicht", rief er und zeigte auf Michelle.

„Aus dem Weg!", rief Frau Strick barsch, aber Milena und Annika waren schneller. Alle drei beugten sich zu Michelle hinab und schirmten sie von den Blicken der anderen ab.

„Alles Psychos hier!", kommentierte Jeanette. Die meisten sahen jedoch besorgt aus. Einige reckten die Hälse, um zu sehen, was vor sich ging. Jule stieg sogar auf ihren Tisch. Daniel fand das reichlich dreist, doch auch er hätte gerne mehr gewusst. Es dauerte nur wenige Minuten, dann richtete sich Frau Strick auf und scheuchte sie alle auf ihre Plätze. Michelle rappelte sich langsam wieder auf. Von Milena und Annika unterstützt, setzte sie sich auf den nächsten freien Stuhl. Sie war sehr blass und vermied es, irgendwen anzusehen.

„Michelle leidet an Epilepsie", erklärte Frau Strick.

„Jo, Michelle hat Leiden", sagte Jeanette.

„Halt doch einfach mal deine Klappe!", rief Annika.

„Schluss!", rief Frau Strick. „Beide!"

Annika sah Frau Strick ungläubig an und zeigte empört auf Jeanette. Frau Strick ignorierte sie. „Ich bin sicher, Michelle erzählt euch gerne selber etwas dazu..." Sie sah Michelle aufmunternd an, doch die schaute weiter aus dem Fenster, als wäre die Klasse gar nicht anwesend. „Ähm, also wichtig ist einfach, dass ihr die Ruhe bewahrt und einen Lehrer dazu holt.

Wenn so ein Anfall mal länger dauert und kein Erwachsener ist da, dann ruft einen Krankenwagen..."

„Was, verreckt die sonst?", fragte Jeanette.

Didi stieß einen Jammerton aus, während die Klasse wieder in ihr übliches Geschrei aus Beleidigungen und Anschuldigungen ausbrach. Daniel vermutete, dass er aber vor allem an die Waffeln dachte, die er nun nicht mehr bekam. Denn Frau Strick ordnete umgehend das Ende der Weihnachtsfeier an. Es wurde aufgeräumt, geputzt und dabei noch ein bisschen mehr beschimpft, gerempelt oder gespottet über die Wichtelgeschenke der anderen.

Alles in allem war Daniel froh über den Ferienbeginn. Allerdings verspürte er einen leichten Stich, wenn er an die geringen Aussichten dachte, in den Ferien weitere Hinweise aufzuspüren. Erst jetzt wurde ihm klar, dass er doch jeden Morgen gehofft hatte, wieder auf etwas zu stoßen. Vielleicht tauchte ein neues Graffiti auf, das er verpassen würde. Oder es gab eine neue Durchsuchung wie nach dem Feueralarm zu Beginn des Schuljahres. Sollten sie es riskieren, nochmal in den roten Trakt einbrechen? Sie könnten etwas übersehen haben. Er warf einen letzten Blick auf den Bauzaun, bevor sie ihre Räder holten und vom Schulhof strampelten.

Kurz vor dem Kreisverkehr blieben sie stehen. Jemand hatte nach Daniel gerufen. Sie drehten sich um. Ein Junge trabte auf sie zu. Er kam Daniel vage bekannt vor, doch ihm fiel nicht gleich ein, weshalb. Dann tauchte Lasse neben dem Jungen auf, und es klickte. Das war Timo Kulschewski, der jüngere Bruder von Thomas. Er holte sie ein und zog etwas aus seinem Rucksack. Es war eine schwarze Sammelmappe mit einem losen Gummiband darum.

„Hier", sagte Timo. „Soll ich dir von meinem Bruder geben." Er drückte Daniel die Mappe in die Hand. Daniel starrte ihn an.

„Ihr sollt das Hanna geben. Und ich soll euch sagen, wenn ihr nochmal bei ihm auftaucht, macht er euch kalt."

„Was?"

„Ey, nicht meine Worte", sagte Timo schulterzuckend. Er gab Lasse einen Handschlag und drehte um. Daniel sah ihm verdattert nach, einen Moment zu perplex, um zu reagieren. Timo war schon fast außer Sicht, als Daniel sich besann und ihm hinterherrief: „Warte doch mal! Wer ist Hanna?!"

Timo hob die Hände. „Was weiß ich?" Und damit verschwand er zwischen den Schülern, die zu den Bushaltestellen drängten.

Daniel sah auf die Mappe in seinen Händen. Waren das nun doch die Notizen zu Projekt Geronimo? Wieso hatte Thomas seine Meinung geändert? Und wieso sollte er das Hanna geben, die er gar nicht kannte? Es gab tausend Fragen, aber in diesem Moment war viel wichtiger, dass er endlich wieder ein Stück Antwort bekommen hatte, auch wenn er nicht wusste, warum.

„Was ist das?", fragte Lasse neugierig.

Daniel grinste. „Mein Weihnachtsgeschenk."

KAPITEL 18

Der letzte Hinweis

Daniel und Didi liefen bis zum nächsten Bäcker und stellten ihre Räder eilig an der Wand ab. Es war voll, viele Schüler nutzten Wartezeiten hier und deckten sich mit Schokobrötchen und Croissants ein. In der hinteren Ecke war ein Tisch frei. Didi rutschte auf das Sofa, das ein wenig aussah wie die Möbel in Bahnhofshallen. Daniel zog das Gummiband von der Mappe ab und öffnete sie.

„Das ist es", sagte Didi und nahm die erste Seite heraus. „Projekt Geronimo", las er leise vor. „Und eine Liste mit Namen. Horkus von Holstein, Thomas Kulschewski, Michael Bengas, Lukas Kuhlmann, Arne Schmock...sind das nicht die verschwundenen?"

Daniel antwortete nicht. Damit könnte er sich gleich beschäftigen. Zuerst musste er etwas überprüfen. Er blätterte durch die Mappe, legte Berechnungen und Grafiken zur Seite, bis er fand, wonach er suchte: ein halbes Blatt Papier, oben schräg und unsauber abgerissen.

„Da!", sagte er aufgeregt. Er legte seinen Fund obenauf und zog aus seiner Schultasche die andere Hälfte. Sie passten aneinander, und endlich konnte er die vollständige Notiz lesen:

> *Projekt Geronimo*
> *Tag 17:*
> *Teslaspulen repariert, Windungen verdoppelt.*
> *Spannungsquelle 230V*
> *Erreichen Hochspannung an der Spule von 1 Mio. Volt.*
> *Tor lässt sich öffnen und schließen.*
> *Wand verkleidet, Tor versteckt.*
> *Schlüsselteile an Deckungspunkten hinterlegt.*

„Wand verkleidet!", rief Daniel und schlug sich vor die Stirn. „Natürlich! Die Wand ist gar keine Wand!"

Didi, immer noch in die Namensliste vertieft, sah ihn verständnislos an.

„Die Wand, Didi!", sagte Daniel ungeduldig. „Die Wand im roten Trakt, auf der *Geronimo* stand – das ist nur eine Verkleidung, ein Fake, eine Attrappe, um das Tor zu verstecken. Das Tor ist hinter der Wand, oder in der Wand...wir brauchen nur den Schlüssel..."

Er sah sich um, als er erwartete er, irgendwo einen solchen zu entdecken.

„Was heißt das, *Schlüsselteile an Deckungspunkten hinterlegt?*", fragte Didi.

„Keine Ahnung..." Daniel, ganz euphorisch von seiner Entdeckung, nahm sich den Rest der Mappe vor. Sie enthielt vor allem Formeln und Gleichungen, mit denen er nichts anfangen konnte. Dann gab es einige Grafiken, die aus vielen Pfeilen bestanden, die vorwärts, rückwärts und in Kurven verliefen, einander kreuzten und einen ziemlichen Wirrwarr ergaben. Aber er fand auch eine Zeichnung, die einen technischen Aufbau darstellte. Eindeutig waren darauf die beiden Teslaspule zu erkennen und daran angeschlossen eine Art mechanischer Kasten. Er schien eine Menge Spulen und Rädchen zu enthalten. Daneben war ein tatsächlicher Schlüssel abgebildet, dessen Kopf ein verschlungenes großes G bildete. Beide Gegenstände waren mit einem S und einer 1 beziehungsweise einer 2 gekennzeichnet.

„S1...na klar, Schlüssel Teil eins und zwei", sagte Daniel und hatte Mühe, seine Stimme zu dämpfen. „Wie in dem Gedicht. *Zwei Schlüssel brauchts*...Genial. Wir suchen also diesen komischen Kasten und den passenden Schlüssel..."

„Daniel", unterbrach Didi seine Begeisterung. „Das Ding ist – wo suchen wir die?"

Daniel zog die Mappe zu Rate. Sicher würde auch das hier irgendwo stehen. *Schlüssel an Deckungspunkten hinterlegt*. Er zermarterte sich das Hirn, doch in all den Berechnungen und Grafiken fand er keine Erklärung, was mit „Deckungspunkten" gemeint sein könnte. Warum auch, der Verfasser hatte sicherlich genau gewusst, was er damit meinte und keinen Grund gehabt, es näher zu erklären. Und der Verfasser war Thomas Kulschewski und der hatte sehr deutlich gemacht, was passieren würde, wenn sie ihn noch einmal behelligten.

„Deckungspunkte...", murmelte Didi. „Punkte, die sich decken...das heißt, dass sie übereinander liegen...das ist doch komplett sinnlos..."

Daniel stierte auf die Überschrift. Projekt Geronimo. Geronimo...

„Nein, ist es nicht", rief er plötzlich und eine ältere Dame sah sich missbilligend zu ihnen um. „Was, wenn..." Er kramte das mittlerweile arg ramponierte Foto der Karte aus ihrer Klasse hervor. „Da, guck." Er zeigte auf die zwei kleinen X-Markierungen auf der Karte. Das eine neben dem Schuh-Symbol, das andere neben der Katze unter dem Wort Geronimo. „Was, wenn die Schlüssel da sind? Also da, wo die Markierung liegt, wenn man die Karte über eine von Schöneburg legt? Genauso wie bei der Friedrichs-Insel!"

Didi sah ihn einen Moment erstaunt an, dann verfinsterte sich seine Miene. „Aber auf der Friedrichs-Insel war doch nichts."

„Dass ich nichts gefunden habe, heißt noch gar nichts... Irgendwas muss da auch sein, sonst wären diese komischen Landvermesser nicht aufgetaucht."

Daniel war sich sicher, dass er recht hatte. Er zog sein Handy hervor und rief die Karte von Schöneburg auf. Es war etwas schwieriger als am Computer, die Karte auf die richtige Größe einzustellen. Er legte das Foto über das Display. Die markierte Stelle lag außerhalb der Anzeige. Mühsam verschob er beide Karten Zentimeter um Zentimeter. Schließlich lag das X mit der Katze über dem Handybildschirm.

Didi beugte sich mit ihm über das Handy. „Das ist irgendwo an der alten Stadtmauer", sagte er. Daniel markierte die Adresse und packte die Mappe zusammen. Sie drängten sich durch die inzwischen völlig überfüllte Bäckerei nach draußen. Es hatte wieder begonnen zu regnen. Daniel zog seine Kapuze über. Didi hatte nur eine an seinem Sweatshirt. Sie wechselte bald die Farbe von Hell- zu Dunkelblau.

Es war nicht weit bis zur Stadtmauer, nur etwa fünf Minuten mit dem Rad. Das Gemäuer zog sich rings um die Altstadt, nur an den Straßen war es durchbrochen. Einige kantige Wachttürme standen ebenfalls noch, allerdings befanden sich heutzutage Wohnungen darin.

„Da ist es", sagte Daniel und zeigte auf einen der Türme. Er hatte etwa die Höhe eines mehrstöckigen Einfamilienhauses, war aber deutlich schmaler. Sie lehnten die Räder an die Mauer und umrundeten den Turm einmal. Zu einer Seite grenzte er an die Straße, zwei Stufen führten zur Haustür hinauf. Auf der anderen Seite lag ein kleiner Garten, der durch eine Hecke abgeschirmt war. Didi strich mit der Hand über den nassen Klinker. In den Ritzen wuchs Moos.

„Und jetzt?", fragte er. Es war irgendwie klar gewesen, dass der Schlüsselkasten nicht einfach auf dem Bordstein lag, trotzdem hatte Daniel gehofft, dass sie schon sehen würden, wie es weiter ging, wenn sie erst einmal hier waren.

„Es ist nass", jammerte Didi. Er sah in der Tat ziemlich erbärmlich aus. Seine Kapuzenjacke war durchweicht, seine blonden Locken klebten an seiner Stirn.

„Einen Moment noch", sagte Daniel. Er untersuchte die Mauerecken, drückte gegen Steine mit auffälligeren Färbungen und kratzte losen Mörtel heraus. Seine Finger waren schon ganz rot und starr vor Kälte, aber ihn hatte ein Wille gepackt, den auch der frierende Didi nicht erweichen konnte. Gerade wandte er sich einem Ablaufgitter am Fuß der Mauer zu, als die Haustür im Turm aufging.

„Könnt ihr mir mal sagen, was ihr da macht?"

Milan stand im Hauseingang, die Hände verschränkt und einen äußerst misstrauischen Gesichtsausdruck unter den schulterlangen Haaren.

„Was machst du denn hier?", fragte Didi überrascht.

„Ich wohne hier", sagte Milan und seine Miene wurde noch misstrauischer.

„Was heißt, du wohnst hier?", fragte Daniel ein wenig dümmlich.

„So wie in: Das ist unser Haus!", rief Milan überdeutlich und zeigte mit wilder Gestik auf den Turm hinter ihm. „Soll ich mal zu euch kommen und eure Wände abtasten?"

Daniel brauchte nur wenige Augenblicke, um sich zu sammeln, dann stand sein Entschluss: Er stieg die Stufen hinauf zu Milan. „Wir suchen etwas, das vermutlich hier versteckt ist", sagte er, und bevor Milan ihn für völlig verrückt erklären konnte, erzählte er ihm alles: von den verschwundenen Teenagern über die Friedrichs-Insel bis hin zu den Teslaspulen im roten Trakt und Projekt Geronimo. Milan unterbrach ihn nicht, aber sein Gesichtsausdruck verlagerte sich nach und nach in Richtung Neugier und schließlich Verständnis.

„Jetzt ergibt das Sinn", meinte er langsam. „Zwei Schüler verschwunden, einer will nicht drüber reden und dieser Horkus musste anscheinend abhauen... Und solange das Tor nicht gefunden wurde, wird auch der rote Trakt nicht abgerissen oder so..."

„Wir sind vermutlich nicht die einzigen, die danach suchen", meinte Didi.

„Nee, schon klar, wenn Horkus geflohen ist... und die Typen auf der Insel...ihr wisst nicht, was das für ein Tor ist?"

„Nein", sagte Daniel. „Aber der Karte nach müsste ein Teil des Schlüssels genau hier sein."

Milan nickte. „Bestimmt in den Katakomben. Kommt rein."

Didi schien bloß dankbar, endlich dem kalten Dezemberregen zu entkommen, aber Daniel fragte überrascht: „Was für Katakomben?"

„Es gibt unter ganz Schöneburg doch diese Gänge", meinte Milan. „Ausm Krieg oder früher oder so. Frau Strick hat doch auch von den Katakomben erzählt. Sind nicht so krass wie die in Kappa...Kappado...keine

Ahnung, die in der Türkei...egal, jedenfalls haben viele von den alten Türmen in den Kellern Verbindungen dazu."

Didi sah ihn groß an. „Wie kannst du wissen, was Frau Strick erzählt, du schläfst doch immer?"

„Keine Ahnung, ich kann halt beides." Milan nahm einen Schlüsselbund von einem Haken neben der Haustür. „Hier entlang."

Sie folgten ihm durch den Flur zu einer Kellertür und dann eine Treppe hinunter. Die Wände hier unten waren grob verputzt und die niedrige Decke leicht gewölbt, es sah aber nach einem ganz normalen Keller aus. Getränkekisten standen herum, halb leere Umzugskartons und ein paar ausrangierte Möbel. Milan führte sie um eine Ecke und zu einer Holztür am Ende des Gewölbekellers. Er schloss sie auf und öffnete sie mit einem Ruck.

„Es gibt da unten kein Licht, wir müssen die Handys nehmen." Sie schalteten ihre Taschenlampen ein und kletterten durch die Öffnung. Sie war so niedrig, dass nur Didi soeben aufrecht hindurch passte. Dahinter lag wieder eine Treppe, allerdings aus grob behauenen, unregelmäßigen Stufen. Sie führte zu einem schmalen Gang aus ebenso groben Backsteinen. Der Lichtschein ihrer Handys flackerte über die Wände. Rechts konnten sie nach ein paar Metern ein Metallgitter erkennen. Zur Linken endete der Gang in einem Steinhaufen.

„Mein Vater will nicht, dass ich hier runterkomme", sagte Milan. „Ist bestimmt schon 50 Jahre her, dass das eingestürzt ist, aber trotzdem."

„Was ist mit dem Gitter?", fragte Didi.

„Die sind von der Stadt oder so", erklärte Milan. „Die wollen nicht, dass Idioten durch die Gänge rennen und in die Keller von Leuten klettern."

„Aber im Prinzip könnte man hier unter der ganzen Stadt herlaufen?", fragte Daniel.

„Schätze schon", sagte Milan. „Ich kenn nur den Teil hier, das ist jetzt nicht so spannend."

„Guckt mal", sagte Didi. Er hatte sich das Gitter genauer angesehen. An der Seite war ein Schloss angebracht. „Es ist kaputt. Jemand hat es aufgebrochen."

Milan leuchtete mit seinem Handy dagegen. „Stimmt. Ist ja komisch..."

„Gar nicht", sagte Daniel. „Jemand war hier drin..." Er suchte systematisch den Boden und die Wände ab.

„Logisch gesehen kann ich doch eigentlich nur an einer Stelle was verstecken", meinte Milan nachdenklich.

Didi nickte. „Da wo man wieder was drüber oder davor tun kann."

„Also unter losen Steinen", sagte Daniel. Alle drei betrachteten den Haufen eingebrochener Steine, Milan mit etwas schiefgelegtem Kopf. Und gleichzeitig, als hätte jemand einen Startschuss gegeben, sprangen sie vor und begannen die Steine zur Seite zu räumen. Sie mussten nicht lange suchen. Schon nach zehn oder fünfzehn Steinen entdeckten sie den Kasten, den Daniel auf den Zeichnungen gesehen hatte. Er war etwa so groß wie Daniels Rucksack, schwer und aus einem Metall wie Messing. Ein Deckel war zu erkennen und direkt darunter eine Schließvorrichtung. Didi rüttelte ein wenig daran, aber der Deckel ließ sich nicht öffnen.

Daniel und Milan trugen den Kasten zu zweit die Treppen hinauf, Didi leuchtete den Weg. Milan schloss sorgfältig alle Türen hinter ihnen wieder ab. Bei Tageslicht betrachteten sie den Schlüsselkasten genauer. Er hatte ein paar Kratzer von den Steinen abbekommen, sah davon abgesehen aber nicht besonders alt aus. Das Metall glänzte noch recht poliert, wenn man bedachte, dass er monatelang in einem Geheimgang unter der Erde verschüttet gewesen war.

Von dem Moment an, als sie die Katakomben betreten hatten, war Daniel von einer Aufregung ergriffen worden, die er zuletzt bei der Entdeckung der Teslaspulen verspürt hatte. Er war so kurz davor, das Rätsel zu lösen. Gut, sie hatten immer noch keine Idee, wer Hanna war, und es fehlte natürlich der zweite Schlüssel. Doch sobald sie den hätten, könnten sie das Tor finden. Wer weiß, vielleicht konnten sie sogar die vermissten Schüler zurückbringen. Vor seinem inneren Auge sah er Didi, Milan und sich selbst bereits als die gefeierten Helden der Schule. Und Mats. Mats hatte schließlich alles erst ins Rollen gebracht. Und Milena, Michelle und Annika. Wobei der verlorene Rucksack schon ein ziemlicher Rückschlag gewesen war. Aber es war egal, sie hatten die Pläne, sie hatten den Schlüssel und für das Tor fehlte ihnen nur noch der zweite Schlüssel...

Er grinste die anderen beiden an. „Ich würde sagen, wir brauchen ein eigenes Versteck."

KAPITEL 19

De Vries Industries

Weihnachten verbrachten Milena und ihre Mutter bei den Großeltern. Sie lebten in einer großen Wohnung mitten in Schöneburg und Milena konnte von ihrem Bett aus den Weihnachtsbaum auf dem Marktplatz sehen. Schnee gab es hier selten, meistens stapfte man an Heiligabend durch Nieselregen und den Matsch aufgeweichter Blätter. Dieses Jahr war es nicht anders und sie verbrachten einen gemütlichen Abend im Wohnzimmer der Großeltern, während es draußen dunkler und nasser wurde. Ein Gitarrenspieler intonierte Weihnachtslieder, elektronisch verstärkt erklang „Stille Nacht". Die geschlossenen Fenster dämpften die Lautstärke so weit herunter, dass es stimmungsvoll und sogar ein wenig magisch auf Milena wirkte.

Milenas Oma hatte großes Interesse an allem, was in der Schule vor sich ging. „Ich höre ja so manches in der Stadt", sagte ihre Oma. „Da wird viel erzählt, dass an der Schule ein ziemliches Durcheinander herrscht. Lehrer, die nur rumschreien, und Schüler, die nur Blödsinn machen..."

„Naja, Milena macht jedenfalls keinen Blödsinn", sagte ihr Opa zufrieden.

„Nein, aber ich wüsste doch gerne, ob meine Enkelin eine schwere Zeit hat..."

„Alles gut", sagte Milena. „Die sind nur manchmal etwas laut..."

„Siehst du, die Kinder haben heute keinen Respekt mehr!"

Der Opa lachte. „Das haben sie über uns früher auch gesagt. Aber was ist bloß mit diesem Stadtrat los...?"

Milena war froh, dass das Thema gewechselt wurde. Auch mit ihrer Mutter sprach sie nur selten über ihre Klasse. Sie sollte sich keine Sorgen machen, nicht mehr als ohnehin schon. Außerdem erzählte sie ihrer Familie nicht gerne, wenn sie etwas bedrückte. Die unglücklichen Gesichter ihrer Mutter oder der Großeltern schienen es alles immer noch schlimmer zu machen. Sie sah zu, wie drüben auf dem Weihnachtsmarkt mehr und mehr Lichter angezündet wurden. Die Straßen und der Marktplatz leerten sich. Die Verkäufer schlossen ihre Hütten, nur noch vereinzelt kamen Menschen über den Platz. Als Letzter packte der Gitarrenspieler sein Instrument ein. Die Lichterketten und Lampen blieben an; wenn man die Augen etwas zusammenkniff, sah es aus, als wäre der Sternenhimmel herabgefallen.

Am nächsten Morgen hatte es gefroren. Der Himmel war klar und stahlblau, braune Blätter mit weißen Rändern lagen wie harte Krusten auf den Gehwegen. Sie schlenderten zwischen den Buden umher und bewunderten handgemachte Schnitzereien, Lampen, Mützen, Pantoffeln und noch viel mehr. Milenas Oma interessierte sich für einen Stand mit geflochtenen Körben und hielt die kleine Gruppe etwas auf. Milena lief langsam voraus. Vor einem Wagen, der Crêpes verkaufte, blieb sie stehen. Jemand stand an die Holzwand gelehnt und warf immer wieder sehnsüchtige Blicke zu der Theke, von der ein verführerischer Duft nach Zimt und Schokolade strömte.

Es war Matteo.

„Hi", sagte Milena verlegen.

„Hi", murmelte Matteo und starrte auf seine Füße. Milena fiel das Wichteln wieder ein. Milan hatte gesagt, dass jemand gebrauchte Sachen verschenkt hatte, dass jemand kein Geld für ein richtiges Geschenk hatte. Und dieser Jemand war offenbar Matteo gewesen. Sie überlegte unglücklich, wie sie ihm helfen konnte, ohne ihn in Verlegenheit zu bringen.

„Was ist deine Lieblingssorte?", fragte sie dann.

Matteo sah sie verständnislos an.

„Bei den Crêpes, meine ich. Ich mag am liebsten mit Nutella. Du?"

Matteo zuckte die Schultern. „Joa..."

Milena streckte sich zur Theke hoch. „Zwei Crêpes mit Nutella bitte", sagte sie.

Matteo mied ihren Blick, als sie ihm die Serviette mit der heißen Crêpe reichte, aber er sah etwas vergnügter aus. Sie setzten sich auf einen Holzzaun, der eine Krippe umrandete. Milena hatte keinen großen Hunger, doch Matteo schlang seine Crêpe herunter, als hätte er seit Tagen nichts gegessen. Am liebsten hätte sie ihm ihre auch noch gegeben.

„Oh, ein Schulfreund von dir?" Ihre Familie hatte sie wieder eingeholt.

„Ist das einer von den Lauten?", fragte ihre Oma misstrauisch.

„Wir gehen im Zelt einen Kaffee trinken", sagte ihre Mutter und die drei ließen Matteo und Milena wieder allein. Sie hatten aufgegessen und saßen eine Weile schweigend nebeneinander. Matteo zerpflückte die schokoladenverschmierte Serviette. Kleine Fetzen segelten auf den Boden wie Schneeflocken.

„Ich wünschte, mein Bruder wär hier", sagte Matteo irgendwann.

„Warum, wo ist er denn?"

Matteo zuckte die Schultern. „Keine Ahnung, weg halt." Er zerriss die Serviette komplett und knibbelte stattdessen an seinen Fingernägeln. „Er ist letztes Jahr verschwunden, mit seinem besten Freund."

Milena hob den Kopf. „Dein Bruder ist einer von den verschwundenen Schülern?"

Matteo nickte. Er sah sie immer noch nicht an. „Er ist ja nicht mein richtiger Bruder, war auch nur Pflegekind. Arne hat immer gesagt, mit achtzehn haut er ab. Ich hätte nicht gedacht, dass er mich da alleine lässt." Matteo kickte gegen den Holzbalken. Der ganze Zaun wackelte. „Ich dachte, er kommt wieder, oder so."

„Und du hast keine Ahnung, wo er ist?"

„Nö..." Matteo knibbelte kleine Hautfetzen ab und hinterließ blutige Ecken um seine Fingernägel. Milena wollte wegsehen, konnte den Blick aber nicht von den geschundenen Fingern abwenden. „Die Polizei war da, aber ich glaub, Adam ist das egal."

„Adam ist dein Pflegevater?", fragte Milena und erinnerte sich an den unfreundlichen Mann, der mit Frau Strick gesprochen hatte.

„Ja…Arne hat mal gesagt, dass sie ihn nur für das Geld genommen hätten und mich auch. Er hat auch nie nach Arne gesucht oder so. Nur dieser Typ, de Vries, der kommt ständig und stellt Fragen."

Milena zuckte zusammen, als sie den Namen hört. „Herr de Vries? Der in der Schule war für den roten Trakt?"

„Adam arbeitet bei ihm in der Firma", sagte Matteo nickend. „Er denkt, ich weiß wo Arne ist. Manchmal überlege ich, dass ich auch abhaue und ihn suchen gehe. Aber ich weiß nicht, wo."

Sie schwiegen wieder. Aus dem Getränkezelt drang lautes Lachen. Dann wurde ein Radio eingeschaltet und ein Chor sang *Ihr Kinderlein kommet*. Milena überlegte, ob sie ihm von Horkus und dem Rucksack erzählen sollte. Ob es ihn trösten würde, wenn er wüsste, dass es eine Spur zu seinem Bruder gab? Andererseits müsste sie dann zugeben, dass sie sein Versteck im Baum durchsucht hatte. Sie war froh, dass er ihr offenbar nicht mehr böse war, dass sie Frau Strick von ihm erzählt hatte, und wollte das nicht gleich wieder verderben. Vielleicht sollten sie ihr Wissen lieber mit Herrn de Vries teilen, wenn der nach den Schülern suchte. Aber da könnte sie auch gleich mit Frau Strick sprechen, sie hatte schließlich bei der Nachtwanderung mit ihm telefoniert. In ihr Grübeln versunken starrte sie auf Matteo, der offenbar verlegen war. Vielleicht ging es ihm ähnlich wie ihr, vielleicht war es ihm unangenehm, wenn er anderen leidtat und er spürte sein eigenes Unglück dann nur umso mehr…

Milenas Mutter bog um die Ecke. Sie winkte ihr. „Wir gehen, kommst du?"

Milena sprang von dem Zaun herunter. Matteo blieb unschlüssig sitzen und kaute auf seinen Nägeln.

„Ähm, schöne Ferien dann noch", sagte Milena leise. Tief in Gedanken stieß sie wieder zu ihrer Familie und war sehr froh, dass sie nicht mit Fragen gelöchert wurde.

„Ich blicke überhaupt nicht mehr durch", sagte Annika. Sie saßen auf Annikas Bett und krümelten es mit selbstgebackenen Plätzchen voll.

„Ift dopf nift fo sfwierig", sagte Michelle, den Mund voller Zimtsterne.

„Das ist alles total komisch", widersprach Annika.

Milena starrte auf die halb leere Keksdose und fragte sich, ob Matteo mit seiner Familie jemals Kekse backte. „Denkt ihr, dass sein Bruder noch irgendwo ist?", fragte sie.

„Auf jeden Fall", sagte Michelle. „Dieser Horkus hat hundert Pro die Hinweise hinterlassen, damit man die Schüler findet."

„Aber warum so kompliziert?", stöhnte Annika. „Warum schreibt er nicht einfach, wir sind, keine Ahnung, in Thailand?"

„Wieso Thailand?"

„Ist doch nur ein Beispiel..."

„Wegen Vikram", sagte Milena langsam. „Wisst ihr noch? *Vikram kommt*, stand in dem Tagebuch. Er wollte nicht, dass die ihn finden."

„Wenn du es sagst, wir haben das ja nie gesehen."

„Ist nicht meine Schuld, das war meine Mama..."

„Vielleicht sollten wir wirklich nochmal mit Frau Strick reden." Michelle hatte ihr Handy herausgeholt und suchte etwas. „Du hast doch gesagt, dass dieser de Vries eine Firma hat."

„Ja, der Pflegevater von Matteo arbeitet da, das hat er mir erzählt."

„Warum kümmert sich de Vries um den verschwundenen Pflegesohn? Ich mein, ist ja nett und so..."

„Versteh ich nicht, was du willst", sagte Annika.

„Ich meine", sagte Michelle, ohne von ihrem Handy aufzusehen, „ok, er will diesen Neubau, und das geht erst, wenn der Fall abgeschlossen ist. Aber macht sowas nicht eigentlich die Polizei?"

„Eigentlich schon..." Milena fand auch, dass es seltsam klang. Aber vielleicht war de Vries bloß genauso ungeduldig wie sie und nahm die Dinge lieber selbst in die Hand, anstatt auf die Polizei zu warten.

„Hier...", Michelle war fündig geworden: „De Vries Industries. Die stellen irgendwelche Maschinen her, glaub ich. Laborbedarf, steht da nur." Sie scrollte hinunter. „Sieht alles irgendwie geheim aus, gar keine Bilder. Doch, da ist ein Bild. Guckt mal, da ist der Typ."

Sie zeigte den anderen ein Foto. Darauf waren eindeutig zu sehen Herr de Vries und vier weitere Menschen in weißen Laborkitteln. Bis auf Herrn de Vries, der seinen üblichen grauen Anzug trug, erkannten sie niemanden darauf. Aber Milena starrte ohnehin nur mit weit aufgerissenen Augen auf die Zeile unter dem Foto:

Laborteam von de Vries Industries mit Firmenchef Vikram de Vries.

KAPITEL 20

Der zweite Schlüssel

„Ok, also wir haben Vikram gefunden – war ja klar, der Böse heißt immer mit V."

„Hä, seit wann das denn?"

„Voldemort?"

„Das ist gerade mal ein Beispiel..."

Sie saßen alle bei Daniel im Zimmer, das damit ziemlich voll war. Mats schaukelte in der Hängematte, Didi und Milan hockten auf seinem Bett, Milena, Michelle und Annika teilten sich zu dritt einen unförmigen Sessel. Daniel saß in der Mitte im Schneidersitz auf einem alten Sitzsack und hatte nachdenklich die Fingerspitzen aneinandergelegt.

„Wir hätten da auch früher drauf kommen können", meinte Didi. „Wenn wir mal eher nach dem de Vries gegoogelt hätten."

„Ich google doch nicht gleich jeden, der mir mal begegnet, weil er vielleicht ein böses Superhirn ist", gab Milan zurück.

„Besser wär das", sagte Mats.

„Dass du kein Superhirn bist, weiß ich auch ohne Google."

„Ah ja?!" Mats warf seinen Schuh nach Milan, traf aber Didi, der sich hinten über plumpsen ließ und tat, als wäre er tot.

„Können wir einmal normal miteinander reden?", fragte Michelle. Sie hatte Daniels Notizen in der Hand. Annika studierte sie über Michelles Schulter hinweg.

„Ich hab's", rief Annika. „Ach nee, doch nicht..."

„Es ist eigentlich relativ einfach", sagte Daniel.

„Ey, nur weil du immer alles gleich raffst", rief Mats etwas genervt.

„Haha, vielleicht sollten wir Daniel, das Superhirn, googlen..."

„Ja, woher weißt du den ganzen Scheiß immer, Tesaspulen und so..."

„Teslaspulen", korrigierte Daniel.

„Siehst du?", rief Mats. „Ist doch unnormal."

„Das aus der Mappe von Thomas Kulschewski versteh ich auch nicht", sagte Daniel. Er hatte einen großen Teil der Ferien damit verbracht, die Aufzeichnungen durchzulesen. Aber das Einzige, was ihm einigermaßen einleuchtete, war die Zeichnung, wie man Teslaspulen und Schlüssel verbinden musste. Immerhin, er war mittlerweile ziemlich sicher, dass er die Apparate anschließen könnte.

„Noch mal von vorne", sagte Annika. „Wer ist Geronimo?"

Daniel seufzte. „So heißt nur das Projekt. Horkus von Holstein war Physiklehrer bei uns. Und er hat diesen Extrakurs gemacht, da waren Arne, Lukas und Thomas drin und..." Er warf einen Blick in die Mappe. „Und ein Michael Bengas."

„Ey, der redet schon so, als wären wir alle Vollidioten", sagte Mats, grinste aber dabei.

„Das klingt nur für Vollidioten so", sagte Milan.

„Aha?!"

Daniel setzte mehrmals wieder zum Sprechen an. Er redete tatsächlich etwas stockend, aber das passierte ihm immer, wenn er versuchte, seine Gedanken so zu ordnen, dass andere verstanden, was er meinte...

„Und die haben irgendwas gebaut, hinter dem der Vikram her ist?", ergänzte Milena.

„Genau, ich schätze, deshalb behauptet er, dass er hier neue Sachen für uns bauen will. Um in den roten Trakt zu kommen."

„Wir kriegen gar keine neuen Computerräume?", fragte Mats empört.

„Mats, das wird dir nicht erst jetzt klar?", rief Didi und hörte auf, sich totzustellen.

„Was für ein Wichser!"

„Ok, also Horkus hat mit seinen Schülern so ein Tor gebaut", versuchte Annika den Faden wieder aufzunehmen. „Aber irgendwas ist schiefgegangen..."

„Genau, sie sind alle verschwunden, bis auf Thomas."

„Ja, und der ist `n Psycho geworden..."

„Aber vorher hat Horkus noch die Karte in die Klasse gemalt und seinen Rucksack versteckt."

„...damit Hanna das findet."

„Wer ist nochmal Hanna?"

„Wissen wir nicht..."

„Ich raff das immer noch nicht", sagte Annika. „Was für ein komisches Tor meint ihr denn immer?"

„Wissen wir nicht."

„Und was stand da nochmal auf der Karte für ein Wort? Irgendwas mit A..."

„Alteras", sagte Daniel.

„Was heißt das?"

„Wissen wir nicht, sagten Daniel, Milena und Didi im Chor.

„Eeey, wissen wir überhaupt was?", rief Mats und schaukelte so wild in der Hängematte, dass die Haken ächzten.

„Wir wissen, wo der zweite Schlüssel ist", begann Milan.

„Vielleicht hat dieser Vikram die Schüler auch gekidnappt", schlug Mats vor und versuchte einen Kopfstand in der Hängematte.

„Das ergibt doch gar keinen Sinn", jaulte Didi.

„Das ergibt voll Sinn!", rief Mats, die Beine in der Luft.

„Nein, weil Vikram doch selber nach denen sucht. Darum kommt er ja bei Matteo damit an..."

„Aber wa... oh ja stimmt, das war dumm." Mats verlor das Gleichgewicht und fiel zurück in die Hängematte, Arme und Beine ragten in schrägen Winkeln daraus hervor.

„Endlich raffst du es", sagte Milan.

„Es läuft alles darauf hinaus", sagte Daniel, „dass wir den zweiten Schlüssel brauchen. Dann finden wir das Tor und vermutlich auch alles andere."

„Warum holen wir den dann nicht?", fragte Mats und lugte aus der Hängematte heraus.

„Weil über dem Versteck eine Apotheke steht und wir nicht mal eben in deren Keller rein kommen", erklärte Didi zum dritten Mal. Er warf ein kleines Kissen senkrecht in die Luft und ließ es sich platt aufs Gesicht fallen. Seine Stimme klang darunter noch näselnder und weinerlicher als sonst. „Wir brauchen halt einen *Plan*..."

Alle schwiegen. An diesem Punkt waren sie schon vor einer halben Stunde gewesen. Sie hatten den zweiten Deckungspunkt genau wie den ersten überprüft und festgestellt, dass er in der Innenstadt lag. Er markierte eine Apotheke, die sich in einem der Altstadthäuser befand. Michelle kannte die Apotheke, was ihnen aber nicht weiter half, denn sie mussten in die Katakomben darunter, und dazu brauchten sie, wie Didi nochmal wiederholte, einen Plan.

„Es müssen einfach welche von uns da rein rennen und ganz viel umwerfen und klauen und dann abhauen und in der Zeit gehen die anderen in den Keller", schlug Mats vor.

„Das ist eine schlechte Idee", sagte Daniel, der sich lebhaft vorstellen konnte, wie Mats Regale mit Medikamentenschachteln umwarf und Pillen wie Hagelkörner durch die Gegend flogen.

„Die ist toll", rief Mats und machte so eine wilde Bewegung, dass er aus der Hängematte purzelte. Wie eine Katze landete er auf allen Vieren.

„Die geht schon deshalb nicht, weil die vermutlich genauso die Kellertüren abschließen wie Milans Eltern auch", sagte Daniel.

„Wie wärs denn", schlug Michelle vor, „wenn wir sagen, dass wir ein Referat machen – und dafür mal diese Geheimgänge sehen wollen."

Daniel dachte einen Moment nach. Das könnte gehen. Wenn ein Erwachsener mit runter käme, wäre es schwierig zu suchen. Aber vielleicht könnte einer ein Gespräch führen, während die anderen den Schlüssel suchten. Falls der auch bloß unter ein paar Steinen lag, wäre das kein Problem. Und er wäre leicht in einer Jackentasche zu verstecken.

„Lasst uns das versuchen. Aber ohne Mats."

Mats warf seinen anderen Schuh.

Am nächsten Tag war wieder Schule. Der Vormittag verging vor allem mit verstohlenen Blicken, die zwischen Daniel, Didi und den anderen hin und her wanderten. Daniel hörte kaum etwas von dem, was die Lehrer sagten, und wenn er die glasigen Blicke seiner Freunde richtig deutete, ging es ihnen ähnlich. Mittlerweile waren Frau Strick und Co aber auch nichts anderes gewöhnt: Milan schien zu schlafen und tauchte immer nur auf, um einen bissigen Kommentar abzugeben. Milena, Michelle und Annika malten meistens irgendwelche Comics und bei Mats war jeder Lehrer schon froh, wenn er das Mobiliar heile ließ.

Heute Abend, vorausgesetzt sie bekamen den Schlüssel, würden sie es tun. Der rote Trakt war von ihrem Klassenzimmer aus nicht zu sehen, trotzdem wanderte Daniels Blick immer nach draußen, wo ein trüber Januarmorgen träge vorbeischlich. Sie hatten entschieden, dass nur die

Mädchen ihr Glück mit der Geschichte vom Referat über Schöneburgs Geheimgänge versuchen sollten. Das hatte Mats etwas besänftigt. Daniel und Didi wollten in der Zeit alles andere vorbereiten. Sie brauchten einen großen Rucksack, um den Kasten ungesehen zu transportieren. Unter seinem Tisch studierte Daniel den Schaltplan. Es sah nicht besonders kompliziert aus, eigentlich nur zwei Kabel, die verbunden werden mussten.

Zum ersten Mal war er froh, dass niemand zu Hause war. So musste er keine unangenehmen Fragen beantworten, weshalb er Ausrüstung für einen Einbruch in den größten auffindbaren Wanderrucksack packte. Um halb fünf brach er mit Didi zu Milan auf. Sie hatten eine Chatgruppe gegründet. Milan hatte sie *Projekt Geronimo 2.0* genannt. Daniel bereute es aber schon wieder, weil Mats alle paar Minuten irgendwelche Witze, Videos und Sprüche schickte. Sie packten den Kasten in den Rucksack und Milan steuerte eine GoPro bei. Dann warteten sie. Und um kurz vor halb sechs kam endlich die Nachricht von Milena:

„Wir haben ihn. Fahren jetzt zur Schule."

Daniel grinste breit, er konnte nicht anders.

Die Mädchen warteten am Fahrradkäfig. Sie hatten ihre Handytaschenlampen an und zeigten ihnen einen kleinen goldfarbenen Schlüssel. Er sah genauso aus wie auf der Zeichnung, mit einem großen, verschlungenen G als Kopf.

„Genial!", rief Didi. „Wie habt ihr es gemacht?"

„Genauso wie geplant", sagte Annika und schwenkte den Schlüssel triumphierend. „War kinderleicht."

Didi machte große Augen. Milan hingegen runzelte die Stirn. „Ist ja jetzt auch nichts so Besonderes. Ich meine, jeder kann da rein spazieren…"

„Du hättest es sicher versaut", schnappte Michelle. „Wir mussten die Apothekerin nämlich ziemlich überreden, bis wir uns die Katakomben unterm Keller angucken durften. Und dann mussten wir ziemlich schnell suchen, weil wir nur ein paar Minuten unten bleiben durften. Zum Glück war der Schlüssel nicht schwer versteckt. Milena hatte ihn fast sofort. Keiner hat was gemerkt."

Daniel nickte anerkennend. „Sehr gut gemacht", sagte er und trat Milan energisch auf den Fuß.

„Ja, au, voll gut..."

Die Mädchen grinsten zufrieden.

„Machen wir die Taschenlampen lieber aus", sagte Didi und lenkte sie somit wieder auf ihr unmittelbares Vorhaben.

„Erzähl das Mats, der ist schon vorgerannt", sagte Annika. Milan klatschte sich die Hand vor die Stirn.

„Wenn uns jemand beobachtet, sind wir eh geliefert", sagte Daniel sachlich. „Ich meine, so Teslaspulen sind nicht gerade unauffällig..."

Michelle biss sich auf die Lippe. Auch Didi sah nicht gerade glücklich aus.

„Ziehen wir das durch oder seid ihr Mimis?", fragte Milan.

Daniel nickte. Entweder sie wurden erwischt oder nicht. Welchen Sinn hatte es, darüber zu grübeln? Sie waren so weit gekommen, jetzt würde er bestimmt nicht aufgeben. „Gehen wir."

Sie huschten über den Schulhof zum Bauzaun. Milena und Annika kicherten immer wieder, was Daniel sehr entnervend fand. Mats hing wie ein Klammeräffchen am Bauzaun, genau an der Stelle, an der sie das letzte Mal hineingekommen waren. Sie schlüpften hindurch und schlichen zu dem eingeworfenen Fenster. Daniel war froh, dass sie nicht nochmal eine Scheibe einschlagen mussten. Er spitzte die Ohren nach allen Seiten und zuckte bei jedem Geräusch, das sie machten. Sie kletterten hinein, ohne sich an den Scherben zu schneiden, auch wenn Annika sich nur haarscharf unter einer Spitze her duckte.

Sie fanden alles vor wie zuletzt: Die großen Drahtspulen mit den Metallringen darauf, die leeren Klemmbretter und die Wand, auf der *Geronimo* stand. Didi klopfte kräftig dagegen. Es klang hohl. Milan und er tauschten Blicke und nickten. Daniel setzte seinen Rucksack ab und zog den Messingkasten heraus. Er platzierte ihn direkt neben die Teslaspulen. Behutsam steckte er den Schlüssel ins Schloss und drehte. Es klickte mehrmals laut, dann sprang der Deckel auf.

Darin befanden sich, wie auf der Zeichnung abgebildet, eine Menge kleiner Spulen, Zahnräder, Kabel und etwas, das aussah wie Glaskerzen mit einer bläulichen Flüssigkeit. In der Mitte war ein gekrümmter Hebel. Daniel atmete tief durch. Er musste es ja nicht verstehen, solange es nur funktionierte. Mit Milans Hilfe fand er die beiden Anschlüsse, die von den Teslaspulen abgingen und steckte sie an den vorgesehenen Stellen in den Kasten.

„Ok", sagte er. „Seid ihr bereit?" Die anderen traten alle einen Schritt zurück, Milena bis ganz an die hintere Wand. Daniel war davon nicht gerade ermutigt. „Drei...zwei...eins..." Er drückte den Hebel.

Nichts geschah.

„Spektakulär", sagte Milan.

Daniel klappte den Hebel noch einmal zurück und schaltete ihn wieder ein. Dann prüfte er die Verbindungen, erst am Kasten, dann an den Spulen.

„Ist wohl irgendwas kaputt", sagte Didi. „War ja klar. Kann jemand unser Pech glauben?"

„Reparier mal", sagte Mats.

„Wie denn?", rief Daniel wütend. „Ich hab keine Ahnung, was die Hälfte von dem ist."

„Die Hälfte?", fragte Didi. Daniel funkelte ihn böse an.

Daniel war nicht auf Mats sauer oder auf Didi. Er war sauer auf den Kasten, der stumm und nutzlos da lag, er war sauer auf Thomas Kulschewski, der nicht mit der Sprache rausrückte und vor allem auf sich selbst, weil er so überzeugt gewesen war, dass es funktionieren würde...

„Ähm", sagte Milena vorsichtig und immer noch aus der hintersten Ecke, in der sie mit gekreuzten Beinen stand. „Brauchen wir nicht Strom, oder so? Also im Physikunterricht machen die Lehrer doch auch immer erst den Strom an..."

Daniel starrte sie an. Genau wie alle anderen. „Sorry, ich dachte nur..."

„Voll genial!", rief Mats, hüpfte zur Tür und haute schwungvoll auf den großen roten Sicherheitsknopf. Eine kleine Kontrollleuchte darüber flackerte auf. Dann klickte es im Kasten. Die Zahnrädchen setzten sich in Bewegung, erst langsam, dann immer schneller. Die Glaskerzen begannen zu glühen, und dann setzte ein tiefer, surrender Brummton ein. Er kam von den Teslaspulen. Ein Knistern folgte und plötzlich schrie Annika auf. Auch Daniel hatte es gesehen. Blaue Funken sprühten am unteren Ende der Spulen auf, wurden heller und größer und plötzlich zuckten Blitze zwischen den Säulen her. Daniel hatte noch nie solche Blitze gesehen. Sie verschwanden nicht nach Sekundenbruchteilen, wie bei einem Gewitter. Sie bauten sich auf, wurden länger, verästelten sich und zuckten quer durch den Raum, bis sie eine Art Kuppel von den Spulen zu der falschen Wand bildeten. Die Schrift hob sich jetzt kräftig ab. *Geronimo* war nie so deutlich lesbar gewesen.

Alle waren bei den ersten Blitzen zurückgestolpert. Selbst Mats wagte keine unüberlegte Bewegung. Daniel wusste zwar, dass die Blitze für sie nicht gefährlich waren, trotzdem kostete es ihn einige Überwindung, näher ran zu gehen. Er nahm eine Zange aus dem Rucksack und streckte sie aus. Eine kleine Blitzzunge erfasste die Zange und zuckte bis zu seinen Fingerspitzen. Zu fühlen war nichts dabei. Brummen und Surren wurden lauter und die Anzahl der Blitze erhöhte sich. Fasziniert verfolgte Daniel das Lichtspiel. Sie hatten es geschafft, hatten es wirklich geschafft. Triumphierend ballte er die Fäuste und merkte gar nicht, dass er breit grinste.

„Alter...", sagte Milan. Daniel grinste noch ein wenig mehr. Wer hatte schon Milan einmal staunen sehen? Er konnte es nicht leugnen, Daniel empfand eine gute Portion Stolz. Sie hatten nicht nur das Rätsel gelöst und die Schlüssel gefunden, sie hatten den Apparat auch in Gang gesetzt. Der Anblick der Blitze war nun wahrlich keine Kleinigkeit! Übertroffen wurde sein Stolz nur von seiner Neugier, seiner Vorfreude, was sie gleich finden würden. Was war das Tor? Es befand sich ja wohl hinter oder in der falschen Wand. Bislang übten die Blitze aber keinen Effekt darauf aus. Sie warteten gespannt, doch auch zehn Minuten später war nichts weiter passiert. So langsam gewöhnten sie sich an das Blitzgewitter.

„Und jetzt?", fragte Didi. Daniel hatte die Notizen hervorgeholt. In dem flackernden Licht war es schwer, sie zu lesen, doch eigentlich brauchte er sie gar nicht. Es gab nur einen logischen nächsten Schritt.

„Wir müssten irgendwie die Wand einreißen." Er zeigte auf die Geronimo-Wand, durch die die Blitze hindurch zu gehen schienen.

Jetzt wäre ein Vorschlaghammer doch hilfreich, dachte er bedauernd. Aber er hatte nicht bedacht, dass Mats allein ein ganzes Abbruchunternehmen ersetzen konnte. Während die anderen noch ratlos dastanden, trat Mats ein paar Schritte zurück und nahm dann Anlauf. Er hatte ein irres Funkeln in den Augen, das durch die Reflexion der Blitze noch verstärkt wurde.

„GERONIMO!!", brüllte er und sprintete auf die Wand zu. Die Blitze erfassten ihn. Er stieß sich kräftig ab und sprang, Füße voran, mit Karacho gegen die Wand. Sie zerbarst in einer Wolke aus Gips, Pappe und Tapetenfetzen.

Und dahinter war das Tor. Es sah aus wie ein großes Kraftfeld, eine Wand aus Energie. Blitze zuckten hinein und wieder hinaus, in der Mitte schien es seltsam gekrümmt, wie wenn man eine Fischaugenlinse benutzte.

Mats hatte so viel Schwung, dass er hinter der zertrümmerten Wand nicht zum Stehen kam. Er ruderte mit den Armen und versuchte das Gleichgewicht wiederzugewinnen. Aber als wäre eine stärkere Kraft am Werk, stolperte er nach vorne mitten in das Energiefeld hinein. Es gab ein grelles Licht und Mats war verschwunden.

KAPITEL 21

Die andere Seite

Sie gafften stumm auf den Fleck, wo Mats eben noch gestanden hatte. Der Generator brummte leise, ab und an war das Knistern und Brutzeln der Blitze zu hören. Milena hatte die Hand vor den Mund geschlagen. Michelles Augen waren entsetzt aufgerissen, Didis Haare standen in die Höhe, als habe er eben einen Schlag bekommen, und Milan war mit der Hand vor der Stirn erstarrt, als wäre er aus Stein.

„Mats ist tot", kreischte Annika in die erschrockene Stille. Sie war kreidebleich und hatte ihre Fingernägel in ihre Wangen gekrallt. „Mats ist tot! Mats ist tot!"

Daniel drehte sich zu ihnen um. Auch er war blass. „Wir müssen ihn wiederholen", sagte er.

Niemand antwortete. Milena drückte sich gegen die hintere Wand, unter keinen Umständen wollte sie diesem Tor zu nahe kommen.

„Wir müssen ihm hinterher", sagte Daniel, machte jedoch keine Anstalten, Mats zu folgen.

„Mats ist tot...", lamentierte Annika noch immer, aber es war jetzt eher ein Wimmern.

„Ich spring doch nicht einfach da rein", sagte Milan, als er sich endlich aus seiner Erstarrung löste. „Mit Mats kann sonst was passiert sein. Wahrscheinlich ist er atomisiert..."

„Das ist unsere Schuld", heulte Didi. „Mats' Mutter bringt uns um!"

„Mats ist tot..."

„Aufhören!", schrie Michelle, und Milena zuckte zusammen. „Kann man nicht ein Seil reinwerfen oder so? Mats wieder rausziehen?"

Milena war Michelle sehr dankbar für diesen Vorschlag. Sie bemerkte, dass Michelle ihre Augen zusammenkniff und zusätzlich mit der Hand abschirmte, um nicht in die Blitze zu sehen. Konnte das flackernde Licht einen Anfall bei ihr auslösen? Trotz ihres Schreckens sah sie entschlossen aus. Vielleicht war es ihre Erfahrung mit der Krankheit, dass sie jetzt einen kühlen Kopf behielt.

„Wo willst du ihn denn rausziehen?", fragte Didi. „Da ist doch nichts."

„Irgendwo muss er sein", sagte Michelle stur.

Milan schüttelte nur stumm den Kopf. Milena wollte gerne Michelles Zuversicht teilen, aber sie befürchtete, dass Annika mit ihrem Geschrei letztlich recht haben könnte. Mats und sein Ungestüm – das konnte ja nicht ewig gut gehen. Ihr Bauch krampfte sich zusammen. Hätte er doch bloß nicht so viel Anlauf genommen...

„Mats ist tot, Mats ist tot! Mats...lebt!"

„Was zum...?!"

Daniel und Milan wirbelten herum. Milena klappte wieder die Hände vor den Mund.

Mats sprang aus einem weiteren Lichtblitz und landete auf den Überresten der falschen Wand.

„Kraaaaaass!", rief er und untersuchte fasziniert seine Hände, über die noch ein paar blaue Funken zuckten. „Alter, kraaass!!!"

Milena und die anderen starrten ihn an wie eine Erscheinung. Mats schien die ungläubigen Gesichter gar nicht zu bemerken.

„Was ist passiert?", fragte Michelle matt.

„Was ist auf der anderen Seite?" Daniel machte einen Schritt auf Mats zu. Mats fuchtelte wild mit den Armen durch die Luft, offenbar nicht in der Lage, sein Erlebnis in Worte zu fassen.

„Toll, es hat sein Hirn frittiert", kommentierte Didi.

„Ach fick dich", sagte Mats, aber er lachte. „Ey, ihr müsst euch das ansehen! Das ist...keine Ahnung, einfach irre." Er marschierte wieder auf das Tor zu.

„Mats, nicht!", rief Milena mit einem Blick auf Annika, die einem Zusammenbruch nahe schien. Aber zu spät. Mit einem weiteren Lichtblitz verschwand Mats wieder in dem Tor.

„Ok", sagte Milan zu Daniel. „Ich wusste, dass Mats `n Knall hat, aber das..." Er klang fast ein wenig beeindruckt.

Daniel sagte nichts. Milena sah, dass er auf den Füßen vor und zurück schaukelte. Und plötzlich, als hätte er einen Entschluss gefasst, gab er sich einen Ruck und schritt geradewegs durch das Tor.

„Ja geil", sagte Milan, als Daniel verschwand. „Auch ne Art mit ner scheiß Klasse fertig zu werden. Ich stürze mich mal einfach in den kleinen Bruder vom Todesstern. Super intelligent. Und hey, klar, da geht der nächste!" Er gestikulierte hinter Didi her, der seinem besten Freund folgte. Sein Kopf wackelte beim Laufen und die blonden Locken wippten. Dann war auch Didi fort.

Die vier Verbliebenen sahen sich an. Annika hatte rote Flecken im Gesicht, da wo sie ihre Fingernägel hineingebohrt hatte.

„Denkt ihr, es ist echt ungefährlich, durch zu gehen?", fragte Michelle.

„Durch – wohin denn?", fragte Milan.

„Naja, das war doch der ganze Punkt, das rauszukriegen", meinte Milena. Sie machte ein paar zaghafte Schritte nach vorn. Wenn man näher herankam, schienen die Ränder des Tors zu verschwimmen. Hindurchsehen konnte man nicht, weder auf die Rückwand des Klassenraums noch dorthin, wo Mats und die anderen hin verschwunden waren. Bevor sie sich aber zu irgendetwas entschließen konnte, war Daniel wieder da. Er hüpfte leichtfüßig aus dem Tor heraus und grinste breit.

„Das. Ist. Der. HAMMER!" Er warf seine Haare zurück. „Einfach...Wahnsinn. Ihr glaubt es nicht..." Milan wich vor ihm zurück, als wäre er ansteckend. Daniel lachte. „Wer ist jetzt hier die Mimi?", sagte er zu Milan. „Glaubt mir, ihr wollt das wirklich sehen." Und damit machte er kehrt und ging wieder hindurch.

Milena kämpfte mit sich. Mats war unversehrt zurückgekommen und Daniel auch. Es war also ungefährlich. Es sah nur nicht so aus. Und wer wusste schon, ob es so bliebe? Auf dem Krähenhof hatten viele sie für mutig gehalten, weil sie sich als einzige auf den riesigen Goliath getraut hatte. Aber da hatte sie gewusst, worauf sie sich einließ. Das hier... Sie wusste nicht, wie lange sie flach atmend vor dem Tor stand und sich nicht durchringen konnte, Sekunden, Minuten... doch am Ende siegte ihre Neugier. Sie holte einmal tief Luft, ignorierte Annikas Protest und folgte Daniel.

Sie presste die Augen gegen das blendend helle Licht zusammen und stolperte unbeholfen vorwärts. Die Blitze oder etwas anderes prickelten ein wenig, es war etwa so, wie wenn man einen Luftballon an einem Wollpullover rieb. Sie machte noch einen Schritt und öffnete die Augen.

Eines war klar: Sie war nicht länger in der Schule. Sie war nicht einmal mehr in einem Gebäude. Aber wo sie sich befand, war Milena ein völliges Rätsel.

Didi und Daniel warteten etwa zwei Meter neben ihr, Mats ein Stück dahinter. Sie standen unter einer Art Brücke. Ein riesiger Pfeiler aus einem Stahlgerüst ragte vor ihnen auf. Das Stahlgitter setzte sich nach oben fort und darauf lagen Schienen. Eben ratterte ein Zug mit zwanzig, dreißig Waggons über sie hinweg. Milena hielt sich die Ohren zu und sah sich mit offenem Mund um. Von der Schule war weit und breit nichts zu sehen. Sie sah überhaupt nichts, das ihr bekannt vorkam. Der Boden war aus grobem Kopfsteinpflaster und ein paar niedrige Häuser duckten sich unter die Eisenbahnbrücke. In einiger Entfernung konnte sie ein riesiges Gebäude aus Glas und Stahl erkennen, in das die Schienen mündeten. Es war hell erleuchtet und selbst von hier aus konnte sie die großen Buchstaben über der Einfahrt lesen:

Schöneburg Hauptbahnhof

„Wo sind wir?" flüsterte Milena und zeigte auf den Bahnhof. Sie bekam kaum einen Ton heraus.

„Total irre, sag ich doch!", rief Mats.

„Was zum...?" Milan, Michelle und Annika tauchten hinter ihnen auf. Michelle zog Annika am Arm hinter sich her. Erst da bemerkte Milena, dass das Tor von hier aus kaum zu sehen war. Die Blitze und das Kraftfeld schienen verschwunden. Nur wenn man ganz genau hinsah, fiel die seltsame Krümmung auf, die sie auf der anderen Seite auch gesehen hatten. Annika und die anderen erschienen einfach aus dem Nichts.

„Wo sind wir?", fragte Michelle.

„Anscheinend in Schöneburg", sagte Daniel. Sogar seine Stimme klang rau und heiser vor Verblüffung.

„Wie kann das Schöneburg sein?", fragte Milan und zeigte auf alles, das ihm ins Auge fiel. Ein kürzerer Zug verließ ratternd den Bahnhof, fuhr aber nicht direkt über ihre Köpfe hinweg, sondern rumpelte über eine andere Brücke in einem weiten Bogen außer Sicht.

„Vielleicht gibt es noch ein anderes Schöneburg", überlegte Milena. „Einfach eine andere Stadt, die auch so heißt. Und das Tor verbindet die beiden. So wie Partnerstädte."

„Klingt gar nicht so unlogisch", meinte Milan. Daniel nickte.

„Und hier sind die Typen, dieser Arne und so hin verschwunden?", fragte Mats. „Warum sind sie nicht zurückgekommen?"

„Vielleicht gefiel es ihnen hier besser", sagte Didi.

„Was meint ihr, gehen wir lieber wieder zurück?", fragte Milena. Es war ihr unbehaglich, sich länger hier aufzuhalten. Schließlich war Mats' Frage äußerst berechtigt. Vielleicht blieb das Tor nicht unbegrenzt offen. Vielleicht hatten die Schüler damals nicht mehr zurückgekonnt und ihnen würde es genauso ergehen. Aber sie war auch neugierig zu entdecken, wo sie gelandet waren.

„Leute, das ist komisch", sagte Michelle. Sie hatte ihr Handy gezückt und wischte ärgerlich darauf herum. „Ich hab überhaupt keinen Empfang."

Milena und die anderen nahmen ebenfalls ihre Handys. Kein Empfangsbalken wurde angezeigt, dafür eine Nachricht, dass kein Netz verfügbar sei.

„Was ist denn das für ein Kaff, in dem kein Netz ist?!", schimpfte Mats. „Ich geh nach Hause!"

„GPS geht auch nicht", sagte Daniel. „Google Maps findet den Standort komplett gar nicht."

„Ohne Karte sollten wir hier vielleicht nicht rumlaufen", sagte Didi.

„Karte!", riefen Daniel und Milena gleichzeitig. Sie grinsten.

Daniel zog das zerknitterte Foto der Wandkarte aus der Klasse hervor. Er fuhr mit dem Finger darüber, sah auf, drehte sich, prüfte wieder die Karte und nickte schließlich.

„Das ist es. Die Wandkarte zeigt das hier. Guckt mal."

Sie drängten sich zusammen, damit alle die Karte sehen konnten.

„Hier", erklärte Daniel. „Links unten ist die Schule. Also *unser* Schöneburg. Und ab hier", er tippte auf den Kreis, der das Tor markierte, „ist *dieses* Schöneburg aufgemalt. Da drüben ist die Straße, die links abbiegt, das passt genau."

„Also müssen wir in die Richtung gehen?", sagte Milan und zeigte auf den Bahnhof.

„Etwas mehr rechts, oder?", sagte Michelle.

„Hä, wo wollt ihr überhaupt hin, seid ihr irre?", rief Annika. Sie klang, als wäre ihr übel. Aber bei Milena hatte die Neugier endgültig die Oberhand gewonnen, jetzt, da sie wussten, was die Karte zeigte.

„Leute, wollen wir nicht checken, was da ist?" Milena deutete auf die beiden Markierungen, den Schuh und die Katze unter „Geronimo".

„Lass uns zu dem Geronimo-Punkt gehen", stimmte Milan zu. „Das ist dann vom Prinzip, wie wenn man zu mir nach Hause gehen würde, oder?"

„Hä?", rief Annika fast ein bisschen verzweifelt. „Kapier ich nicht."

„Doch, er hat recht", nickte Daniel. „Wenn man Karten von den beiden Schöneburgs übereinander legt, ist ja Milans Haus genau da, wo die Geronimo-Markierung ist."

„Da lang!", rief Mats. Er war schon halb den Brückenpfeiler hinaufgeklettert. Jetzt sprang er herunter und trabte los. Daniel folgte ihm, die Augen auf die Karte geheftet. Milan bildete das Schlusslicht.

Milena war froh, dass Daniel sich um die Navigation kümmerte. Sie drehte den Kopf in alle Richtungen und entdeckte ständig neue, ungewöhnliche Dinge. Sie ließen die Eisenbahnbrücken hinter sich und liefen eine schmale Gasse entlang. Auch diese trug Kopfsteinpflaster, und sie stolperten im Dunkeln das ein oder andere Mal über hervorstehende Pflastersteine. An den Häusern hingen zwar Laternen, die ein angenehmes orangenes Licht warfen, aber sie waren nicht besonders hell und leuchteten die Schatten nicht aus. Die Häuser waren größtenteils aus dunklem Klinker, der leicht schmutzig wirkte. Sie waren ein wenig höher als die meisten Gebäude in dem Schöneburg, das sie kannten. Vor allem hatten viele Erker, Balkone und Türme, die wie planlos an- und draufgebaut waren, sodass manchmal der Abendhimmel über der Straße kaum sichtbar war.

Die Gasse mündete in eine breite Straße mit höheren und protzigeren Gebäuden, allesamt hell erleuchtet. Eine Straßenbahn ratterte an ihnen vorbei und gab dann den Blick auf eine riesige Kathedrale frei, die sämtliche Häuserblocks überragte. Stahlbrücken und Gehwege führten von Hausdächern bis zu der Kirche, als gäbe es ein zweites Straßennetz ein paar Etagen höher.

„Wo lang?", rief Michelle. Es war laut hier, Straßenbahn und der entfernte Bahnhof gaben ein stetes Dröhnen und Stampfen von sich, außerdem war hier alles voller Menschen. Autos sah Milena allerdings keine.

„Da rüber", sagte Daniel und zeigte auf eine Gasse auf der anderen Straßenseite.

„Guckt mal da!", rief Milena erschrocken. Sie hatte den gewaltigen Uhrenturm der Kathedrale betrachtet. Ein gigantisches Luftschiff näherte sich langsam, beschrieb einen Bogen um den Turm und warf dann eine Art Anker aus. Es war lang wie eine ganze Häuserzeile und schwebte lautlos etwa hundert Meter über ihnen.

„Ist das ein Zeppelin?", fragte Milan ungläubig.

„Nee, Zeppeline sehen anders aus", meinte Didi.

Milena hatte schon manchmal Zeppeline von weitem gesehen, wenn Werbebanner über Städte geflogen wurden. Das hier hatte Ähnlichkeit mit ihnen – und auch wieder nicht. Das Luftschiff besaß diesen länglichen Teil, der ein bisschen wie ein Luftballon aussah – aber daran aufgehängt war etwas, das am ehesten dem unteren Teil eines Segelschiffs glich. Außerdem hatte die Konstruktion Flügel, Segel und Propeller. Niemand sonst schien sich hier allerdings weiter über das außergewöhnliche Gefährt zu wundern. Die Leute schoben sich an ihnen vorbei, unterhielten sich oder betraten Läden und Restaurants, ohne dem Luftschiff einen Blick zu schenken.

„Kommt", murmelte Daniel, als Mats über die Straße hüpfte.

Wenige Minuten später hielten sie wieder an, diesmal klappten Didi, Daniel und Milan den Mund auf und sagten eine Weile nichts mehr.

„Was los, sind wir da?", fragte Annika. Sie hatten vor einem Turm angehalten, der Teil einer alten Stadtmauer zu sein schien. Auch hier waren weitere Türme, Brücken und Plattformen dazu gebaut worden. Doch auch Milena kam der Turm für sich genommen sehr bekannt vor...

„Das ist mein Haus", sagte Milan.

„Hä?", sagte Mats.

„Das ist mein fucking Haus!" rief er und machte ein paar Schritte auf den Turm zu. „Wie kann das mein Haus sein?!" Er sah Daniel an, als sei das seine Schuld.

Milena blickte von einem zum andern. Sie wollte sagen, dass sie genauso wenig verstand, aber Annika übernahm das.

„Ich raff gaaar nichts mehr. Gar nichts!" Sie verschränkte die Arme und schüttelte den Kopf.

„Ok, ich will jetzt wissen, was das hier ist", sagte Milan. Im Lampenlicht sah er sehr blass aus, aber seine Miene wirkte entschlossen. Er stieg die Stufen zum Hauseingang hinauf und klingelte.

KAPITEL 22

Geronimo

Sie warteten.

Daniel versuchte das Klingelschild zu lesen. Es war etwas krakelig geschrieben. Er entzifferte W. Matuschek.

„Wie heißt du mit Nachnamen?", fragte er Milan.

„Ja jedenfalls nicht Matuschek!", antwortete Milan barsch, als hätte Daniel ihn beleidigt.

Ein zweites, etwas kleineres Luftschiff näherte sich am Horizont und steuerte auf die Kathedrale zu. Sie beobachteten, wie es in einigem Abstand zu dem ersten festmachte. Große Scheinwerfer wanderten über die Kirchenwände.

„Denkt ihr, wir sind in der Zukunft gelandet?", fragte Michelle, die auch den Kopf gen Himmel gedreht hatte.

„Zukunft?", sagte Daniel und hätte fast gelacht. Das wäre so ziemlich die denkbar wildeste Erklärung.

„Zukunft ohne Internet, dafür scheiß Pflastersteine?", rief Mats. „Da ist dann aber echt was schiefgegangen."

„War ja nur ne Idee", verteidigte Michelle. „Es würde die Sache mit Milans Haus erklären."

Milan funkelte sie misslaunig an und klingelte erneut. Jetzt hörten sie drinnen etwas. Daniel wandte den Blick von den Zeppelinen ab und fixierte die Tür. Sie wurde geöffnet und im Eingang stand ein älterer Mann, der sie ebenso erstaunt musterte, wie sie ihn.

Er hatte einen kurzen weißen Bart, in dem sich schwarze Rußflecken befanden, genau wie auf seinem hochgekrempelten Hemd. Auf dem Kopf trug er etwas, das aussah wie eine Mischung aus Schutzbrille und Zahnarztspiegel. Die breiten Hände steckten in Lederhandschuhen und in der Rechten hielt er einen gewaltigen Rohrschlüssel.

Milan schien etwas von seiner Tatkraft zu verlieren. Er sah sich unsicher zu den anderen um.

„Ja?", fragte der Mann ungeduldig.

„Ähm...", begann Milan. Offenbar war ihm der Gedanke gekommen, dass die Frage, was der fremde Mann in seinem Haus machte, möglicherweise nicht so gut aufgenommen werden könnte. Daniel stimmte dem zu, doch er hatte eine Idee.

Er räusperte sich, trat einen Schritt vor, warf die Haare aus dem Gesicht und sagte: „Wir suchen Geronimo."

Der Mann starrte ihn an. Dann brach er so plötzlich in lautes Gelächter aus, dass sie alle zusammenzuckten.

„Ha! Hahaaa! Die Horkus-Truppe! Ich dachte schon, ihr kommt gar nicht mehr. Hereinspaziert, hereinspaziert, Geronimo ist hier." Immer noch grinsend trat er beiseite und machte Platz, damit sie eintreten konnten. „Was ist los?", fragte er ein wenig besorgt, als niemand sich rührte. „Horkus hat euch doch zu mir geschickt?"

„Ja...", sagte Daniel vorsichtig. Er wusste, dass die anderen, genau wie er, nicht einfach in die Wohnung eines Wildfremden spazieren wollten. Schon gar nicht, wenn dieser einen riesigen Rohrschlüssel in der Hand hatte. Andererseits sah er davon abgesehen recht freundlich aus. Und am Ende siegte wiederum ihre Neugier. Milan machte diesmal den Anfang und sie traten ein.

Die Einrichtung war zwar anders als bei Milan, aber im Kern war es eindeutig das gleiche Haus. Daniel sah den Eingang zum Keller, von dem aus sie in die Katakomben gelangt waren. Ganz automatisch ging er schnurstracks durch den Flur ins Wohnzimmer. Dieses war hier vollgestopft mit einem wahllosen Sammelsurium von bunten Sesseln, Schaukelstühlen und kleinen Tischchen und Hockern. Jede Fläche war bedeckt mit Zeichnungen von Maschinenteilen. Darauf lagen unzählige Schrauben, Zahnräder und Werkzeuge. Alles sah aus, als käme es aus der Werkstatt eines Uhrmachers. In einer Ecke lag dagegen etwas, das aussah wie ein zerlegter Laptop.

„Entschuldigt das Durcheinander, hab nun wirklich nicht mit euch gerechnet."

Der Mann legte seinen Rohrschlüssel ab und zog die Handschuhe aus. Seine Hände waren breit und schwielig. „Wollt ihr was trinken? Was essen? Ich hab bestimmt irgendwo noch Haferkekse. Und Tee kann ich machen. Ach so, hab mich nicht vorgestellt. Ich bin natürlich Willi. Willi Matuschek. Aber Willi reicht. Und ihr seid, was, die nächste Generation?"

Daniel tauschte kurze Blicke mit Milan und Didi. Didi zuckte die Schultern.

„Ich bin Daniel", stellte Daniel sich vor. „Das sind Milena, Michelle, Annika", er zeigte auf die Mädchen, die in der Wohnzimmertür stehen geblieben waren. „Außerdem Mats und Didi..."

„Und wer ist der Zauberlehrling?" Willi deutete auf Milan, der mit verschränkten Armen an einem Sessel lehnte.

Daniel grinste. „Milan."

„Na gut. Ich kann mir das sowieso nicht so schnell merken." Willi legte seinen Werkzeuggürtel zu seinem Rohrschlüssel und ging in eine kleine, angrenzende Küche. Mats fläzte sich bereits auf dem zerknautschtesten Sessel. Die anderen nahmen zögerlicher Platz. Willi kehrte mit einem Tablett voller Tassen und einer großen Teekanne zurück. „Kekse finde ich nicht so schnell. Vielleicht hat Geronimo die auch gefuttert. Dann wird ihm wieder schlecht." Er setzte sich in einen Schaukelstuhl. „Aber was ist mit dem alten Horkus? Ich hab ihn nicht gesehen seit, ach, bestimmt seit dem letzten Sommer nicht."

Daniel rutschte unruhig auf seinem Hocker hin und her. Willi hielt sie offenbar für Teilnehmer aus Horkus' Kursen. Würde er sie rauswerfen, wenn er erfuhr, dass sie das gar nicht waren? Oder würde er ihre Fragen trotzdem beantworten?

„Wo ist denn Geronimo?", fragte Didi anstatt einer Antwort.

„Ich weiß nicht, schläft bestimmt in einer Ecke", sagte Willi. „Oder er ist wieder..." Er hob einen Stapel Papiere von einem Sessel hoch. Darunter lag ein riesiger schwarzer Kater. Als sein Versteck über ihm verschwand, reckte er sich und sah sie aus runden Bernsteinaugen an. „Da ist er, der einzig wahre Geronimo."

Geronimo stand auf und machte einen Katzenbuckel. Dann sprang er trotz seines dicken Bauchs leichtfüßig und völlig geräuschlos auf den nächsten Tisch und von da aus auf Mats Schoß. Dort krallte er seine Pfoten in Mats' Jeans und rollte sich zu einer schwarzen Kugel zusammen.

„Ehrenkater", sagte Mats. „Der weiß, wo es gut ist."

„Ich versteh das aber nicht", sagte Didi. „Wieso steht der Name von deinem Kater auf den Wänden in unserer Schule?"

Willi grinste in seinen Bart. „Horkus hat sein Forschungsprojekt nach ihm benannt. Warum, das musst du ihn fragen."

Daniel rieb sich die Nase. Das mit dem Kater war ja schön und gut. So langsam fielen die Puzzleteile an ihren Platz. Aber die eine große Frage stand nach wie vor wie ein Elefant im Raum. Sie drängte sich von allen Seiten auf, schrie vom Himmel, an dem Luftschiffe flogen und dröhnte aus dem Boden, aus jedem Haus und von jeder Straßenecke, die bekannt und doch unendlich fremd war. Er beugte sich vor und sah Willi an.

„Wo genau sind wir hier? Ich meine...", er zeigte aus dem Fenster. Die Lichter der seltsam gewucherten Stadt leuchteten bis zum Horizont. Ein Teil von ihm glaubte noch nicht an das, was er sah. Vielleicht war all das ein wirrer, wenn auch äußerst lebendiger Traum.

Willi strich sich durch den Bart und verteilte so den Ruß darin. Als er sprach, hatte sich sein Tonfall leicht verändert. Er klang strenger und ein wenig misstrauisch „Wie kann es sein, dass ihr das nicht wisst? Ihr wollt mir doch nicht erzählen, dass Horkus euch nichts erklärt hat? Raus damit, was ist hier los?"

Daniel sah Didi fragend an. Der zuckte nur die Schultern. Daniel holte tief Luft. Dann sagte er: „Wir sind Horkus nie begegnet. Wir wissen auch nicht, wo er ist. Wir haben das alles eher zufällig rausgefunden..." Und bevor Willi etwas erwidern konnte, erzählte er die ganze Geschichte – angefangen bei den Jugendlichen, die im roten Trakt ihrer Schule verschwunden waren, über die Karte, die sie dank Mats in ihrer Klasse entdeckt hatten, bis zu all den kleinen und großen Hinweisen, die sie zusammengetragen und mit denen sie schließlich das Tor geöffnet hatten. Michelle und Milena ergänzten und korrigierten ihn zwischendurch, und gemeinsam schafften sie es, alles der Reihe nach zu erklären.

Als sie fertig waren, schwieg Willi eine ganze Weile, während Daniel ihn erwartungsvoll ansah.

„Sowas...", brummte Willi. Er schenkte sich Tee nach und schlürfte nachdenklich aus seiner Tasse. „Mit anderen Worten, ihr seid völlig ahnungslos da hineingestolpert."

Daniel und die anderen nickten. Das klang zumindest nicht so, als würde er sie gleich vor die Tür setzen.

„Dann lasst mal sehen, ob ich etwas Licht ins Dunkel bringen kann." Er stellte seine Tasse ab. „Ich hab keine Ahnung, wer diese Hanna ist, ob sie zu Horkus' Familie gehört. Haben wir nicht drüber gesprochen. Kein Glück also an der Stelle...Die drei Jungs, die ihr vermisst, Michael, Lukas und Arne, die kenne ich allerdings. Sind in Horkus' Team eingestiegen und hier irgendwo auf Forschungsreisen. Hab sie ungefähr letztes Jahr um diese Zeit gesehen, bevor sie wieder aufgebrochen sind. Jetzt wo ihr es sagt, eigentlich müssten sie bald zurück sein."

„Also geht es ihnen gut?", fragte Milena.

„Davon geh ich aus", sagte Willi nebenher. „Nein, nein, beunruhigend ist die Sache mit Horkus. Ist nicht seine Art, einfach zu verschwinden."

„Wir glauben, dass dieser Vikram hinter ihm her war", sagte Michelle. „Das stand in seinem Tagebuch."

„Ja, ja, Vikram war immer hinter ihm her. Beziehungsweise hinter seiner Forschung und dem Schlüssel."

„Warum?", fragte Didi.

„Warum wohl?", knurrte Milan aus seiner Ecke heraus. Er warf immer noch finstere Blicke auf die Einrichtung und den ganzen Raum, der seinem Wohnzimmer so sehr glich.

„Der Zauberlehrling hat recht", sagte Willi. „Geld, Macht, Ruhm...such dir was aus. Wer wäre nicht gern Herr über ein Tor in eine andere Dimension?"

Willi hatte den letzten Satz leicht daher gesagt, doch er schlug ein wie eine Bombe. Die Stille, die ihm folgte, war förmlich greifbar. Willi entging die plötzliche Veränderung nicht und er sah sie verdutzt an. Dann grummelte er: „Ach so, hätte ich euch vielleicht ein bisschen besser verpacken sollen, das mit der Dimension."

Daniel erholte sich als Erster von der Wucht dieser Enthüllung. „Also das ist es?", fragte er begierig. „Eine andere Dimension?"

„Dimension, Parallelwelt, Multiversum...es gibt viele Namen dafür", nickte Willi, offenbar froh, dass wenigstens Daniel die Sprache wiedergefunden hatte.

„Stop!", rief Annika, die Hände in der Luft. „Stop! Wir sind doch nicht in einem anderen Universum! Euer Ernst? Universum? Sowas geht nicht..."

„Was glaubst du, was passiert ist, als wir durch das Tor sind?", fragte Milan.

„Keine Ahnung, jedenfalls nicht anderes Universum." Ihre Stimme hatte eine Spur von Hysterie. „Vielleicht sind wir auch alle tot."

„Was hast du ständig mit tot?", fragte Didi.

„Und das findest du wahrscheinlicher?", fragte Michelle mit einem Seitenblick auf ihre Freundin.

„Keine Ahnung. Aber das ist doch irre, hallo?"

„Klar ist es das", sagte Willi. „Als Horkus das erste Mal vor meiner Tür stand, hab ich ihm nichts geglaubt. Bis ich bei euch drüben war. Und selbst dann hats ne Weile gedauert, bis ich meinen Augen getraut hab. Dachte, ich verlier den Verstand."

„Ich versteh das aber auch nicht", sagte Milena. Sie klang noch verschüchterter als sonst. „Was heißt das denn? Ich meine, wo sind wir?"

„Planet Erde, Europa, Deutschland, Schöneburg", sagte Willi und nickte bei jedem Wort. „Aber eben eine andere Version davon. Horkus nannte diese Seite des Tors *Alteras*. Weil alles hier eben ein bisschen anders ist als drüben. Trotzdem ist es Schöneburg, ein alternatives Schöneburg eben. Sogar dieses Haus gibt es drüben..."

„Ach nee, echt?", schnaubte Milan. Willi sah ihn verwundert an.

„Milan wohnt hier", sagte Didi. „Also nicht hier. Drüben hier..."

„Ha, das ist ja was!" Willi schien äußerst vergnügt darüber.

„Also ist das hier nicht die Zukunft, oder so?", fragte Michelle.

„Nein, hier ist 2016, genau wie bei euch. Es ist einfach..." Willi warf die Stirn in Falten. „Also hast du dir noch nie vorgestellt, wie sich die Dinge entwickelt hätten, wenn du bestimmte Dinge anders gemacht hättest? Wenn du, nur als Beispiel, dich nicht mit deinen Eltern gestritten hättest, wenn ihr in einem anderen Haus wohnen würdest, du noch Geschwister hättest oder sogar in einem anderen Land geboren wärst? So musst du es dir vorstellen. Nur eben wirklich, nicht bloß als Gedankenspiel."

Daniel dachte sofort an Dennis und seine Mutter. Wie wäre es, wenn sie nicht nach Frankreich gezogen wären? Oder wenn ihr Vater nicht immer unterwegs wäre? Vielleicht hätte er dann aber das Tor nicht entdeckt, weil er ganz mit anderen Dingen beschäftigt gewesen wäre... Er schob den

Gedanken beiseite. Was wäre, wenn...? Könnte er später noch spielen. Zu vieles war immer noch rätselhaft.

„Woher kommt das Tor? Also was ist es? Ich meine, da ist ein Loch in unserer Schule und...und..."

Er brachte den Satz nicht zu Ende, er wusste nicht wie. Zeppeline und ein irgendwie umgebautes Schöneburg zu sehen war bekloppt genug. Aber über Portale in andere Dimensionen zu sprechen, selbst nachdem man durch eins hindurch gegangen war, legte nochmal eine Schippe oben drauf.

„Hört zu, ich weiß, ihr habt viele Fragen", sagte Willi. „Aber ich kann euch das nicht gut erklären. Horkus ist mein Freund, aber ich versteh vielleicht die Hälfte von dem, was er erzählt. Dabei sagt er selbst immer, dass er gerade erst beginnt aufzudecken, wie das alles funktioniert. Ich kann euch so ziemlich alles bauen und reparieren, aber fragt mich nicht danach, Dimensionslöcher zu erklären. Ich bin auch voll damit beschäftigt zu verarbeiten, dass es sie offenbar gibt."

Eine Weile sagte niemand etwas. Es schien, dass sie auf Horkus warten mussten, wenn sie verstehen wollten, wie all das möglich war. Aber hatte Willi nicht gerade gesagt, dass selbst Horkus nicht alles verstand? Daniel versuchte, eine Vorstellung zu finden, die das Kreiseln seiner Gedanken beruhigte. Aber es wurde eher noch schlimmer. Gab es da ein komplettes zweites Universum mit allen Galaxien und Sonnen und Planeten? Und wie waren sie dann durch dieses Tor mal eben dort hin gereist? Flog einfach irgendwo noch eine zweite Erde herum? Oder war dieses Alteras-Schöneburg wie eine Geisterebene? Unsichtbar, bis man sie sichtbar macht? Vielleicht lag Annika doch gar nicht so falsch...

„Und du warst mal auf unserer Seite?", fragte Milena und riss Daniel aus seinen Überlegungen.

„Ein paar Mal", sagte Willi. „Aber nie lange. Es ist nicht leicht, nicht aufzufallen. Ich hab mir ein paar Sachen zum Basteln mitgebracht." Er zeigte auf den zerlegten Laptop in der Ecke. „Eure Technik, unsere Technik – das ist ganz schön zu mischen. Ich darf es nur nicht übertreiben, sonst werden die Leute noch misstrauisch." Er lachte vergnügt, dann wurde er plötzlich wieder ernst. „Tatsächlich muss das Tor geheim bleiben!" Er sah sie der Reihe nach an. „Das sind Sachen, die nicht in Kinderhände gehören. Aber wenn Horkus abtauchen musste..."

„Wir kriegen das schon hin", sagte Mats. Mit dem Kater auf dem Schoß war er die ganze Zeit außergewöhnlich ruhig gewesen. Daniel fragte sich, ob sie ihm in der Schule vielleicht auch ein Haustier geben sollten.

„Sagst ausgerechnet du?", fragte Milan. „Die Hälfte der Sachen ist passiert, weil du irgendwas kaputt gemacht hast."

„Vikram weiß wahrscheinlich schon, wo das Tor ist", unterbrach Michelle die beiden. „Er kommt immer in die Schule, angeblich weil er den roten Trakt neu bauen will."

„Ihr müsst das Tor hinter euch schließen und den Schlüssel gut verstecken. Nicht da, wo ihr ihn gefunden habt, natürlich. Erzählt niemandem davon." Willi stand auf und begann in seinen vielen Papieren etwas zu suchen. „Ich weiß nicht, wie ihr Horkus kontaktieren könnt, aber..." Er wühlte sich durch Schriftrollen, Bücher und große Transparente. Unter einem Kissen zog er schließlich einen kleinen schwarzen Kalender hervor. Er blätterte umständlich darin. „Da. Dritter Februar. Also in drei Wochen kommt Horkus' Team zurück. Ihr müsst einfach dann das Tor öffnen und ich schicke sie zu euch."

„Was passiert, wenn Vikram den Schlüssel bekommt?", fragte Michelle.

„Nichts Gutes", sagte Milan.

„Ja, schon klar, aber was?"

„Ich kenne seine Pläne nicht", gestand Willi. „Aber ich weiß, dass er vor nichts Halt machen wird. Ihr müsst auf euch aufpassen. Nochmal: Redet nicht darüber. Und findet ein gutes Versteck. Kein Herumstrolchen in Alteras vor dem Dritten Februar." Er war plötzlich laut und befehlend geworden. Aber gleich darauf sah er wieder freundlich aus. „Das ist wirklich ein Schlamassel", seufzte er. „Was hat Horkus sich bloß gedacht?"

„Scheiße, habt ihr mal auf die die Uhr geguckt?", rief Annika plötzlich. „Ich krieg so Ärger..."

Daniel, dessen Vater mal wieder unterwegs war, geriet als Einziger nicht in Panik. Und irgendwie fand er auch, dass, angesichts ihrer Entdeckung, zu spät nach Hause zu kommen völlig belanglos war. Aber das sagte er nicht.

Sie brachen auf und verabschiedeten sich von Willi. Milan warf einen letzten beleidigten Blick auf sein Alteras-Haus, dann eilten sie durch die Gassen zurück. Sie sprachen kaum, alle versuchten zu ordnen, was sie heute Abend gesehen und erfahren hatten. Ob es hier auch alternative Versionen von ihnen selbst gab? Oder war diese Welt zu verschieden? Es wohnte bei ihnen zu Hause ja auch kein zweiter Willi. Daniel drehte sich immer noch der Kopf. Wie ging so etwas überhaupt? Ein Tor in eine alternative Realität... Hatte Horkus es bloß gefunden oder hatte er es gebaut?

Sie erreichten den Brückenpfeiler. Daniel kniff die Augen zusammen. Das Tor war schwer zu erkennen, nur diese Linsenkrümmung, die mitten in der Luft auftauchte, zeigte seinen Standort an.

„Ob es auch funktioniert?", fragte Annika beklommen. Sie musste nicht lange auf die Antwort warten. Mats sprang wieder als Erstes hindurch, er verschwand einfach so als ob man blinzelte. Die anderen folgten. Daniel hatte das Blitzlichtgewitter auf der anderen Seite ganz vergessen. Seine Augen brauchten einen Moment, um sich erneut daran zu gewöhnen. Da waren sie, zurück in ihrer baufälligen Schule, es war zu bizarr.

Als alle wieder im Physikraum des roten Trakts standen, betätigte er den Hebel im Schlüsselkasten. Die Blitze erloschen und der Brummton der Spulen fuhr herunter. Mit einem Klicken schloss er den Kasten und zog den Schlüssel ab. Es war nun wieder völlig dunkel und still.

Milena schaltete den Stromknopf an der Tür aus und sie huschten leise zu ihren Fahrrädern zurück.

„Ich nehme den Kasten", sagte Daniel, der das Gewicht in seinem Rucksack deutlich spürte. „Aber vielleicht sollten wir den Schlüssel woanders aufbewahren."

„Ich kann den nehmen", sagte Milena.

„Damit deine Mutter den beim Fundbüro abgibt?", sagte Milan.

„Bei dir geht auch nicht, zu nah am ursprünglichen Versteck", sagte Didi.

„Ich mach das", sagte Michelle kurzum und verstaute ihn in ihren Taschen.

Dann sahen sie sich einen Moment lang schweigend an.

„Ok", sagte Annika schließlich und stieg auf ihr Rad. Aber sie fuhr nicht los.

„Das war...", sagte Milan.

Milena nickte. „Also..."

Daniel wusste genau, wie ihnen zumute war. Auch er wollte gerne irgendetwas sagen, aber ihm fiel einfach nichts ein, das passend gewesen wäre, das ihre enorme Entdeckung irgendwie in Worte gefasst hätte.

„Voll geil, oder?", krakeelte Mats. Er sprang auf sein Rad und sauste winkend um die Ecke. „Nachtii", hörten sie ihn quietschen. Alle lachten. Dann machten sie sich auf den Heimweg.

KAPITEL 23

Lose Enden

„Lasmichiruh", sagte ein blauer Stoffhaufen, der vor ihrer Klassentür lag. Daniel und Milan hatten ihn vorsichtig einmal mit der Fußspitze angetippt. Daraufhin hatte er sich wie eine Schnecke noch weiter zusammengezogen.

„Was das denn?", rief Mats und sprang auf den blauen Haufen, als wäre er ein Swimmingpool.

„Auuuuuuu", heulte der Haufen und setzte sich auf. Ein paar blonde Locken kamen unter der herabgezogenen Kapuze hervor. Didi blickte unglücklich aus verquollenen Augen auf seine Freunde.

„Hast du kein Bett, oder was?", fragte Mats.

„Ich wünschte, heute wär gestern", jaulte Didi.

„Hä?"

„Dann wär ich nicht so müde." Er lehnte sich gegen die Tür, die Augen fielen ihm sofort wieder zu.

Daniel unterdrückte selbst ein Gähnen. Obwohl er so spät erst in seinem Bett angekommen war, hatte er an Schlaf gar nicht denken können. Irgendwann war er wieder aufgestanden und hatte aus dem Fenster in die sternklare Nacht gestarrt. Hier in der Stadt sah man nicht viel vom Nachthimmel, das Licht schluckte die entfernteren Sterne. Für die Milchstraße musste man schon in die Berge fahren. Aber trotzdem hatte er eine Gänsehaut bekommen. Milliarden von Sternen und Sonnensystemen und wer weiß, was noch alles. Und sie waren in einer parallelen Version gewesen... Daniel hatte immer noch keine Vorstellung, was hinter diesen Worten eigentlich stecken sollte. Dass man mit einem Satz etwas so Gewaltiges, so Irrsinniges sagen konnte... Ein Teil von ihm hatte gar nicht einschlafen wollen, weil er befürchtete, ihr großes Abenteuer könnte sich als Traum entpuppen. Irgendwann in den frühen Morgenstunden war er dann doch eingenickt. Er hatte geträumt, dass die ganze Schule wegflog und auf dem Mond landete. Dann stellte sich heraus, dass der Mond aber nur der Fußball war, den Mats in der zweiten Woche kaputt gemacht hatte. Wie ein Luftballon, den man loslässt, war er durchs All gezischt und dabei immer wieder an Wände gestoßen, die jedes Mal Funken sprühten... Als der Wecker klingelte, ließ er die Augen geschlossen. Das ist wirklich passiert, sagte er sich. Das war kein Traum, wir sind durch das Tor gegangen... Aber erst als er einen Blick riskiert und den Rucksack mit dem Schlüsselkasten neben dem Bett gesehen hatte, war er überzeugt gewesen.

„Mein Vater ist total ausgeflippt, als ich nach Hause kam", meinte Milan. Er hatte dunkle Ringe unter den Augen. „Hat mich ne halbe Stunde lang angeschrien, wo ich denn war und mir dann das Handy abgenommen."

„Wareimirasgleiche", gähnte Didi und rollte sich wieder in seiner Sweatshirtjacke zusammen.

„Zu lange vorm PC gesessen?", fragte Frau Strick, die mit einem Trolley bewaffnet um die Ecke kam. Vielleicht hoffte sie, dass ihre Sachen in einem Hartschalenkoffer vor Mats und Co etwas sicherer waren. Trotzdem, fand Daniel, sah es albern aus, wie sie ihren Koffer vor sich her schob. Als wäre sie im Urlaub im hässlichsten und billigsten Hotel der Welt... „Na los, zum Schlafen ist die Nacht da. Jemand wird noch auf dich treten, wenn du da liegen bleibst."

Didi rappelte sich auf und schlich zu seinem Platz. „Ich hab Hausarrest bekommen", nuschelte er, bevor sein Kopf auf die Tischplatte sank.

Daniel bekam in den nächsten Tagen wenig vom Unterricht mit. In Gedanken lief er immer wieder durch die Straßen von Schöneburg. Dem *anderen* Schöneburg. Einiges stand ihm so lebendig vor Augen, als wäre er immer noch da: die Luftschiffe und das überraschte Gesicht von Willi, als sie plötzlich vor seiner Haustür auftauchten. Aber Abschnitte des Weges, den sie genommen hatten, verblassten, er konnte sich nur noch ungefähr vorstellen, wie die kleine Gasse am Anfang aussah.

Sobald sie sich etwas ausgeschlafen hatten, konnten sie ihre Erlebnisse gemeinsam diskutieren. Viel Zeit bekamen sie dazu allerdings nicht. Er und Mats waren die Einzigen, die ohne Hausarrest davongekommen waren. Klar, sein Vater war gar nicht zu Hause und Lasse hatte von seiner späten Heimkehr nichts bemerkt. Und Mats' Eltern waren so daran gewöhnt, dass er Blödsinn anstellte, dass sie sich schon freuten, wenn er nach Hause kam ohne jemanden im Schlepptau, der sich über ihn beklagte.

So blieben ihnen fast nur die Pausen, um sich auszutauschen. Das war aber nicht so einfach, weil sie nicht belauscht werden wollten. Zum Glück fanden sie einen geeigneten Zufluchtsort: Neben dem Durchgang vom vorderen zum mittleren Schulhof gab es einen kleinen Raum, der als Schülerbücherei genutzt wurde. Die Bücher sahen aus, als wären sie schon vor fünfzig Jahren als Second-Hand-Ware gespendet worden. Niemand kam je zum Lesen hierher. Meistens gab es nicht mal eine Aufsicht. Allenfalls warfen die Lehrer, die auf dem Schulhof patrouillierten, einen kurzen Blick hinein, ob die Schüler hier auch wirklich lasen oder nur eine Ausrede suchten, um drinnen zu bleiben.

Es gab keine Stühle, dafür einen abgewetzten Teppich und ein paar Sitzkissen. Wie alles in der Schule waren sie kaputt, beschmiert und rochen außerdem so ähnlich wie Daniels Brotdose, nachdem er über die Sommerferien einmal sein Frühstück darin vergessen hatte.

„Tolles Hauptquartier", ließ Milan verlauten und setzte sich auf eines der Kissen. Schaumstoff quoll an den Seiten heraus.

„Immer noch besser als die Toiletten", meinte Didi.

„Weiß nicht", sagte Milan und schnupperte an den Kissen.

Daniel griff wahllos einen Schwung Bücher und legte sie zwischen sich und die andern. Das nächste schlug er auf. Es war ein Band *Was ist Was* über Dinosaurier.

Die Mädchen kamen ein paar Minuten später. Milena setzte sich lieber auf ihre zusammengeknautschte Jacke als auf die Kissen. Michelle und

Annika folgten ihrem Beispiel. Didi blätterte derweil interessiert von Stegosaurus zu T-Rex und dann zu diversen Flugsauriern. Mats zog Fransen aus dem Teppich. Ein beachtlicher Haufen grauer, gekräuselter Teppichfransen lag bereits neben der Schaumstoffpfütze, die Milan verursacht hatte.

„Willi hat gar keine Uhrzeit gesagt", griff Michelle ihr letztes Gespräch auf. „Er hat nur 3. Februar gesagt."

„Was ist das überhaupt für ein Wochentag?", fragte Annika.

„Immer noch ein Mittwoch", sagte Milan.

„Ach ja..."

Schon in der ersten Pause hatten sie diskutiert, dass sie nicht wussten, wann genau das Team von Horkus zu ihnen stoßen sollte. Sie konnten schließlich schlecht den ganzen Tag am Tor stehen.

„Vermutlich wusste Willi das selbst nicht", meinte Daniel. „Überlegt mal, er hatte den Termin im Kalender stehen, vermutlich weiß er auch nur den Tag, nicht wie spät..."

„Wir könnten morgens das Tor aufmachen", schlug Michelle vor. „Also vor der Schule. Und dann einfach warten."

„Und du glaubst, dass niemand sonst hier riesige blitzende Teslaspulen bemerkt?", fragte Milan.

Michelle seufzte genervt, sagte aber nichts.

„Er hat recht", meinte Daniel langsam. Er saß wieder mal im Schneidersitz und hatte die Fingerspitzen aneinandergelegt. „Wir hatten zweimal Glück, das erste Mal nur knapp. Jemand wird es bemerken, wenn wir die Spulen einschalten."

„Wir könnten Zeitung an die Fenster kleben", schlug Mats vor. „Oder Pappe. Oder sie einfach schwarz anmalen." Bei der Idee, eine ganze Fensterfront schwarz zu pinseln, leuchteten seine Augen. Vielleicht aber auch, weil er eine Franse erwischt hatte, die sich durch den ganzen Teppich zog.

Mit einem selig zufriedenen Ausdruck zog er daran, sie wurde länger und länger, er stand schließlich auf und lief rückwärts, immer noch an der Franse ziehend.

„Ey, ohne Spaß, der ist wie mein Hund", sagte Annika. „Der zieht auch immer Fäden aus dem Teppich."

Mats ließ sich nicht beirren. Er knotete das Ende der Franse an eine verstaubte Zimmerpflanze. Dann ließ er einen Papierflieger daran hinuntergleiten.

„Haben die Physikräume nicht alle diese Verdunklungsdinger?", fragte Milena. „Diese schwarzen Rollos? Wie bei dem Versuch mit dem Campingkocher."

„Du meinst den Bunsenbrenner?", sagte Didi.

„Was auch immer..."

Ihr Physiklehrer, Herr Waldmann, hatte ihnen die verschiedenen Farben von Flammen zeigen wollen und dafür schwarze Rollos heruntergelassen, die sie in absolute Finsternis versetzt hatten. Für das Experiment mochte das besser sein, für die Klasse jedoch nicht, wie Waldmann bald hatte feststellen müssen. Als die ersten Schreie ertönten, hatte er schnell das Licht angemacht. In der Dunkelheit hatte er natürlich nicht bemerkt, wie Rocko mal wieder auf Matteo losgegangen war. Außerdem war Mats unter den Tischen herum gekrochen und hatte eine Menge Schuhe von den Füßen seiner Mitschüler geklaut. Und Jule schließlich hatte mit ihren Freundinnen einen Blind-Make-Up Wettbewerb gestartet. Kajal, Wimperntusche und Lippenstift waren überall gelandet, nur nicht da, wo sie hingehörten. Und Tanjas Augen hatten getränt von der Spitze eines Augenbrauenstifts, „treffsicher" geführt von Jule.

„Glaubst du, wir machen bald mal wieder Experimente?", fragte Michelle hoffnungsvoll.

„Aber keine im Dunkeln", flehte Milena.

Die anderen lachten. „Glaubst du nicht, dass Leute das bemerken, wenn da auf einmal die Verdunklung runter ist?", fragte Didi.

„Als ob", sagte Milan. „Wenn du über den Schulhof läufst, fällt dir doch auch nicht auf, ob irgendwo ne Gardine zu ist oder offen."

„Wir machen das. Ist auf jeden Fall besser als ohne", stimmte Daniel zu.

Es klingelte. Daniel stopfte die Bücher zurück. Didi gab den Band über die Dinos nur widerwillig her und stolperte dann über Mats' Teppichfranse. Die Topfpflanze wackelte, ein paar trockene Blätter rieselten herab.

In der nächsten Physikstunde nahm Daniel die Verdunkelung genauer unter die Lupe. Es waren ganz normale Rollos, aber aus blickdichtem, schwarzem Stoff mit einer Handkurbel für jedes Fenster. Wenn sie im roten Trakt genauso aussahen, waren sie eine Sorge los.

„Daniel, setz dich doch auch bitte", rief Herr Waldmann.

Daniel ließ die Kurbel los und setzte sich zu Didi. Es begann die übliche Diskussion: Die Klasse hatte größtenteils ihre Bücher nicht dabei und Herr Waldmann versuchte bereits, die Stunde zu retten, bevor sie angefangen hatte. Irgendwie zog er aus den Ecken des Physikraums immer noch ein paar Bücher, sodass immerhin alle zu zweit in eins schauen konnten. Zumindest theoretisch – praktisch wollten immer genau die Leute, die sich eins teilen sollten, partout so weit auseinander bleiben wie möglich. Heute waren es mal wieder Rocko, Jule und Leona, die lautstark protestierten.

Daniel tat der Lehrer ein wenig leid. Er mochte Herrn Waldmann, der neben Physik auch Mathe und zum Namen passend Biologie unterrichtete. Er hatte noch nie geschrien und war immer fair. Von seiner Erscheinung her könnte er eher ein Oberstufenschüler sein, dachte Daniel. Vielleicht lag es an seinem leichten Übergewicht, aber er hatte ein rundes, jungenhaftes Gesicht und ein paar helle Strähnen in den etwas wuscheligen Haaren. Meistens trug er T-Shirts von Bands oder mit Fantasy-Monstern, die seine Kollegen mit abschätzigen Blicken straften.

Nach etwa zehn Minuten hatte er die Schüler so arrangiert, dass tatsächlich alle ein Buch vor der Nase hatten. Das hieß natürlich nicht, dass sie es auch benutzten. Jule und Tanja lackierten sich die Nägel, Rocko ritzte mit einer Schere Muster in sein Cover und Mats jonglierte auf der Stuhlkante kippelnd mit ein paar Radiergummis.

Daniel meldete sich. Wenn sie schon keinen normalen Unterricht schafften, konnte er die Gelegenheit ja trotzdem nutzen.

„Ja, Daniel?"

Daniel räusperte sich. „Ich wollte fragen, was würden Sie sagen, sind Parallelwelten eigentlich möglich?"

Herr Waldmann kratzte sich kurz am Ohr. „Wie kommst du jetzt – Rocko, das ist nicht einmal dein Buch, leg die Schere weg."

Rocko rammte die Schere in das Buch, wo sie stecken blieb, und ließ sie dann folgerichtig los.

„Ich sagte weglegen...oh Mann, wir müssen neue Bücher bestellen, jetzt schon..." Er wandte sich wieder Daniel zu. „Also das ist eine sehr schwierige Frage. Es gibt durchaus Theorien in der Physik, die das nicht nur für möglich halten, sondern sogar als wahrscheinlich annehmen."

„Hä, echt jetzt?", rief Leona.

„Wie in Stargate, oder was?", rief Rocko.

„Na ja, die Idee, dass man durch ein Portal von einer in die andere Welt hüpfen kann, gehört dabei eher in die Fantasy-Abteilung."

Daniel und Didi tauschten kurze Blicke.

„Es gibt seriöse Theorien, wonach unendlich viele parallele Welten existieren. Multiversen also. Man nennt das auch die Viele-Welten-Theorie. Stellt euch vor, ihr seid an einer Weggabelung und geht links. Dann gibt es ja aber vielleicht auch eine Welt, in der seid ihr rechts gegangen. Beide würden existieren. Aber diese Welten begegnen sich nie, wir können nur darüber spekulieren. Deshalb nehmen viele Forscher das auch nicht so ernst."

„Aber wenn sie sich theoretisch doch begegnen könnten?", fragte Milan. „Wo sind die denn dann? Liegen die übereinander oder so?"

„Ey, was laberst du?", rief Jule. Ein bisschen Nagellack tropfte auf den Tisch.

„Das ist sehr kompliziert", sagte Waldmann. „Das geht in den Bereich von Quantenmechanik und das werdet ihr auf dieser Schule nicht lernen..."

„Ey fick die Schule", rief Rocko.

„Das liegt ausnahmsweise mal nicht an der Schule, Rocko", sagte Milan.

„Schnauze, ich bin dein Vater!", rief Rocko.

Milan war von dem Spruch offenbar so überrascht, dass er tatsächlich nichts erwiderte.

„Also, wenn wir dann zu unserem Thema kommen könnten", sagte Herr Waldmann hoffnungsvoll. „Ich wollte heute mal wieder mit euch experimentieren..."

Eine halbe Stunde später mussten sie den Physikraum evakuieren. Daniel hatte nicht genau gesehen, was passiert war, aber er roch verbrannte Haare. Diesmal war es ihm jedoch relativ egal. Wenn sogar Herr Waldmann sagte, dass es Forscher gab, die an alternative Realitäten glaubten, dann erschien ihr Tor im roten Trakt ein kleines Stück weniger verrückt. Es wurde für ihn dadurch nicht weniger spannend, nicht weniger aufregend, nicht einmal weniger rätselhaft. Es war nur etwas weniger unwahrscheinlich. So als hätte er die vielen losen Fäden wieder ein kleines bisschen besser im Griff. Und das war ein sehr gutes Gefühl.

KAPITEL 24

Ein falscher Schritt

Milena hatte das Gefühl, dass sie alle nur auf den dritten Februar hinlebten. Zumindest gab es in den Pausen kein anderes Thema mehr. An den Nachmittagen trafen sie sich nach wie vor nicht. Ihr Hausarrest war zwar aufgehoben, sie merkte ihrer Mutter aber an, dass sie den Vorfall noch nicht vergessen hatte. Und da die anderen sich auch noch nicht wieder verabreden durften, hatte es ohnehin keinen Zweck. So kroch der Januar dahin, kalt und nass und windig.

Der rote Trakt hatte neuerdings etwas seltsam Auffälliges an sich. Wann immer sie in der Pause über den Schulhof, an dem Bauzaun vorbeiliefen, musste Milena einfach hingucken. Als wäre der triste Betonklotz auf einmal bunt und schräg, als machte er laute, ungewohnte Geräusche. Es war irritierend, dass die anderen Schüler achtlos daran vorübergingen. Sie starrte auf die bröseligen Betonwände, als könnte sie hindurch auf das verborgene Tor sehen. Es ist da, sagte sie sich dann immer wieder. Es liegt wirklich da drin, da geht es nach Alteras...

„Komm schon", sagte Annika und zog sie von dem Zaun weg. „Wir kriegen noch Stress, wenn wir immer hier stehen."

Ein paar Jungen flog öfters mal der Fußball über den Zaun. Je nachdem, welcher Lehrer Aufsicht hatte, brauchte es mehr oder weniger Überredungskunst, dass einer hinüber durfte, um den Ball zurückzuholen. Frau Strick war dabei völlig unerbittlich.

„Dann müsst ihr eben vorsichtiger spielen. Das ist jedenfalls aus gutem Grund abgesperrt und keiner geht da rüber!"

„Vorsichtig spielen, die hat doch einen am Helm!", schimpfte der Junge, dem der Ball gehörte, allerdings so, dass Frau Strick ihn nicht hörte.

Herr Waldmann war da sichtlich gelassener. Er hob eines der Zaunelemente aus dem Betonfuß, noch bevor ihn die Schüler darauf ansprachen. Grinsend rannten sie an ihm vorbei, und nicht selten kickte Waldmann selbst den Ball zurück. Die meisten Pausen luden jedoch nicht dazu ein, auf dem Schulhof zu spielen. Das nasse Wetter hielt sich seit vielen Wochen ohne Unterbrechung. Ob es in Alteras gerade auch regnete? Wenn da die gleiche Zeit war, hieß das, dass dort auch das gleiche Wetter herrschte?

Milena hätte zu gerne eine Antwort darauf gehabt, doch dafür hätte sie durch das Tor gemusst und sie war sich nicht sicher, ob sie das eigentlich wollte. Daniel und Mats mochten das alles für ein tolles Abenteuer halten. Und irgendwie war es das ja auch. Aber was sie niemandem, nicht einmal Michelle, gesagt hatte, war, dass sie eine gute Portion Angst hatte. Es war nicht das Tor selber, nicht diese unerklärliche Sache wie aus einem wilden Traum, die ihr zusetzte. Es war diese andere Welt, die sie nicht kannte, die auf so gruselige Art vertraut und doch fremd war. Wenn etwas völlig anderes dahinter gewesen wäre, Berge mit Drachen oder ein Meer mit Piraten... das wäre zwar auch verrückt gewesen, aber so anders, dass es sie nicht so gestört hätte. Dieses zweite Schöneburg hingegen hatte etwas aus einem Traum, in dem man herumirrt, weil man merkt, dass etwas nicht stimmt, aber man begreift nicht, was...

„Alles ok?", fragte Michelle.

Milena riss den Blick vom roten Trakt los und folgte den anderen in die Klasse. Didi wackelte zu ihnen herüber, wie mittlerweile in jeder Pause. Seine zerknitterte und etwas regennasse Zeitung hatte er wie immer im Arm.

„Habt ihr jemandem davon erzählt?", fragte er.

„Nein", sagte Annika. „Hör auf, das ständig zu fragen."

Jemand tippte Milena auf die Schulter. Sie drehte sich erschrocken um.

„Entschuldigung", sagte Arif ohne jede Emotion. „Ich wollte dich nur erinnern, dass wir gleich SV-Sitzung haben."

„Ach ja, danke Arif."

Arif nickte, holte seinen Rucksack und ging zur Tür.

„Hast du's gut", murmelte Michelle. „Wir haben jetzt Schoofs...und das da." Sie zeigte auf Mats, der versuchte, mit dem Besen die Deckenplatten anzuheben. Er stand auf einem Tisch und rammte den Besenstiel in die quadratischen Gipsplatten. Ein bisschen weiße Farbe regnete auf ihn herab.

„Ihhh, was ist das?", kreischte Jule, als sie ein paar Farbbrösel in ihren Haaren fand. Sie riss ihm den Besen aus den Händen, knallte ihn aber versehentlich Rocko gegen den Hinterkopf.

„Ey du Nutte, der ist zum Putzen da!", rief Rocko und rieb sich den Schädel.

„Fresse, Fettsack!", kreischte Jule, die sofort verbale Unterstützung von ihren Freundinnen bekam.

„Ich box dich weg!", rief Rocko und trat seinen Tisch beiseite.

„Ich muss dann mal", piepste Milena und huschte hinter Arif her. Auf dem Flur kam ihnen Herr Schoofs entgegen.

„Ach ja, ihr habt SV", sagte er. Trotzdem blieb er kurz bei ihnen stehen. Alle drei lauschten. Rocko und Jule brüllten sich so laut an, dass keiner der beiden mehr zu verstehen war.

„Viel Glück", murmelte Arif dem Lehrer zu.

Sie schwiegen auf dem gesamten Weg zum Versammlungsraum. Es war seltsam, außer mit ihrer Mutter war sie sonst mit niemandem allein, der ihr Geheimnis nicht kannte. Ein eigenartiger Drang stieg in ihr auf, Arif von dem Tor zu erzählen. Aber was sollte sie sagen? Im roten Trakt ist ein Loch in eine andere Welt? Selbst in ihrem Kopf klang das komisch. Arif würde sie auslachen. Oder, bei ihm wahrscheinlicher, die Augenbrauen ein klein wenig hochziehen und so etwas sagen wie ‚Das ist jetzt eher unglaubwürdig'.

Arif merkte nichts von ihren Überlegungen, er sah auf seine Füße und ließ ihr den Vortritt in den halb gefüllten Klassenraum. Herr Jovius wartete schon auf sie, wie immer auf den Fußballen wippend. Sie waren diesmal nicht die Letzten.

„Schön, dass ihr da seid", begann Jovius. „Wir haben heute mehrere Themen, es geht um die Mittagspause, die Klassenfahrten ins Ausland und um die Abschlussfeier der Zehner. Aber vorher wollte ich nochmal auf die Sache mit unserem roten Trakt kommen."

Milena sah von ihrem Blatt Papier auf. Heute hatte sie daran gedacht, etwas zu schreiben mitzubringen, auch wenn sie sich neben Arif, der eine Handschrift wie ein Drucker hatte, immer noch überflüssig vorkam.

„Wie ihr sicher alle mitbekommen habt, verzögert sich das Ganze noch weiter." Herr Jovius verlor bei dieser Aussage nicht seinen fröhlichen, unbekümmerten Ton. Aber vielleicht tauchte doch eine winzige Falte zwischen seinen Augenbrauen auf.

„Das Meinungsbild unter den Schülern hat ergeben, dass die meisten für naturwissenschaftliche Räume, inklusive Informatik stimmen. So wurden sie ja bisher auch genutzt, wir begrüßen das von Lehrerseite, das ist sehr sinnvoll..."

Die Tür ging auf. Milena sah sich erschrocken um. Bei dem Thema erwartete sie, Vikram de Vries könnte hereinkommen. Doch es waren nur ein paar Nachzügler aus höheren Klassen.

„Ich kann euch nicht sagen, wie lange wir uns gedulden müssen, der Stadtrat hat jetzt wieder gebremst..."

„Wie findest du eigentlich Herrn de Vries?", fragte Milena Arif, als sie nach der Sitzung zurückgingen.

Arif antwortete nicht gleich, sondern überlegte eine Weile. Dabei sah er immer besonders verkniffen drein. „Ich fand ihn sehr höflich und korrekt", sagte er schließlich. „Ich finde gut, dass er Geld für die Schule ausgeben will. Mehr weiß ich nicht."

Wieder wollte Milena ihm gerne erzählen, was sie wusste. Dass Vikram de Vries nicht das war, was er vorgab, dass sie vor ihm gewarnt worden war, dass er vermutlich gefährlich war... aber sie sagte nichts davon: Arif würde ihr nicht glauben. Niemand würde das, dachte sie. Alle hielten ihn doch für diesen tollen Kerl, der die Schule aufbauen wollte. Arif, Herr Jovius, Frau Strick – alle würden sie für verrückt halten, wenn sie erzählten, dass de Vries in Wahrheit hinter einem Dimensionstor her war.

„Ja und?", meinte Annika, als Milena ihr nach der Schule von ihren Gedanken berichtete. „Du willst das doch auch nicht Frau Strick erzählen, oder?"

„Nee, aber trotzdem..." Milena brach ab, sie fand ihr Portemonnaie in ihrer Schultasche nicht. Mehrmals wühlte sie sich durch alle Bücher und Hefte und Mäppchen und Dosen. Schließlich holte sie allen Inhalt aus sämtlichen Fächern heraus.

„Vielleicht hast du es in der Klasse gelassen?", fragte Michelle.

Milena nickte. „Ich geh nochmal gucken."

„Ich sag Mama, sie soll warten."

Milena rannte über die beiden Schulhöfe zur Klasse zurück. Der Klassenraum war noch offen. Sie stürmte hinein – und tatsächlich, unter ihrem Stuhl lag das bunte Portemonnaie. Sie stopfte es in ihre Tasche und lief zurück nach draußen. Schon halb über den ersten Schulhof, hörte sie plötzlich Stimmen. Sie kamen aus einer der Ecken, in denen sich Schüler in den Pausen oft zum Rauchen versteckten. Sie verlangsamte ihre Schritte und lauschte angestrengt. Es waren mindestens drei verschiedene Leute. Und eine Stimme kannte sie ganz sicher.

Sie lugte vorsichtig um eine Ecke. Eine zerrupfte Eibe schirmte sie ab. Durch die Zweige beobachtete sie drei größere Schüler, die sie hier noch nie gesehen hatte. Sie hatten einen vierten, kleineren Jungen an die Rückwand der Toiletten gedrängt. Sie erkannte die ungekämmten Haare und die abgetragene Jacke – Matteo.

„Letzte Warnung, Matte! Gib uns die Kohle, dann kannste nach Hause rennen."

„Ich hab das Geld nicht", sagte Matteo. Seine Stimme zitterte.

„Denk nicht, dass de Vries auf dich aufpasst, wenn du nicht lieferst. Er will die Infos!"

„Ich weiß nicht, wo mein Bruder ist!", rief Matteo. Er versuchte, aus dem Kreis auszubrechen, wurde aber von zweien wieder zurückgestoßen. „Ich weiß es nicht, und das Geld hab ich nicht!"

Milena schrie erschrocken auf, doch niemand hörte sie, denn Matteo schrie lauter. Der größte der Jungen hatte zugeschlagen.

„Das war ein falscher Schritt zu viel!", rief der, der geschlagen hatte.

Matteo sackte an der Wand herunter. Ein anderer zog ihn nach vorne und der Erste schlug wieder zu. Matteo keuchte und krümmte sich auf dem Boden. Milena war wie erstarrt. Sie konnte nicht vor und nicht zurück, nur hilflos zusehen, wie sie zutraten, wieder und wieder. Dann fiel irgendwo eine Tür hallend ins Schloss. Sie sahen auf, einer ruckte mit dem Kopf und sie machten sich davon.

Ein paar Herzschläge lang blieb Milena in ihrem Versteck hinter dem immergrünen Gestrüpp, dann wagte sie sich vorsichtig hervor. Matteo lag im vom Regen aufgeweichten Boden, Matsch und Blut im ganzen Gesicht verteilt. Er blinzelte ein mehrmals, seine Augen tränten und wuschen den Schmutz ein wenig heraus.

Milena hockte sich neben ihn und streckte ihm die Hand hin. Matteo ergriff sie zögerlich und setzte sich wimmernd und stöhnend auf.

„Kannst du aufstehen?", fragte sie leise.

Matteo sagte nichts. Er holte tief Luft, mit jedem Atemzug zuckte er stärker, dann schluchzte er auf. Tränen und Rotz liefen ihm übers Kinn. Milena wünschte, sie hätte ein Taschentuch. Sie wusste nichts anderes zu tun, als neben ihm zu warten.

„Wer waren die?", fragte sie irgendwann.

„Die – Spray – er..." Die Silben kamen nur abgehackt und gepresst hervor. Aber Milena verstand trotzdem.

„Die von dem Graffiti mit dem erstochenen Jungen?"

Matteo nickte mit schmerzverzerrtem Gesicht.

Milena rief sich das hässliche Graffiti in Erinnerung. *Wir kriegen euch*, hatte darunter gestanden. Hatten sie schon damit Matteo gemeint? Sie brachte die Frage nicht übers Herz.

„Ich – hab – das Geld – dem – Kump – pel – gegeben." Matteos Körper bebte bei jedem Schluchzer. „Das – für die – Drogen. Ich – hab die – für sie – vertickt..." Er wischte sich mit dem Handrücken übers Gesicht. Er hinterließ einen rotbraunen Schmierstreifen. „Aber – sie haben – es nicht – gekriegt..."

„Hat er es einfach behalten?", fragte Milena. „Und jetzt machen sie dich fertig?"

„Ja – ja- und weil – Vikram – denkt – ich wüsste – wüsste was – passiert ist."

„Mit Arne und den anderen? Aber was haben die Sprayer mit Vikram zu tun?"

„Keine – Ahnung, - arbeiten für – ihn, glaub – ich. Sie fragen – auch immer – für ihn – wegen – meinem – Bruder..." Matteo kroch zu einem der Eibensträucher und versuchte, sich daran ein wenig hochzuziehen.

Milena kämpfte mit sich. Dann schlug sie alles in den Wind und sagte:

„Wir haben deinen Bruder vielleicht fast gefunden."

Matteo hörte sogar einen Moment lang auf zu weinen. Er erstarrte irgendwo zwischen Knien und Hocken. „Arne? Wo ist er?"

„Wissen wir noch nicht genau, aber wir haben eine Spur. Es – es geht ihm gut und er kommt wahrscheinlich bald zurück, in ein paar Tagen schon."

„Er kommt – woher weißt du das?", flüsterte Matteo.

„Nicht so wichtig", nuschelte Milena. Auf keinen Fall würde sie ihm jetzt alles über das Tor erzählen. Aber die Aussicht, seinen Bruder wiederzusehen, konnte sie ihm einfach nicht vorenthalten. Matteo hatte einen Gesichtsausdruck, den sie bei ihm noch nie gesehen hatte. Wie jemand, der schon völlig vergessen hatte, wie sich gute Neuigkeiten anfühlen.

„Er kommt, ganz bestimmt. Aber Matteo..." Sie hockte sich genau vor ihn. „Du darfst das noch keinem erzählen, ok? Schon gar nicht Vikram. Ok, Matteo?"

Matteo nickte, aber Milena war sich nicht sicher, ob er sie wirklich hörte. Ächzend stand er nun ganz auf.

„Kannst du laufen?", fragte Milena besorgt und bot ihm ihren Arm an.

Matteo schüttelte ihn ab und hinkte ein paar Schritte vorwärts.

„Du musst die anzeigen", sagte sie. „Geh zur Polizei. Die dürfen das nicht einfach machen."

„Tun sie aber!", fauchte Matteo, seine Stimme wieder etwas fester. Der hoffnungsvolle Ausdruck war aus seinen Augen verschwunden. Seine Gesichtszüge waren erneut hart und freudlos. „Es wird nur schlimmer. Und wehe du gehst zur Strick!"

„Aber..." Milena sah ihm fassungslos zu, wie er ihr einen Blick zuwarf, als wäre alles ihre Schuld, und davonhumpelte. Sie sah ihm noch nach, als er längst zwischen den Büschen am Ende des Schulhofs verschwunden war. Was hatte sie denn erwartet – dass er ihr fröhlich um den Hals fallen würde und ab sofort nur noch vergnügt wäre? Ein bisschen schon, gestand sie sich ein.

Langsam und tief in Gedanken ging sie zurück zu Michelle und Annika, die ungeduldig im Auto von Michelles Mutter warteten. In einem war sich

Milena mit allen einig: Der dritte Februar konnte gar nicht schnell genug kommen.

KAPITEL 25

Alles anders in Alteras

Milena erzählte von ihrer Begegnung mit Matteo, sobald sie mit Michelle und Annika allein war. Sie verschwieg jedoch, dass sie ihm Hoffnungen auf ein Wiedersehen mit seinem Pflegebruder gemacht hatte. Warum sie das für sich behielt, wusste sie selbst nicht genau. Sie war absolut überzeugt, das Richtige getan zu haben. Sicher würden sie das genauso sehen. Aber ein ungutes Gefühl ergriff von ihr Besitz, wann immer sie auf Matteos leeren Stuhl blickte. Matteo kam den Rest der Woche nicht zur Schule. Und danach zog er sich meist die Kapuze tief ins Gesicht und vermied es, jemanden anzusehen. Milena hätte ihn gern gefragt, wie es ihm ging und ob er bei der Polizei gewesen war. Aber sie glaubte die Antwort schon zu kennen, und außerdem ging Matteo ihr aus dem Weg.

Februar brach an und noch immer hatten sie keinen Plan, wie sie ihr Zeitproblem lösen sollten. Mats schlug vor, dass sie einfach nach der Schule, wenn alle weg waren, rübergehen sollten und gucken, ob jemand da war. Da von niemandem ein besserer Vorschlag kam, taten sie am Ende genau das.

„Jetzt machen wir schon, was Mats sagt", meinte Milan. „Das kann nur schiefgehen."

„Ey!", rief Mats und rammte seinen frisch angespitzten Bleistift in Milans Arm.

„Au! Du Spacko, das tut übelst weh!" Milan wischte ein paar Blutstropfen weg.

„Können wir nicht einmal normal sein?", jammerte Didi.

„Nein", sagten Milan und Mats zusammen.

„Jetzt kommt!", sagte Annika, und sie folgten ihr nach draußen.

Es nieselte etwas. Sie sahen niemanden, der Schulhof lag verlassen, die Klassenzimmer waren dunkel. Sie huschten an den Wänden entlang zum Bauzaun und hindurch, so schnell sie konnten. Milena blickte sich immer wieder nervös um, bis sie durch das eingeworfene Fenster in den roten Trakt kletterte. Zielstrebig marschierten sie in den Raum mit den Spulen und schalteten den Strom ein. Daniel befreite den Schlüsselkasten aus seinem Rucksack und Michelle zog den Schlüssel hervor.

„Bereit?", fragte Daniel.

„Wollten wir nicht die Verdunkelung runter machen?", fragte Milan.

„Ach ja..."

Sie fanden die gleichen Rollos vor wie in ihrem Physikraum und kurbelten sie herunter. Sie blockten alles Licht von draußen ab, das einzige bisschen Helligkeit kam nun von der Tür, die noch halb offenstand. Milena schloss auch sie.

Sie musste an diese Träume denken, die sie manchmal hatte. In denen beherrschte sie Magie oder konnte fliegen. Aber in dem Moment, wenn sie das jemandem zeigen wollte, versagten diese Kräfte.

Doch Daniel drehte den Schlüssel im Schloss, und wie beim ersten Mal klickte es im Kasten, ein Brummen hob an und die Teslaspulen schossen ihre Blitze. Was sie letztes Mal nicht hatten sehen können, weil da die falsche Wand noch gestanden hatte, war, wie das Tor entstand. Etwa einen Meter über den Trümmern der Wand, die Mats eingerissen hatte, sammelten sich die Blitze an einem Punkt. Es sah aus, als würde die Luft flimmern, wie im Sommer über heißem Asphalt. Das Flimmern breitete sich aus, der Raum schien sich an der Stelle ein wenig zu strecken, bis er diese seltsame Linsenkrümmung annahm.

„Also dann", sagte Daniel. Er machte einen Schritt auf das Tor zu, aber Mats wuselte an ihm vorbei und hüpfte hindurch.

„Erster!", hörten sie ihn noch rufen, dann war er weg.

Milena zweifelte, ob sie sich je daran gewöhnen würde, dass Leute einfach so verschwanden. Als sie dann daran dachte, wohin Mats verschwunden war, fühlte sie ganz sicher, dass sie sich niemals daran gewöhnen würde.

„Vielleicht sollten welche von uns hierbleiben", sagte Milan und sah die Mädchen an. „Als Wache..."

„Vergiss es", sagte Michelle, schob sich an Daniel vorbei und folgte Mats.

Zwei Minuten später waren sie alle durch das Tor gegangen und standen auf der anderen Seite unter dem Brückenpfeiler.

Milena blinzelte. Strahlender Sonnenschein begrüßte sie. Es war zwar kalt, der Himmel eisblau, doch das graue Nieselwetter war verschwunden. Ein Zug ratterte über ihre Köpfe hinweg, aber im hellen Tageslicht schien es weniger bedrohlich, eher aufregend und abenteuerlich. Ein fernes Luftschiff blitzte in der Sonne, als wäre der Bug aus purem Gold.

„Wie kann das?", fragte Mats und drehte sich im Sonnenschein einmal um sich selbst.

„Tor. Andere Welt. Paralleluniversum", sagte Milan und sah Mats von der Seite an. „Und du wunderst dich ernsthaft übers Wetter?"

Milena sagte nicht, dass sie sich das Gleiche gefragt hatte wie Mats. Letztlich gab sie Milan recht – wenn hier alles ein bisschen anders war, warum dann nicht auch das Wetter?

Sie sah sich um und atmete tief durch. Sie waren wirklich wieder hier. Milena bekam einen Kicher-Anfall, als sie darüber nachdachte. Sie sprangen einfach so in eine andere Welt, wie man zum Bäcker, ins Schwimmbad oder aufs Klo ging. Keiner konnte erwarten, dass sie dabei ernst blieb, denn dann hätte sie vermutlich fürchterliche Kopfschmerzen und Schwindelattacken bekommen.

„Und jetzt?", fragte Didi.

Die kleinen Gässchen waren genauso leer wie der etwas geräumigere Platz unter dem Brückenpfeiler. Von Horkus Team war nirgendwo etwas zu sehen.

„Wir gehen zu Willi", sagte Daniel. „Entweder Horkus' Leute sind noch nicht da, dann treffen wir sie bei ihm. Oder sie waren schon bei ihm, dann weiß er, wo sie sind."

Sie liefen die kleine Kopfsteingasse entlang, die sie auch das letzte Mal genommen hatten. Ein Messingschild mit dem Namen *Löwengasse* hing an einer Ecke. Milena nahm sich diesmal mehr Zeit, die Häuser zu betrachten. Da es Tag war und somit kein Licht in den Zimmern brannte, konnte man nicht hineinsehen. Trotzdem fiel ihr auf, wie schön die Fenster gestaltet waren, mit buntem Glas, verschnörkelten Streben und halbrunden Oberlichtern. Es gab so viele Erker, Brücken, Bögen und Dachvorsprünge, dass sie hier unten trotz des strahlenden Wetters in tiefem Schatten liefen, durch den nur hier und da ein Sonnenstrahl den Boden erreichte und sie blendete wie ein Scheinwerfer.

Die Gasse mündete, wie Milena sich gut erinnerte, in die breite Hauptstraße, die auf die gewaltige Kathedrale zulief. Straßenbahnen waren hier unterwegs, riesige Luftschiffe dockten am großen Uhrenturm an und einige kleinere schwebten über den Dächern. Am Boden herrschte dichtes Gedränge, obwohl Milena auch viele Leute auf den Brücken und Verstrebungen auf allen Ebenen der Stadt sah. Ihr Weg führte sie an einem Café vorbei. Trotz der winterlichen Temperaturen saßen Gäste draußen unter einer Art Wärmelampe. Milena fiel auf, dass sie anders gekleidet waren als die Menschen zu Hause. Sie sah weniger knallige Farben, dafür viel Leder und Wolle und Schnitte, die ein wenig altmodisch erschienen.

„Haben die hier keine Ampeln?", schimpfte Mats, als die dritte Straßenbahn an ihm vorbeirauschte. Sie mussten die Hauptstraße überqueren, was sich gar nicht so einfach anließ. Die Bahnen, obwohl sie irgendwie alt aussahen mit dem vielen Messing und anderem Metall, waren dennoch ziemlich schnell, tauchten in plötzlichen Dampfwolken auf und stampften ebenso zügig an ihnen vorbei.

Sie erwischten eine Lücke und Mats sprang wie immer als Erster vorwärts. Milena wollte eilig hinter ihm her, doch in dem Moment fühlte sie sich an der Schulter gepackt. Sie drehte sich unwillig um und blickte Michelle ins Gesicht. Einen Moment lang begriff Milena nicht, was vor sich ging. Erst als Michelle, unterstützt von Annika und Milan, der herbeisprang, unkontrolliert zuckend zu Boden sank, verstand sie.

„Nein, nicht jetzt, nicht *hier!*", stammelte sie und half, Michelle auf dem breiten Gehsteig sicher abzulegen.

Mats und die anderen eilten zurück und standen hilflos um Michelle herum.

„Ist bestimmt gleich vorbei", sagte Annika, sah aber nicht überzeugt aus.

Ein paar der Gäste des Cafés reckten die Hälse und deuteten herüber. Milena und die anderen bildeten einen Kreis um Michelle, trotzdem blieben einige Passanten neugierig stehen. Dann stand ein Pärchen auf und kamen zu ihnen herüber.

„Was fehlt ihr denn?", fragte eine ältere Frau in einem eleganten Mantel. Ihr Begleiter drängte sich zwischen Annika und Milan durch und beugte sich über Michelle.

„Anfall, hm? Wir rufen besser einen Krankentransport."

„Nein!", rief Milena erschrocken. „Sie hat öfter solche Anfälle, das geht gleich wieder vorbei."

Aber Michelle war noch immer ohne Bewusstsein, ihr Körper zitterte. Didi kaute auf seinen Locken und Mats trat nervös von einem Bein aufs andere.

„Seid nicht albern, eure Freundin braucht Hilfe." Die Dame zog ein kleines Gerät aus der Tasche. Milena dachte einen Moment, es wäre ein Handy, aber es hatte eine etwas quadratischere Form, nicht so flach, sondern eher wie ein Würfel. Die Dame drückte ein wenig darauf herum und steckte es dann wieder ein. „So, macht euch keine Sorgen, Hilfe wird gleich hier sein."

Milena hockte sich neben Michelle. Komm schon, dachte sie. Lass es vorbei gehen. Aber dieser Anfall dauerte an, länger als alle zuvor. Michelles Mutter hatte gesagt, dass sie dann einen Krankenwagen rufen sollten. Aber galt das auch in einer alternativen Realität? Milena glaubte kaum, dass Michelles Mutter für diesen Fall geplant hatte, dass irgendjemand je für so etwas geplant hatte. Und sie, ein paar Fünftklässler, mussten nun damit fertig werden.

„Da sind sie schon", sagte der Mann. Er deutet nach oben und winkte einer Art Hubschrauber, der sich langsam zu ihnen herabsenkte.

Eine Traube von Menschen hatte sich mittlerweile um sie versammelt. Jetzt rückten alle zur Seite, um dem Hubschrauber Platz zu machen, der direkt neben ihnen auf der Straße landete. Er war etwa so lang wie ein Kleintransporter und von auffälligem metallic-blau. Holme und Verstrebungen dagegen waren aus Messing, sie blitzten golden in der Sonne, was dem Ganzen einen edlen Eindruck verschaffte. Er hatte zwei Propeller, die rechts und links auf ausladenden Armen steckten und neben ziemlichem Lärm auch ordentlich Wind verursachten. Die Gäste vor dem Café hielten ihre Habseligkeiten fest und flüchteten sich hinein.

„Was los?", fragte Michelle matt. Ihre Augen flatterten und sie schien wieder das Bewusstsein zu verlieren. Doch ihre Zuckungen hatten aufgehört.

Zwei Männer sprangen aus dem Hubschrauber. Sie trugen Uniformen und Kittel in demselben Blau. Milena konnte eine ähnlich gekleidete Frau hinterm Steuer erkennen. Einer der Männer beugte sich zu Michelle hinunter und fühlte ihren Puls. Dann maß er ihren Blutdruck und kontrollierte ihre Pupillen, indem er ihre Augenlider auseinanderzog. Der andere befragte Annika, die ihm am nächsten stand.

„Sie hat Epilepsie. Aber sie ist gerade schon wieder aufgewacht. Das geht schon wieder." Annika schien den Tränen nah.

„Das entscheiden wir", sagte der Mann kurz angebunden. „Sind Sie die Eltern?", fragte er das Ehepaar, das er jetzt erst entdeckte.

„Oh nein, wir haben nur den Notruf gesendet", sagte die Dame und hob abwehrend die Hände.

„Werte sind etwas erhöht", sagte der Mann, der Michelle untersuchte. „Nicht bedrohlich, aber wir sollten sie zur Beobachtung mitnehmen, bis sie stabil ist."

„Sie kann nicht hier liegen bleiben", stimmte der andere zu.

„Warten Sie!", rief Milena, als die beiden eine Trage ausklappten. „Das geht nicht, wir müssen nach Hause, es geht ihr doch schon besser, Sie können sie nicht einfach mitnehmen..."

Auch die anderen bestürmten die beiden Rettungskräfte von allen Seiten.

„Also wirklich!", rief der männliche Teil des älteren Paares. „Seht ihr denn nicht, dass sie eurer Freundin helfen? Undank ist der Welt Lohn. Komm, Lisbeth..." Er hakte seine Frau unter und sie schritten die Straße entlang.

Derweil hatten die beiden Männer Michelle auf eine Trage gespannt und sie durch eine breite Tür in den Hubschrauber verladen.

„Das können Sie nicht machen!", rief Annika.

„Wir lassen sie nicht allein!", sagte Milena.

„Beruhigt euch, wir haben Platz, ihr zwei könnt mitfliegen. Aber zügig."

Milena sah Annika an. Sie entschieden im Bruchteil einer Sekunde, nickten sich kurz zu und stiegen in den Hubschrauber. Drinnen war es geräumig, fast gemütlich. Die Wände waren mit dunklem Stoff bezogen und schmale Sitzbänke liefen daran entlang. Eine Glaswand trennte das Cockpit vom hinteren Bereich. Sie schnallten Michelles Trage an den Wänden fest und setzten die Kontrolle ihrer Werte fort. Milena ließ sich auf eine Bank fallen. Sie erhaschte kurz einen Blick auf Didis entsetztes Gesicht und Daniel, der fragend die Hände hob. Dann schloss sich die Tür, der Boden vibrierte und sie hoben ab.

Annika war bleich im Gesicht. „Was machen wir jetzt?", flüsterte sie.

Milena antwortete nicht. Ihr war übel, aber sie glaubte nicht, dass das mit dem Hubschrauber zu tun hatte. Der Flug dauerte keine drei Minuten, dann landeten sie auf dem Dach eines hohen Gebäudes. Die beiden Rettungskräfte brachten Michelle nach draußen und waren so schnell mit ihr verschwunden, dass Milena und Annika völlig ratlos aus dem Hubschrauber ausstiegen.

In großer Entfernung sahen sie jetzt den Turm der Kathedrale. Immerhin, dachte Milena, sie würden ihren Weg zurück finden können. Das Gebäude, auf dem sie standen, war in zwei Richtungen von Wald umgeben. Milena wusste, dass es in ihrem Schöneburg ein Krankenhaus gab, das auch ungefähr an dieser Stelle stehen musste. Nur nützte ihr das jetzt gar nichts.

Sie fragte sich gerade, wie lange sie hier wohl noch warten mussten, als einer der Männer zurück- kam. Er musterte sie skeptisch.

„Die Mode unter den Kindern wird auch immer wilder", sagte er mehr zu sich selbst. „Naja, kommt mit, ihr könnt jetzt zu ihr."

Sie folgten ihm durch eine Tür und dann eine Gittertreppe hinunter. Er führte sie einen langen Flur entlang, die Decke war hoch und auf der einen Seite gab es große, abgerundete Fenster, durch die man weit hinunter auf einen Innenhof sehen konnte. Milena sah Menschen, vermutlich Patienten, die dort umher gingen oder auf Bänken saßen.

„Hier." Er öffnete eine Tür und führte sie in einen Patientenraum. Er war hell und freundlich, auch hier gab es ein riesiges Bogenfenster. Michelle saß in einer Art überdimensionalem Rollstuhl direkt davor und schaute in den blauen Himmel. Als sie eintraten, lächelte sie gequält und ein wenig schuldbewusst. Bevor jedoch jemand etwas sagen konnte, trat eine Frau in einem hellblauen Kittel ein. Vermutlich eine Ärztin, dachte Milena.

„Ah, du bist wieder wach", sagte sie freundlich und nahm dem Sanitäter das Krankenblatt ab. „Danke, ich benötige Sie hier nicht mehr."

Er nickte kurz und verließ das Zimmer. Die Ärztin überflog das Blatt.

„Du warst noch nie hier", sagte sie dann. „Wen müssen wir denn kontaktieren?"

Michelle sagte nichts. Milena und Annika tauschten besorgte Blicke. Wenn Michelle ihre Eltern nannte, würden sie niemanden finden. Und was dann? Würde man glauben, sie wären irgendwo weggelaufen? Was würde mit ihnen geschehen?

„Na, bist du doch nicht wieder ganz bei uns?", fragte die Ärztin.

„Mein Onkel", sagte Michelle schließlich zögerlich.

Annika starrte sie an, als wäre sie verrückt geworden. Zum Glück sah die Ärztin das nicht.

„Ich wohne gerade bei meinem Onkel Willi", erklärte Michelle.

„Willi und weiter?"

„Ähm..."

„Matuschek", rief Milena, die sich an Daniels und Milans Unterhaltung über das Klingelschild erinnerte.

„Wunderbar", sagte die Ärztin, notierte etwas und lächelte sie dann an. „Also sobald dein Onkel die Papiere unterzeichnet, kannst du auch schon wieder gehen. Einen schönen Tag euch." Mit wehendem Kittel stolzierte sie hinaus.

„Wie geht's dir?", fragte Milena besorgt und ging näher zu Michelle.

Michelle winkte ab. „Total übertrieben das alles. Zwei Minuten länger und wir hätten einfach weitergehen können..."

„Echt Pech..." sagte Annika.

„Fang du nicht auch noch so an", sagte Michelle. Milena dachte an Didi und lachte.

„Glaubst du, die anderen sind zu Willi gegangen?", fragte Annika.

„Wohin sonst?"

„Nach Hause..."

„Wehe..."

„Ich hatte echt Schiss, als die dich unbedingt mitnehmen wollten", sagte Annika.

„Ja, ich auch", sagte Milena. Sie hatte immer noch Angst, und solange sie hier waren, würde sich das nicht ändern. Sie trat ans Fenster. Luftschiffe waren über den Baumkronen zu erkennen. Sie hatte noch nie darüber nachgedacht, wie gut es war, in einer Stadt Menschen zu kennen, jederzeit jemanden erreichen zu können. Beinahe musste sie lachen, als ihr der erste Schultag einfiel, als sie den Bus verpasst und nicht gewusst hatte, wie sie nach Hause kommen sollte. Wie lächerlich war das im Vergleich zu jetzt, gestrandet in einer Welt, in der sie niemanden kannte, niemanden erreichen konnte und keine Idee hatte, wie sie jetzt in ihr Universum zurückkommen sollten.

KAPITEL 26

LS Christa

Der Hubschrauber flog einen Bogen und verschwand über den Dächern. Daniel hielt sich die Hand an die Stirn, um gegen die Sonne nach oben zu gucken. Sein Kopf war völlig leer, er starrte nur fassungslos in den Himmel, selbst als der Hubschrauber längst nicht mehr zu sehen war. Dann kam er wieder zur Besinnung. Er drehte sich um.

„Wo bringen die sie hin?", fragte Daniel die umstehenden Passanten. Didi heulte hinter ihm irgendetwas. Milan und selbst Mats schienen verstummt. „Wohin fliegen die?"

„Na, ins örtliche Krankenhaus..."

„Was machen wir jetzt?", rief Didi. „Kannst du unser Pech..."

„Didi, lass es!" Daniel versuchte angestrengt, einen klaren Gedanken zu fassen. Es gelang ihm aber nicht. Was, wenn die Mädchen nicht zurückkamen? Sie konnten nicht alleine zurück nach Hause gehen. Wie sollten sie das erklären? Und wenn dann das Tor entdeckt wurde?

„Wär es nicht am besten, wenn wir trotzdem zu Willi gehen?", meinte Milan. „Ich mein, wenn uns einer helfen kann, dann er, oder?"

Daniel nickte langsam. Ja, Milan hatte recht. Das war vernünftig.

Sie eilten los, über die Straße, durch die schmalen Gassen und rauf zur alten Stadtmauer. Willis Haus sah bei Tag noch verrückter aus. Die Dunkelheit hatte etliche der Vorsprünge, Rohre und Türme verborgen. Jetzt sprangen sie umso auffälliger hervor. Daniel gönnte sich aber nur einen kurzen Blick darauf. Er und Milan eilten die Stufen hinauf und klingelten Sturm. Nach etwa zwei Minuten begannen sie mehr und mehr besorgte Blicke auszutauschen. Was, wenn Willi nicht da war? Sie schellten noch wüster, doch drinnen rührte sich niemand.

„Scheiße..." Daniel haute gegen die Tür. Das bewirkte auch nichts, außer dass seine Hand schmerzte.

„Hört mal, da kommt was von da hinten", sagte Mats und hüpfte um die Mauer herum. Er verschwand durch einen kleinen Torbogen und eine Treppe hinunter. Die anderen folgten. Jetzt hörte auch Daniel ein gedämpftes Hämmern. Am Fuß der Treppe stand eine Tür einen Spalt weit offen. Mats drückte sie auf und das Hämmern wurde lauter.

Sie staunten nicht schlecht, als sie eintraten. Sie waren in eine Art riesige Garage gekommen. An den Wänden standen Regale und Schränke mit Schubladen und Kisten voller Werkzeug. Daniel dachte an ihre eigene Werkstatt zu Hause und fühlte ein wenig Neid in sich aufsteigen. Hier sah es aus, als könnte man einfach alles bauen, was einem einfiel. Der Beweis dafür stand in der Mitte des Raums. Daniel hielt es erst für ein Schiff, aber er verwarf den Gedanken gleich wieder. Ein Schiff hatte keine Propeller und auch keine Ballons anstelle von Segeln.

„Hallo?", fragte Milan.

Das Hämmern verstummte und Willis Kopf tauchte über der rechten Seitenwand des komischen Gebildes auf. Er trug seine dicke Schutzbrille mit dem breiten Metallspiegel oben drauf.

„Der Zauberlehrling", rief er fröhlich und nahm die Schutzbrille ab. Er kletterte heraus und klopfte seine Lederschürze ab. „Wo habt ihr eure Mädchen gelassen?"

Alle vier begannen gleichzeitig zu erklären.

„Michelle hatte einen Anfall..."

„Sie haben sie ins Krankenhaus gebracht..."

„Mit einem Hubschrauber..."

„Sie hat Epilepsie..."

„Die haben nicht auf uns gehört, sind einfach weggeflogen..."

„Wir wissen nicht, wo die jetzt sind..."

Willi winkte ab, um ihre Flut an Erklärungen zu stoppen. Dann zog er ein kleines, viereckiges Gerät aus der Tasche, ähnlich wie das der Dame, die den Notruf gesendet hatte.

„Ist das ein Handy?", fragte Mats.

„Ein MoKo", sagte Willi. „Für Mobile Kommunikation." Er tippte darauf herum und hielt das Gerät ans Ohr. „Wie heißt eure Freundin?"

„Michelle", sagte Daniel. „Michelle Roberts."

Willi nickte. Am anderen Ende meldete sich offenbar jemand. „Ja, Matuschek. Ich suche nach Michelle Roberts. Kleines Mädchen. Ist mit einem Anfall eingeflogen worden... Matuschek...öh...ja, richtig...ach wirklich?... sehr schön...dann holen wir sie ab...danke..."

Er steckte das MoKo wieder ein und grinste breit. „Eure Freundin ist ziemlich schlau. Sie hat gesagt, ich wär ihr Onkel. Wir können sie abholen."

Daniel und Didi grinsten sich erleichtert an. Dann fragte Didi etwas besorgt: „Wie weit ist es bis zum Krankenhaus?"

„Liegt gleich außerhalb der Stadt", meinte Willi und nahm seine Lederschürze ab. „Wir sind in einem Windstoß da. Sofern sie uns nicht hängen lässt." Er klopfte auf die Seitenwand des Ballonschiffs.

„Ähm, Willi", fragte Milan zögerlich. „Was ist das?"

„Die LS Christa", sagte Willi stolz. „Ich weiß, da drüben seid ihr alle für Autos und so. Aber ich werd nie verstehen, dass ihr euch auf engen Straßen am Boden quetscht..." Er öffnete eine Klappe an der Seite, und eine Treppenleiter klappte heraus. „Nach euch."

Sie stiegen einer nach dem anderen hinauf und fanden sich auf einer kleinen hölzernen Plattform wieder. Der hintere Teil war überdacht und enthielt eine Luke, die offenbar in den Rumpf führte. Darüber war ein etwas unförmiger Ballon angebracht, der mit vielen Seilen und Rohren mit dem Rest verknüpft war. Der vordere Teil lief spitz zu und beherbergte jede Menge Geräte, Monitore, Zahnräder und Schläuche.

Willi machte sich an den Maschinen zu schaffen, prüfte etwas an dem Ballon, nickte zufrieden und bezog hinter den Monitoren Stellung. Daniel erkannte eine Art kleines Steuerrad und alle möglichen Hebel, die Willi jetzt betätigte. Er fragte sich gerade, wie sie mit dem ganzen Schiff durch die kleine Seitentür passen sollten, als sich das Dach öffnete. Zwei flache Türflügel fuhren nach rechts und links und helles Tageslicht fiel herein. Daniel hatte nur kurz Zeit, die schimmernden und blitzenden Messingverzierungen zu bewundern, mit denen das Holz eingefasst war, dann vibrierte der Boden unter ihnen und sie hoben ab.

Langsam schwebten die Wände vorbei, der Ballon war schon vollständig draußen, und jetzt konnten sie über das Garagendach sehen. Sobald die LS Christa gänzlich aufgetaucht war, legte Willi einen Hebel um und sie stiegen deutlich schneller nach oben. Daniel hielt sich am niedrigen Geländer fest und sah, wie Häuserdächer unter ihnen kleiner wurden. Die Propeller an den Seiten starteten, sie flogen einen engen Bogen und sausten dann auf den Stadtrand zu.

Daniels Haare wehten im Fahrtwind. Er sah sich zu seinen Freunden um. Didi stand wie er am Geländer und blickte nach unten. Mats war an die höchste Stelle geklettert und grinste von einem Ohr zum anderen. Milan hingegen sah aus, als wäre ihm schlecht.

„Haben alle sowas?" fragte Daniel Willi, der lässig an einem Rädchen drehte und sich den Bart zauste.

„Luftschiffe? I wo", rief er. „Die meisten haben Wagen. Mit Rädern", fügte er zwinkernd hinzu. „Sind nur in der Innenstadt nicht erlaubt, zu viel Gedränge."

Daniel lehnte sich übers Geländer, um auf die Straßen unter ihnen sehen zu können. Vereinzelt sah er tatsächlich Wagen dahinrollen, die eine entfernte Ähnlichkeit mit Autos hatten, Genaueres ließ sich aber aus der Höhe nicht erkennen.

Sie gingen in einen leichten Sinkflug, Daniel sah ein großes, hohes Gebäude, dem sie sich zügig näherten.

„Da ist der Hubschrauber", rief Mats von seinem Ausguck und zeigte auf das höchste Dach.

Willi nickte, flog einen Bogen und ließ sie dann fast senkrecht hinunter gleiten, bis sie auf einem weiten Schotterplatz ein wenig abseits des Gebäudes landeten. Sie kletterten hinaus und warteten, bis Willi seine Maschinen alle abgeschaltet hatte. Dann folgten sie ihm zum Haupteingang.

Hospital Schöneburg stand in großen weißen Buchstaben über der Tür. Es war eine Schiebetür, die sich zischend aufschob, als sie näherkamen. Drinnen war es hell, der weiße Marmorboden reflektierte die hohen Rundbogenfenster. An den Wänden hingen meterlange Kästen mit Farnen und Moosen, über die beständig Wasser tröpfelte. Vielleicht lag es daran, dass es gar nicht so typisch nach Krankenhaus roch, sondern frisch und einladend.

Unter einer der Mooswände stand ein breites, hellblaues Sofa. Darauf saßen wartend Michelle, Milena und Annika. Eine Frau in hellblauem Kittel mit einem Klemmbrett in der Hand stand neben ihnen. Annika winkte, als sie eintraten. Mats winkte zurück und hüpfte zu ihnen hinüber.

„Ist das dein Onkel?", hörten sie die Frau Michelle fragen.

Daniel sah Willi an. Der verzog keine Miene.

„Guten Tag", sagte die Frau. „Sie sind Herr Matuschek?"

Willi nickte und grunzte ein Ja.

„Schön, es geht Ihrer Nichte soweit wieder gut. Sie sollte aber vielleicht nicht allein unterwegs sein." Daniel meinte einen Vorwurf in ihrer Stimme zu hören, obwohl sie höflich lächelte. „Unterschreiben Sie bitte hier..." Sie hielt ihm das Klemmbrett und einen Stift hin. Willi kritzelte etwas und wandte sich dann Michelle zu. Er ruckte mit dem Kopf und die drei Mädchen erhoben sich. Michelle war immer noch blass, aber sie sah sehr erleichtert aus.

Sie sprachen nicht, bis sie aus dem Krankenhaus heraus und auf halbem Weg zurück zur LS Christa waren. Erst dann bedankte sich Michelle bei Willi. Die anderen schlossen sich ihr an.

Willi winkte ab und scheuchte sie alle hinein. Daniel grinste, als er Milenas und Annikas ungläubige Gesichter sah. Wenige Minuten später waren sie wieder hoch in der Luft über den Dächern von Schöneburg und hielten auf die Kathedrale zu.

„Fliegen wir zu dem Turm?", fragte Annika.

„Nee, der ist nur für die großen Schiffe", sagte Willi. „Für die Unternehmen und für Reiseverkehr. Wenn man es sich leisten kann. Gibt außerdem immer wieder Ärger mit der Kirche. Also mit der Gemeinde."

„Warum?" fragte Daniel.

„Na ja", Willi drehte an einem der Räder und sie flogen einen leichten Bogen. „Als die Luftfahrt hier anfing, hat man den höchsten Punkt der Stadt als Anker genommen. Das war der Kirchturm. Und den haben sie dann im Laufe der Zeit immer aufgestockt und erhöht und erhöht…Das gab von Anfang an Streit, auf der einen Seite die, die sagten, ein Gotteshaus könnte nicht hoch genug sein. Ohne die Luftfahrt wäre die Kathedrale nie so weitergebaut worden. Auf der anderen Seite gibt es die, die finden, dass es Gotteslästerung ist, einen Kirchturm als Ankerplatz für Luftschiffe zu benutzen."

„Und was denkst du?", fragte Mats.

Willi betrachtete den Turm eine Weile. „Hm, na leben und leben lassen, würde ich sagen", meinte er ausweichend. „Es war noch was anderes, als es die Kriegsschiffe waren, die festgemacht haben. Schätze, das erinnern noch viele ältere Leute und da kann ich's verstehen…"

„Du meinst im zweiten Weltkrieg?", fragte Milan.

„Himmel, ich vergesse immer, dass ihr die nummeriert", brummte Willi.

„Milan", sagte Didi. „Wir sind in einer anderen Realität, als ob es hier dieselben Kriege gegeben hätte."

„Warum denn nicht?", rief Milan. „Mein Haus ist auch hier…"

„Welchen Krieg meintest du?", fragte Daniel Willi, bevor Milan seine Erwiderung beendete.

Willi antwortete nicht. Stattdessen sah er sie plötzlich scharf an. „Sagt mal, ist das Tor jetzt die ganze Zeit offen?"

„Ja…", sagte Daniel vorsichtig.

Willi schnalzte mit der Zunge. „Das ist nicht gut…" Er zog sein MoKo aus der Tasche, warf einen Blick darauf und steckte es grummelnd wieder ein.

„Kannst du sie nicht anrufen?", fragte Daniel. „Arne und die anderen von Horkus' Team?"

„Anrufen?", fragte Willi in Gedanken. „Nein, nein, ich kann sie nicht erreichen, wo sie sind…hört zu, vielleicht bringe ich euch jetzt besser zurück, ich weiß nicht, wo die bleiben."

Aber Willi schien unschlüssig und sie drifteten ein wenig über die Stadt, ohne dass er lenkte. Daniel sah unter ihnen den Rhein. Er floss einen großen Bogen bis an die Stadtmauern von Schöneburg heran. Aber halt, das konnte nicht stimmen, so nah kam der Fluss nicht, er lag doch weiter östlich…

„Willi?", fragte er plötzlich. „Wurde der Rhein hier mal verlegt?"

„Verlegt?", rief Willi und lachte laut. „Wozu das denn? Wir sind froh, dass wir ihn direkt an der Stadt haben, mit alle den Schiffen und den Kraftwerken…"

Daniel sah angestrengt nach unten. Die Stadtmauern waren viel höher als zu Hause, sie fielen steil zum Wasser hin ab. Außerdem gab es zahlreiche Brücken, Stege und Plattformen, ja ganze Häuser, die über den

Fluss gebaut waren. Auch auf dem jenseitigen Flussufer setzte sich die Stadt noch fort.

„Das da drüben ist schon Krabben Orth", sagte Willi. „Wir kehren jetzt besser um."

„Krabben Orth?", rief Didi verwundert.

„Ja, alles da drüben, rechts von der Kurve." Willi schwenkte seinen Arm in die grobe Richtung. Daniel versuchte sich vorzustellen, wo der Rhein bei ihnen zu Hause verlief. Aber aus der Luft sah alles anders aus. In der Ferne hinter den Häusern, auf die Willi zeigte, lagen grüne Wiesen und Auen, wie er sie auch von der Friedrichs-Insel kannte. Es leuchtete ihm ein: Wenn der Rhein in Alteras nie verlegt worden war, dann bestand das Dorf Krabben Orth natürlich noch. Er warf einen letzten Blick darauf, dann drehte Willi die LS Christa und sie schwebten zurück.

Willi steuerte die Eisenbahnbrücke an und landete spektakulär direkt unter dem Pfeiler, hinter dem sich ihr Tor befand.

„Wie geht es jetzt weiter?", fragte Daniel, als sie ausstiegen.

„Tja." Willi kratzte sich am Kopf. „Solange das Team nicht wieder da ist..."

„Wo können sie denn sein?", fragte Milan.

„Ich weiß nicht, was sie aufhält", brummte Willi. „Ist nicht das erste Mal, dass sie sich verspäten. Aber das unangenehmste", fügte er hinzu.

„Kann man das Tor nicht von dieser Seite aufmachen?", fragte Didi.

Willi lächelte gequält. „Ich hab wirklich keine Ahnung. Ich bin Mechaniker. Kein Quantenmechaniker."

„Kein was?", fragte Mats.

Daniel überging ihn. „Und wenn wir jeden Tag einmal kurz rüberkommen? Nur hierhin? Ihr könnt ja eine Nachricht hierlassen, wenn sie wieder da sind..."

„Ich weiß nicht...", sagte Willi unschlüssig.

„Du willst jeden Tag in den roten Trakt einbrechen?", fragte Didi entsetzt.

Daniel sah zu Boden. Es war kein guter Gedanke, da musste er ihnen leider zustimmen. „Vielleicht nicht jeden Tag..."

„Einmal in der Woche", nickte Willi. „Das ist gut. Aber nicht immer zur selben Zeit. Und nicht alle." Er hob einen seiner rauen Zeigefinger.

„Ist ja gut", sagte Milan und wich vor dem Finger zurück.

„Wo ist das Team eigentlich?", fragte Michelle. „Ich meine, du kannst sie nicht erreichen, sie kommen nicht wieder..."

Daniel nickte und sah Willi fragend an. Das war eine berechtigte Frage.

„Das kann ich euch auch nicht so genau sagen", brummte Willi. Er kletterte zurück auf die LS Christa. „Ein bisschen weiter weg, jedenfalls... naja...Also dann, passt auf euch auf..." Sein Luftschiff erhob sich langsam. Er winkte, eine Hand an den Maschinen. „Machts gut, bleibt sicher... Michelle... Zauberlehrling..." Er manövrierte das Luftschiff unter der Brücke hervor und verschwand im dämmrigen Himmel.

„Was war denn das für eine Antwort?", fragte Michelle in die Runde.

„Eine bescheuerte", sagte Milan.

Daniel sagte nichts dazu. Aber während sie durch das Tor zurückgingen, dachte auch er, dass Willi ihnen eindeutig etwas verschwieg.

KAPITEL 27

Vorwürfe

„Und ihr habt wirklich nichts gefunden?"

„Nein, gar nichts..."

Eine Woche nach ihrem zweiten Besuch in Alteras hatten Didi und Daniel wie verabredet noch einmal kurz das Tor passiert und sich umgesehen.

„Willi war nicht da und auch sonst niemand. Wir haben nach Zetteln gesucht, nach Zeichen oder nach Hinweisen auf dem Boden oder den Mauern...", zählte Daniel auf. Didi und er schlossen eben ihre Fahrräder ab. Sie hatten am Abend der Gruppe eine Nachricht darüber geschrieben, aber Milena wollte es noch von ihnen persönlich hören.

„Wir haben alles abgesucht. Aber da war nichts", bekräftigte Didi.

Sie gingen alle gemeinsam Richtung Klasse. Nur Mats tobte wieder irgendwo anders herum. Matteo saß wie immer schon als Einziger an seinem Platz und sah aus dem Fenster.

„Also sind sie immer noch nicht zurück", schloss Milena.

„Von wo auch immer", ergänzte Michelle stirnrunzelnd.

„Was glaubt ihr, wo das Team ist?", fragte Milan. „So dass Willi sie nicht erreichen kann. Ist doch komisch, oder?"

„Glaubst du, er hat gelogen?", fragte Annika.

„Nee...", machte Milan. „Oder vielleicht doch..."

„Warum sollte er?", sagte Daniel. „Ich meine, was wissen wir schon, wie das alles in Alteras funktioniert? Vielleicht kann man da einfach nicht rund um die Welt telefonieren."

Milena fand zwar, dass Daniels Argument logisch klang, aber sie stimmte genauso Michelle zu, die darauf beharrte, dass Willi ihnen das dann hätte sagen können.

Frau Strick betrat das Klassenzimmer, einen Stapel Kopien in der Hand.

„Nöö, keine Arbeitsblätter!", rief Rocko.

„Was beschwerst du dich?", rief Milan von hinten. „Du machst die doch eh nicht."

„Mach ich auch nicht", sagte Rocko.

Frau Strick seufzte genervt. „Könnt ihr vielleicht erstmal abwarten? Guten Morgen zusammen."

„Gu-ten-Mor-gen-al-le-zu-sam-men", leierte die Hälfte der Klasse. Obwohl sich nur so wenige an der Begrüßung beteiligten, brauchten sie etwa eine halbe Minute dafür.

„Schön, bevor wir mit dem Unterricht anfangen..."

Sie brach ab, weil bei der allgemeinen Lautstärke, die nach der Begrüßung ausgebrochen war, hinter der ersten Reihe niemand verstehen konnte, was sie sagte. Milena stützte den Kopf in die Hand. Das würde jetzt wieder dauern. Frau Strick wartete meist reglos und stumm vorne vor der Klasse, bis sie von selbst ruhig wurde. Sie nannte das einen „stummen Impuls" und in anderen Klassen funktionierte das ja vielleicht auch. In der 5d war es am wahrscheinlichsten, dass auf unbestimmte Zeit so gut wie niemand reagierte. Heute ebenso. Dann brüllte Jule:

„Boah seid doch mal leise!"

„Du bist doch selber voll laut!", konterte Milan.

„Aber du!"

„Ich sitz hier nur."

„Ey guckt mal, da ist ein Eichhörnchen", rief Mats und zeigte aus dem Fenster.

Zehn Schüler sprangen sofort auf und rannten zum Fenster. Die anderen reckten die Hälse.

„Wo denn?"

„Da auf dem Ast..."

„Süüüß"

Frau Strick gab ihren stummen Impuls auf und begann Störer an die Tafel zu schreiben. Das bedeutete meistens Zusatzaufgaben und manchmal Gespräche mit den Eltern.

„Guck mal, du stehst schon an der Tafel!"

„Ist mir doch egal!"

„Frau Strick, darf ich die Leute anschreiben?"

„Ich bin dran, du durftest letztes Mal schon."

„Könnt ihr nicht mal leise sein?", heulte Didi und rutschte mal wieder von seinem Stuhl. Mats nutzte die Ablenkung und versteckte sich hinterm Vorhang.

Die Uhr zeigte zehn nach Acht. Frau Strick begann einzelne Schüler anzuschreien. Dann teilte sie wütend die Kopien aus und erklärte im Vorbeigehen, was es damit auf sich hatte.

„Das ist eine Information für eure Eltern. Es geht noch einmal um den Fall der verschwundenen Schüler."

Milena sah Didi wieder auftauchen. Sie wechselte kurze Blicke mit den anderen und strengte sich an zu verstehen, was Frau Strick sagte. Das war nicht leicht, da Mats nicht mitbekommen hatte, worum es ging und laute Quietschgeräusche hinter dem Vorhang machte. Außerdem interessierte sich der Rest der Klasse offenbar lange nicht so brennend für das Thema und quasselte wieder wild durcheinander.

„Es wird nochmal eine Untersuchung geben. Anscheinend gibt es neue Hinweise. Es wissen wohl auch einige unserer Schüler so einiges darüber und ihr werdet vielleicht auch befragt. Generell..." Sie blieb in der Mitte der Klasse stehen und sprach, so laut sie konnte, ohne zu schreien: „Generell sollte sich jeder, der etwas darüber weiß, unbedingt melden. Gerne auch bei mir!"

Milena beobachtete Matteo, der weiterhin aus dem Fenster sah, als ginge ihn das alles nichts an. Frau Strick musterte die Schüler reihum, doch Milena hatte das Gefühl, dass sie Daniel besonders lange ansah. Sie kehrte zu ihrem Platz am Pult zurück und sagte: „Herr de Vries hat sich persönlich in die Untersuchung eingeschaltet. Er hat großes Interesse, die Schule zu verbessern. Ich hoffe also auf eure Unterstützung!"

Diesmal tauschten Michelle und Milena alarmierte Blicke. Was für neue Hinweise hatte Vikram bekommen, dass er sie alle befragen wollte?

„Glaubst du, jemand hat uns beobachtet?", fragte Michelle besorgt.

„Hundert Pro, als wir das letzte Mal durchs Tor sind", nickte Annika. Ihre Augenbrauen verschwanden komplett unter ihrem Pony, soweit hatte sie sie hochgezogen.

„Meint ihr...?", sagte Milena. Ihr Blick ruhte noch immer auf Matteo, der jetzt wieder an seinen Fingernägeln knibbelte. „Vielleicht ist es auch nur Zufall..." Aber sie brauchte nicht Michelles verächtliches Schnauben und Annikas skeptische Blicke, um zu wissen, dass solche Zufälle sehr unwahrscheinlich waren.

Als es zum Stundenende klingelte, sprang Milena auf. Sie drängte sich zu Matteo hinüber. Doch Matteo huschte unter Rockos ausgestreckten Armen durch und war zur Tür hinaus, bevor Milena auch nur die Richtung geändert hatte. Sie folgte ihm auf den Flur. Matteo drehte sich kurz um, sah sie und ging noch ein bisschen schneller. Milena joggte los.

„Matteo", rief sie; Matteo eilte bereits die Treppe hinunter. An den Ausgängen zum Schulhof gab es so ein Gedränge, dass sie ihn einholte. Er versuchte, sich zwischen ein paar Zehntklässlern hindurchzuschieben, wurde aber unsanft zurückgeschubst.

„Warum rennst du weg?", fragte Milena.

Matteo zuckte die Schultern, ohne sie anzusehen.

„Du hast es ihm erzählt, oder? Du hast Vikram der Vries von Arne erzählt, dass wir ihn vielleicht finden. Warum hast du das gemacht?"

Matteo rührte sich immer noch nicht, sondern starrte auf die Jacke seines Vordermanns, als wäre da etwas Spannendes zu sehen. Soeben hatte die Schlange aus Schülern sie auf den Schulhof hinausgeschoben. Matteo versuchte sofort wieder zu entkommen, doch jetzt hatten auch Michelle und Annika sie eingeholt.

„Warum hast du es erzählt?", fragte Milena nochmal. „Das war..."

„Was geht's dich an?", rief Matteo plötzlich. Er hatte die Hände wieder zu Fäusten verkrampft. Rote Flecken tauchten in seinem Gesicht auf, das immer noch die Spuren der Prügel trug. Seine Augen dagegen waren hart und trotzig. „Er ist *mein* Bruder. Herr de Vries ist der einzige, der sich darum kümmert. Ich erzähl dem, was ich will!".

„Hä, Stopp", wandte sich Annika an Milena: „Hast du ihm alles erzählt?"

„Nein...ja..." Nicht alles, wollte sie sagen, aber inzwischen waren Daniel, Didi, Mats und Milan zu ihnen gestoßen. Alle sahen so aus, als verlangten sie ebenfalls dringend nach ein paar Antworten.

„Ich hab nur erzählt, dass wir wissen, wo Arne ist..."

„Du hast was?!", rief Didi. Daniel sah sie erst fassungslos, dann abgrundtief wütend an.

„Du hast alles dem Psycho erzählt?", rief Mats.

Matteo lief knallrot an und stürzte sich auf Mats. Zwar war Mats ein bisschen größer, aber so überrascht, dass Matteo ihn von den Füßen haute. Beide gingen zu Boden. Daniel und Milan zerrten Matteo von Mats herunter.

„Ihr Pisser!", rief Matteo und stürmte quer über den Schulhof davon.

„Hast du sie noch alle?" Milan funkelte Milena wütend an.

„Ich hab ja nichts von Alteras gesagt", sagte Milena, erschrocken über die bösen Blicke.

„Willi hat extra gesagt, wir sollen mit niemandem darüber reden", sagte Daniel. „Und du rennst ausgerechnet zu Matte?"

„Nennt ihn nicht immer so", sagte Milena. Ihre Stimme war hoch und brüchig, als säße etwas in ihrem Hals fest. Sie schluckte ein paar Mal kräftig.

„Das war saudämlich", heulte Didi.

„Es ist sein Bruder", verteidigte Milena, obwohl sie es längst bereute, Matteo überhaupt irgendetwas gesagt zu haben.

„Ja und?", rief Milan. „Wie bescheuert..."

„Jetzt lasst sie in Ruhe", schrie Michelle. Annika packte Milena am Ärmel und zog sie hinter sich her.

„Ihr habt keine Ahnung, wie es ihm geht", sagte Milena, jetzt unaufhaltsam weinend.

„Ist mir doch egal", rief Mats. Er klopfte sich ein bisschen Sand von der Hose.

Annika legte den Arm um Milena und schob sie von den Jungs weg.

„Ja, haut bloß ab", rief Milan ihnen nach. „Wir können euch eh nicht gebrauchen, wenn ihr so ne Scheiße baut!"

„Halt einfach dein Maul!", rief Annika.

„Als ob ihr nie Scheiße baut", brüllte Michelle über die Schulter zurück. Dann waren sie außer Rufweite. Sie steuerten die Mensa an und suchten sich einen freien Tisch. Milena wischte sich mit dem Jackenärmel die Augen und schniefte ein paar Mal.

„Milan ist ein Arschloch", sagte Michelle tröstend.

„Ja, lass die doch reden."

„Aber es war schon blöd, es Matteo zu erzählen."

„Nicht ihr jetzt auch noch", hickste Milena.

Michelle und Annika pressten beide die Lippen zusammen. Milena wusste genau, was sie dachten. Ihr Schweigen machte es nicht besser.

„Ich hab ihm gesagt, er soll es für sich behalten. Ich dachte nicht, dass er es weitererzählt." Er hatte ihr einfach so leidgetan. Und einen Moment lang hatte er sich ja auch gefreut. Warum war das so schrecklich, was sie getan hatte... schließlich wusste Vikram ja noch nichts von dem Tor und den Schlüsseln – oder? Wie viel konnte er sich zusammenreimen? Würden sie jetzt überwacht werden?

„Ich will eh nicht mehr dahin", sagte Michelle. „Einmal Krankenhaus reicht mir."

„Ja, scheiß auf Alteras", sagte Annika.

Milena lächelte gequält. Sie war ihren Freundinnen sehr dankbar für diesen Versuch der Aufmunterung. Denn sie wusste, dass kein Wort davon stimmte.

KAPITEL 28

Karneval

Nach einem flüchtigen Aufblitzen von frühlingshafter Wärme und Sonne kehrte Ende Februar der Winter zurück. Es herrschten tagsüber Temperaturen nur knapp über dem Gefrierpunkt und heftige Windböen trieben Schneeregen und Graupel durch die Straßen. Daniel saß vor seinem Fenster und schaute trübe nach draußen. Ein paar Leute in Kostümen kämpften sich unten vorbei. Sie sahen aus, als hätten sie sich bunte Fetzen umgehängt, die ihnen davon zu flattern drohten. Daniel hatte keine große Lust auf Verkleidungen und bei dem Wetter konnte er sich Schöneres vorstellen, als auf einem zugigen Karnevalswagen zu stehen.

Seit ihrem Streit mit den Mädchen war alles irgendwie grauer geworden. Milan verhielt sich noch überheblicher und distanzierter in seinen Kommentaren als sonst und Didi hatte jeglichen Optimismus verloren. Wann immer das Gespräch auf Alteras kam, sah er aus, als wäre jemand gestorben und heulte, dass sie alle verfolgt würden. Einzig Mats war vergnügt und hüpfte wie ein Flummi durch die Gegend. Aber Daniel fragte sich, ob Mats wirklich begriff, wie ernst die Sache war.

Sie hatten kein Wort mehr mit den Mädchen gesprochen. Annika und Michelle funkelten ihn nur noch mit verschränkten Armen an und Milena mied seinen Blick. Sie hatte sich auch im Unterricht sehr zurückgezogen. Daniel war immer noch verärgert über ihre Dummheit, Matteo etwas von all dem anzuvertrauen. Aber er dachte auch, dass sie vielleicht besser vorankämen, wenn alle mal einen Moment aufhören würden, aufeinander wütend zu sein. Wenn er dann jedoch in Milans, Annikas oder Michelles Gesicher sah, gab er den Gedanken schnell wieder auf.

So saß Daniel allein über den Karten und Aufzeichnungen, die sie in den letzten Monaten gesammelt hatten. Eigentlich hatte er sich auf das Karnevalswochenende gefreut – alle waren abgelenkt mit Feiern und sie hatten frei. Eine bessere Gelegenheit, nach Alteras zu gehen, bot sich kaum. Nun war Milan obendrein krank, und Didi verkündete, bei dem Wetter wolle er nicht von seinem Platz am PC aufstehen.

Wetter! Daniel setzte sich kerzengerade hin. Sie hatten schon einmal die Erfahrung gemacht, dass das Wetter in Alteras anders sein konnte. Schlimmer als hier konnte es jedenfalls nicht sein. Auch wenn die anderen ausfielen, er würde die Zeit nutzen und rüber gehen. Sie mussten endlich das Team von Horkus treffen. Und wenn er dadurch ein bisschen nach draußen kam...

Er packte seinen Rucksack, zog sich wetterfest an und holte sein Rad aus der Garage. Bevor er losfuhr, schrieb er Mats.

„Treffen am Tor in einer Stunde? Fahre vorher zu Michelle."

Mats antwortete nicht gleich, aber Daniel startete trotzdem. Als er schließlich zwei Dörfer weiter bei Michelle ankam, waren seine Hände trotz Handschuhen durchgefroren und an seinem Schal klebten Eisklumpen. Michelle machte ihm auf und sah ihn mit demselben abschätzigen Blick an, den er jetzt immer erntete. Sie hatte bunt geschminkte Augen und trug eine Art schwarzen Petticoat.

„Was?"

„Ich wollte den Schlüssel holen, Mats und ich gehen rüber."

Michelle machte wortlos kehrt und kam kurz darauf mit dem Schlüssel zurück. Sie klatschte ihn Daniel in die verfrorene Hand.

Daniel fühlte sich irgendwie verpflichtet zu sagen: „Willst du mitkommen?"

„Spinnst du?", sagte Michelle. „Hast du das Wetter gesehen?"

Da Daniels Haare nass und voller Hagelkörner waren, sparte er sich die Antwort, sondern drehte sich um und ging. Der Rückweg war noch schlimmer, weil ihm der Wind jetzt entgegenkam. Er brauchte zur Schule weit länger als gedacht. Mats wartete bereits auf ihn und hüpfte wie ein Hampelmännchen auf und ab.

„Warum nimmst du nicht den Bus zu Michelle?", fragte er.

„Es ist Rosenmontag", sagte Daniel. „Da fahren die Busse nicht."

„Krass...glaubst du, die feiern auch Karneval in Alteras?", fragte Mats, während sie über den Schulhof liefen.

„Weiß nicht – du Mats, lass uns die Fahrräder mitnehmen."

„Geht das?", fragte Mats perplex.

„Warum nicht?", sagte Daniel. „Wir müssen sie nur durch das Fenster heben. Aber wenn wir durch das Tor können, warum nicht auch ein Fahrrad?"

Mats zuckte die Schultern. Durch den Bauzaun kamen sie problemlos, schwierig war tatsächlich der Teil mit dem Fenster. Mats kletterte als Erster hinein und nahm die Räder von innen an, sorgfältig darauf achtend, dass sie die Reifen nicht an den Glasscherben aufschnitten. Am Ende gelang es, und sie schoben ihre Räder in den Physikraum. Sie fanden alles, wie sie es hinterlassen hatten: Die Verdunkelung war unten und die Spulen standen an ihren Plätzen bereit. Daniel bereitete den Kasten vor und wenige Minuten später wurde das Tor sichtbar.

Erstaunlich, dachte er, wie alltäglich ihm der Anblick schon erschien. Das Tor mit den blitzenden Teslaspulen hatte bereits etwas Vertrautes. Vielleicht lag das aber auch nur am Kontrast zu dem, was dahinter lag. Denn an die Existenz einer anderen Welt hatte er sich trotz mehrfacher Besuche noch nicht gewöhnt.

Mats sprang auf sein Rad und strampelte los. „Geronimo!", rief er, als er über die Trümmer der eingerissenen Wand bretterte und dann samt Fahrrad im Tor verschwand. Daniel folgte ihm, wenn er auch sein Fahrrad lieber schob.

Auf der anderen Seite war es zumindest ein wenig trockener. Dafür hatte es geschneit. Eine dünne Schnee- und Eisschicht bedeckte die Straße.

„Geile Idee mit den Fahrrädern", rief Mats, der schlingernd und schlitternd zum Stehen kam.

„Was fährst du auch so drauf los", sagte Daniel. Er war sich nicht ganz sicher, ob Mats das ironisch oder vielleicht doch völlig ernst gemeint hatte. Auf dem Kopfsteinpflaster ruckelten die Räder zusätzlich dermaßen auf und ab, dass Daniel wünschte, sie hätten sie zu Hause gelassen. Insgesamt waren sie kaum schneller bei Willi als zu Fuß.

Und Willi war nicht da. Sie klingelten mehrmals und vergewisserten sich, dass die Tür zur Garage ebenfalls abgeschlossen war, bevor sie, enttäuscht und verfroren, unverrichteter Dinge wieder abzogen. An der Hauptstraße blieben sie abrupt stehen: Menschen in ausladenden Umhängen, gruseligen Masken und Fratzen, Damen in aufwändigen Kleidern, dröhnende Musik aus den Kneipen und Cafés, von Alkohol offenbar schon enorm angeheiterte Gestalten – auch in Alteras schien man offensichtlich Karneval zu feiern.

„Schickes Kostüm, Jungens", grunzte ein Mann in einem violetten Käferkostüm im Vorbeigehen.

„Was Kostüm?", fragte Mats, aber der Mann war schon weiter geschwankt.

„Ist dir noch nicht aufgefallen, dass die hier andere Klamotten als wir haben?", fragte Daniel.

„Doch", sagte Mats und klang fast beleidigt.

„Also..." Daniel überlegte kurz. Er wollte nicht einfach so wieder umkehren ohne irgendwelche neuen Erkenntnisse. Er zog die Karte von Alteras-Schöneburg aus seinem Rucksack und studierte sie erneut, auf der Suche nach einem lohnenden Ziel. Und er fand eines: Es war nicht weit, zumindest von oben hatte es nicht weit ausgesehen. Und zu Hause war die Strecke auch schnell geschafft...

„Wo willst du denn hin?", fragte Mats, als sie von der Hauptstraße abbogen und ein paar Gassen entlangrutschten, die sie bislang noch nie betreten hatten. Sie passierten ein Tor in der Stadtmauer und kamen auf eine breitere Straße. Hier sahen sie auch zum ersten Mal so etwas wie Autos von Nahem. Die meisten hatten entfernte Ähnlichkeit mit kurzen Eisenbahnwaggons. Manche sahen dagegen aus wie kleine fahrende Häuser, und einmal fuhr eine Art riesiger metallener Fisch an ihnen vorbei. Insgesamt machten alle Wagen einen etwas selbstgebastelten Eindruck, wie die LS Christa ja auch. Manche hatten Gelenke in der Mitte, manche Propeller oder Tragflächen. Andere waren mehrstöckig oder hatten Räder so riesig wie die von Dampflokomotiven.

Daniel sah zwar sonst niemanden mit Fahrrädern, aber es beachtete sie auch niemand deswegen. Hier gab es endlich kein Kopfsteinpflaster mehr, die Straßen waren geräumt und sie sausten ein paar hundert Meter ungehindert, bis sie zum Rheinufer kamen.

„Hä?", sagte Mats und blickte über die breite steinerne Brüstung. „Müsste der nicht weiter weg sein?"

Auch Daniel blickte auf das Wasser hinunter. Es schwappte trüb gegen die moosbewachsene, schlickige Steinwand. Mehrere große Dampfschiffe waren in der Flussmitte unterwegs. Weiter entfernt entdeckte er kleinere Segler.

„Da drüben", sagte er und zeigte auf die nächste der zahlreichen Brücken, die über den Fluss führten. Wie sie schon aus der Luft gesehen hatten, war der Rhein hier in Alteras sehr bebaut. Nicht nur eine riesige Hängebrücke überspannte ihn in einiger Entfernung. Unzählige Stege, Streben und Bogenbrücken führten über den Fluss und am Ufer entlang. Häuser und Türmchen waren darauf errichtet, an manchen Stellen war es fast, als verliefe der breite Strom unterirdisch.

Sie näherten sich der nächstgelegenen Brücke. Sie war schmal, geeignet nur für Fußgänger. Ein angerosteter Wegweiser stand am Anfang.

„Krabben Orth?", fragte Mats. „Was das denn?"

„Hörst du nie zu?", fragte Daniel etwas ungehalten. Sie konnten, ihre Fahrräder schiebend, gerade eben nebeneinander gehen. „Krabben Orth ist das Dorf, was da gestanden hat, wo bei uns jetzt die Friedrichs-Insel ist. Aber hier gibt es das noch. Weil hier der Rhein nicht verlagert wurde, verstehst du? Die haben bei uns den Rhein einfach verlegt. Und da..." er zeigte mit dem Finger auf die Karte „ist auch so ein Kreis wie über dem roten Trakt. Also ist in Krabben Orth irgendwas Besonderes."

Daniel hatte lange darüber nachgedacht. Es konnte nur so sein. Wenn auf ihrer Seite in Krabben Orth nichts zu finden war, musste Horkus die Alteras-Stelle gemeint haben. Vielleicht hatte er den Kreis deshalb auch so blass eingezeichnet...

„Und was ist da?", fragte Mats.

„Keine Ahnung, das will ich mir ja angucken..."

Sie erreichten die andere Flussseite. Die Häuser waren hier etwas kleiner, standen gedrängter am Fluss. Sie fuhren eine Weile kreuz und quer durch den Ort, entdeckten ein altes Kriegerdenkmal und einen Imbiss, in dem tatsächlich Krabben verkauft wurden. Da ihr GPS nicht funktionierte, konnte Daniel den Standort nicht mit dem auf der Friedrichs-Insel vergleichen. Aber er hatte im Gefühl, dass sie noch ein wenig weiter fahren mussten.

Die Häuser wurden weniger, schließlich standen sie mitten zwischen leeren, verschneiten Wiesen und Feldern.

„Irgendwo hier", murmelte Daniel. Aber genauso gut konnte es irgendwo anders sein. Er wusste nicht genau, wo sie waren; er hielt nur aus einem Gefühl heraus an. Mats kümmerte das wenig. Er legte sein Rad am Weg ab, hoppelte in die Schneewiese hinaus und begann Schneebälle nach Daniel zu werfen. Daniel ließ sich nicht lumpen und ein paar Minuten später waren ihre Gesichter beide rot von den Schneebällen, die ihr Ziel gefunden hatten.

„Halt stopp", rief Mats plötzlich und winkte ab. Daniel nutzte die Gelegenheit, noch eine Ladung Schnee nach ihm zu werfen, verfehlte ihn aber knapp. „Guck mal, was ist das hier?", fragte Mats und deutete auf den Boden. Im Näherkommen erblickte Daniel tiefe Furchen in der Wiese.

Der Schnee war zum Teil plattgedrückt, als wäre etwas Schweres darüber geschleift worden, an anderen Stellen war er weggekratzt und aufgehäuft.

„Sieht aus wie Spuren", sagte Daniel nachdenklich.

„Kühe?", schlug Mats vor.

„Quatsch, was sollen denn das für Monsterkühe sein?"

„Vielleicht gibt es hier Monsterkühe!", rief Mats begeistert.

„Als ob", sagte Daniel, sah sich aber etwas unsicher um.

„Sie führen da lang", rief Mats und rannte den seltsamen Spuren nach. Sie führten über das ganze Feld, eine Böschung hinunter und in einem Bogen zum Flussufer. Dort verschwanden sie im Wasser.

„Deine Kühe sind baden gegangen", sagte Daniel.

„Vielleicht haben die hier ein Boot hergezogen, oder so?"

„Kann sein..." Daniel war nicht recht überzeugt. Aber es klang logischer als Monsterkühe. Sie stapften zu ihren Rädern zurück und machten sich auf den Heimweg. Unterwegs fing es wieder an zu schneien. Zumindest was das Wetter anging, war der Ausflug eine Schnapsidee gewesen. Und Willi hatten sie auch nicht getroffen, geschweige denn das Team von Horkus. Trotzdem, sagte sich Daniel trotzig, war es besser gewesen, als zu Hause zu sitzen und zu grübeln.

Sie erreichten die Eisenbahnbrücke und passierten ihr Tor zurück in die Schule. Daniel schaltete die Geräte aus, verstaute Kasten und Schlüssel und half Mats, die Räder wieder aus dem Fenster zu wuchten. Es hatte inzwischen aufgehört zu regnen, doch der eisige Wind ging immer noch.

Sie waren schon über den halben Schulhof zurück, als Mats auf einmal nach vorne zeigte. Auch Daniel hatte es gesehen: Eine kleine Gestalt, die aus einer Ecke aufsprang und zur Straße rannte. Selbst auf die Entfernung waren die ungekämmten, schmutzigen Haare gut zu erkennen.

„Was macht Matte hier?", fragte Mats. Aber Daniel hatte eine ungute Ahnung, was ihr Klassenkamerad hier zu suchen hatte.

„Komm schnell", sagte er und trat in die Pedale. Aber sie waren zu langsam. Am Ende des Schulhofs lag der Parkplatz. Und bevor sie ihn erreichten, fuhr dort eine schwarze Limousine vor. Daniel brauchte nicht das Nummernschild mit *DV* um seine Vermutung laut auszusprechen:

„Vikram de Vries."

„Der Spacko, vor dem Michelle so eine Panik schiebt?"

„Ja!", knirschte Daniel. Sollten sie es riskieren, an ihm vorbei zu fahren? Die Limousine stellte sich quer vor die Einfahrt zum Schulhof. Nein, lieber zurück, über die Höfe zum Hinterausgang. Daniel riss sein Rad herum und hielt sofort wieder. Ein Motorrad bretterte über den Hof auf sie zu, bremste, driftete um neunzig Grad und blieb genau vor ihnen stehen. Sie waren eingekesselt. Sollten sie die Fahrräder liegen lassen und sich durch die Hecke schlagen?

Die Person auf dem Motorrad riss sich den Helm vom Kopf. Das Gesicht einer jungen Frau mit dunkelroten langen Haaren erschien. Sie kam Daniel vage bekannt vor. „Worauf wartet ihr?", schrie sie Mats und Daniel an. „Haut ab, na los, verschwindet!"

Daniel starrte sie an. Erst als Mats wie ein Irrer losstrampelte, kam er zu sich und tat es ihm nach. Aus dem Augenwinkel sah er, wie sich die Frau den Helm wieder aufsetzte. Das Motorrad röhrte. Er und Mats flogen über den Schulhof, am Toilettenhäuschen vorbei, über den mittleren Hof nach hinten und dort auf die Straße. Sie hörten aus einiger Entfernung ein Motorrad rasant beschleunigen und dann Reifen quietschen.

„Hier lang!", brüllte Mats, und sie nahmen eine Abkürzung hinter einer hohen Hecke. Dann bogen sie in eine Wohnsiedlung ein, kreuzten ein paar Querstraßen und bretterten am Ende auf die Hauptstraße und geradewegs in den Karnevalsumzug hinein. Sie sprangen vom Rad und tauchten zwischen einer Gruppe Piraten hindurch, passierten einen Wagen mit Mickey-Mäusen und kamen schließlich hinter einem Stand mit wandernden Pilzen wieder zu Atem.

„Haben wir sie abgehängt?", fragte Mats.

„Glaub schon", sagte Daniel, der die Straße auf und ab sah.

„Diese kleine Ratte, Matte, den mach ich fertig", sagte Mats und schlug die Handflächen ineinander. „Wer war die Frau?"

„Ich weiß nicht..." Daniel zermarterte sich das Hirn, weshalb sie ihm bekannt vorkam, doch es wollte ihm nicht einfallen. Er hatte sie schon mal gesehen. Aber wo?

„Wir müssen den Schlüssel verstecken", sagte er.

„Und dann?", fragte Mats.

Daniel antwortete nicht. Vikram war ihnen also direkt auf der Spur, Matteo hatte sie vermutlich beobachtet, hatte vielleicht sogar das Tor gesehen... Wie sollten sie es jetzt noch geheim halten, wie je nochmal unbemerkt hinüber kommen, um Horkus' verschwundenes Team zu treffen?

„Ich weiß nicht, Mats. Ich weiß es echt nicht."

KAPITEL 29

Petzen

Das erste, was Milena sah, als sie nach den Karnevalstagen in die Schule kam, war die schwarze Limousine, die gleich vor dem Eingang zum Schulhof parkte. Und nicht genug damit: Der Bauzaun um den roten Trakt war zusätzlich mit rot-weißem Flatterband abgesperrt. Ein Kastenwagen stand außerdem davor und Leute in Kitteln und mit Warnwesten gingen ein und aus.

„Die hätten uns fast erwischt", sagte Mats, während sie die rege Beschäftigung aus sicherem Abstand betrachteten. Er schien als einziger der Jungen keinen nachtragenden Groll gegen die Mädchen zu hegen. Michelle und Annika musterten ihn allerdings ebenso finster wie die anderen Jungen, wenn sie einander über den Weg liefen. „Alles wegen Matte." Mats ruckte mit dem Kopf in Richtung einer der Feuertreppen, unter der Matteo zusammengekauert hockte.

Milena sagte nichts dazu. Es stimmte schließlich. Auch wenn Matteo nicht gewusst hatte, was er anrichtete, als er Vikram de Vries von ihnen erzählte.

„Naja..." Mats zuckte die Schultern und rannte davon.

„Glaubt ihr, sie können das Tor öffnen?", fragte Milena.

„Ohne den Schlüssel und den Kasten?", sagte Michelle. „Glaub ich nicht."

Annika nickte. „Hundert Pro braucht man beides. Darum hat Horkus die Sachen auch so krass versteckt."

„Vielleicht können sie das aber auch nachbauen", überlegte Milena. „Normale Türen kann man ja auch aufbrechen..."

„Jaaa, aber das ist keine normale Tür..."

Zurück in der Klasse kam Daniel auf sie zu. „Ich hab den Schlüssel versteckt", sagte er leise. „Und den Kasten auch."

„Gut", sagte Milena, aber Michelle verschränkte die Arme und fragte fordernd: „Wo?!"

Milan mischte sich ein. Er hatte von seiner Erkältung eine so kratzige, tiefe Stimme, dass er wie ein 90-jähriger Kettenraucher klang. „Als ob wir euch das verraten."

„Spinnst du?", fuhr Annika ihn an. „Das gehört uns genauso wie euch!"

„Warum, alles was ihr beigetragen habt, war den Rucksack zu verlieren und uns zu zwingen, euch aus dem Krankenhaus zu befreien!"

„Hallo?! Wir haben den Schlüssel gefunden?!", schrie Annika, doch es war Michelle, die Milan zurückweichen ließ. Ihr Gesicht hatte einen mordlüsternen Blick angenommen und sie holte aus, um ihm kräftig eine zu verpassen. Milan warf den Oberkörper zurück, dass seine langen Haare wehten. Blutunterlaufen, wie seine durchdringenden Augen zurzeit waren, sah er mehr denn je aus, als wäre er einer magischen Schule entlaufen. Kein Wunder, dass Willi ihn immer Zauberlehrling nannte...

„Michelle Roberts!", rief Frau Strick, die eben hereinkam. „Keine Gewalt! Schon gar nicht von dir."

„Er verdient es aber", sagte sie halb laut. Milena und Annika lachten. Mats grinste breit, was Milan zum Glück nicht sah.

Anfang März wurde endlich das Wetter etwas freundlicher. Es blieb zwar kalt, aber der Wind ließ nach und in der Sonne konnte man es draußen gut aushalten. Was sich nicht änderte, war das Bild, das der rote Trakt bot: Jeden Tag stand nun mindestens ein Wagen dort, Leute gingen ein und aus, trugen Messgeräte und Kabel hin und her und immer wieder sahen sie Vikram de Vries, der das Treiben überwachte.

„Seht es mal so herum", sagte Annika. „Wenn sie es aufkriegen könnten, würden sie nicht immer noch da rumrennen."

„Aber wir können auch nicht mehr rein", gab Milena zu bedenken. Sie wunderte sich ein wenig über sich selbst. Ihre beiden Ausflüge nach Alteras waren nicht unbedingt lustig gewesen. Zumindest der Teil mit Michelles Anfall hatte sie fast in Panik versetzt. Und doch war sie genauso unglücklich wie die anderen, dass sie nicht hinüber konnten. Es lag nicht nur an den Antworten, die sie von Horkus' Team zu bekommen hofften. Es war einfach alles – die LS Christa, Willi, tausend neue Dinge und das Wunder einer alternativen Welt überhaupt. Es mochte ja physikalische und wissenschaftliche Erklärungen geben – für Milena war es so gut wie ein magisches Märchenreich. Und wer würde darauf schon freiwillig verzichten?

„Hört mal her", rief Frau Strick in einer der folgenden Stunden. „Ich möchte, dass ihr den Klassenraum mal wieder aufräumt, es sieht aus, naja, ihr seht es ja selbst."

Milena schaute sich um. Es sah tatsächlich gruselig aus. Die Tische standen kreuz und quer, so dass man eine Sitzordnung nur erahnen konnte. Stapel von Büchern, Heften und unzähligen losen Kopien wuchsen überall aus dem Boden. Papierkügelchen hafteten in dem drahtigen Teppichboden wie hartnäckiger Schnee. Vor allem am hinteren Ende des Raumes lagen die Überreste von Frühstück aus etlichen Wochen: Süßigkeitenpapier, Kekskrümel, leere Trinkpäckchen und eine schimmelnde Bananenschale. Aber da sich dieser Anblick eigentlich immer bot, fiel es Milena schon kaum mehr auf.

Andere schienen den gleichen Gedanken zu haben. „Warum aufräumen, wenn es morgen eh wieder so aussieht?", fragte Milan.

„Wie wäre es, wenn ihr den Müll einfach mal richtig entsorgt?", schlug Arif ohne Hoffnung vor. Frau Strick schenkte ihm ein Lächeln.

„Bei mir liegt kein Müll", sagte Milan mit unschuldig erhobenen Händen.

„Nur weil du alles hinter den Schrank schiebst", sagte Arif gelassen.

„Da stört es wenigstens keinen", antwortete Milan ohne eine Spur von Verlegenheit.

„Das kann nur jemand sagen, der es gewohnt ist, im Müll zu leben", sagte Arif und schüttelte demonstrativ den Kopf.

„Ja, bin ich", sagte Milan. „Schon mal gesehen, wer hier noch alles in die Klasse geht?"

„Schluss jetzt!", rief Frau Strick. „Wir räumen auf. Ich will, dass wir einen guten Eindruck machen, wenn Herr de Vries gleich kommt! Sonst können wir vergessen, dass er diese Schule fördert. Er will sicher nicht in eine Müllhalde investieren."

„Dann muss er sich eine andere Schule suchen", sagten Arif und Milan gleichzeitig. Sie nickten einander zu, Arif verkniffen, Milan anerkennend. Milena steckte die Köpfe mit Michelle und Annika zusammen.

„De Vries? Was will der in unserer Klasse?"

„Kann nur eins sein..."

Daniel und Didi flüsterten miteinander, bis Frau Strick sie aufscheuchte. Milena versuchte nicht, sich mit ihnen auszutauschen, auch wenn Daniel ein oder zweimal zu ihr herübersah.

Eine halbe Stunde später sah der Raum einigermaßen passabel aus – in etwa so, wie andere Klassen, *bevor* sie aufgeräumt hatten. Frau Strick seufzte und erklärte die Arbeit für beendet. Zwei Minuten darauf klopfte es und Vikram de Vries trat ein.

Es war eine Weile her, dass Milena ihn von Nahem gesehen hatte. Er trug wie immer einen grauen Anzug und sein unermüdliches Lächeln, als wäre es aufgenäht. Milena versuchte zu erraten, wie alt er sein mochte. Doch das fiel ihr grundsätzlich schwer. Alles jenseits der Schulzeit verschwamm in diesem Begriff „Erwachsene", und alles jenseits von 40 Jahren war das Gleiche – bis die Leute dann plötzlich Großeltern waren. Vikram de Vries war irgendwo dazwischen, nicht jung, nicht alt, nicht zu definieren.

„Guten Morgen zusammen", sagte er freundlich. Die Klasse startete ihr zähes Geleier. Milena bewegte nur die Lippen. Frau Strick trat nervös von einem Bein aufs andere. „Ihr habt ja alle sicherlich gesehen, dass sich in eurem roten Trakt endlich was tut. Das sind die guten Nachrichten. Die schlechten Nachrichten sind, dass uns immer noch ein Puzzleteil fehlt. Aber dabei könnt ihr uns helfen. Bestimmt hat jemand von euch etwas gesehen oder gehört? Schüler, die in den roten Trakt einbrechen? Oder die etwas wissen über die verschwundenen Jugendlichen? Es ist wichtig, dass ihr das nicht für euch behaltet."

Er machte eine Pause und ließ den Blick über die Klasse wandern. Milan hob die Hand. Was sollte das werden? Milena versuchte mit den Augen ein „Nein!" zu senden, aber Milan fixierte Herrn de Vries stur.

„Ja, Milan?", sagte Frau Strick aufmunternd.

„Also ich hab gelernt, dass man nicht petzen soll", sagte Milan. Milena atmete erleichtert aus.

Vikrams Lächeln zuckte nicht einmal. „Völlig richtig", sagte er. „Danke, dass du diesen wichtigen Punkt ansprichst. Ich möchte nicht, dass ihr andere Schüler verpetzt. Im Gegenteil, ich möchte euch bitten, mir zu helfen, eure Schule schöner zu machen. Und ich möchte, dass wir gemeinsam die Schüler, die wir verloren haben, zurückbringen, in die Schulgemeinschaft und zu ihren Eltern. Dies ist kein Schulhofspiel. Hier geht es um Menschenleben." Er sah sie eindringlich an.

Milena rutschte unruhig auf ihrem Stuhl hin und her. Wenn Willi ihnen nicht eingeschärft hätte, dass Vikram gefährlich war und es ihm nur um das Tor ging, hätte sie womöglich Zweifel bekommen. Sie äugte zu Matteo hinüber. Er starrte reglos auf seine beschmierte Tischplatte. Im Grunde hatte Matteo mehr Recht, nach Alteras zu kommen, als sie alle zusammen.

„Nun denn", Herr de Vries sah auf die Uhr, „wenn euch etwas einfällt, wendet euch am einfachsten an eure Klassenlehrerin." Er machte eine kleine Verbeugung zu Frau Strick. „Oder an euren SV-Lehrer, Herrn Jovius. Einen schönen Tag euch allen." Und damit ging er hinaus.

Kurz darauf schellte es, was im Geplapper wie üblich unterging.

„Milena – hey, Milena!" Es war Matteo, der sie auf dem Flur einholte. Er duckte sich ein wenig unter Michelles und Annikas Blicken, holte tief Luft und sagte: „Tut mir leid, dass ich es weitergesagt habe, das mit Arne."

Milena sagte nichts, nickte nur langsam und presste den Mund zusammen.

„Ich hab ihm nicht gesagt, von wem ich das weiß", beeilte sich Matteo zu sagen. „Eure Namen hab ich alle nicht gesagt. Nur, dass es Leute aus der Klasse waren."

„Das kommt doch aufs selbe raus", fuhr ihn Annika an.

„Ich will nur meinen Bruder wieder", sagte Matteo leise. „Könnt ihr mir nicht einfach sagen, was ihr wisst? Dann sag ich es Vikram auch nicht weiter?"

„Willst du uns jetzt noch erpressen?", rief Michelle.

Matteo zerfurchte die Stirn, seine Augen verfinsterten sich. „Woher wisst ihr was über Arne?", fragte er in forderndem Ton. „Ihr dürft das nicht geheim halten, nicht vor mir!"

„Wollen wir auch nicht", sagte Milena in einem verzweifelten Versuch, Matteo zu beruhigen. „Aber du bist schon mal zu Vikram gerannt."

„Ich versprech's", sagte Matteo, doch er sah Milena dabei nicht an. Annika schnaubte verächtlich. Milena kämpfte wieder mal mit sich. Matteo verdiente die Wahrheit. Aber sie konnte sich nicht sicher sein, dass er sie für sich behielt. Andererseits, wenn er Vikram aus Ärger ihre Namen verriet, dann wäre das auch nicht besser...

„Es gibt da diesen Ort, an dem Arne ist", begann sie. Michelle stöhnte. „Also das ist kompliziert. Aber..."

„...Aber Vikram ist ein Arschloch und macht das alles kaputt", beendete Annika den Satz.

„Vikram ist der einzige, der sich um meinen Bruder kümmert!", rief Matteo wütend.

„Das behauptet er nur!", rief Michelle. „Kapier doch, ihm geht's nur um das Tor!"

Milena und Annika starrten sie an. Michelle klappte die Hände vor den Mund.

Matteo sah sie der Reihe nach an. „Ihr meint die komischen Blitze? Ich hab Mats und Daniel da drin gesehen."

„Ja, und dann hast du uns an Vikram verpfiffen, du kleiner Pisser!" Mats, Milan und Daniel waren zu ihnen gestoßen.

„Stimmt nicht, ich hab nicht eure Namen gesagt!", wiederholte Matteo.

„Toll", sagte Milan. „Weil er Daniel und Mats auch bestimmt nicht wiedererkannt hat."

„Gibt es hier ein Problem?", fragte Frau Strick, die plötzlich ebenfalls hinter ihnen stand.

Sie schüttelten den Kopf und liefen dann alle in verschiedene Richtungen auseinander. Milena trottete mit ihren Freundinnen auf den Schulhof hinaus und fragte sich, ob es einen besseren Verlauf für dieses Gespräch gegeben hätte, wenn sie die richtigen Dinge gesagt hätte…

KAPITEL 30

Hausbesuche

Das Frühjahr schritt voran, es wurde allmählich wärmer, wenn sich auch der beißende Ostwind noch bis in den April hinein hielt. Dann wurde er von dem typischen chaotischen Wetter abgelöst, für das der April berüchtigt ist. Daniel hatte das Gefühl, schon auf dem Weg zur Schule allein durch drei verschiedene Jahreszeiten zu fahren. Ein weiteres Naturereignis war Mats, der jetzt jeden Morgen, wenn Daniel sein Fahrrad abstellte, auf ihn zu sprang wie ein Raubtier, das auf seine Beute gewartet hatte.

„Wann gehen wir wieder rüber?", fragte er tagtäglich. Und jedes Mal zockelte er missmutig ab, sobald sie auf den mittleren Schulhof kamen und die Leute im roten Trakt sahen. Daniel beobachtete die Absperrung besorgt. Konnten sie einen Weg hinüber finden, ohne den Kasten und den Schlüssel? Sicherlich nicht, oder? Was genau tat dieser Schlüsselkasten überhaupt, wenn sie ihn anschlossen?

Mittlerweile hatte er das Gefühl, dass mit jeder Erklärung, die sie fanden, ein Dutzend neuer Fragen auftauchte. Ob Willi sich fragte, wo sie blieben? Dachte er sich, dass Vikram sie an der Rückkehr hinderte? Machte er sich gar Sorgen? Oder glaubte er am Ende, dass sie das Interesse verloren hätten? Daniel grübelte tagein, tagaus darüber, doch für nichts fand er eine Antwort. Auch woher er die Frau auf dem Motorrad kannte, wollte ihm nicht einfallen. Dabei war er nach wie vor sicher, sie schon einmal gesehen zu haben. Und warum hatte sie Mats und ihm geholfen? Was war aus ihr geworden? Hatte Vikram sie erwischt? Oder war sie irgendwo da draußen, arbeitete sie vielleicht auf eigene Faust gegen Vikram de Vries?

„Guck mal hier." Didi stupste Daniel mit dem Ellenbogen an. Er hatte mal wieder eine Zeitung auf seinem Tisch ausgebreitet. Heute fiel das nicht weiter auf, denn sie hatten Kunst und fast alle Tische waren mit Zeitungen abgedeckt. Bei Didi lag allerdings außer der Zeitung nichts darauf, kein Papier, keine Farben oder Pinsel.

„Was denn?" Grüne Farbe tropfte von Daniels Pinsel und kleckste auf den Sonnenuntergang, den er malen sollte.

„Da." Didi zeigte auf einen kleinen Artikel ganz am Rand, neben einer Anzeige für Umzugsunternehmen und einer für Grabsteinreinigung kaum zu sehen. Daniel las:

Klage gegen de Vries Industries

Wie gestern bekannt wurde, ist die Laborfirma von Forschungsgröße Vikram de Vries in die Kritik geraten. Erhobene Anschuldigungen umfassen sowohl Veruntreuung von Geldern als auch Steuerhinterziehung. Ein Stadtratsmitglied hatte mit Klage gegen den Konzern gedroht und fordert eine vollständige Untersuchung. Der Pressesprecher der Firma wies alle Anschuldigungen als haltlos zurück und drohte mit Gegenklage wegen Rufmord. De Vries Industries hatte zuletzt mit Bestrebungen, die marode Gesamtschule zu sanieren, von sich reden gemacht.

Daniel wischte achtlos seinen grünen Klecks über das Blatt. Sein Himmel sah jetzt aus wie die Welt nach der nuklearen Apokalypse.

„Klage...", murmelte Daniel. „Die sollen sich mal beeilen, damit wir den loswerden."

Didi nahm sich einen Pinsel von Daniel und malte einen pinken Rand um den Artikel. Frau Schott, die Kunstlehrerin kam an ihrem Tisch vorbei. „Du sollst nicht auf die Zeitung malen, Dietrich", sagte sie. „Und Daniel, solche Farben gibt es am Himmel nicht."

Milan sprang auf, um einen Blick auf Daniels Gemälde zu werfen. Er nickte anerkennend und klopfte Daniel auf die Schulter. „Vielleicht sieht er das ja so", meinte er zur Lehrerin.

„Dann muss er mal zum Augenarzt", sagte Frau Schott.

„Vielleicht haben Sie das ja auch immer falsch gesehen", gab Didi zu bedenken. Er matschte gerade die ganze Zeitung ein, sie weichte durch und klebte am Tisch fest.

„Das melde ich deiner Klassenlehrerin", sagte Frau Schott mit einem leichten Lispeln, in das sie immer verfiel, wenn sie wütend wurde. „Wenn ihr nicht heute fertig werdet, müsst ihr die Bilder über die Ferien machen."

„N-nöö", rief Rocko durch die Klasse. Er hatte tatsächlich Mal-Utensilien um sich herum aufgebaut, das erste Mal, soweit Daniel sich erinnerte. Allerdings bepinselte er alles und jeden in seiner Reichweite, abgesehen von seinem Blatt. Über die einstmals weiße Wand verliefen grau-grüne Schlieren, alle Mitschüler um ihn herum hatten eine Art Kriegsbemalung im Gesicht und sämtliche Getränke hatten Farben wie nichts, das man gefahrlos trinken konnte.

Niemand scherte sich darum, dass Frau Schott rief, sie sollten aufräumen, und als es klingelte, hinterließen sie eine triefende, verschmierte Klasse, die auch eine Horde Kindergartenkinder mit Fingerfarben und Wassereimern nicht schlimmer hätte zurichten können.

Frau Strick, die nach der Pause hineinkam, sah aus, als stünde sie kurz vor einem Heulkrampf. Sie watete durch aufgeweichte Zeitungsklumpen, untersuchte zerriebene Farbflecken im Teppichboden und seufzte nur über die ungenießbaren Apfelschorlen und Eistees. Daniel riss sein missglücktes Bild vom Block und stopfte es in sein Fach, wo bereits andere Fehlversuche einstaubten. Er würde in den Ferien bestimmt nicht Frau Schrotts blöde Bilder malen. Er würde... nun, nach Alteras gehen sicher auch nicht. Oder gab es vielleicht doch eine Möglichkeit? Ob Vikrams Leute auch nachts im roten Trakt arbeiteten?

Didi winkte zum Abschied – er und seine Familie fuhren direkt nach der Schule in den Urlaub. Die anderen würden dableiben. Sie hatten in unzähligen Pausen in der kleinen Bücherei gesessen (Mats hatte den Teppich mittlerweile komplett auseinander gefranst) und überlegt, ob es einen Weg an Vikram vorbei durchs Tor gab. Sie waren der Lösung kein Stück näher gekommen. Aber jetzt, in den Ferien, kam ihnen ja vielleicht eine Eingebung.

Daniel bog in seine Straße ein, rollte die letzten Meter und machte dann eine schlitternde Vollbremsung. Ein paar Sekunden saß er stocksteif auf seinem Rad. Vor seinem Haus stand eine schwarze Limousine mit getönten Scheiben.

Behutsam näherte sich Daniel. Niemand stieg aus. Doch er konnte auch nicht sehen, ob noch jemand drinnen saß. Mit klopfendem Herzen stellte er sein Fahrrad vor der Werkstatt und betrat zögernd das Haus.

„Da ist er", hörte er seinen Bruder aus der Küche rufen. Daniel blieb im Flur stehen, eine Hand an der Klinke. Dann tauchte Lasse im Flur auf. „Komm schon, dieser de Vries ist hier und will mit dir reden."

Daniel überlegte fieberhaft, wie er Lasse die Situation erklären konnte, ohne dass der ungebetene Gast in der Küche etwas mitbekam. Einen Moment zog er sogar in Erwägung, kehrtzumachen und abzuhauen. Aber wohin? Und wie dann weiter? Er folgte Lasse in die Küche.

Vikram de Vries saß ihrem Vater gegenüber am Küchentisch. Offenbar hatten sie eilig ein Eckchen frei geräumt und ihm ein Glas Apfelschorle angeboten. De Vries lächelte Daniel zu, als er eintrat. Daniel blieb im Türrahmen stehen.

„Hey, Dan", sagte sein Vater. „Herr de Vries sagt, er arbeitet für eure Schule und hat ein paar Fragen an dich." Falls sein Vater das merkwürdig fand, verbarg er das gut. Er bot de Vries Schokoladenkekse an, bei denen dieser dankend zugriff. Daniel schwieg.

„Hallo Daniel", sagte de Vries dann. „Dein Vater hat mir gerade erzählt, dass du ein richtiger Überflieger bist, gratuliere."

Daniel sagte immer noch nichts, sondern wartete ab. De Vries schluckte seinen Keks herunter und fuhr fort: „Ich bin ja schon in eurer Klasse gewesen und habe an eure Zusammenarbeit appelliert. Leider hat das noch nicht die erwünschten Resultate erbracht." Er klang, als würde er einen Mitarbeiter tadeln, dass sein Experiment nicht funktioniert hatte. „Also spreche ich jetzt direkt mit dir, denn, wie ich ja gehört habe, bist du ein kluger Junge und wirst bestimmt verstehen, wie wichtig diese Angelegenheit ist."

Daniel versuchte diesem ewig lächelnden Blick standzuhalten. Vikram mochte lächeln, doch Daniel empfand nichts Freundliches daran. Vikrams Augen waren kalt und fordernd. Die ganze Erscheinung war ihm suspekt, bis hin zu seinem perfekt sitzenden Anzug, auf dem kein Staubkörnchen zu sehen war, was ihn in Daniels Chaos-Haus besonders fehl am Platz wirken ließ.

„Ich will nicht um den heißen Brei herumreden. Die Forschungen im roten Trakt unserer Schule sind nicht nur sehr wichtig, sie sind auch sehr gefährlich, vor allem in unwissenden Händen. Alles was du darüber weißt, alle Gegenstände, die du vielleicht gefunden hast – oder deine Freunde – werden dringend benötigt. Ich möchte wirklich verhindern, dass noch mehr Schüler verletzt werden. Sicher möchtest du auch nicht, dass deinen Freunden etwas zustößt?"

Daniels Vater räusperte sich. De Vries unterbrach. „Was sind denn das für Forschungen, würde mich da mal interessieren? Ich dachte, das Ganze sei ein Tatort, weil die Kinder da verschwunden sind."

„Völlig richtig", nickte de Vries höflich. „Aber die Umstände, die zum Verschwinden der Schüler geführt haben, sind doch von außergewöhnlicher Natur. Über die Details der Phänomene, die wir dort untersuchen, darf ich Ihnen keine Auskunft geben, das werden Sie verstehen... Aber Daniel könnte uns ein gutes Stück weiterbringen. Wir sind sogar optimistisch, die Schüler zurückbringen zu können."

Daniels Vater runzelte die Stirn. Daniel wusste, dass sein Vater nicht gerne belehrt wurde, und ein Geheimnis vor seiner Nase konnte er genauso schlecht ertragen wie sein Sohn. Dennoch bohrte er nicht weiter nach, sondern fragte: „Nur damit wir hier nicht aneinander vorbeireden: Ist Daniel in irgendwelchen Schwierigkeiten?"

„Oh, ganz im Gegenteil", sagte Herr de Vries eilig. Daniel dachte an die Szene mit der Limousine und der Motorradfahrerin. Ob de Vries wusste, wer die Frau war? Wenn er seinem Vater jetzt davon erzählte, müsste er zugeben, dass er den Kasten hatte, müsste er alles über Alteras preisgeben. Würde sein Vater ihm glauben, dass Vikram nicht zu trauen war? Und selbst wenn, würde er den Schlüssel vor ihm bewahren können, sobald Vikram einmal wusste, dass Daniel ihn versteckt hatte? Das Risiko war zu groß.

„Nein, nein, ich hoffe einfach nur auf Daniels Einsicht. Ich glaube, Daniel und seine Freunde sind da über etwas gestolpert, das uns voran bringen könnte. Aber, wenn Daniel sich dafür interessiert, findet sich bestimmt ein Platz in unserem Forschungsteam, wenn er ein bisschen älter ist. Mir ist sehr daran gelegen, junge Talente zu fördern." Vikram lächelte ihn breit an. Aber Daniel dachte an Willis Worte, dass Vikram vor nichts Halt machen würde. Jetzt saß er bereits an ihrem Küchentisch und versuchte sie mit seinen Komplimenten einzulullen.

„Tja, ist eigentlich ganz einfach", sagte Daniels Vater. „Weißt du irgendwas darüber, wovon Herr de Vries spricht?"

„Nein..." Daniel räusperte sich und sagte noch einmal bestimmter: „Nein, nur das, was alle wissen."

Vikram lächelte ihn weiter an. Es hatte fast etwas Verschwörerisches, als wollte er sagen, wir beide wissen, dass das nicht stimmt... Daniels Vater entging das nicht.

„Wissen Sie", sagte er, „meine Jungs müssen viel alleine hinbekommen. Ich muss mich also immer auf sie verlassen können, so funktioniert das bei uns. Ich vertraue den beiden also, dass sie keinen Mist machen. Ich wünsche Ihnen viel Erfolg mit Ihrer Forschung, aber ich fürchte, mein Sohn kann Ihnen da nicht helfen."

Daniels Vater hatte ruhig und freundlich gesprochen, dennoch sah Vikrams Lächeln zum ersten Mal etwas gequält aus.

„Schade...Daniel, ich muss dich bitten, nochmal gründlich darüber nachzudenken. Man kann nie wissen, wie solche Dinge manchmal unschön enden."

„Und ich muss Sie bitten, jetzt zu gehen", sagte Daniels Vater. Zu Daniels Erleichterung erhob sich Vikram. Doch wirklich durchatmen konnte er erst, als de Vries draußen in seine Limousine stieg und abfuhr.

„Halt dich bloß fern von dem", brummte ihr Vater, als die Tür ins Schloss gefallen war. „Wie kommt der auf dich? Ihr habt doch nicht irgendwas gefunden, hinter dem er her ist?"

Daniel schluckte und schüttelte den Kopf. „Ich wette, dass er alle befragt, er war ja auch schon in unserer Klasse. Ich glaub", erfand Daniel wild, „dass was in unserem Klassenraum war, was er sucht, oder so..." Er log seinen Vater nicht gern an, doch diesmal, sagte er sich, ging es nicht anders. „Außerdem wird seine Firma verklagt", fügte er hinzu. Es fiel ihm eben erst wieder ein. Der Vater nickte.

„Na dann... wie gesagt, halte dich fern, mir gefällt der Typ nicht. Ich glaube, dieses Lächeln ist nicht echt."

Daniel nickte ein wenig beruhigt und ging mit Lasse in die Werkstatt, wo der alte Camaro aufgebockt war. Lasse sah Daniel durchdringend an.

„Ich werd niemandem was sagen, auch Paps nicht", versicherte er. Dann stemmte er die Motorhaube auf und zeigte hinein. „Aber erklärst du mir mal, was dieser komische Kasten im Motor von unserem Camaro soll?"

Daniel lief ein wenig rot an. „Ich brauchte ein Versteck, auf das keiner kommt", nuschelte er.

„Also ist es das, was der de Vries will?"

Daniel nickte. Lasse wuchtete den Kasten heraus und reichte ihn Daniel.

„Ich helf dir, ein besseres Versteck zu finden", sagte Lasse. „Wenn du mir verrätst, wofür er ist."

Daniel zögerte eine Weile. Schließlich nickte er. „Also gut."

Als er fertig erklärt hatte, sagte Lasse erstmal nichts. Dann meinte er: „Wenn da nicht die ganzen Leute von de Vries rumschwirren würden, hätte ich gesagt, du hast n Knall." Er stand auf. „Komm, ich weiß den perfekten Platz für das Teil."

Daniel folgte seinem Bruder in den hintersten Winkel der Werkstatt. Und während sie Schränke verrückten und Schubladen umräumten, grübelte er zum ersten Mal nicht darüber, wie sie wieder unbemerkt nach Alteras gelangen sollten. Er dachte endlich mal nicht nur an Vikram de Vries und welche finsteren Absichten er vielleicht hegte. Sein primärer Gedanke war nicht einmal, ob in ihrem genialen Versteck jemals ein Mensch suchen würde. Was er vor allem anderen dachte, war, wie gut es tat, zu Hause das Geheimnis nicht mehr allein zu tragen.

KAPITEL 31

Die Lesenacht

Alle Pläne, in den Ferien nach Alteras zu gehen, hatte Daniel begraben. Nach dem Besuch von Vikram de Vries bei ihm zu Hause traute er sich nicht mehr, den Schlüsselkasten aus dem Versteck zu holen. Und schon gar nicht wagte er sich in die Nähe des roten Trakts, wo auch während der Ferien Hochbetrieb herrschte. Ein paar Mal fuhr er über den Schulhof und vergewisserte sich, dass Vikrams Leute immer noch da waren.

Mit den Mädchen bestand seit ihrem Streit Funkstille. Und mit Didi, Mats und Milan hatte er alles so oft diskutiert, dass sie sich nur noch wiederholten und dann schnell verstummten oder sich anderem zuwandten. Sie hatten eine Art Patt-Situation erreicht: Daniel und seine Freunde hatten sämtliche Hinweise verfolgt und konnten nicht mehr hinüber. Vikram steckte ohne den Schlüsselkasten aber genauso fest. Sie kamen weder vor noch zurück. Erst am letzten Tag der Osterferien kam Lasse mit einer Nachricht nach Hause, die alles wieder änderte.

„Die haben ihre Sachen gepackt und sind weg", sagte er zu Daniel.

„Wer?", fragte Daniel, in Gedanken bei Star Wars Episode IV.

„Die Typen da im roten Trakt, die Arbeiter von dem de Vries. Sind gerade in dem letzten Kastenwagen vom Schulhof weggefahren."

Eine neue Hoffnung keimte in Daniel auf. Konnte es tatsächlich sein, dass sie aufgegeben hatten? Es schien zu gut, um wahr zu sein, und er würde es erst glauben, wenn er es mit eigenen Augen sah. Es war das erste, was er am nächsten Morgen tat: Mats dicht auf den Versen rannte er auf den mittleren Schulhof. Sein Bruder hatte recht. Der rote Trakt lag wieder dunkel und leer da, von Vikram und seinen Leuten keine Spur.

In der Klasse steckten sie die Köpfe zusammen.

„Habt ihr das auch schon gesehen?"

„Denkt ihr, sie sind endgültig weg?"

„Sollen wir vielleicht Frau Strick fragen?"

„Besser nicht, sonst will die wissen, warum uns das interessiert. Lasst uns lieber abwarten..."

Und so warteten sie. Aber am Ende der Woche war nicht ein einziger Mensch mehr im roten Trakt aufgetaucht und auch Herrn de Vries hatte niemand in der Nähe der Schule gesehen.

„Wann gehen wir wieder rüber?", griff Mats sein Mantra wieder auf.

Daniel zögerte noch immer. Er konnte sich nicht vorstellen, dass Vikram de Vries wirklich aufgegeben haben sollte, den Schlüsselkasten in die Finger zu kriegen. Was, wenn doch jemand den roten Trakt beobachtete? Oder Matteo ihnen wieder hinterherspionierte? Und dann zeichnete sich endlich die Gelegenheit ab, auf die sie alle gewartet hatten. Frau Strick beendete eines Dienstagmorgens ihre Geschichtsstunde etwas eher, um zu sagen:

„Ihr wisst ja, dass unsere Lesenacht näher rückt."

„Muss man da hin?", rief Jeanette.

„Ja!", sagte Frau Strick, bevor dieselbe Diskussion losbrechen konnte, die sie ein paar Tage zuvor bereits geführt hatten. „Das ist eine Schulveranstaltung und hier Tradition." Frau Strick hatte jedes Mal, wenn es um die Lesenacht ging, einen Gesichtsausdruck, als hätte sie in eine Zitrone gebissen. Vermutlich hatte sie lebhaft vor Augen, was passieren würde, wenn sie mit der 5d über Nacht in der Schule bliebe... „Mir fehlen aber von ein paar Leuten noch die Einverständniserklärungen. Rocko, deine zum Beispiel."

„Nöö", rief Rocko. Frau Strick ignorierte ihn.

„Leona, deine fehlt auch, genau wie die von Tanja. Morgen will ich die vorliegen haben. Überlegt euch bitte alle, welches Buch ihr lesen wollt. Und wir sollten noch eine Liste machen, wer was zum Frühstück mitbringt, Aufstrich, Brötchen, Saft und so."

Die Lesenacht war bei vielen das Gesprächsthema in den nächsten Tagen. Aber während einige (vor allem die, die nicht gerne lasen) wenig begeistert über Extrazeit in der Schule waren, konnte für Daniel die Zeit nicht schnell genug umgehen. Besorgt beobachtete er den roten Trakt, ob Vikram und seine Leute vielleicht zurückkehrten und die Arbeit wieder aufnahmen. Doch der Abend der Lesenacht kam, ohne dass er jemanden in dem abgesperrten Teil entdeckte.

Sie hatten noch einmal aufgeräumt und dann alle Tische und Stühle an der hinteren Wand gestapelt. Jetzt lagen zwei Dutzend Schlafsäcke auf Isomatten im Raum verteilt, außerdem Berge von Chips, Flips, Keksen, Gummibärchen und Schokolade. Was nur vereinzelt zu sehen war, das waren Bücher.

„Können wir auch ans Handy?", fragte Jule.

„Nein, das ist eine Lesenacht!", rief Frau Strick. „Am Handy seid ihr doch immer."

„Voll unnötig!", motzte Jule und zog ihren Schlafsack in die hinterste Ecke, wo sie mit Tanja und ihren Freundinnen eine Art Nest baute.

Draußen wurde es bereits dunkel. Ein paar rosafarbene Wolkenstreifen standen noch am graublauen Himmel. Daniel beobachtete die Klasse aus der Ecke, die Jules Schlafsacknest gegenüber lag. Frau Strick war damit beschäftigt, möglichst viele Schüler zwischen Rocko und Matteo zu platzieren. Aber da auch sonst niemand Matteo in seiner Nähe haben wollte, war das schwierig. Enida lag mit einem Buch, dicker als die Bibel, in ihrem Schlafsack und schien alles um sich herum vergessen zu haben. Ihre vergrößerten Augen bewegten sich hinter ihren starken Brillengläsern hin und her, sie schien die Seiten nicht zu lesen, sondern zu röntgen. Arif saß im Schneidersitz in der Mitte der Klasse und unterhielt sich mit Milan; Daniel konnte nicht sagen, wer von beiden missmutiger dreinblickte.

Frau Strick stieg über ein paar Schlafsäcke nach vorne. „Also wer hat jetzt alles kein Buch dabei?"

Etliche Finger gingen hoch und alle riefen durcheinander, entweder, dass sie kein Buch hatten, oder dass sie eins hatten oder welchen Titel sie fast mitgebracht hätten, dann aber doch nicht...

Frau Strick seufzte ungehalten. „Schön, also Jeanette, Matteo und ähm, Jule, helft ihr mir bitte, wir holen Bücher aus der Schülerbücherei..."

Die drei folgten Frau Strick aus der Klasse. Das war die Chance! Daniel stand auf und sah sich suchend um. Didi saß neben ihm und spielte ein Handyspiel. Mats hatte seinen Schlafsack über den Kopf gezogen und rannte, Schädel voran wie ein Geißbock, gegen Mitschüler. Beide waren seine Freunde, aber in diesem Moment brauchte er jemanden, der schnell war, aber der Aufgaben nicht grundsätzlich anging, indem er etwas kaputt machte.

„Milan", flüsterte er, sodass Arif ihn nicht hörte. Milan sah sich um. Daniel öffnete seinen Rucksack ein winziges Stück, gerade genug, damit Milan den Schlüsselkasten darin sehen konnte.

„Jetzt?", fragte Milan.

Daniel nickte. „Solange Frau Strick draußen ist und uns nicht gehen sieht."

Milan biss sich auf die Lippe. Dann nickte er, gerade als Mats mit Rocko zusammenkrachte und sie eine wahre Dominokette aus hinfallenden Schülern verursachten. Diesen Moment nutzten sie und entwischten nach draußen.

Die Schülerbücherei, die Frau Strick aufgesucht hatte, lag zwar in der ihrem Ziel entgegengesetzten Richtung, trotzdem schlichen sie möglichst lautlos durchs Treppenhaus und rannten dann über den dämmerigen Schulhof hinüber zum roten Trakt.

„Guck mal, die haben gar nicht wieder abgeschlossen", sagte Milan und zeigte auf den Vordereingang, an dem zuvor ein großes Vorhängeschloss gehangen hatte.

„Stimmt..." Daniel probierte die Türklinke. Die Tür sprang auf und sie huschten hinein. „Endlich nicht die blöde Kletterei mit dem kaputten Fenster."

Der Physikraum sah fast so aus wie immer. Die Spulen standen an ihrem Platz und an den Wänden ragten die Regale mit all den Bauteilen und Versuchsgegenständen auf. Lediglich die Stühle standen nicht mehr im Kreis, sondern waren an der Rückwand gestapelt. Und die Trümmer der falschen Wand waren durchsucht worden und lagen etwas weiter im Raum verstreut. Sie beeilten sich, den Kasten anzuschließen. Milan prüfte die Verdunklung und schaltete den Strom an.

„Glaubst du, die Strick bemerkt, dass wir weg sind?", fragte er Daniel.

„Nicht solange Mats Riesenwurm spielt", erwiderte er und drehte den Schlüssel im Schloss. Die Teslaspulen sprangen an und das Tor erschien.

„Los!"

Sie rannten hindurch, dicht hintereinander, und sprinteten wenige Momente später schon die Gasse in Alteras-Schöneburg entlang. Die orangenen Laternen warfen ihr gemütliches Licht, einige Luftschiffe waren unterwegs, ihre Scheinwerfer streiften die Dächer. Bei dem Tempo, das Daniel und Milan anschlugen, war es eine Herausforderung, nicht über das unregelmäßige Kopfsteinpflaster zu stolpern. Sie ließen die Gasse hinter sich, überquerten die Hauptstraße, warfen nur einen kurzen Blick auf den Uhrenturm der riesigen Kathedrale und waren schon im Endspurt zu Willis Haus. Milan bremste, indem er auf die obere Stufe vor der Haustür sprang und auf die Klingel schlug. Daniel blieb keuchend neben ihm stehen, die Hände auf den Oberschenkeln.

Es dauerte diesmal nicht lange, da ging die Tür auf und Willi stand ihnen gegenüber. Einen Moment starrte er sie perplex an, dann breitete sich ein Strahlen auf seinem Gesicht aus.

„Daniel, Zauberlehrling, na endlich, ich dachte schon..." Er trat beiseite und ließ sie herein. „Ein Zeitgefühl habt ihr, das muss man euch lassen. Ihr glaubt nicht, wer vor zwei Stunden endlich angekommen ist!"

„Horkus' Team?", riefen Daniel und Milan gleichzeitig und tauschten kurze Blicke. Milans Augen blitzten. Sie folgten Willi ins Wohnzimmer. Zwei junge Männer saßen dort und sahen sie neugierig an. Der eine war klein und ein wenig pummelig und hatte krauses Haar. In Blond hätte er gut Didis älterer Bruder sein können. Der andere war hochgewachsen, hatte dunkle Haut und lange, dicke Rastazöpfe.

„Das sind Lukas..." der Kleinere winkte, als Willi seinen Namen sagte. „...und Arne." Arne stand auf und schüttelte Milan und Daniel die Hände. Er packte kräftig zu, Daniel fiel auf, wie bemuskelt er unter seinem weißen Hemd war. „Arne, das sind die Kinder, von denen ich euch erzählt habe. Na ja, zwei von ihnen."

„Du bist der Bruder von Matteo?", fragte Milan Arne ein wenig verwirrt.

Arne grinste, seine weißen Zähne strahlten. „Sein Pflegebruder. Wie geht's dem Kleinen?"

„Ähm..." machten Daniel und Milan peinlich berührt. Die ehrliche Antwort war „nicht gut", nach allem, was sie wussten. Obendrein hatten sie beide auch nichts getan, damit es Matteo besser ging, im Gegenteil. Daniel war nicht gerade erpicht darauf, irgendetwas davon hier auszubreiten.

„Immer noch nichts von Horkus?", fragte Willi und brachte sie so um die Verlegenheit einer Antwort.

„Nein", sagte Daniel und konzentrierte sich wieder auf ihr dringenderes Problem. „Aber Vikram verdächtigt uns. Er weiß, dass wir den Schlüsselkasten haben." Er schwieg vor Arne auch lieber darüber, von wem Vikram das hatte.

„Seid ihr das ganze Team?", fragte Milan, der zwischen Lukas und Arne hin und her blickte.

„Natürlich nicht", sagte Lukas. „Aber nur wir sind schon zurück. Michael hat da noch ein längeres, ähm, Projekt..."

Arne winkte ab. „Das ist jetzt egal. Horkus ist weg... Wir haben gerade überlegt, was wir jetzt machen, als ihr wie gerufen kamt. Wir müssen ihn finden und vor allem verhindern, dass Vikram kriegt, wonach er sucht. Ist das Tor jetzt gerade bewacht?"

Milan und Daniel sahen sich an. „Nein..."

Arne fluchte und stand auf. Er wirkte nicht hektisch, aber entschlossen. „Lust auf einen Besuch zu Hause?", fragte er Lukas.

Lukas nickte. „Geht ihr vor, ich mach mit Willi die Maschinen klar."

„Ist gut, also los Jungs." Arne scheuchte sie zur Tür hinaus. Sie winkten Willi, und schon waren sie wieder auf der Straße. Arnes Rastas hüpften auf seinem Rücken bei jedem seiner Schritte. Sie mussten fast joggen, um mit seinen langen Beinen mitzuhalten.

„Wo wart ihr denn die ganze Zeit?", fragte Milan.

„Hier und da und nirgends", sagte Arne und grinste. „Sorry Leute, ihr seid keine Teammitglieder und das sind geheime Infos."

„Aber warum seid ihr so viel später erst zurückgekommen?", wollte Daniel wissen.

„Es tauchten eben ein paar Schwierigkeiten auf", sagte Arne mit einer wegwerfenden Handbewegung. „Aber erzählt mir mal lieber, wie ihr überhaupt auf das Tor und an den Schlüssel gekommen seid? Willi sagt, Horkus hat Hinweise hinterlassen?"

Sie überquerten wieder die Hauptstraße und Daniel erklärte kurz, wie sie die Wandkarte, den roten Trakt und dank Thomas Kulschewski auch die Schlüssel entdeckt hatten.

„Hm", machte Arne. „Ja, Thomas war immer ein bisschen... er hat nicht verkraftet, dass, naja egal." Arne streckte einen Arm aus und zog Milan vor einer heranrollenden Straßenbahn in Sicherheit.

„Weißt du, wer Hanna ist?", fragte Daniel, als sie das Café passierten, vor dem Michelle ihren Anfall gehabt hatte.

„Hanna wer?", sagte Arne. „Ich kenne keine Hanna, wieso?"

„Für sie war der Brief und der ganze Kram, den Horkus versteckt hat", sagte Milan.

Arne runzelte die Stirn. „Das ist seltsam." Er beschleunigte seine Schritte noch etwas mehr. Sie eilten jetzt die kleine Gasse zurück.

„Und da war eine Frau auf einem Motorrad", sagte Daniel außer Atem. „Mit roten Haaren."

Arne schüttelte den Kopf, dass seine Dreadlocks flogen. „Keine Ahnung. Aber wir sind auch schon Jahre nicht mehr da gewesen, auf eurer Seite, meine ich. Zu lange, scheint es..."

Daniel musterte Arne eindringlich. Etwas war seltsam an ihm. Er war doch ein Schüler der Oberstufe gewesen, als er vor knapp zwei Jahren mit Michael verschwunden war. Der Arne, der neben ihm herlief, sah aus wie jemand weit in seinen Zwanzigern. Aber vielleicht täuschte er sich, vielleicht sah er einfach älter aus, so wie manche Erwachsene auch noch immer aussahen wie Zwölfjährige...

„Sie suchen immer noch nach euch", sagte Milan und riss Daniel aus seinen Überlegungen. „Die Polizei. Und Vikram. Nach dir und Lukas und, wie hieß der andere nochmal, Michael?"

Arne antwortete nicht darauf. Es war jetzt fast vollständig dunkel und sie gingen ein wenig langsamer. Daniel hatte sein Zeitgefühl verloren. Wie lange waren sie weg gewesen? Eine halbe Stunde? Eine ganze? Hatte man ihre Abwesenheit bemerkt? Sie erreichten den Brückenpfeiler. Milan trabte auf die Stelle zu, an der das Tor lag, in der Dunkelheit völlig unsichtbar. Er beschleunigte seine Schritte, lief weiter, wollte im Eilschritt hindurch – und statt zu verschwinden lief er immer noch weiter, für Arne und Daniel sichtbar, bis er an einer Mauer Halt machte und sich verwirrt umdrehte.

Daniel rannte los. Sie trafen sich genau dort, wo das Tor sein sollte. Doch es war nicht da. Mehrmals passierten sie die Stelle, an der der Übergang sein musste. Nichts geschah. Keine Krümmung des Raums, kein

Funken, kein Blitz. Milan und Daniel sahen sich an, Verstehen und Entsetzen in ihre Gesichter geschrieben. Das Tor war fort und sie saßen in Alteras fest.

KAPITEL 32

Michelles Einfall

„Gib mal die Chips."

„Du hast in meinen Schlafsack gekrümelt."

„Das warst du selber."

„Ich krieg die Tüte nicht auf."

„Na toll..."

Eine Wolke aus zerbröselten Kräckern regnete auf die Schlafsäcke der Mädchen herab, als Annika die Tüte mit beiden Armen aufriss.

„Will jemand Kräcker?", rief Michelle in die Klasse, während Milena Annika half, die Brösel aufzulesen. Sie bemerkte, dass Matteo verstohlen zu ihnen herübersah. Er hatte anscheinend keinerlei Verpflegung dabei. Stattdessen hielt er ein zerfleddertes Buch in der Hand. Damit bildete er eine der wenigen Ausnahme in der Klasse. Michelle und Annika hatten beide *Harry Potter und die Kammer des Schreckens* mitgebracht und Milena einen Band *Fünf Freunde*. Auch Arif hatte selbstverständlich ein Buch dabei (*Die Bücherdiebin*), und Enida war bereits in einen riesigen Schinken vertieft. Die meisten jedoch waren ohne Bücher erschienen.

Frau Strick war nicht erfreut. Ihr Blick ruhte kurz auf Milenas Kräckerbesprenkeltem Schlafsack. Sie beschloss offenbar, nichts dazu zu sagen, und rief Jule, Jeanette und Matteo auf, mit ihr in die Schülerbücherei zu gehen. Milena glaubte nicht, dass das viel nützen würde. Selbst wenn sie für jeden ein interessantes Buch fand, würde die Klasse sicher nicht ruhig in ihren Schlafsäcken liegen und lesen. Wie um ihre Gedanken zu bestätigen, krachte Mats, der seinen Schlafsack über den Kopf gezogen hatte, mit Rocko zusammen. Rocko stolperte, rammte Leona, die stolperte über Enida, fiel auf Arif und riss im Fallen Didi mit, der wiederum wie eine Bowlingkugel fünf weitere Schüler von den Füßen riss. Irgendjemand fiel auf Annikas sorgsam gestapelten Snack-Berg. Milena hörte Chips knirschen. Mats, der nicht sehen konnte, was passiert war, zog seine Schlüsse offenbar aus den Geräuschen. Mit einem gedämpften Triumphgeheul sprang er auf das Knäuel am Boden liegender Mitschüler.

„Au!!"

„Spinnst du?"

„Mats, du Spacko!"

„Das war Rocko."

„Schnauze, ich bin dein Vater!"

Milena hatte sich noch eben in Sicherheit gebracht und beobachtete aus beträchtlichem Abstand, wie die anderen fluchend oder, wie Mats, laut lachend wieder auf die Beine kamen.

„Wo wollen die denn hin?", sagte Michelle misstrauisch.

„Wer?", fragte Annika und zog eine Tüte Gummibärchen unter Didi hervor.

„Milan und Daniel. Die haben sich gerade rausgeschlichen."

Milena sah zur Tür, aber die beiden waren schon nicht mehr zu sehen. „Denkt ihr, sie wollen nach Alteras?"

„Wenn, dann sind die bescheuert."

„Aber de Vries' Leute arbeiten ja da nicht mehr", sagte Annika.

„Trotzdem, Strick kann jeden Moment zurückkommen", widersprach Michelle.

„Warum ist Didi nicht mit?", sagte Milena. Didi wirkte irgendwie verloren, ohne Daniel und Milan. Er saß mitten in dem Schlafsack-Süßigkeiten-Chaos; er hatte es einfach hingenommen, umgerempelt zu werden und machte auch keine Anstalten, aufzustehen.

„Mehr Leute fallen mehr auf?", vermutete Michelle.

"Ist mir auch egal!", sagte Annika und verschränkte die Arme. Sie hatte die wenigste Bereitschaft gezeigt, sich mit den Jungs zu versöhnen. Jedes Mal wenn das Thema darauf kam, zog sie die Augenbrauen zusammen und haute auf das ein, was immer sie gerade in der Hand hatte. Jetzt war es die Tüte mit den Keksbröseln, die auf diese Weise zu Pulver verarbeitet wurden.

Frau Strick kam zurück, Jule, Jeanette und Matteo trugen alle einen kleinen Stapel Bücher, die sie vorne vor der Tafel ablegten.

"Hier kann sich jeder bedienen", rief Frau Strick. "Aber gebt sie in ordentlichem Zustand wieder ab. Rocko, das hab ich gesehen!" Rocko hatte so getan, als würde er das Buch zerreißen, das er sich geschnappt hatte. Rocko ruckte mit dem Kopf nach vorne, als wollte er sie zum Kampf auffordern, aber Frau Strick war schon damit beschäftigt, Mats aus seinem Schlafsack zu pulen.

"Vielleicht kann ja jeder was aus seinem oder ihrem Buch vorlesen", rief sie, als alle wieder an ihre Plätze zurückgekehrt waren.

"Nöö", rief Rocko, der sein Buch nutzte, es anderen auf den Kopf zu hauen. Enida fauchte ihn einmal wütend an und tauchte dann wieder in ihre Lektüre ab. Die Mädchen um Jule hörten gar nicht zu, sie hatten sich in ihrem Nest verbarrikadiert und verfolgten irgendetwas auf Tanjas Handy. Lediglich Arif meldete sich beflissen, sah aber auch nicht aus, als hätte er große Lust, seiner Klasse etwas vorzulesen.

Frau Strick nahm von ihrem Vorschlag wieder Abstand und beschloss offenbar, dass es ihr genügte, wenn alle einigermaßen friedlich blieben. Und tatsächlich kehrte so langsam ein wenig mehr Ruhe ein. Selbst Mats zog den Schlafsack schließlich vom Kopf, ließ sich darauf nieder und sah sich um.

"Wo sind Milan und Daniel?", fragte er laut.

"Mats, du Volldepp!", heulte Didi.

"Hä? Was denn?", rief Mats.

Frau Strick sprang auf, als hätte man sie mit einer Nadel gestochen. Ihre Augen scannten die Klasse, doch wie Mats musste sie zu dem Schluss kommen, dass die beiden Jungen nicht da waren.

„Didi, wo sind sie?", fragte sie scharf.

„Keine Ahnung", jaulte Didi, wenig überzeugend.

„Achsooo", rief Mats, dem jetzt wohl dämmerte, was er unter dem Schlafsack verpasst hatte. Frau Strick wandte sich ihm zu. Annika sah Mats an, als wollte sie ihn erwürgen.

„Ja, Mats? Kannst du das aufklären?"

„Äh, nö", sagte Mats. Er grinste.

„Ich weiß nicht, was es da zu grinsen gibt", schimpfte Frau Strick. „Ich will jetzt auf der Stelle wissen, wo Daniel und Milan sind!"

„Ist doch egal, wer braucht die?", sagte Jule.

Frau Strick ignorierte sie und fixierte weiterhin Mats und Didi. Als beide jedoch beharrlich schwiegen, seufzte sie ungehalten. „Schön", sagte sie. „Ich gehe sie suchen. Und ihr rührt euch nicht vom Fleck. Das hat Konsequenzen."

Mit einem letzten wütenden Blick auf Mats marschierte sie hinaus. Milena und Michelle sahen sich besorgt an. Dann krabbelte Didi zu ihnen herüber.

„Was, wenn sie sie findet?", sagte er gedämpft.

„Selbst schuld", grummelte Annika, aber auch sie sah eher bange als verärgert aus.

„Was machen wir jetzt?", fragte Milena. Michelle biss sich auf die Lippe. Dann trat etwas Entschlossenes in ihre Augen.

„Ich weiß was", sagte sie und stand auf. „Kommt mit." Sie rannte zur Tür, Milena und die anderen folgten ihr. Der Flur war leer, sie liefen zur nächsten Treppe und hinunter ins Erdgeschoss. Dort sahen sie Frau Strick am Ende des Gangs, der zum mittleren Schulhof und zum roten Trakt führte. In wachsender Panik wollten sie losstürmen, auch wenn Milena sich fragte, wie sie Frau Strick davon abhalten sollten, den abgesperrten Trakt nach Daniel und Milan abzusuchen.

Sie hatten noch keine drei Schritte gemacht, da brach Michelle vor ihnen zusammen. Sie stürzte genau wie in Alteras zu Boden und zuckte am ganzen Körper. Milena war zu erschrocken, um irgendetwas zu tun, doch Annika brüllte aus vollem Hals:

„FRAU STRIIIIICK!!!"

Ihre Stimme hallte in dem leeren Schulflur. Frau Strick, die Hand schon an der Tür nach draußen, drehte sich um. Als sie Michelle am Boden liegen sah, machte sie kehrt. Milena hockte sich neben ihre Freundin und nahm ihre Hand. Bildete sie sich das ein, oder zwinkerte Michelle ihr kurz zu?

Frau Strick erreichte sie und beugte sich zu Michelle hinunter. Michelles Zucken wurde schwächer, schließlich lag sie wieder ruhig da, ihre Augen flatterten auf.

„Michelle? Geht's wieder?" Frau Strick klang ein wenig barsch, ungehalten, als wäre sie verärgert über Michelles Krankheit.

Michelle ächzte und versuchte sich aufzusetzen. „Annika, hilf mir mal", sagte Frau Strick, die Michelle unter die Arme griff und sie mühsam anhob. Michelle ließ sich hängen wie ein nasser Sack.

„Ahh, ich glaub, mir wird schlecht", stöhnte sie.

„Mats! Mülltüten und Wasser!", kommandierte Frau Strick, die ihren Kopf von Michelle so weit wie möglich weg hielt. Mats sauste die Treppe hinauf. In der Ferne hörte man den Krawall aus der Klasse. „Didi, hilf doch mal mit." Mühsam hievten sie Michelle Stufe um Stufe nach oben.

Milena stand noch immer an dem Fleck, wo Michelle umgefallen war. Frau Strick beachtete sie nicht weiter. Auf Zehenspitzen lief sie rückwärts, die Augen fest auf Frau Stricks Rücken geheftet, falls diese sich umdrehen sollte. Sobald sie außer Sicht war, sprintete Milena los, auf den mittleren Schulhof und zum roten Trakt. Der Haupteingang war offen, die Tür nur angelehnt, aber sie hielt nicht inne, sich darüber Gedanken zu machen. Stattdessen polterte sie hinein, durchquerte den Flur in ein paar langen Schritten und rannte in den Physikraum.

Die Teslaspulen blitzten, das Tor aus Energie flirrte vor ihr. Kurzentschlossen sprang sie hindurch.

Auf der anderen Seite war es genauso dunkel wie bei ihnen. Nach den Blitzen brauchte sie einen Moment, sich an die Dunkelheit zu gewöhnen. Der Platz unter der Eisenbahnbrücke war leer. Von den Jungs fehlte jede Spur.

„Milan? Daniel?", rief Milena leise. Niemand antwortete. Vermutlich waren sie zu Willi. Sollte sie ihnen nach? Aber wie schnell könnte sie zurück sein? Wie lange konnten Michelle und die anderen Frau Strick beschäftigen? Und wenn Daniel und Milan gar nicht bei Willi waren? Schon bei dem Gedanken, allein in Alteras unterwegs zu sein und die anderen vielleicht zu verpassen, bekam sie eine Gänsehaut! Sie drehte sich um und stolperte durchs Tor zurück.

Eine Weile stand sie unschlüssig neben den Spulen und überlegte, was sie tun konnte. Zu dumm auch, dass ihre Handys in Alteras nicht funktionierten...

Sie schob die Verdunkelung am rechten Fenster einen Spalt nach oben und spähte hinaus. Zu ihrem Entsetzen sah sie das Licht einer Taschenlampe über den Schulhof hüpfen. Es war Frau Strick mit mehreren Gestalten im Schlepptau. Sie glaubte, Mats an seinem Gang zu erkennen. Und die kleine Figur dahinter konnte nur Didi sein. Frau Strick hielt schnurgerade auf den roten Trakt zu. Die anderen eilten ihr nach und riefen etwas. Frau Strick drehte sich um, zeigte mit dem Finger auf die Tür und versuchte sie anscheinend wegzuschicken. Doch stattdessen folgten noch mehr – war die ganze Klasse auf dem Weg hierher?

Milena sah sich panisch um. Kommt schon, dachte sie. Milan, Daniel, wo steckt ihr, macht schon.

Aber niemand kam durch das Tor. Und jetzt war Frau Strick nur noch wenige Schritte vom roten Trakt entfernt. Milena ließ die Verdunkelung los. Es gab nur eine Sache, die sie tun konnte. Aber dann...

Mit überkreuzten Beinen stand sie in der Mitte des Raumes, sah gehetzt zwischen Tor und Flur hin und her. Sie hörte die Eingangstür. Frau Strick kam den Flur entlang. Jetzt hörte sie auch Stimmen, jemand – war es Mats? – rief etwas, das sie nicht verstehen konnte. Die Stimmen wurden lauter, sie hatte höchstens noch Sekunden.

„Es tut mir leid", flüsterte sie und schloss kurz die Augen.

Dann zog sie den Schlüssel aus dem Kasten heraus. Sofort erstarben die Spulen, die Blitze zuckten noch einmal und das Tor verschwand. Die letzten Funken stoben durch die Luft, als Frau Strick in den Raum platzte.

Sie blieb abrupt stehen und sah von den Spulen zu dem Schlüsselkasten und dann zu Milena.

„Sehr schön", sagte Frau Strick, und ein Ausdruck von Triumph machte sich auf ihrem Gesicht breit. „Sehr schön, und jetzt gib mir den Schlüssel da in deiner Hand."

KAPITEL 33

Der Transzendor

Ein Luftschiff flog vorüber und beleuchtete kurz den Platz, an dem Daniel und Milan standen. Noch immer starrten sie ungläubig auf die Stelle, an der das Tor sein sollte. Wieso war es verschwunden? Hatte der Apparat aufgehört zu funktionieren? Oder hatte ihn jemand entdeckt und abgestellt?

Daniel sah sich hilfesuchend zu Arne um. Überrascht stellte er fest, dass Arne von all dem wenig beeindruckt war. Er machte eine beruhigende Geste mit der Hand und zog dann sein MoKo aus der Tasche. Er tippte etwas darauf, und Lukas Stimme ertönte:

„Was ist los?"

„Wir brauchen den Transzendor", sagte Arne. „Das Tor ist geschlossen. Und beeil dich ein bisschen, wir wissen nicht, was auf der anderen Seite los ist."

„Alles klaro. Hey, ist dir das genug beeilt?", fragte Lukas, doch jetzt kam seine Stimme nicht mehr nur aus dem MoKo, sondern auch aus der Gasse hinter ihnen. Er marschierte beschwingt auf sie zu und grinste ob ihrer überraschten Gesichter. „Willi hat mich fünf Minuten nach euch losgeschickt, meinte, er braucht keine Hilfe. Kennst ihn ja, macht immer alles selber und hat seinen Stolz, was das angeht..."

„Hast du alles dabei?", unterbrach ihn Arne.

„Blöde Frage", sagte Lukas und zog einen Apparat aus seinem Rucksack. Er war etwas größer als ein Walkie-Talkie, ähnelte aber eher dem Inneren ihres Schlüsselkastens, mit kleinen Messingrädchen, Hebeln und leuchtenden Kapseln. Er reichte ihn Arne, der begann, Schalter und Skalen zu justieren.

„Was ist das?", fragte Daniel, während Lukas drei MoKos in einigem Abstand auf dem Boden platzierte. Sie umschlossen genau den Bereich, in dem sich das Tor befunden hatte.

„Ein Transzendor", sagte Arne, ohne von dem Apparat aufzusehen. „Quasi das, was ihr drüben bei euch habt, nur in klein. Und besser. Naja, ist ehrlich gesagt, wie wenn du einen Bollerwagen mit einem Ferrari vergleichst. Beides rollt, aber sonst...Die dicken Teslaspulen und das alles – das war nur der erste Versuch, ein Prototyp." Er setzte den Transzendor kurz ab und band sich seine Dreadlocks mit zwei der gefilzten Strähnen zusammen, so dass sie ihm nicht ständig ins Gesicht fielen. „Mittlere Frequenz", sagte er dann zu Lukas. „63, wenn ichs richtig im Kopf habe."

„Könnt ihr das Tor also wieder aufmachen?", fragte Milan hoffnungsvoll.

„Sicher", sagte Lukas und stand zufrieden auf. „Eine Tür kann man doch von beiden Seiten öffnen, oder?"

„Schon..." Milan sah Daniel an. Daniel zuckte die Schultern. Es wäre ihm nicht in den Sinn gekommen, das Portal mit einer gewöhnlichen Küchentür zu vergleichen.

„Wenn ich eine Wand habe", sagte Arne. „Und in der Wand ist ein Durchbruch, dann ist diese Lücke, dieser Durchgang immer da. Auch wenn ich eine Tür davor hänge mit einem Schloss daran, bleibt die Wand trotzdem durchbrochen. Wir haben mit Horkus sozusagen nur die Tür eingehängt und ein Schloss daran gemacht, damit nicht jeder hindurchstolpert. Aber das können wir jederzeit wieder ändern..." Er legte einen Hebel am Transzendor um. Es gab ein paar Funken und Blitze, ein Surren ertönte und wenige Sekunden später war sie wieder da, die seltsam flimmernde Krümmung des Raums.

Lukas schnappte die drei MoKos vom Boden. „Fertig", grinste er.

„Nach euch", sagte Arne, und nacheinander sprangen sie durchs Tor zurück in die Schule.

Daniel wäre fast wieder zurückgestolpert, so sehr erschrak er bei der Ankunft. Der Physikraum war nicht länger leer. Soweit er sehen konnte, stand die ganze Klasse im Raum verteilt. Und mitten unter ihnen war Frau Strick.

Mehrere Leute schrien auf bei seinem Anblick. Kein Wunder, schließlich war er gerade aus dem Nichts erschienen.

„Ach du Scheiße", hörte er Rocko heraus.

„Was ist das?"

„Wo kommen die her?"

Daniel suchte Didi und Mats. Er fand sie ein wenig am Rand mit Michelle und Annika. Milena hingegen stand ganz allein vor den Spulen und hielt den Schlüssel fest umklammert. Sie sah ihn genauso erschrocken an wie alle anderen. Daniel drehte sich um. Das Tor war jetzt auch auf dieser Seite so unauffällig wie drüben in Alteras: keine Blitze, kein schimmerndes Energiefeld, nur die Raumkrümmung und das leichte Flimmern. Dann tauchten Milan, Lukas und als letzter Arne neben ihm auf. Jedes Mal kreischte wieder jemand auf, und bei Lukas' Erscheinen rannten ein paar Leute aus dem Raum. Doch als Arne kam, gellte ein Ruf, lauter als alle anderen durch die Luft.

„ARNE!!"

Matteo rempelte sich nach vorne, schubste Rocko zur Seite und rannte auf seinen Pflegebruder zu.

„Hehey!" rief Arne lachend und fing Matteo auf, als der mit einem gewaltigen Satz auf ihn zusprang. Daniel grinste verlegen, als er ihre Wiedervereinigung sah.

„Ihr habt nicht erwähnt, dass eure ganze Schule Bescheid weiß", sagte Lukas mit hochgezogenen Augenbrauen. Daniel wollte erwidern, dass er selbst überrumpelt war, doch er wurde abgelenkt. Enida hatte sich aus der Gruppe der verwirrten Schüler gelöst. Ihre Augen waren weit aufgerissen und sahen hinter der dicken Brille größer aus denn je. Sie machte ein paar vorsichtige Schritte auf das Tor zu, dabei murmelte sie etwas, das Daniel nicht verstand. Weder Lukas noch Arne schienen sie zu bemerken. Und dann war es plötzlich zu spät.

Mit einem Aufschrei stürzte Enida los, Daniel glaubte sie „Papa", rufen zu hören. Dann sprang sie durchs Tor und war verschwunden. Wieder ging ein Raunen durch die Gruppe. Erst jetzt ließ Arne Matteo los und sah sich um. „Was...?"

„Schluss jetzt!!!"

Frau Stricks hohe Stimme schepperte in ihren Ohren. „Das reicht! Es reicht endgültig! Milena, den Schlüssel! Jetzt!"

Milena starrte sie mit weit aufgerissenen Augen an, rührte sich aber nicht. Ihre Fingerknöchel leuchteten weiß, so fest packte sie den Schlüssel.

„Matti, wer ist die Schreckse?", fragte Arne.

„Ha, Ehre genommen", rief Rocko, aber niemand beachtete ihn.

„Meine Klassenlehrerin", sagte Matteo. Er stand halb hinter Arne, eine Hand in Arnes Hemd geklammert, als fürchtete er, sein Bruder könnte sich sonst in Luft auflösen.

„Und sie arbeitet für Vikram", rief Michelle.

„Was?!", fragten Milan und Daniel. Wie viel hatten sie denn in der kurzen Zeit verpasst?!

„Sie will den Schlüssel für Vikram", rief Didi, doch seine Worte gingen unter. Jule und Tanja kamen verängstigt wieder in den Raum gestolpert, gefolgt von mehreren Männern, die Daniel an ihren Kitteln als Mitarbeiter von Vikram erkannte. Sie schubsten Leona unsanft beiseite und gesellten sich zu Frau Strick.

Daniel konnte es nicht glauben. „Was, die ganze Zeit...?"

Frau Strick musterte Daniel abschätzig. Dann warf sie den Kopf nach oben. „Oh ja, die ganze Zeit! Keiner, der noch ganz bei Trost ist, würde diesen Job machen, wenn es nicht mehr dabei zu gewinnen gäbe. All diese schwachsinnigen Rätsel von Horkus, seine blödsinnige Schnitzeljagd über das ganze Jahr, versteckte Wände und Gedichte..." Sie schnaubte verächtlich und fuhr dann noch lauter fort, eine Spur Hysterie in der Stimme: „Aber das war nichts, nichts, im Vergleich dazu, euch unterrichten zu müssen! Ihr seid ein solcher Haufen von asozialen kleinen Mistschweinen, dass jede Affenhorde gegen euch zivilisiert wirkt!" Ihre schrille Stimme überschlug sich. „Und dann immer schön lächeln, professionell bleiben, man muss ja pädagogisch handeln! Ein paar hinter die Löffel, das ist alles, was ihr braucht. Aber jetzt ist Schluss damit. Ihr habt genauso reagiert, wie Vikram es vorausgesagt hat. Wir wussten, dass ihr wiederkommen würdet, wenn ihr euch in Sicherheit wägt. Und jetzt, Milena, zum letzten Mal: Den Schlüssel!"

Milena wich zurück. Arne streckte die Hand aus und stellte sich vor sie. Daniel bewunderte seinen Mut, doch egal wie gut trainiert Arne wirkte, Daniel glaubte nicht, dass er und Lukas es mit allen Männern von Vikram aufnehmen konnten. Er zählte fünf. Und Frau Strick war auch noch da.

„Holt ihn euch", befahl Frau Strick. Die Männer sprangen vorwärts, Milena duckte sich hinter Arne, doch schon stoppten alle wieder mitten in ihrer Bewegung. Ein röhrendes Dröhnen ertönte draußen. Es kam vom Haupteingang und ließ den ganzen roten Trakt beben. Wieder dröhnte es, für Daniel klang es wie ein Motor, der aufheulte.

„Was zum...?"

Das röhrende Geräusch wurde ohrenbetäubend, kam den Flur entlang - und dann fuhr ein großes schwarzes Motorrad durch die Tür herein. Eine Frau in Lederkluft und mit Helm saß darauf. Leona und alle, die nah an der Tür standen, drückten sich in der Ecke an die Wände. Die Männer sprangen zur Seite, als das Motorrad geradewegs auf sie zu steuerte und dort hielt, wo sie Sekundenbruchteile zuvor gestanden hatten.

„Milena!", rief jemand. Daniel wirbelte herum. Es war Mats. Er nutzte das augenblickliche Chaos, flitzte unter den ausgestreckten Armen der

Männer durch und zu Milena. Sie reichte ihm den Schlüssel wie einen Staffelstab und mit einem vergnügten Quietschen sauste Mats durchs Tor.

„Mats!", kreischte Frau Strick, umrundete das Motorrad und hechtete Mats mit wütendem Geschrei nach. Die Männer folgten ihr mit wehenden Kitteln. Daniel kam kaum mit, so schnell ging alles. Der Motor dröhnte wieder, die Fahrerin gab Gas, bretterte einfach über die mittlerweile ziemlich bröseligen Trümmer der falschen Wand und rauschte durchs Tor.

„Packt den Kasten ein!", rief Arne und zeigte auf den Schlüsselkasten. Daniel hechtete zu seinem Rucksack, der daneben lag, stopfte den Kasten hinein und sah gerade noch, wie Arne durchs Tor sprang. Matteo, der das Hemd seines Bruders noch immer nicht losließ, folgte ihm.

„Hinterher!", rief Daniel und sprang durchs Tor, ohne zu warten, was die anderen machten.

In Alteras drehte Daniel Pirouetten auf der Stelle, bis er Mats entdeckte. Mats turnte die Stahlstreben des Brückenpfeilers hinauf und war schon auf halber Höhe angekommen. Drei der Männer kletterten ihm nach, während die anderen beiden den Pfeiler umrundeten. Frau Strick schrie sich heiser.

„Mats!! Komm runter und gib mir den Schlüssel!"

„Nein, nein, nein, das ist mein kleines Schlüsselein!", hörten sie ihn singen.

Fast musste Daniel lachen.

„Er wird runterfallen!", rief jemand hinter ihm. Daniel drehte sich um. Es war Milena, die ihm durchs Tor gefolgt war. Doch sie war nicht die Einzige. Hinter ihr erschien nach und nach, mit aufgerissenen Augen und Mündern, der gesamte Rest der 5d.

„Das ist nicht, was ich erwartet habe", hörte er Arif sagen, und zum ersten Mal klang ein Wort aus seinem Munde verblüfft. Aber Daniel hatte keine Zeit, sich um seine vom Blitz getroffenen Mitschüler zu kümmern.

„Wir müssen Mats helfen!", heulte Didi. Arne schüttelte Matteo ab und versuchte, den Brückenpfeiler zu erreichen. Die beiden Männer, die am Boden geblieben waren, traten ihm entgegen und im nächsten Moment kämpften alle drei miteinander. Frau Strick kreischte und brachte sich in Sicherheit, als Arne dem ersten die Nase brach. Der andere rammte seine Faust in Arnes Magen und Arne stolperte rückwärts. Lukas lief indessen zum nächsten Pfeiler in etwa fünfzig Metern Entfernung.

„Guckt mal da!" Annika zeigte hinauf. Mats hatte das Ende des Pfeilers erreicht, kletterte über einen Vorsprung und balancierte jetzt auf den Schienen entlang. Sie konnten ihn durch die Stahlverstrebungen sehen. Seine Verfolger waren auch fast oben, als...

„Mats pass auf!!" Nicht wenige schrien, als ein Güterzug sich vom Bahnhof her näherte. Die ganze Brücke surrte und vibrierte, während der Zug, der rasch Fahrt aufnahm, auf Mats zu rollte.

Mats warf einen Blick zurück. Wenn er etwas sagte, konnten sie ihn auf die Entfernung und gegen den zunehmenden Lärm nicht hören. Er rannte los, immer zwei Schwellen auf einmal nehmend, beneidenswert trittsicher, und doch hatte er keine Chance, dem Zug davonzulaufen. Die beiden Männer am Boden ließen von Arne ab und rannten jetzt Lukas hinterher. Vielleicht hofften sie, Mats dort einfangen zu können, wenn er den anderen Pfeiler wieder herunterkletterte. Aber Mats war niemals schnell genug, er würde den Pfeiler nicht erreichen, der Zug war fast da...

Milena kreischte und schlug die Hände vors Gesicht. Und Mats sprang.

Sie sahen ihn einen kurzen Moment, wie er sich von den Schienen abstieß, dann ratterte ein Güterwaggon nach dem anderen vorbei und verdeckte die Sicht. Daniel fixierte entsetzt die Schienen in der Luft. Kein Mats fiel herunter, kein Körper tauchte auf. Hatte der Zug ihn doch erwischt? Daniel wollte sich nichts davon vorstellen, wollte nur Mats sehen, der die Schienen entlang hüpfte, sobald der verfluchte Zug endlich vorüber war. Sollten Frau Strick und Vikram den Schlüssel doch bekommen, solange Mats nur am Leben und gesund blieb...

„Da!" schrie Michelle plötzlich und zeigte aufgeregt nach oben. Daniel folgte ihrem Fingerzeig. Hinter der Brücke tauchte etwas auf, etwas Großes, das sich majestätisch in den Himmel erhob: die LS Christa. Und an der Brüstung stand Mats und winkte ihnen. Selbst von hier unten konnten sie erkennen, dass er zufrieden grinste. In seiner Hand blitzte der goldfarbene Schlüssel.

Frau Strick stieß ein Wutgeheul aus. „Holt ihn da runter!", blaffte sie die Männer an, doch ohne einen Vorschlag zu machen, wie sie das anstellen sollten. Sie unternahmen einen halbherzigen Versuch, dem Luftschiff zu folgen, aber Willi ließ sein Schiff abdrehen und stieg weit über die Dächer hinauf.

„Hinterher!", befahl Frau Strick in einem derart hysterischen Tonfall, dass Daniel sich die Ohren zuhalten wollte. „Irgendwo müssen sie wieder runterkommen, wir..."

„Vergesst den Schlüssel!", sagte eine ruhige Stimme hinter ihnen. „Wir brauchen den Transzendor."

Daniel wirbelte herum. Vikram de Vries stand vor dem Tor, sein ewiges Lächeln breiter als je zuvor.

KAPITEL 34

Ein Sprung ins Ungewisse

Milena stolperte rückwärts, weg von de Vries, und prallte mit Annika zusammen.

„Au, mein Fuß..."

„Schh!" Michelle klatschte ihr die Hand vor den Mund und fixierte Vikram de Vries. Jener nickte ihnen zu, als wären sie alte Bekannte, und wandte sich dann an Arne.

„Wie ich sehe, hattest du *Zeit*, den Transzendor weiterzuentwickeln", sagte Vikram. Milena wusste nicht, weshalb er das Wort so betonte. Sie sah, dass Arne sich die Rippen massierte. Der Mann, dem er auf die Nase geschlagen hatte, wischte sich über das blutverschmierte Gesicht und sah nicht aus, als würde er noch einmal zum Kampf antreten. Die anderen vier jedoch kehrten von ihrer Jagd auf Mats zurück und umzingelten sie. „Gib ihn mir, und alle können nach Hause gehen."

„Nicht so schnell!" sagte eine fremde Stimme. Milena sah sich verwirrt nach der Quelle um. Dann erkannte sie, dass die Motorradfahrerin gesprochen hatte. Sie hatte den Helm abgenommen, und ein weißes Gesicht, umrahmt von langen roten Haaren, offenbart. Vikram musterte sie, anscheinend unsicher, wen er vor sich hatte.

„Sie sind das!", rief Daniel plötzlich. Alle Augen richteten sich auf ihn. Er zeigte mit dem Finger auf die Motorradfrau, Verständnis ins Gesicht geschrieben. „Sie waren das in unserer Klasse, Sie haben die Wand übermalt. Sie hatten ein Käppi auf, darum hab ich Sie nicht wiedererkannt..."

Milena wusste nicht, wovon Daniel da faselte. Vikram offenbar auch nicht, denn er runzelte die Stirn und sagte: „Wer sind Sie?"

„Ich bin Hanna", sagte die Frau. „Hanna von Holstein. Und ich will wissen, wo mein Vater ist!"

„Ich wusste es!", rief jetzt Michelle. „Hanna ist Horkus' Tochter, ich wusste..."

„Das hier ist doch keine Quizshow!", rief Frau Strick ungehalten. „Vikram, wir sollten..."

„Horkus' Tochter, ja?", sagte Vikram, ohne auf Frau Strick zu achten. „Das ist interessant. Das ist neu." Einen Moment schien er alles andere zu vergessen, während er Hanna neugierig betrachtete.

„Wo ist er?!", wiederholte Hanna, die Hände noch immer am Lenker, die Augen verengt.

Vikram schüttelte kurz den Kopf als wollte er einen Gedanken abschütteln. Er lächelte und sagte: „An einem sicheren Ort. Es ist wirklich ganz einfach. Ich bekomme den Transzendor und ihr bekommt Horkus zurück."

„Vergiss es", sagte Arne. „Du lügst, wenn du den Mund aufmachst. Wir geben dir gar nichts."

Vikram schüttelte den Kopf. „Ein hervorragender Physiker magst du ja immer gewesen sein, Arne Schmock. Aber genauso ein Sturkopf ohne Sinn für Strategie – oder Manieren."

„Der Stadtrat ist dir auf der Spur, Vikram", sagte Hanna. „Auf dich wartet so schon der Knast, sobald sie deine Firma durchsuchen. Also, wo ist mein Vater?!"

Vikram schüttelte lächelnd den Kopf. „Der Stadtrat ist nichts, im Vergleich...aber was solls, das ist meine letzte Warnung!" Er griff in sein graues Jackett und zog eine Pistole hervor. „Alle zurück durchs Tor!" befahl er.

Doch wie Frau Strick und sämtliche Lehrer der Gesamtschule vor ihm, so musste auch Vikram de Vries zu seinem Pech die Erfahrung machen, was geschah, wenn man der 5d eine Anweisung erteilte. Es ging natürlich niemand durchs Tor. Stattdessen brach in dem Moment, da die Waffe sichtbar wurde, ein Sturm los, den nichts mehr aufhalten konnte. Alle kreischten und brüllten, rannten wild durcheinander in sämtliche Richtungen und für ein paar Sekunden sah der Platz unter dem Pfeiler aus wie ein groteskes Wimmelbild, in dem keiner mehr wusste, wo vorne und hinten war. Jule und Jeanette verschwanden als erste eine der schmalen Gassen entlang. Rocko stieß mit einem von Vikrams Männern zusammen, ein anderer stolperte über Didi und landete bäuchlings vor Vikrams Füßen. Arne nutzte den Moment, setzte einen gut platzierten Hieb gegen den Kehlkopf des nächsten Angreifers und knockte ihn damit aus. Dann krachte ein Schuss, die Kugel prallte auf den Eisenpfeiler. Der Knall zerfetzte die Luft und Chaos regierte...

Milena war beim Anblick der Pistole kurz erstarrt. Der Schuss weckte sie. Das Geschrei um sie herum wurde noch lauter, und wie alle anderen rannte sie blindlings los, Hauptsache weg von de Vries, weg von seinen Männern, weg von den Kugeln.

Ein Stück vor ihr rannten Michelle und Annika, sie fühlte, dass jemand direkt hinter ihr war, drehte sich aber nicht um, um nachzusehen. Sie folgte ihren Freundinnen, die planlos mal rechts, mal links abbogen, immer weiter, immer tiefer in die Stadt hinein, bis sie nichts mehr von Vikram sehen und hören konnten. Keuchend blieben sie stehen. Arif hielt zwei Sekunden später bei ihnen, er war also hinter ihr gewesen. Sie lauschten angestrengt, doch die Gasse war leer und sie hörten niemanden kommen.

„Was ist hier eigentlich los?", fragte Arif.

Milena wusste nicht, wo sie anfangen sollte. Es war so hoffnungslos, Arif mal eben alles zu erklären. Schließlich sagte sie: „Wir müssen Vikram irgendwie aufhalten."

„Damit er nicht der Herrscher über die Parallelwelt wird?", fragte Arif.

„Woher weißt du, dass es eine Parallelwelt ist?", fragte Milena, trotz ihrer misslichen Lage verdutzt über Arif.

Arif zuckte die Schultern. „Auf dem Bahnhof stand *Schöneburg* und es sieht vage so aus wie bei uns, da habe ich das angenommen."

„Bist du ein Genie, oder was?", fragte Annika.

„Nein, aber mein IQ ist recht hoch", sagte Arif gleichgültig.

Ein Krachen ertönte in einer der Nebenstraßen. Sie zuckten zusammen. „Los, weiter", sagte Michelle.

„Wohin denn?", fragte Annika, als sie um die nächste Ecke bogen.

„Zu Willi?"

„Der hängt mit Mats über den Wolken!"

„Zurück in die Schule?"

„Spinnst du? An Vikram vorbei?"

„Was glaubt ihr, machen die anderen?"

Sie bogen erneut ab, und jetzt konnte Milena die große Kathedrale in einiger Entfernung sehen. Immerhin wussten sie wieder, wo sie waren.

„Ich hab nur gesehen, dass alle in verschiedene Richtungen losgerannt sind", sagte Arif. „Und die Frau auf dem Motorrad ist auch weggefahren, als der de Vries geschossen hat."

„Wenn Daniel und Milan doch bloß nicht heute rüber gegangen wären", sagte Annika.

„Es war eh eine Frage der Zeit", sagte Michelle. „Vikram hat nur darauf gewartet..."

Sie folgten der Gasse bis ans Ende und fanden sich auf der Hauptstraße wieder, allerdings ein gutes Stück weiter von der Kathedrale entfernt, als sie das letzte Mal ausgekommen waren. Sie überquerten sie und bogen in eine schmalere Seitenstraße ein. Es waren kaum noch Menschen unterwegs, in den kleinen Gässchen trafen sie niemanden. Die Mailuft war frisch; zwar war es am Tag schon warm gewesen, doch jetzt begannen sie zu frösteln. Sie hatten schließlich keine Jacken mitgenommen, als sie aus der Klasse losgelaufen waren.

„Wir könnten...", begann Annika, doch sie stoppte mitten im Satz. Auch Milena hatte etwas gehört. Einen Moment standen sie still, dann kamen zwei von Vikrams Männern die Straße herauf. Milena und die anderen machten kehrt und rannten die Gasse zurück, vorbei an dunklen Milchglasfenstern und winzigen Läden, wieder auf die Hauptstraße und nach rechts.

„Milena!", schrie Michelle.

Milena sah sich um. Die anderen waren links abgebogen. Doch jetzt war es zu spät, die Richtung zu ändern, die Männer teilten sich auf und einer setzte Milena nach. Sie rannte wieder los, warf Korbstühle um, die vor Restaurants standen, und rempelte versprengte Fußgänger an. Ab und zu tauchte ihr gehetztes Spiegelbild in den breiten Schaufenstern auf.

Der Mann hatte sie fast eingeholt. Sie schlug einen Haken auf die Straße und wäre um ein Haar mit dem großen schwarzen Motorrad kollidiert.

„Steig auf", rief Hanna durch das hochgeklappte Visier.

Milena schwang sich hinter ihr auf den Sitz und umklammerte Hannas Taille.

„Festhalten!", brüllte Hanna und gab Gas. Sie schossen die Hauptstraße hinauf, der Uhrenturm der Kathedrale schien vor ihnen ins Unendliche zu wachsen. Hanna bog rechts ab und Milena krallte die Finger tief in ihre Lederjacke, als sie sich in die Kurve legten. Sie fuhren im Zickzack durch die Straßen, die die Kathedrale umgaben. Milena sah nicht viel, der Fahrtwind ließ ihre Augen tränen, die Gebäude zu beiden Seiten verschwammen zu grauen Schlieren mit gelegentlichen Lichtern dazwischen.

Dann kamen sie auf einer Art Promenade aus, links lag der Rhein. Hanna bretterte an der steinernen Brüstung entlang, im Slalom um Laternenpfähle und Blumentöpfe.

„Da!", rief Milena plötzlich. Etwas voraus sah sie Arne, Lukas und Matteo. Arne mit seinen Dreadlocks und dem weißen Hemd war selbst auf die Entfernung nicht zu verwechseln. Hanna steuerte auf die drei zu und hielt vor einer der vielen Brücken, die über den Fluss führten.

Milena sprang vom Motorrad. „Wo sind die anderen?", fragte sie.

„Überall verstreut", sagte Lukas. Er hatte eine blutige Lippe und Schrammen im Gesicht. Auch Arne hatte noch ein paar mehr Blessuren davongetragen. Seine Schulter blutete und sein Hemd war über der Brust zerrissen. „Es war pures Chaos, alle sind wild losgerannt. Mindestens drei von Vikrams Leuten müssten noch hinter uns her sein. Und natürlich Vikram selbst."

„Einen haben wir auf der Hauptstraße abgehängt", sagte Hanna.

„Der andere ist hinter meinen Freunden her", piepste Milena. „Was passiert, wenn er sie einholt?"

„Wenn deine Klassenkameraden clever sind, gehen sie zurück durchs Tor, ich glaube, da ist niemand mehr", sagte Arne.

„Du glaubst?", fragte Hanna.

„Kann natürlich sein, dass Vikram seine Leute dahin zurückschickt, um uns abzufangen, wenn wir zurück wollen."

„Nein, tut er nicht", sagte Matteo und zeigte auf die nächste Straßenecke. Vikram und Frau Strick waren eben dort aufgetaucht.

„Lauft!" rief Arne, und sie sprangen auf die Brücke.

„Es gibt nur eine Möglichkeit!", rief Lukas im Rennen. „Arne, komm schon, das weißt du genau."

„Aber nicht mitten auf der Brücke, wir würden in den Fluss stürzen!"

„Nicht wenn wir unterhalb der Alterierungsspanne springen."

„Und den Schlammassel hier verdoppeln, spinnst du?"

Milena hatte keine Ahnung, worüber die beiden stritten. Sie achtete auch nur so halb darauf, denn jetzt sah sie die LS Christa, die in ein paar hundert Metern Entfernung über dem Fluss in ihre Richtung flog. Sie warf einen Blick über die Schulter. Vikram und Strick hatten die Brücke erreicht und setzten ihnen nach. Sie würden sie einholen, bevor Willi hier war...

Sie gelangten an das andere Ende der Brücke und gingen hinter einer kleinen Mauer in Deckung.

„Ich fahr weiter, mit etwas Glück folgen sie mir", sagte Hanna und gab wieder Gas.

„Runter zum Fluss", sagte Lukas und deutete auf einen schmalen Durchgang in der Brüstung. Sie folgten ihm und kamen zu einer steilen Treppe, die in vielen Windungen zum Fluss hinunterführte. Die Promenade war auf dieser Seite nicht der Abschluss einer hohen Mauer, sondern auf Holzpfähle gebaut. Milena kam sich vor wie in einem Labyrinth aus

Stegen, Treppenstufen und wackeligen Plattformen. Arne sprang als Erster von der Treppe und lief ein kurzes Stück am Wasser entlang. Das Flussufer war nicht sehr breit, nur ein paar Meter Kies trennten den Rhein von den nächsten Gebäuden. Mauern und Kiesboden waren feucht und voller Schlick, offenbar war der Wasserpegel zurzeit ein wenig niedriger als sonst.

„Bete, dass kein Hochwasser ist", sagte Arne, während Lukas drei MoKos im Kreis auslegte. Er nahm den Apparat, den Vikram Transzendor genannt hatte, und stellte etwas daran ein. „Dreißig?", fragte er Lukas.

Lukas nickte, er war blass, trotz des Sprints, den sie alle hingelegt hatten. Arne trat zu Lukas in den Kreis und sah Matteo an. „Geht ein Stück zur Seite. Wenn wir weg sind, lauft zurück, sucht Willi. Er wird euch helfen. Vikram wird hinter uns..."

„Was meinst du mit weg?", unterbrach Matteo.

Arne lächelte traurig. „Es ist der einzige Weg. Du packst das schon."

Von irgendwo über ihnen ertönte ein Schrei. „Wir müssen los!", drängte Lukas.

„Wartet!", rief Matteo, sein Blick flackerte zwischen Arne und den MoKos am Boden. „Was habt ihr vor? Wo wollt ihr hin, was machen diese Dinger?"

„Ich hab keine Zeit, es dir zu erklären", sagte Arne. „Wir sehen uns wieder..." Er schaltete einen Hebel am Transzendor ein. Blitze zuckten aus den MoKos und bildeten einen Käfig aus Licht. „Bis bald, kleiner Bruder..."

„NEIN!" Matteo stürzte vorwärts, in den Kreis hinein. Das Licht wurde blendend hell, Milena musste die Augen schließen und hörte nur kurz ein Surren, wie wenn der Schlüsselkasten aktiviert wurde. Durch die geschlossenen Augenlider konnte sie erkennen, dass das Licht schlagartig wieder verschwand. Milena öffnete die Augen. Sie war allein. Matteo, Arne und Lukas waren mitsamt den MoKos verschwunden. Stille umgab sie, durchbrochen nur von den Wellen des Flusses, die ans Ufer plätscherten.

KAPITEL 35

Hannas Geschichte

Milena drehte sich im Kreis, wider besseres Wissen hoffend, dass sie wieder auftauchen würden.

„Matteo!", rief sie. Die Wellen schluckten ihre Rufe. „Matteo! Arne!"

„Sie sind weg. Und das solltest du auch!"

Sie schaute nach oben. Die LS Christa schwebte etwa zehn Meter über ihr. Willi beugte sich über die Reling und rief ihr von dort aus zu. „Ich kann hier nicht landen, aber du kannst hierdran hochklettern." Er warf eine Strickleiter herunter, deren Ende vor Milena herschaukelte. Sie packte eine der geknüpften Sprossen und zog sich daran hinauf. Sie schaukelte gefährlich und Milena strengte sich an, nicht nach unten in den Fluss zu sehen.

Willi und Mats reichten ihr jeweils eine Hand und zogen sie an Deck. Erst jetzt sah sie, dass Willi offenbar einen guten Teil der Klasse eingesammelt hatte. Didi, Milan und Daniel waren da, außerdem Leona, Tanja und Jule. Jule war etwas grün im Gesicht, sie saß in eine Ecke gekauert auf dem Boden. Abgesehen davon schienen aber alle wohlauf.

„Ich bring euch zum Tor und suche dann den Rest", sagte Willi. Er ließ das Luftschiff höher steigen und zügig über den Fluss zurück über die Dächer von Schöneburg fliegen.

„Was ist mit Matteo?", fragte Milena. Sie suchte noch immer den fernen Boden ab, als würden Matteo, Arne und Lukas jeden Moment wieder am Flussufer auftauchen. Dabei wusste sie mit sicherem Instinkt, dass das nur ihr Wunschdenken war.

„Sie sind weg", sagte Willi.

„Was meinst du mit weg?", rief sie. „Wo sind sie hin?"

„Sie könnten überall sein", sagte Willi ausweichend, die Augen auf seine Instrumente geheftet. „Matteo ist bei Arne, der wird auf ihn aufpassen, ich kenne Arne..."

„Aber wo denn?", mischte sich Daniel ein. „Sie könnten überall sein? Was war das für ein Licht, durch das sie gegangen sind? Ich dachte, es war ein Portal wie unseres. Sind sie nicht einfach nur wieder auf unserer Seite gelandet, irgendwo im Sumpf auf der Friedrichs-Insel?"

Willi schüttelte den Kopf und rieb sich den Bart. „Es ist kompliziert. Ich hab selbst nicht allzu viel Ahnung davon. Aber wie ich es verstehe, gibt es immer nur ein Tor, um zwischen zwei Welten zu wechseln. Das heißt, dass Arne mit den beiden in eine neue Welt gegangen ist."

Daniel nickte langsam, aber Milena bohrte nach. „Eine neue Welt? Was heißt neu? Wie Alteras?"

Willi seufzte und sah sie der Reihe nach an. „Der Transzendor, den Arne und Lukas dabei hatten – der bedient nicht nur das vorhandene Portal zwischen unseren beiden Welten. Es gibt viel mehr. Und niemand kann sagen, an was für einem Ort sie sind."

„Es wird immer verrückter", sagte Milan.

„Warum sind verschiedene Parallelwelten verrückter als nur eine?", fragte Daniel.

„Weiß nicht, weil – ist einfach so! Wenn du in ein Flugzeug steigst, dann willst du doch wissen, wo du hinterher landest."

„Das kann man doch gar nicht vergleichen", rief Daniel.

„Ja eben."

„Hört zu", brummte Willi. „Das ist doch im Moment alles ziemlich egal. Vikram ist immer noch da unten und sucht nach euch. Ich will, dass ihr sicher nach Hause kommt!"

Bei der Erwähnung von Vikram wurden sie still und spähten wieder besorgt hinunter. Sie konnten die Eisenbahnbrücke jetzt sehen. Ein beleuchteter Zug schnaufte auf ihr entlang und schlängelte sich außer Sicht.

„Sie haben irgendwas diskutiert", meinte Milena in das Schweigen hinein. „Als sie den Apparat vorbereitet haben, den Trans-Dings. Meinst du, es ging darum, in welche Welt sie reisen?"

„Vermutlich", sagte Willi und steuerte in einen Sinkflug.

Milena strengte sich an, die Diskussion der beiden in ihr Gedächtnis zurückzurufen. Arne hatte Angst gehabt, sie könnten in den Fluss stürzen. Wenn sie auf der Brücke standen und in eine Welt reisten, in der es keine Brücke gab... ergab das Sinn? Das Flussufer hingegen musste es immer geben. Oder gab es Welten, in denen der Rhein gar nicht existierte? Arne hatte nur vor Hochwasser gewarnt... Milena wurde ganz schwindelig, doch das hatte nichts mit der Höhe zu tun. Es war seltsam genug, an zwei verschiedene Welten zu denken, aber damit hatten sie ja nun schon ein wenig Erfahrung. Doch wieder eine andere? Wie war sie? Und der arme Matteo hatte keine Ahnung gehabt, was ihn erwartete. Sie konnte nur hoffen, dass er in Sicherheit war, dass Arne wusste, was er tat.

Willi hielt fünf Meter über dem Boden und ließ sie die Strickleiter hinunter. „Seid vorsichtig, versteckt euch besser. Ich suche eure Freunde."

Milena blickte zu Willi hinauf: „Wenn du nicht gewesen wärst..."

„Ja, ja, schon gut", brummte Willi. Milena setzte noch einmal an, sich zu bedanken.

„Im Ernst, Willi, ohne dich..."

„Jetzt haut schon ab", rief Willi, aber er lächelte ein wenig.

Sie riefen alle noch einmal danke; dann verschwand Milena mit Mats als erste durchs Tor in den alten Physikraum.

Sie konnte eben einen Aufschrei unterdrücken. Genau wie Mats wollte sie sofort rückwärts durchs Tor zurück, doch:

„Da rüber!"

Vikram de Vries und Frau Strick standen beide neben dem Tor. Vikram hielt Enida fest, die Waffe hatte er direkt auf ihren Kopf gerichtet. Milena sah ihre gewaltig vergrößerten Augen und gehorchte. Sie stellte sich an die Rückwand, wo der Rest der Klasse stumm wartete. Hilflos sahen sie zu, wie nacheinander Daniel, Didi, Milan, Jule, Jeanette und Tanja durchs Tor folgten. Alle wichen entsetzt zurück und ließen sich an die Wand kommandieren.

„Ich nehme an, Arne und Lukas werden uns nicht mehr beehren?", sagte Vikram.

Sie schüttelten den Kopf. „Nun denn, zurück also zum ursprünglichen Plan. Daniel, sei so freundlich und gib mir den Kasten in deinem Rucksack."

Daniel tauschte Blicke mit Milan und Didi. Sie nickten beide. Daniel nahm den Rucksack ab und zog den schweren Kasten heraus. Er ließ den Rucksack fallen und trat auf Vikram zu.

Vikram winkte ihn mit einem Finger heran. „Und den Schlüssel nicht vergessen. Beides hier abstellen." Mats nahm den Schlüssel und legte ihn auf dem Kasten vor Vikrams Füßen ab. „Sehr gut. Und jetzt werdet ihr alle..."

Seinen Satz sprach Vikram nie zu Ende. Er hatte eben Zeit, den Kopf zu drehen und Willi zu sehen, der durch das Tor schritt. Da hatte Willi bereits ausgeholt und donnerte seinen riesigen Rohrschlüssel auf Vikrams Kopf. Vikrams Augen flatterten, dann brach er zusammen. Enida befreite sich von ihm und stolperte so weit weg, wie sie konnte. Die Pistole fiel Vikram aus den Händen. Mit einem Wutschrei hechtete Frau Strick danach, wie eine Katze auf eine Maus springt. Dann kniete sie sich neben Vikram und fühlte ihm den Puls.

„Hatte so ein Gefühl", sagte Willi zu niemand Bestimmtem. „Da bin ich erstmal mitgekommen..."

„Alle zurück bleiben!", keifte Frau Strick. Sie hielt die Waffe in zittrigen Händen.

„Schätzchen, hältst du das für eine gute Idee?", fragte Willi, den Rohrschlüssel noch immer in der Hand.

Frau Stricks Unterkiefer bebte. Sie legte Vikrams linken Arm um ihre Schulter und hievte ihn mühsam hoch. Milena glaubte nicht, dass Frau Strick stark genug für ihr Vorhaben war, doch eine eiserne Verbissenheit stand im Gesicht ihrer Klassenlehrerin – nicht unähnlich wie bei der Ankündigung der Weihnachtsfeier.

Mats machte ein paar Schritte auf sie zu, und bevor sie reagieren konnte, hatte er sich den Schlüssel wieder geschnappt. „Schlüsselein", hörte Milena ihn flüstern.

„Zurück!", schnaufte Strick. „Gib zurück!" Sie hob die Pistole an.

„Sie würden wirklich auf ihre eigenen Schüler schießen?", sagte Willi.

Frau Strick funkelte ihn an. „Ein Schuljahr Tortur in dieser Klasse, niemand sollte mich auf die Probe stellen!" Doch sie klang hysterischer als jemals im Unterricht und Milena sah, dass sie die Pistole nur halbherzig hochhielt und auf niemanden zielte. Sie versuchte den Kasten aufzuheben, doch dabei rutschte ihr der bewusstlose Vikram wieder von den Schultern. Das Gesicht zu einer Grimasse verzerrt, gab sie den Kasten auf und schleifte Vikram zur Tür.

„Niemand folgt uns!", sagte sie mit einem letzten Schlenker der Waffe und stapfte zur Tür hinaus. Sie hörten sie ächzen, ihre schleppenden Schritte hallten in dem leeren Korridor. Dann fiel die Eingangstür ins Schloss. Frau Strick und Vikram waren fort.

„Verdammt, ich komme wohl zu spät?", rief jemand. Milena sah zum Tor. Hanna war eben hindurchgekommen – zu Fuß. „Vikram hat mir die Maschine kaputt geschossen", sagte sie. „Ich musste laufen... sind alle wieder heil da?"

Langsam rührte sich die Klasse wieder, alle sahen sich um, suchten ihre Freunde, Daniel zählte sogar.

Dann sagte Rocko: „Wo ist Matte?"

„Matte?"

„Ja, Matte fehlt."

„Hat jemand Matte gesehen?"

Milena trat nervös von einem Bein aufs andere und sah hilfesuchend zu Willi. Der nickte ihr ermutigend zu.

„Ähm", sagte sie, was niemand bemerkte. „Also wegen Matteo..." Ein paar Leute wandten sich ihr zu. „Matteo kommt nicht wieder...", sagte sie und wischte Tränen von ihren Wangen weg, von denen sie nicht wusste, wie sie dort hingekommen waren.

„Was meinst du, er kommt nicht wieder?", fragte Annika.

„Er ist... also er und Arne und Lukas haben noch ein Tor geöffnet und sind weg."

„Es gibt mehr als eins?", rief Michelle, und ein Murmeln lief durch die Gruppe.

„Hört mal", mischte sich Hanna ein. „Warum gehen wir nicht in eure Klasse? Es gibt sicher eine Menge Dinge zu besprechen, vielleicht kann ich euch ein paar Fragen beantworten."

Einige nickten und die Klasse setzte sich in Bewegung. Milena sah, dass Willi und Daniel den Kasten einpackten. Sie folgten am Schluss der Gruppe. Milena schloss zu Michelle und Annika auf. Es wurde kaum gesprochen auf dem Weg zurück in den gelben Trakt. Viele waren bleich und schauten verängstigt umher, einige hatten blutige Schrammen an Ellenbogen und Knien; alle drängten sich dicht zusammen und selbst Rocko wollte offensichtlich nicht alleine laufen.

Milena suchte Enida. Nichts an ihr ließ erkennen, was zuletzt mit Vikram geschehen war. Sie starrte geradeaus durch ihre dicke Brille und wirkte wie so oft gar nicht richtig anwesend. Als das Tor sich wieder geöffnet hatte, war Enida vor allen anderen hindurch. Warum nur hatte sie das getan? War sie dann allein durch die Straßen geirrt, bis Vikram sie als Geisel genommen hatte...?

„Enida?", fragte Milena vorsichtig. Enida gab kein Zeichen, dass sie sie gehört hatte und Milena ließ sie in Ruhe.

Es war seltsam, in die Klasse zurückzukommen, in der noch immer das Durcheinander ihrer begonnenen Lesenacht herrschte. Milena konnte kaum glauben, dass sie vor wenigen Stunden erst mit Frau Strick hier gesessen und über Chips und Krümel geredet hatten. Alle ließen sich auf ihren Schlafsäcken nieder, jedoch nicht mehr im ganzen Klassenzimmer verstreut wie vorher. Sie rückten näher zusammen, bildeten ein ausgebeultes Ei in der Mitte und selbst Jule hatte ausnahmsweise nicht ihr Handy in der Hand. Willi schob beiläufig Frau Stricks Sachen vom Pult und setzte sich darauf. Hanna hingegen hockte sich zu ihnen auf den Boden.

„Da ist ein Loch... in eine andere Welt", sagte Leona und zeigte vage mit dem Arm in Richtung roter Trakt.

„Wissen wir", sagten Daniel und Milena.

„Da ist ein Loch..." Ihre Stimme erstarb und ihre Augen waren fast so riesig wie die von Enida.

„Eigentlich ist es ein Tor", sagte Didi.

„Mir egal, wie du es nennst, es ist da! Wieso ist es da?!"

Leona hatte offenbar ausgedrückt, was die meisten dachten und empfanden. Auf der Flucht vor Vikram war kaum Zeit zum Staunen gewesen, dafür brach ihre Fassungslosigkeit jetzt umso heftiger hervor. Die ganze Klasse stürzte wieder in ihren üblichen Modus, in dem alle durcheinander brüllten, stritten, gestikulierten und niemand irgendwen verstand. Diesmal konnte Milena es ihnen jedoch nicht verübeln. Wenn sie selbst heute zum ersten Mal das Tor und Alteras gesehen hätte... Wer konnte schon so abgeklärt damit umgehen wie Arif?

Irgendwann mischte sich Hanna ein. Sie winkte mit den Armen und schaffte es nach vielen missglückten Anläufen, die Aufmerksamkeit zu gewinnen.

„Danke", seufzte sie, als auch Jeanette ihr Geplärr einstellte. „Lasst uns doch gemeinsam darüber reden. Das könnte helfen."

„Ich möchte nicht unhöflich sein", sagte Arif, der zufällig neben Hanna saß. „Aber wer sind Sie eigentlich?"

Hanna nickte. „Ja, ich sollte vielleicht zuerst so manches erklären..." Sie fuhr sich durch die roten Haare und sah ein wenig besorgt aus. „Wer von euch weiß eigentlich was im Einzelnen?", fragte sie in die Runde.

Daniel räusperte sich. „Also wir – ", er zeigte auf Didi, Mats und Milan und dann noch auf Annika, Michelle und zuletzt Milena, „wir wissen das meiste und der Rest weiß eigentlich nichts."

„Ich weiß alles", sagte Rocko. Milan warf ein Kissen nach ihm. Willi gluckste.

Hanna überlegte eine Weile. „Doch", sagte sie schließlich, „am einfachsten ist es, ich erzähle euch meine Geschichte...mal sehen. Also mein Vater, Horkus von Holstein, war Lehrer an dieser Schule. Das hier war sein Raum, wobei er natürlich vorwiegend im roten Trakt gearbeitet hat. Viele Leute haben sich immer gefragt, warum er überhaupt unterrichtet hat, denn er ist ein genialer Physiker und Erfinder. Ich habe die letzten Jahre nicht viel von ihm gesehen, weil ich studiert und meine Ausbildung gemacht habe..."

Sie schien kurz nachzudenken, vielleicht darüber, wie viele Einzelheiten für ihre Geschichte wichtig waren. „Na ja, jedenfalls wusste ich, dass er ein großes und ziemlich geheimes Forschungsprojekt hatte. Er hat immer nur Andeutungen gemacht, aber nie etwas Genaues erzählt, auch wenn er immer sehr aufgeregt und begeistert klang. Einmal sagte er etwas von anderen Welten, aber ich wusste nicht, was ich damit anfangen sollte. Im letzten Sommer bekam ich dann eine Nachricht, die ganz anders war als alle vorher. Er wollte mich unbedingt sprechen, ich sollte herkommen, damit er mir alles erklären könnte. Außerdem warnte er mich vor Vikram de Vries, dass er hinter ihm und seiner Arbeit her sei. Ich wollte ohnehin nach Schöneburg zurück, mein Mann wohnt seit einiger Zeit hier. Er ist im Stadtrat, was sich später als Glücksfall erwies."

Didi machte Anstalten sie zu unterbrechen, aber Daniel schubste ihn an und bedeutete ihm, weiter zuzuhören.

„Als ich ankam, war Horkus verschwunden, ohne jede Spur. Der Schule lag eine Kündigung vor, aber sein Haus war durchsucht worden und ich bin sicher, dass einiges gestohlen wurde. Ich begann also nachzuforschen. Der erste Ansatz war hier, eure Schule, also habe ich den Feueralarm ausgelöst, um den roten Trakt und beim zweiten Mal seinen Raum hier zu durchsuchen..."

„Du warst das?", rief Milena verblüfft.

„Danke, wegen dir waren meine Sachen voll im Arsch", schimpfte Jeanette.

„Heul leise, meine auch..."

Hanna sah mit wachsender Sorge, wie die Klasse wieder lauter und unflätiger wurde. Dann ließ ein durchdringender Pfiff sie alle zusammenfahren. Willi haute zur Bekräftigung mit seinem Rohrschlüssel auf das Pult und hinterließ eine tiefe Delle.

„Es tut mir leid", sagte Hanna, „ich hatte wenig Zeit und konnte nicht zimperlich sein. Tja, gefunden habe ich nichts, Frau Strick war natürlich schon vor mir da gewesen. Aber ich bezweifle, dass sie etwas von Wert entdeckt hat. Den eigentlichen, ähm, *Durchbruch* hattet ihr ja."

Didi grinste und Daniel klopfte Mats auf die Schulter.

„Hä?", fragte Mats.

„Das Regal, du Depp", sagte Milan.

„Ah sooo", sagte Mats und grinste.

„Ich bin Tischlerin", sagte Hanna. „Und ich bekam den Auftrag, euer Wandregal neu zu bauen. Was unter dem alten war, muss ich euch ja nicht erzählen. Ich habe die ganze Wand abfotografiert und dann übermalt. Ich hatte also die Karte, die ein Stück von Schöneburg hier und ein Stück von Schöneburg in Alteras zeigt, aber ich wusste nicht, was sie bedeutet und kam nicht weiter. Ich war sicher, dass mein Vater mir noch mehr Hinweise hinterlassen hatte, aber ich konnte nichts finden. Ich bin alle Verstecke aus meiner Kindheit abgegangen, in unserem Garten, am Rheinufer, sogar ein hohler Baum an der Bushaltestelle, aber da war nichts."

Milena und Michelle tauschten Blicke. „Ähm", machte Milena verlegen und Hanna sah sie an. „Also, da war was in dem hohlen Baum." Hanna starrte sie an. Milena wurde rot. „Da war ein Rucksack, mit ganz vielen Notizbüchern und Farben und einem Brief an dich. Also wir haben ihn nicht gelesen", sagte sie schnell. „Aber wir wussten ja auch nicht, wer du bist, also haben wir, naja eher meine Mutter gesagt, also, ähm, er ist im Fundbüro."

Milan schnaubte, offenbar hatte er diesen Patzer immer noch nicht verwunden. Hanna hingegen brach in Gelächter aus. „Na wunderbar, dann weiß ich ja, wo ich morgen hingehe. Tja, das hätte sicherlich alles vereinfacht. So tappte ich also ziemlich im Dunkeln. Ich habe auf der Friedrichs-Insel gesucht, weil da auch ein Kreis markiert ist, der wohl auf ein Portal hindeuten soll, wie ich jetzt vermute. Aber auch da konnte ich nichts entdecken..."

„Ich hab Sie gesehen!", rief Daniel. „Auf der Insel. In den Herbstferien. Sie und einen Mann, Sie haben was vermessen."

Hanna runzelte die Stirn. „Herbstferien? Nein, ich war später da. Und allein. Was du gesehen hast, müssen Vikrams Leute gewesen sein. Überhaupt Vikram. Er wollte einen Fuß in der Schule haben und hat sich als der große Sponsor aufgeführt. Unter dem Vorwand, in den roten Trakt zu investieren, konnte er sich da umsehen und Untersuchungen anstellen. Aber ich sagte ja schon, mein Mann ist im Stadtrat und wir haben ihm, so gut es ging, Steine in den Weg gelegt. Immerhin war der Fall der verschwundenen Teenager noch nicht abgeschlossen. Ich bekam heraus – sehr viel später als ihr, offensichtlich – dass sie durch eine Art Portal in eine andere Welt oder Dimension gegangen waren und dass Vikram dieses im roten Trakt öffnen wollte. Allerdings fehlte ihm dazu wohl noch ein Schlüssel. Und keiner wäre auf die Idee gekommen, die falsche Wand einfach einzureißen; was, wenn es das Portal beschädigte?" Sie lachte, als Didi und Milan diesmal beide Mats anerkennende Schulterklopfer gaben. „Das warst also wieder du? Wahnsinn... Tja, ich hab euch dann nicht mehr aus den Augen gelassen..."

„Was, Sie haben uns hinterher gestalkt, baahhh", rief Jule.

„Klappe, Jule, niemand würde *dich* stalken!", rief Milan.

„Ich meine nur", beeilte Hanna sich, „dass ich gesehen habe, wie ihr das nächste Mal hindurch seid und bin euch gefolgt. Nicht lange, damit ihr das Tor nicht vor meiner Nase zumacht, aber immerhin, ich entdeckte Alteras. Aber Vikram war euch ebenso dicht auf den Fersen. Beim zweiten Mal kam ich, glaube ich, noch gerade rechtzeitig."

Daniel nickte. „Ja, wenn Sie nicht gewesen wären..." Milena versuchte sich zu erinnern, was Mats ihnen genau davon erzählt hatte – eine Frau auf einem Motorrad, die verhindert hatte, dass Vikram sie erwischte... Hanna fuhr fort:

„Ich musste etwas tun. Ich wusste nicht genau, ob Frau Strick für Vikram arbeitete und wie viel sie von euch vielleicht erfuhr, daher habe ich euch nicht eher angesprochen. Außerdem war ich mir nicht sicher, ob ihr mir glauben würdet." Sie seufzte. „Wir haben also Vikrams Firma unter die Lupe genommen und allen Dreck zu Tage gefördert, den wir finden konnten, Steuern, Betrügereien, so was eben. Als Vikram die Luft zu dünn wurde, kam er offen auf euch zu. Tja, und den Rest wisst ihr selbst."

Eine Weile war es still, tatsächlich still, was Milena noch nie in diesem Raum erlebt hatte, wenn die Klasse anwesend war.

„Was wird jetzt mit Vikram?", fragte Milan.

„Und was ist mit Frau Strick?", fragte Leona.

Hanna zuckte die Schultern. „Ich denke, sie werden erstmal untertauchen."

Willi nickte. „Ja, aber Vikram wird nicht aufgeben. Merkt euch meine Worte, wir haben den alten Kuckuck nicht zum letzten Mal gesehen."

„Und ich werde weiter nach meinem Vater suchen", sagte Hanna. „Vikram hat ihn, offenbar kriegt er aus ihm nichts heraus, aber wer weiß..."

Arif meldete sich. Als ihn niemand drannahm, räusperte er sich und sagte: „Ich verstehe das noch nicht so ganz. Wo kommt das Tor nach Alteras her? Hat Herr Horkus das gebaut oder gibt es überall Portale in andere Welten?"

„Vergesst nicht, ich weiß nicht mehr als ihr", sagte Hanna. „Ich hoffe, dass ich mit dem Brief in dem Rucksack ein paar Antworten bekomme." Sie zwinkerte Milena zu.

„Verrätst du uns, was in dem Brief steht?", fragte Milena hoffnungsvoll.

Hanna lächelte. „Ja, ich denke, ihr habt euch das Recht dazu verdient." Milena strahlte.

„Es gibt auf jeden Fall mehr als eine Welt", sagte Daniel. „Weil Matte mit Arne und Lukas doch in eine neue verschwunden ist."

„Ach so", sagte Arif. „Dann braucht Vikram unser Tor ja vielleicht gar nicht..."

„Dann bräuchte er aber so ein Transdings", meinte Milan. „Wenn er ein neues Tor öffnen will..."

„Also läuft es wieder darauf hinaus, dass wir den Schlüsselkasten vor ihm verstecken müssen?", fragte Didi.

„Ja und nein", sagte Willi. „Euer Kasten kann nur einen Bruchteil von dem Gerät, das ihr bei Arne gesehen habt. Er funktioniert nur als Schlüssel, aber öffnet kein neues Tor, niemals. Trotzdem sollten wir verhindern, dass er Vikram in die Hände fällt."

„Wir geben ihn Hanna!", sagte Milena. Sie sah, dass Daniel und Milan unwillig die Augenbrauen zusammenzogen, aber sie hatte ihr Argument parat. „Es ist der Apparat von ihrem Vater, also gehört er quasi ihr."

Hanna lächelte ihr kurz zu. Dann sagte sie: „Wir müssen uns ohnehin überlegen, wie es für euch alle weitergehen soll."

„Was meinen Sie damit?", fragte Arif skeptisch.

„Eure Klassenlehrerin ist eine Kriminelle, die mit dem Sponsor der Schule untergetaucht ist, und einer eurer Mitschüler ist verschwunden – an derselben Stelle wie schon einmal zwei Schüler!", sagte Willi. „Wenn eure Eltern morgen in dieser schönen neuen Welt aufwachen, solltet ihr wissen, was ihr erzählt."

„Können wir nicht einfach sagen, was wirklich passiert ist?", fragte Didi weinerlich.

„Und deine Mutter glaubt dir, dass du durch ein Portal in eine andere Welt gesprungen bist? Genau!", sagte Milan mit vor Ironie triefender Stimme.

„Es ist nicht nur das", sagte Willi und stand auf. „Je mehr Menschen davon wissen, umso gefährlicher für alle Beteiligten. Ihr habt gesehen, was heute passiert ist, wozu Vikram bereit war..." Er wies mit einer Hand auf Enida, die seinen Blick stumm erwiderte. „Wollt ihr wieder in so eine Lage kommen, oder eure Eltern, Geschwister und Freunde da hineinziehen? Es tut mir leid, aber das Tor muss geheim bleiben. Ihr alle seid jetzt seine Wächter."

Niemand widersprach, aber ein Getuschel brach aus und einige unschlüssige Gesichter suchten die Blicke ihrer Klassenkameraden.

„Wir könnten sagen, dass Frau Strick einfach abgehauen ist", schlug Daniel vor. „Mitten in der Nacht, während wir geschlafen haben."

Hanna nickte. „Ja, Nachforschungen werden ergeben, dass sie mit de Vries abgetaucht ist, das passt. Ich kann mir nur nicht denken, was wir in Bezug auf euren Freund sagen."

„Matte vermisst eh keiner", sagte Jule.

Milena warf ihr einen giftigen Blick zu und sagte: „Er wollte schon länger von zu Hause weg. Wir sagen, dass er seinen Bruder suchen gegangen ist. Das ist nicht mal gelogen. Also nicht so ganz."

„Einverstanden", sagte Hanna erleichtert. „Wenn ihr also nichts dagegen habt, nehme ich für den Moment den Kasten, ich würde ihn mir gerne genauer ansehen." Daniel nickte zögerlich und Mats gab ihr den Schlüssel, wenn auch widerstrebend.

„Wir sollten einen Pakt schließen", sagte Arif. „Dass wir niemandem davon verraten." Er rutschte auf Knien ein bisschen weiter in ihren unförmigen Kreis hinein und streckte eine Hand flach aus. Milena folgte seinem Beispiel und legte ihre darauf. Nach und nach rückten alle so weit nach vorne, dass sie ihre Hände übereinanderlegen konnten. Auch Hanna und Willi machten mit. Ihre Arme sahen aus wie die Speichen eines riesigen Rads.

„Wir sind die Torwächter von Alteras", sagte Daniel.

„Alter was?", fragte Jule, aber sie ging unter im Chor der 5d:

„Die Torwächter von Alteras!"

KAPITEL 36

Neue Zeiten

Zwei Tage nach ihrer Lesenacht saß Daniel mit Didi, Mats und Milan wieder einmal in der kleinen Schülerbücherei auf den siffigen alten Kissen. Auch Arif war diesmal bei ihnen. Didi hatte eine Zeitung quer über den Boden ausgebreitet und wälzte sich mehr darin als dass er las.

„Heute ist schon wieder Polizei da", sagte Milan und zeigte mit dem Daumen hinter sich auf den Schulhof. Daniel konnte zwei Streifenwagen erkennen, aus denen Beamte ausstiegen.

„Dauert ja auch, alle zu befragen", sagte Didi. „Immerhin hat unsere Klasse es hingekriegt, die Story nicht zu vermasseln."

„Echt erstaunlich", sagte Arif.

Daniel grinste ein wenig. Es stimmte. Alle hatten sich an die Vereinbarung gehalten und behauptet, dass sowohl Frau Strick als auch Matteo am Morgen fort gewesen seien. Von Alteras hatte niemand etwas erwähnt. Das Portal hatten sie hinter Willi geschlossen. Der rote Trakt war wieder zugesperrt und erfuhr von den Ermittlern keinerlei Beachtung.

„Meine Mutter rastet total aus wegen der ganzen Sache", sagte Milan. „Quetscht mich die ganze Zeit aus..."

„Meine auch", sagte Mats.

Daniel dachte an den Morgen nach der Lesenacht zurück. Die Zeit seitdem verschwamm zu einem Strom aus Befragungen, Verwirrung, aufgescheuchten Eltern und völlig perplexen Lehrern. Natürlich hatten sie in der Klasse untereinander über nichts anderes mehr gesprochen. Alle Unterhaltungen drehten sich um das Tor, die Luftschiffe, das veränderte Schöneburg, Vikram und immer wieder das Tor, das Tor... Daniel wusste nicht, was er irritierender fand: die Leute, die ihm finstere Blick zuwarfen, wenn es um Alteras ging, so als hätte er ihnen ein Unrecht getan, oder diejenigen, die immer und immer dieselben Fragen wiederholten, auf die er keine Antworten hatte. Schließlich sagte er sich, dass er selbst auch eine Zeit gebraucht hatte, um die Existenz einer Parallelwelt zu verarbeiten, und dass der Rest der Klasse da auch noch hinkommen würde.

Daniel hatte Lasse eingeweiht, als er nach Hause kam. Ihrem Vater hatten sie jedoch nur gesagt, worauf sie sich mit Hanna und Willi geeinigt hatten. Es hatte ihn nicht besonders überzeugt. Aber es erleichterte ihn, dass Vikram de Vries allem Anschein nach fort war, und damit hatte er sich für den Moment zufrieden gegeben.

„Wen wir wohl als neue Klassenleitung kriegen?", fragte Mats.

„Vermutlich jemand grauenhaftes", sagte Arif.

„Uns will eh niemand", sagte Milan.

„Wahrscheinlich denken sie, dass die Strick wegen uns abgehauen ist", sagte Didi. „Frau Schrott hat sowas zu Herrn Schoofs gesagt."

„Ist ja sogar ein bisschen so", meinte Daniel. In allen Stunden, die sie sonst bei Frau Strick gehabt hätten, tauchten wechselnde Vertretungslehrer auf. Niemand kam freiwillig zweimal. Das Verhalten der Klasse war schulbekannt und die jüngsten Ereignisse hatten nichts daran geändert – es war laut, chaotisch, Beleidigungen und Gegenstände flogen durch die Gegend wie Hagelkörner im Eissturm und die meisten waren mit allem außer Unterricht beschäftigt. Und doch meinte Daniel einen leichten Unterschied zu spüren, eine Art Verschworenheit, die sie einte. Aber vielleicht bildete er sich das auch ein, weil er es gerne so wollte...

„Ich fand die Strick eh immer kacke", sagte Mats.

„Sie dich auch", erwiderte Didi. Er blätterte seine Zeitung um und Daniel sah die große Überschrift:

Neue Mystery-Skandale an Schöneburgs Gesamtschule

Der Artikel stand für ihn auf dem Kopf, so konnte er nur langsam lesen:

Die Gesamtschule Schöneburg scheint weiterhin vom Pech verfolgt. Nach den verzögerten Baumaßnahmen am Naturwissenschaftstrakt ist nun der prominente Sponsor Vikram de Vries spurlos verschwunden, ebenso wie eine Lehrkraft der Schule, die mit de Vries in Kontakt stand. Als Ursache werden die aufgedeckten Firmenmachenschaften des Industriellen vermutet. In derselben Nacht verschwand an der Schule jedoch auch ein Schüler des fünften Jahrgangs. Eine Vermisstenanzeige scheint allerdings wenig vielversprechend, denn es handelt sich bei dem Jungen um den Pflegebruder einer der Schüler, die bereits vor zwei Jahren auf ähnlich mysteriöse Weise an der Gesamtschule verschwanden. Von ihnen fehlt noch immer jede Spur. Die Pflegeeltern standen für einen Kommentar nicht zur Verfügung. Der Vater, Herr A. soll zuletzt für de Vries Industries gearbeitet haben. Wie tief diese Fälle greifen und wie weit verzweigt...

Hier konnte Daniel nicht weiterlesen, weil Didis Arm darüber lag. Er brauchte den Rest auch nicht. Was konnten die Zeitungen schon schreiben, was sie nicht ohnehin besser wussten?

„Hattest du eigentlich Erfolg mit Enida?", fragte Milan Daniel.

Daniel schüttelte den Kopf. „Nein, sie wollte nicht mit mir reden."

„Sie redet doch mit niemandem", sagte Didi und drehte sich auf der Zeitung auf den Rücken. Ein Sonnenstrahl fiel durch das Fenster genau auf seinen Kopf und färbte seine blonden Locken weiß-golden.

„Kein Wunder", kiekste Mats. „Nach der Sache mit Vikram."

„Sie war vorher auch nicht gerade gesprächig", sagte Arif.

„Und das sagst gerade du?", fragte Milan.

„Nur, weil ich nicht mit dummen Leuten rede, so wie dir..."

Daniel schüttelte grinsend den Kopf. Arif und Milan stichelten einander immer so, als wollten sie testen, wer den anderen härter treffen konnte. Aber das taten sie erst, seitdem sie begonnen hatten sich anzufreunden.

„Was wolltest du überhaupt von ihr?", fragte Didi mit geschlossenen Augen.

„Ich wollte wissen, warum sie sofort durch das Tor gerannt ist, als sie es das erste Mal gesehen hat. Ich meine, wer macht sowas?"

„Die ist eben ein bisschen gaga", sagte Mats und zog einen Flummi aus der Tasche. Er knallte ihn so feste auf den Boden, dass er zweimal bis zur Decke hüpfte, abprallte und dann Didi ins Gesicht sprang.

„Au, wer ist hier gaga?"

„Außerdem hat sie *Papa* gerufen", sagte Daniel mehr zu sich selbst. Er war sich nach wie vor nicht sicher, ob er sich nicht vielleicht verhört hatte.

„GAGA!", rief Mats in die Pausenglocke hinein.

Mai wurde zu Juni, ohne dass es Neuigkeiten gab. Dann und wann fanden sie einen Bericht in der Zeitung, dass man immer noch nach Vikram, Frau Strick und Matteo suchte, aber keinen Schritt näher war, sie zu finden. Die Firma de Vries war durchsucht worden, doch falls dort etwas sichergestellt wurde, schrieben die Medien darüber nichts. Allmählich beruhigte sich die Schule und auch die meisten Eltern schüttelten nur noch ab und an den Kopf über die rätselhaften Umstände.

Daniel hatte gehofft, dass sie eher etwas von Hanna hören würden. Genau wie Willi hatte sie sich früh am Morgen nach der Lesenacht verabschiedet und seitdem keinen Kontakt mehr mit ihnen aufgenommen. Didi und er vermuteten, dass der Staub sich erst legen sollte, bevor sie wieder nach Alteras ging.

Ohne Klassenleitung verlief der Unterricht noch chaotischer als ohnehin schon. Sonst hatte Frau Strick alles organisiert und auch mit den Eltern gesprochen, wann immer jemand sich daneben benahm – und das passierte schließlich im Minutentakt. Daniel kam sich vor wie auf einem Schiff ohne Kapitän – auch wenn er die ehemalige Kapitänin nie besonders gemocht hatte. Er freute sich mehr und mehr auf die Sommerferien.

Sein Vater hatte vorgeschlagen, die Mutter und Dennis in Frankreich zu besuchen. Sie würden die Räder mitnehmen und vielleicht auch mal ein Segelboot mieten...

Die Stunden im aufgeheizten Klassenzimmer waren am späten Vormittag bereits eine Qual, und immer öfter schlugen Lehrer vor, den Unterricht in den Schatten unter Bäumen zu verlegen oder gleich durch einen Gang zur Eisdiele zu ersetzen. Das Schuljahr ging zu Ende, doch am vorletzten Tag wartete noch eine Überraschung auf sie.

Hanna stand nach der letzten Stunde vor ihrem Klassenraum und begrüßte sie fröhlich. Gemeinsam gingen sie auf den Schulhof und setzten sich auf die Bänke unter dem Baum, an dem sie auch nach dem von Hanna ausgelösten Feueralarm gewartet hatten. Alle bestürmten Hanna mit Fragen, sie kam kaum hinterher zu antworten.

„Ja, ich war eine Weile in Alteras...jemand hat das Tor hinter mir geschlossen und später wieder aufgemacht...nein, ich weiß nichts über Frau Strick...über Vikram auch nicht...ja, den Rucksack habe ich wiederbekommen, ich versuche immer noch, durch Horkus' Aufzeichnungen durchzusteigen...Willi lässt euch alle grüßen..."

„Hast du was über deinen Vater rausgekriegt?", fragte Milena.

Hanna schüttelte traurig den Kopf. „Nein, noch gar nichts. Ich habe schon überlegt zur Polizei zu gehen und die ganze Sache zu schildern..."

Einige sahen sie entsetzt an und Didi rief: „Was?!"

„Keine Sorge", sagte Hanna mit einem schwachen Lächeln. „Mir ist dann eingefallen, dass die Polizei ja ohnehin schon nach Vikram sucht. Sollten sie ihn schnappen, finden sie auch meinen Vater – wenn ich ihn nicht vorher finde!"

„Aber wo könnte Vikram denn sein?", fragte Leona.

„Vielleicht im Ausland?"

„Oder im Untergrund."

„Undercover. Lässt sich ein neues Gesicht operieren."

„Nach Alteras kann er jedenfalls nicht."

„Hä, wieso?"

„Weil wir den Schlüssel haben", rief Milan lauter als alle anderen und raufte sich fassungslos die Haare. „Das war doch der Punkt hinter der ganzen Aktion!"

„Ja, schon gut, schrei mich nicht an!"

„Du schreist doch."

Hanna winkte ab, um ein bisschen Ruhe zu bekommen, und zog einen Brief aus der Tasche. „Ich hab euch versprochen, ihr erfahrt, was drin steht." Sie faltete zwei handbeschriebene Blätter auseinander und las:

„Meine liebe Hanna!

Wenn du diesen Brief liest, bedeutet das, dass etwas schiefgelaufen ist, denn eigentlich möchte ich Dir alles persönlich erklären. Ich traue mich auch nicht, allzu deutlich zu werden, falls die falschen Leute den Brief erhalten. Darum habe ich Dir Spuren hinterlassen, die Dich, wenn nicht zu mir, ganz sicher zu meiner Arbeit und Entdeckung führen werden. Ich vertraue darauf, dass Du mein Werk fortsetzen wirst, es ist vielleicht das größte Abenteuer, das ein alter Physiker wie ich sich vorzustellen vermag. Ich hoffe sehr, dass wir eines Tages gemeinsam die Wunder der Vielen Welten erkunden werden. Das Tor nach Alteras ist mein Vermächtnis an Dich, aber sicher wirst Du mehr als nur das eine durchschreiten.

Es ist wahr, was man sagt, das Flattern eines Schmetterlingsflügels kann einen Orkan auslösen. Jede kleinste unserer Handlungen hat so weitreichende Folgen; könnten wir diese immer absehen, wir würden davor erstarren. Mein Team und ich haben Dinge ins Rollen gebracht, die sich unserem Einfluss entziehen und die wir erst zu verstehen beginnen. Man könnte sich verlieren in den unendlichen Möglichkeiten und mir schaudert beim Gedanken an Vikram und seine Absichten. Darum haben mein Team und ich einen Schlüssel geschaffen, den ich anderswo verstecke – Du wirst das Rätsel lösen, wo. Dir kommt nun meine Aufgabe des Torwächters zu. Du bist aber nicht allein damit, noch solltest Du es sein. Wir haben Freunde auf der anderen Seite. Suche mein Team, sie werden auch nach mir suchen. Und so hoffe ich, dass wir uns bald alle wiedersehen werden, sei es in dieser Welt oder einer anderen.

Alles Liebe von Deinem Vater,

Horkus"

Hanna faltete den Brief zusammen und strahlte in die Runde. Diskussionen brachen aus, Jule war die erste, die laut „Hä?", rief. Daniel beteiligte sich diesmal nicht daran. Hannas, oder besser Horkus' Worte klangen ihm im Kopf nach: *Die Wunder der vielen Welten.* Es stimmte also, es gab weit mehr als nur eine Parallelwelt. Der Brief hatte nicht erklärt, woher sie kamen oder wie man sie fand. Aber er gab die Gewissheit von *unendlichen Möglichkeiten*, wie es im Brief geheißen hatte.

Daniel ließ sein erstes Schuljahr an der Gesamtschule vor seinem geistigen Auge vorbeiziehen. So viel mehr Fragen waren noch offen. Was hatten Mats und er für seltsame Spuren im Schnee gesehen? Worauf deutete der Schuh auf der Wandkarte hin? Was hatte Thomas Kulschewski so traumatisiert, dass er nicht über Alteras sprach, und, last not least: Wusste Enida etwas über Alteras, das sie niemandem anvertrauen wollte?

Daniel lehnte sich an den Baumstamm und blickte sich zwischen seinen Klassenkameraden um. Mats tobte schon wieder wie ein junger Hund um sie herum. Milena grinste ihm zu. Seit der Lesenacht war aller Streit vergessen. Daniel grinste zurück und hörte mit halbem Ohr auf die Gespräche. Manche spekulierten mit Hanna, wo Vikram de Vries und Frau Strick wohl stecken konnten oder malten sich aus, wo Matteo mit seinem Bruder gelandet war. Mats, Didi und Arif übertrumpften sich mit Ideen, was sie alles würden entdecken können.

„Drachen!", schlug Didi vor. „Bestimmt gibt es irgendwo Drachen!"

„Auf jeden Fall gibt es Monsterkühe!", sagte Mats. „Daniel und ich haben Fußspuren gesehen."

„Laber nicht", sagte Arif. „Aber ich wette, es gibt Raumschiffe und Roboter."

Daniel grinste. Sie würden all die vielen Rätsel lösen, da war er sicher. Es waren neue Zeiten angebrochen, Zeiten, in denen sie in fremde Welten aufbrachen – gemeinsam.

Die Klasse wird nach Alteras zurückkehren in

ALTERAS – Die Federschlange